살인 재능

살인 재능

A TALENT FOR MURDER

피터 스완슨 지음
신솔잎 옮김

푸른숲

차례

조지 11

앨런 331

많은 재능을 지닌,
하지만 살인 재능은 없는, 스테인백 가족에게 바칩니다.

누군가 죽었다.

나무들조차 알고 있다.

– 앤 색스턴^{Anne Sexton}, "비탄"^{Lament}

조지

조지 닉슨은 대학을 졸업했고 결혼도 했으며 커튼을 달 줄 알고 퇴직금 계좌도 열었지만, 이 콘퍼런스에 가는 것이 지금껏 자신이 한 일 중 가장 어른스러운 일처럼 느껴졌다. 일 때문에 어딘가로 파견되고, 여행용 경비가 나오고, 두문자어로 줄여진 전문 행사에 참석하는 모든 게 끝내주게 어른스러운 일 같았다.

셰포그 대학의 학생회관에 있는 긴 테이블에서 실수로 N - Z 줄이 아니라 A - M 줄에 서 있다가 접수를 마친 조지는 AEC 로고가 박힌 멋진 토트백을 받았다. 하얀색 캔버스백에 페인트를 흩뿌려 놓은 디자인이었다. 그녀는 가방을 챙겨 한쪽 벽을 따라 배치된 인조 가죽 소파 한 곳에 앉았다. 가방 안에는 그녀의 이름이 적힌 참가자 명찰과 명찰을 다는 줄, 그리고 사흘간의 프로그램이 적힌 일정표가 있었다. 또, 물 한 병과 이 지역에서 생산한 감자칩, 마찬가지로 이 지역 회사에서 만든 초콜릿 바도 하나 담겨 있었다. 공짜를 좋아하는 그녀는 이 모든 사은품 덕분에 이루 말할 수 없을 정도로 행복해졌다. 휴대폰으로 접수 중인 다른 교사들의 사진을 찍은 그녀는 트래비스에게 문자를 보냈다. 물론 그는 그녀의 주말을 실시간으로 알 필요가 없다고 말했지만 말이다. 그는 그녀가 자립적인 사람이라고 느끼길, 하고 싶은 대로 마음껏 행동하길 바랐지만 그녀는 자신이 잘 도착했다는 사실을 그에게 알리고 싶었다. 반대 상황이었다면 그녀는 알고 싶을 것 같았다. 그는 곧장 빨간색 하트와 검은색 하트를 붙여 그녀에게 답장을 보냈다.

조지는 온라인으로 이미 다 살펴보고 어떤 워크숍과 공개 토론회에 참석할지 골라두었지만 프로그램을 다시 한번 살폈다. 예술 교육자 콘퍼런스의 훌륭한 점은 비록 교수법에 치중되어 있긴 하지만 워크숍 다수가 그야말로 미술 수업에 관련되어 있다는 점이었다. 그녀는 콜라주 워크숍과 인형 제작 워크숍에 대한 기대가 가장 컸다. 근처를 서성이던 교사 두 명이 소파에 함께 앉아도 되는지 물었다. 그녀가 자리를 옆으로 옮기자 반백의 머리를 묶은 남성 한 명과 키가 크고 상당히 아름다운 외모의 여성 한 명이 그녀 옆에 털썩 몸을 앉혔다. 두 사람은 함께 프로그램을 살폈다. 두 사람은 동료가 확실했고, 이 콘퍼런스에 와본 적이 있는 게 분명했다. 두 사람은 프로그램 목차를 두고 농담을 많이 했다. 남자가 인형 제작 워크숍의 이름을 소리 내어 읽자 여자는 "절대 사양"이라고 말했다.

상사인 브라이언에게 이 콘퍼런스에 참석해도 좋다는 소식을 들었을 때 그녀는 그에게 이번이 자신의 첫 출장이라고 답했다. "마음의 준비를 해둬요." 그가 말했다. "콘퍼런스에서 교사들은 최악이거든요. 예의 없는 아이들처럼요. 학생들에게는 하지 말라고 하는 행동들을 본인들이 다 하죠."

갑자기 좀 민망해진 조지는 소파에서 일어나 학생회관 이곳저곳을 거닐었다. 둘이나 소규모 그룹으로 온 참석자들이 대부분이었다. 또한 미술 교사들치고는 그녀 생각보다 보수적인 차림새였다. 셔츠를 단정하게 바지에 넣어 입은 남자들과 데님 스커트를 입은 여자들이 많이 보였다. 그녀는 끈으로 묶는 버건디 드레스에 아주 오래된 청재킷을 걸치고 있었다. 어둡고 진한 빨간색 립스틱을 바르고 검은색 팬던트가 달린 목걸이를 한 그녀는 전학 첫날에 최악의 옷을 입고 온 전학생 마냥 갑자기 자신이 이곳에 전혀 어울리지 않는다고 느꼈다. 별일 아니라고 스스로에게 말하며 캠퍼스를 가로지른 그녀는 건조한 여름 날씨에 누렇게 변한 잔디밭을 지나 참석자들이 묵는 기숙사로 향했다. 뉴잉글랜드에 있는 대학 기숙사라기보다는 아웃백 레스토랑 옆에 자리한 모텔 체인점처럼 보이는 흉한 콘크리트 건물이었다. 아래층 로비에는 접수 데스크가 마련되어 있었다. 그녀가 이름을 말하자 직원들이 방 번호와 문을 열 수 있는 번호가 적힌 종이 한 장을 건넸다. 그녀의 방은 6층이었다. 그녀는 시내에 무슨 음식점이 맛있다고 하더라, 하고 수다를 떠는 교사들 무리 틈에 껴서 엘리베이터를 타고 자신의 방을 찾아 들어갔다. 방은 그녀의 예상과 비슷했다. 싱글 침대에 흰색으로 칠해진 콘크리트 벽, 복도 초입에 있는 화장실. 그녀가 예상하지 못했던 것은 유리로 된 미닫이문과 그 너머로 좁게 난 발코니였다. 그녀는 높은 곳을 싫어했다. 트여 있는 발코니가 있다는 것만으로도 머리가 어지럽고 심장이 쿵쿵거렸다. 방에 에어컨이 설치되어 있는지 시끄러운 통풍구에서 퀴퀴하고 서늘한 공기가 밀려 들어왔다. 친구를 사귀지는 못하더라도 멋진 주말을 보내게 될 거라고 스스로를 다독이며 바퀴 달린 캐리어의 짐을 풀고 사흙간 입을 만한 옷들을 펼쳐 놨다.

다음 날, 그녀는 다른 교사들에게서 소외된 기분을 느꼈지만 그래도 모든 것이 다 좋다고 생각하려 했다. 당연히 인형 제작 워크숍은 매우 훌륭했다. 그녀는 플리스 원단 견본 여러 장과 끈을 이용해 대략 15분 만에 마녀처럼 보이는 인형 하나를 완성했다. 내년에 중학생들과 함께 인형을 만들어볼 시간이 무척이나 기대되었다. 교수법에 관한 공개 토론회는 별로였지만, 모두들 밖으로 나가 판화를 찍을 대상을 찾는 '직접 발견한 오브제로 판화 만들기 수업'은 정말 마음에 들었다. 그녀는 플라스틱으로 된 낡은 포크 겸용 숟가락과 은행잎을 주워 판화를 찍었고, 이제 그 결과물은 그녀가 머무는 기숙사 벽에 붙어 있다.

콘퍼런스에 참석 중이던 토요일 밤, 칵테일 아워에 와인을 너무 많이 마신 조지는 어느새 매사추세츠주 서드베리에서 온 미술 교사들 몇 명을 상대로 다자간 연애에 대해 설명하고 있었다.

"그러면 무슨 규칙 같은 것이 있어요? 아니면 아무런 규칙도 없는 거예요?" 페인트가 튄 청바지에 옥스퍼드 셔츠를 입은 한 젊은 여자 교사가 조지에게 물었다.

"진짜 진지한 다자간 연애도 있을 수 있죠. 다들 모여서 만나고 뭐 그런 거요. 트래비스와 제 경우에는 서로 사랑하고 또 평생을 함께할 거라는 사실도 알고 있으니, 한 번씩 낯선 사람과 성관계를 즐기면 어떨까 하는 쪽이에요. 왜 그런 삶의 재미를 놓쳐야 하나?"

"그럼 서로에게 이야기도 하고요?"

"네." 조지가 말했다. "사실 그게 규칙인 셈이죠. 몰래 하지는 말자는 거. 다 솔직하게 공개해야죠."

"두 사람 중 한 명이 다른 상대와 사랑에 빠지면요?" 흰 염소수염에 나이가 지긋한 이 남자는 누군가에게 말할 때 몸을 굉장히 가깝게 기울이는 경향이 있었다.

"결혼 생활에서 다른 누군가와 사랑에 빠질지도 모른다는 것은 누구나 안고 사는 위험 아닌가요?"

"그렇죠. 다만 다른 사람 앞에서 옷을 벗으면서 그 위험을 높이고 있는 게 아니냐는 말을 하는 거예요."

조지는 와인을 한 모금 넘기다 가슴께에 조금 쏟고 말았다. 그녀가 기억한 것보다 잔에 와인이 많이 차 있던 탓이다. 누군가 그녀에게 한 잔을 새로 주문해준 것일까? "네, 그럴 수 있죠." 그녀가 말했다. "위험한 것은 맞지만, 저는 남편을 무척이나 사랑하기 때문에 그런 건 별로 걱정하지 않아요. 그런 문제가 생긴다면 저희가 잘 처리할 수 있을 것 같아요. 둘이서 같이요."

"그럼 두 분은 그런 외도를 얼마나 자주 하는 거예요?" 옥스퍼드 셔츠를 입은 여자가 물었다. 이제는 그녀도 앞으로 몸을 기울인 상태였다.

"그게 말예요, 제가 한 이야기는요, 현재로서는 현실이라기보다는 어떠한 개념에 가까워요. 저희 부부는 업스테이트 뉴욕에 살거든요. 딱히 사교의 중심지라고는 볼 수 없는 곳이죠."

"우드스톡에 사는 줄 알았는데요."

"우드스톡, 맞아요. 젊은 다자간 연애를 즐기는 사람들보다는 버켄스탁을 신고 크리스털 데오도란트를 바르는 사람들이 더 많은 곳이죠."

"그쪽은 젊은 사람들에게만 관심이 있나 보군요. 저는 고려 대상도 아니겠네요." 나이 든 남자는 이렇게 말하고는 무슨 대단한 농담이라도 했다는 듯이 웃어댔다.

"제가 어떤 사람에게 관심이 갈지는 저도 몰라요. 그런 상대를 만나면 느낌이 오는 편이에요."

"그럼 이번 여행도……?"

"트래비스가 허락도 해줬고 저도 마음은 있지만, 말했듯이 아무나 하고는 아니에요. 그러니까 제가 빠져들 수 있는 그런 걸 원하거든요."

이후 다시 혼자가 된 조지는 또 다른 딱딱한 인조 가죽의 소파에 앉아 수도 없이 본 프로그램을 또 들여다보다 매사추세츠에서 온 교사들과의 대화를 다시금 복기하며 묘한 수치심을 느꼈다. 당시에는 괜찮았지만 세 사람이 자신을 바라보던 눈빛이 떠올랐다. 이들이 내가 한 말을 두고 컨벤션에서 있었던 재밌는 에피소드처럼 다른 곳에서 떠들어댈 것을 생각하자 기분이 더러워졌다. 누군가와 하룻밤 굴러보려던 그 이상해 보이는 여자. 그녀는 글자는 읽지 않고 시선만 프로그램에 고정한 채 상관없다고 스스로에게 말했다. 나는 진심을 이야기한 것이었고, 그들이 원한다면 비웃어도 된다고 말이다. 그녀는 그녀가 바라는 방식대로 같이 놀 사람을 찾지는 않을 생각이었지만, 컨벤션에서 나름대로 즐거운 시간을 보내고 있었다. 어느덧 초저녁이었다. 오늘 만든 판화 생각뿐인 그녀는 얼른 기숙사 방으로 돌아가 다시 그 판화를 들여다볼 생각에 신이 나 있었다. 자신이 만든 미술 작품에 이런 기분을 느끼는 것은 실로 오랜만이었다.

"옆에 좀 앉아도 되겠습니까?" 키가 크고 마른 체형에 나이가 있는 남자의 손에 맥주 한 병이 들려 있었다.

"그럼요." 조지가 말했다. "앉으세요."

그는 몸이 아픈 것처럼 자리에 앉으며 한숨을 내쉬었다. 아니면 조지처럼 인파에서 멀어진 데 만족하며 내쉰 숨일지도 몰랐다. 처음에는 그가 자신에게 말을 걸 거라고 생각하지 않았다. 하지만 그는 몸을 돌려 이렇게 말했다. "소름 끼치게 했다면 미안하지만 그쪽이 혼자 앉아 있는 모습을 보고 반가운 생각이 들어서요. 어제 그쪽을 보고는 만날 기회가 있으면 좋겠다고 바랐거든요."

"아주 약간 소름은 끼치네요." 조지는 이렇게 말하고는 이내 농담이라는 것을 보여주려 그를 향해 웃었다.

이후에, 그녀의 기숙사 방에서 발가벗은 두 사람이 싱글 침대 위에서 어색한 자세로 엉켜 있는 동안 그녀는 유체이탈 비슷한 경험을 하고 있었다. 방은 어두운 에너지로 희미하게 빛나고, 그녀의 영혼 또는 영혼처럼 느껴지는 무언가는 자신의 몸 위에 떠 있는 듯했다. 그 남자와의 시작은 뜨거웠다. 그는 성적 흥분에 취해 숨을 헐떡이며 그녀를 침대 위로 던졌다. 다만 그러다 무언가 틀어졌다. 그의 위에 오른 그녀는 순식간에 그가 흐물흐물 힘이 빠지는 것이 느껴졌다. 결국에는 모로 누운 그녀 뒤로 그가 손을 써서 그녀를 절정에 이르게 하는 것으로 잘 끝났지만 말이다. 여전히 자신의 몸 위에 붕 뜬 채로 그녀는 트래비스와의 대화를 상상했다. 그녀는 몸은 즐거웠지만 조식 뷔페에 있는 와플 메이커로 재미를 봤을 때보다는 덜했다고 트래비스에게 털어놓았다.

"뭐가 더 나았는데?" 머릿속에서 그가 물었다.

"와플 메이커."

그녀는 속으로 웃었는데, 실제로도 소리를 내어 웃은 모양이었다. 남자가 "뭐가 그렇게 웃긴 거야?" 묻자 그녀는 자신의 몸으로 돌아왔다.

"아무것도 아니야." 그녀가 말했다.

"미안해, 내기 좀 그랬다면……."

"아니야. 정말 좋았어."

그러고는 두 사람은 대화를 나눴고, 대화만큼은 실로 즐겁게 흘러갔다. 그녀는 그가 성적으로 자유로운 여성을 두려워하는 것 같다고 말했다. 그는 웃으며 그런 것 같다고 말했다. 그는 그녀에게 무엇을 두려워하는지 물었고, 그녀는 높은 곳이 무섭다고 말했다.

"이 기숙사에 발코니가 있더라고." 그가 말했다.

"당연히 이 방에 들어오자마자 제일 먼저 눈에 들어왔어."

그녀는 아직까지도 좀 취해 있는 상태인 데다 한 시간 전에 마리화나가 들어간 음식까지 먹었다. 그런 그녀에게 그는 두려움에 맞서려면 발코니로 나가봐야 한다고 설득했다. 별이 빼곡한 하늘 아래 나체로 발코니에 선 두 사람의 몸은 차가운 밤공기에 버석하게 말라갔다. 그녀는 실제로 꽤 괜찮은 ― 상당히 신나는 ― 기분을 느꼈다. 어두운 탓에 높이를 가늠하기 어려워서, 아니면 이번 여행에서 하게 될 거라 기대했던 경험을 이제야 비로소 하고 있어서 그런 기분을 느끼는 건지도 몰랐다. 새롭고 약간은 위험한 그런 경험 말이다. 그녀는 살아있음을 느끼는 한편 다음 날이면 집에 돌아간다는 생각에 설레기도 했다. 집에 돌아갈 때가 되었다. 이제 그녀는 수업을 위한 새로운 아이디어들도 얻었다. 얼른 트레비스를 만나 자신이 주말을 어떻게 보냈는지 전부 다 말해주고 싶었다. 두 사람은 오늘 하루 종일 대화를 나누지 못했다. 순간 그녀는 자신이 얼마나 그를 그리워하는지 새삼 깨달았다.

바로 그때 그녀가 발코니에서 떨어졌다.

1부

반은 겨울, 반은 봄

1

그들은 요즘 사람들이 커플이 되는 방식처럼 온라인 매칭이 성사되어 만났다. 둘 다 자칭 책벌레에 아이가 없는, 안정적인 일대일 연애 상대를 찾고 있었다. 앨런은 대학 졸업 직후 3년간 결혼 생활을 했다. (그의 말에 따르면) 원만한 이혼이었고 아이도 없었다. 그는 자신의 전 아내가 지금 뭘 하고 사는지조차 모른다고, 연락이 완전히 끊겼다고 말했다.

앨런과 마사는 몇 차례 자신을 소개하는 문자를 서로 주고받은 후 함께 저녁 식사를 하기 위해 만나기로 했다. 메인주 스카버러 외곽에 사는 앨런은 차를 끌고 포츠머스로 향했다. 그날 저녁 식사에서─트러플 감자튀김 외에도─가장 좋았던 점은 바로 어색한 침묵이 흐르지 않은 것이었다. 앨런은 수다스러웠고, 재밌었으며, 가식적인 구석이 없었다. 마사는 로맨틱한 떨림은 느끼지 못했지만 그래도 즐거운 시간을 보냈다. 그날 밤 그녀는 낯선 남자와 음식점에서 식사를 하며 보낸 즐거운 시간이 아무 의미도 없는 것은 아닐 거라고 스스로에게 말했다. 남자와 데이트를 하지 않은 것이 10년이 넘었다. 또한 대학 졸업 후 15년째 되는 해

참석했던 동창회에서 짧고도 어색했던 섹스 이후로 남자와 관계를 하지 않은 지 5년째였다. 그래서 그녀는 앨런 페랄타에게 응하자고, 저녁 식사 데이트에도 응하자고, 그가 관심이 있어 보인다면 섹스에도 응하자고, 그와 사귀는 데도 응하자고 스스로에게 말했다.

그리고 그렇게 했다. 그녀는 계속 예스, 라고 말했다. 어려운 일은 아니었다. 앨런은 무척이나 다정하고 편안한 사람이었다. 물론 한심한 농담들도 많이 했지만 그래도 그 농담들이 한심하다는 것 정도는 본인도 아는 사람이었다. 마침내 두 사람은 섹스를 하게 되었고, 그 또한 좋았다. 투박하고 마른 체구에 눈이 움푹 들어간 앨런에게 딱히 끌리지는 않았지만 나름의 품위가 있었고, 적어도 그는 침대 위에서 이상한 짓은 하고 싶어 하지 않았다. 한 번씩 그녀의 귀에 음담패설을 속삭이는 것 말고는 말이다.

마사는 그저 서로에게 충실한 연인 관계를 유지하는 정도로도 만족했지만, 앨런의 모친은 엄격한 가톨릭 신자였고 그리고 앨런의 삶에서 가장 중요한 사람이었다. 메인주의 북부 해안 지역인 케너윅에서 주말을 보내던 중 절벽에 난 산책로에서 앨런은 한쪽 무릎을 꿇고 마사에게 청혼했다. 이렇듯 전통적인 방식의 청혼은 물론 그 어떤 청혼도 자신의 삶에 없을 거라고 오랫동안 믿어왔던 마사는 순간 밀려드는 고마움과 애정에 휩싸여 곧장 그에게 좋다고 말했다. 하지만 주말여행의 막바지가 되었을 무렵 앨런은 그녀가 청혼 이후 말수가 줄었다는 사실을 눈치챘고, 그녀도 그 사실을 인정했다.

"너무 갑작스러워서 그랬나 봐." 그녀가 말했다. "일주일 정도 시간을 주면 좋겠어."

그 일주일 동안 앨런은 출장을 떠났고 마사는 자신의 결정에 대해 생각하는 시간을 가졌다. 그녀는 그를 사랑했지만, 그렇게 생각했지만, 정말 사랑에 빠진 것인지는 알 수가 없었다. 그가 그녀의 심장을 두근거리게 만든 적은 한 번도 없었다. 또한 그가 어딘가로 떠나 있는 동안 그녀가 그를 그리워했던 적도 없었다. 하지만 이 두 가지를 단점으로 보는 것은, 심장이 두근대고 그립고, 하는 이런 관용적 표현마저 사실은 로맨틱한 사랑의 클리셰에서 비롯되었을 뿐이며 반드시 현실을 반영하는 것은 아님을 그녀는 깨달았다. 마사는 남자의 직장이 마음에 들었다. 서로 대화도 통했다. 그는 냄새도 좋았다. 또 별 생각 없이 만났던 첫 데이트가, 포츠머스에서의 저녁이, 식사 후 함께했던 산책이 자꾸 떠올랐다. 두 사람은 나란히 서서 인도를 거닐었다. 당시에는 비가 안 오고 있었지만, 온종일 비가 내렸던 날이라 거리에는 여전히 물웅덩이가 있었다. 지붕의 홈통과 나무에 맺혀 있던 빗방울이 한 번씩 떨어졌다. 함께 인도를 걷는데 한 호텔에 설치된 큰 차양에서 물이 주르륵 쏟아지고 있었다. 앨런은 머뭇거리는 기색 없이 자신의 손을 마사의 허리에 슬며시 둘러 물이 튀지 않는 쪽으로 그녀를 부드럽게 인도했다. 정중하면서도 춤 동작같이 우아한 몸짓이었다. 그의 손이 닿았을 때 자신의 몸에 흐르던 찌릿한 떨림을 마사는 여전히 기억하고 있었다.

어쩌면 그것은, 소소하게 상대를 보살피는 마음은 갈망보다 더욱 중요한 것일지도 몰랐다. 갈망은 어찌 되었든 영원히 지속되지 못한다. 하지만 다정함은 그럴 수 있었다.

출장에서 돌아온 앨런 앞에서 마사는 청혼을 수락했다. 그녀는 자신의 독립적인 삶을 영원히 포기하는 것이 아니라고 스스로에게 말했다.

앨런은 출장이 무척이나 잦아 그녀 혼자 지낼 시간도 많았다.

두 사람은 런던으로 신혼여행을 떠났고, 자신이 가고 싶던 술집 리스트를 작성한 앨런을 (그는 맥주에 대한 열정이 뜨거웠다) 마사는 기꺼이 맞춰주었다. 여행 막바지의 어느 비 오는 오후, 두 사람은 빅토리아 시대 느낌의 술집을 방문했다. 마사가 포도스 여행 안내서를 읽는 동안 앨런은 정교하게 만든 바에 기대어 바텐더와 대화를 나눴다. 그녀는 그를 지켜봤다. 바 너머의 조용한 남성 바텐더와 대조되게 앨런은 미국인의 큰 목소리로 그다지 내켜하지 않아 하는 그 영국 남성을 노련하게 설득해냈고, 결국 바텐더는 웃으며 캐스크에 보관된 다양한 맥주를 앨런에게 맛보여 주었다. 바로 그 순간 마사의 머릿속에는 두 가지 생각이 싸우고 있었다. 하나는, 자신이 괜찮은 남자와 결혼했다는 것. 또 다른 하나는, 저 남자가 지극히도 낯설다는 것. 그녀는 첫 데이트 때보다, 포츠머스에 있는 침실 두 개짜리 자신의 집으로 돌아와 앨런이 다시 만나자고 하면 응하겠다고 결심했던 때보다, 지금 자신이 이 남자를 더욱 잘 알게 되었다고 말할 수 없다는 사실을 깨달았다.

1년 후에는 마사가 남편에 대해 조금도 생각하지 않는 날도 있었다. 또 어떤 날은 그녀의 머릿속이 온통 그로만 가득 차 있는 것 같기도 했다.

그녀는 자연스러운 일일 거라고 생각했다. 서른아홉 살이었지만 그녀는 결혼한 지 아직 1년이 채 안 된 새 신부였다. 사실 그녀는 다른 사람이 '새 신부'란 말을 입에 올리는 것을 싫어했다. 앨런과 결혼을 한 지 6개월이 다 되어갈 때까지 눈을 찡긋거리며 자신을 '새 신부'라고 부르던 도서관의 도나처럼 말이다. 마사는 '신혼'이라는 말을 선호했지만,

어떻게 표현하든 그녀가 '신혼'이라는 말이 내포하는 의미 그대로 결혼한 지 얼마 안 되었다는 것만은 변함이 없었다.

앨런을 그리 많이 생각하지 않은 날들이 있던 이유는 그가 그녀의 삶에 너무도 매끄럽게 스며들어서였다. 앨런은 신중한 사람이자 예측이 가능한 남자였다. 마사는 신중하고도 예측이 가능한 삶을 살고 있었다. 그녀가 그를 생각한 날에는 그의 존재와 관련해 이해가 안 되는 점들이, 그녀의 신경을 거슬리게 한 점들이 있었다. 그녀에게는 고등학생 때부터 대학 시절 내내 자신이 좋아하는 책의 구절과 시들로만 가득 촘촘한 필기체로 기록해놓은 기록장이 있었다. 몇 시간이나 기록장을 채우던 그녀는 때때로 자신이 잘 알고 있는 단어지만 순간 의미가 전혀 통하지 않는 말과 마주했다. 그럴 때면 그녀는 철자가 잘못됐을 거라고, 아니면 시인이나 작가가 만들어낸 말일 거라고 생각했다. '어슴푸레한' 같은 단어를 두고는 결코 이런 경험을 한 적이 없지만 항상 '앞치마' 같은 쉬운 단어 앞에서 그랬다. 단어를 뚫어져라 바라보다 보면 그 단어가 도통 무슨 의미인지 알 수 없어지는 식이었다. 앨런이 그랬다. 평범하고 침착한 그 남자는 가끔 이해할 수 없는 느낌이 들었다.

지금 그는 덴버 출장으로 자리를 비운 상태였다. 그녀는 출장이라고 하면 조식 미팅과 의사 결정, 정장을 입은 남성들과 여성들이 연상되었다. 하지만 앨런은 외판원이었다. 아마도 현대 사회에 남은 마지막 외판원일 거라고 마사는 한 번씩 생각했다. 그는 컨벤션에 갈 때면 정장을 입었지만 그가 판매하는 넥타이를 착용하기 위해서였다. 교사를 대상으로 하는 콘퍼런스에서는 색다른 의류 아이템을 판매했다. 넥타이뿐만 아니라 단추와 여성 교사들을 위한 실크 스카프도 판매했다. 티셔츠와 조끼도 취급했다. 그가 판매하는 상품 대부분은 수학과 과학에 관련한 것들이있다. 주기율표로 장식된 넥타이들과 파이의 날을 기념하는 단추 같은 것들 말이다. 그는 자신이 취급하는 상품을 집에 가져오진 않았지만—그는 뉴잉턴에 창고를 하나 소유하고 있었다—한 달 전, 한 지역의 고교 수학 교사들을 위한 콘퍼런스가 열렸을 때 그를 만나러 간 그녀는 남편이 판매하는 상품 다수를 직접 봤다. 당시 그는 자신의 검은 바지와 흰 셔츠 유니폼 위에 우스운 단추가 잔뜩 달린 멜빵과 주기율표가 새겨진 빨간색 넥타이를 착용하고 있었다. 두 사람이 점심 식사를 하러 가기 전, 그녀는 그가 "수학 교사들은 평균이 아니다. 그들은 평균 이상이다"('평균'이라는 의미와 '못된, 나쁜' 등의 의미를 모두 가진 mean을 이용한 언어유희—옮긴이)라는 글귀가 적힌 티셔츠를 젊은 여성 교사에게 판매하는 모습을 지켜봤다.

어쩌면 그녀는 떨어져 있을 때 그를 더 생각하는 것인지도 몰랐다. 아니, 그게 맞았다. 도서관에 자주 오는 진이 그녀에게 드라마 〈다운턴 애비〉에 대해 말할 때 앨런을 생각하고 있던 마사는 순간 상대가 자신에게 한 질문이 어떤 질문이었는지 기억하지 못했다.

"미안해요, 진. 뭐라고요?" 마사는 책상에 앉아 쌓여 있는 반납 도서들을 천천히 정리하던 중이었다. 데스크톱 컴퓨터 위로 진의 머리가 삐죽 올라와 있었다.

"누군가 〈다운턴 애비〉를 소설로 쓸까요?"

진은 전에도 이 질문을 마사에게 한 적이 있었다. "돈이 된다면 누군가 할 것 같아요."

"당신이 해야죠, 마사." 그녀는 마사가 책을 많이 읽으니까 책도 써서 출간할 수 있을 거라는 생각을 한 것이 분명했다.

"제가 해야겠죠?" 그녀는 진에게 말했다. "큰돈을 벌고요. 이 도서관도 영원히 떠나고."

"오, 마사." 진이 미소를 지었다. 그녀는 립스틱을 바르는 것 외에는 전혀 화장을 하지 않은 상태였다. 그녀의 오른쪽 송곳니에 립스틱이 조금 묻어 있었다. 마사는 그 사실을 그녀에게 말하지 않기로 했다.

그날은 앨런이 자정 즈음에 도착하는 비행기로 덴버에서 돌아오는 날이었다. 아마 그래서 마사가 그토록 그를 떠올렸는지도 모른다. 곁에 있을 때면 그는 두 사람의 아늑한 집에 있는 낡은 가구에 섞여 그저 그곳에 있는 존재 같았다. 하지만 그가 멀리 떠나 있을 때나 돌아오기 직전이면 그녀의 마음속에 그의 존재가 커졌다.

그 이유가 뭘까 고민했던 그녀는 아마도 그가 코네티컷에서 돌아왔을 때—몇 차례 전의 출장 때—있었던 일 때문이라고 짐작했다. 자갈이 깔린 진입로로 그의 차가 들어오는 소리를 듣고 그녀는 침실 창가에 섰다. 해가 지기 직전, 마법 같은 노을빛이 닿는 곳마다 모든 것이 선명해지던 그때, 그녀의 눈에 운전자석에서 내려 짐을 꺼내려 현대 차 뒤쪽으로 향하는 앨런의 얼굴이 보였다. 그는 키가 크고 몹시 마른 체형이었지만 부드럽고 우아한 몸짓으로 움직였다. 마사가 처음 그에게서 가장 매력을 크게 느꼈던 것도 그런 몸짓이었다. 큰 눈에 학구적이고 초췌해 보이기까지 한 얼굴과는 그리 어울리지 않는 어떤 우아함이 있었다. 하지만 그날 밤, 창문에서 내려다본 그는 처음 보는 낯선 얼굴을 하고 있었다. 그의 얼굴에 냉정에 가까운, 무자비한 표정이 담겨 있었다. 그녀는 멀리서 봐서 그런 거라고, 그가 피곤해서 그런 거라고 생각하려 했지만, 자신이 한 번도 본 적 없는 얼굴을 한 그를 보자 어쩐지 불안해졌다. 짐을 챙기고 차 문을 잠근 그는 잠시 자리에 서서 서양을 바라봤다. 그의 입은 살짝 벌어져 있었고 텅 빈 두 눈은 무심해 보였다. 그녀의 눈에 그의 가슴이 부풀며 깊이 심호흡하는 모습이 들어왔다. 그가 고개를 흔들자 표정이 달라졌다. 그녀가 아는, 어리숙한 듯 다정한 앨런의 얼굴로 돌아왔다. 심지어 그는 미소를 지었다. 마음을 다잡고 변신을 하려는 사람처럼. 그러고 나서야 그는 집 안으로 향했다.

그녀가 그를 맞이하러 아래층으로 내려갔다. 그는 늘 그렇듯 그녀와 인사를 나눴다. 보통은 그가 활짝 웃으며 "여보, 나 왔어" 또는 "뒷문으로 나간 사람이 당신 남자친구였어?" 같은 진부한 농담을 얹고는 포옹을 나누는 식이었다. 집에 돌아온 그가 한 번씩 "안녕, 우리 가족"이라는 인사말을 쓸 때도 있었다. 그녀는 지나치게 감상적이라고 느꼈지만, 내심 그런 감성에 감동을 받기도 했다.

하지만 그 여름날의 그 순간이, 집 밖에서 무방비 상태인 그의 모습을 목격했던 그 순간이 그녀에게 각인되었다. 그가 곁에 있을 때면 잊었지만, 그가 출장을 갈 때면 그 얼굴이 자주 떠올랐고, 그가 돌아오는 날이면 거의 항상 그때를 떠올렸다.

도서관에서 퇴근하기까지 몇 시간이 빠르게 지나갔다. 그녀가 가장 좋아하는 도서관 이용자이자, 일주일에 최소 두 번은 오는 맥니스 씨는 자신이 아직 읽지 않은 여성 저자의 책을 추천해 달라고 요청했다. 그녀는 가장 아끼는 저자 몇 명을—이디스 워튼, 조지 엘리엇, 존 디디온— 언급했지만, 그는 젊은 현대 작가들 책이 보고 싶다고 말했다. 맥니스 씨는(마사는 그의 이름이 알렉일 것 같다고 생각했지만 확신할 수는 없다) 족히 여든은 되어 보였다. 두 사람은 소장 도서들을 함께 살펴봤고, 그는 결국 제이디 스미스의《온 뷰티》와 에밀리 세인트 존 맨델의《스테이션 일레븐》을 선택했다. 마사는 그가 일주일도 안 돼 두 권을 모두 읽고 반납하리라는 것을 알고 있었다.

오후 5시 15분 경, 키터리에 위치한 도서관에서 나온 그녀는 10분 뒤 포츠머스에 있는 집에 도착했다. 그녀의 일터는 메인주에, 집은 뉴햄프셔주에 있었지만 몇 차례 도서관까지 피스카타쿠아강을 건너 약 3.2킬로미터의 거리를 걸어서 출근하기도 했다.

그녀가 앨런과 함께 지내는 집은 침실 두 개짜리 작은 주택으로, 이전 집 주인들이 근래 2층을 증축한 곳이었다. 집 전면에는 커다란 거실과 작은 다이닝룸, 그리고 그보다 작은 주방이 있었다. 위층에는 침실 두 개와 검은색 타일의 온수 욕조가 떡 하니 자리한, 이상할 정도로 큰 욕실이 있었다. 앨런은 인테리어를 그녀에게 맡겼고, 그녀는 집 안을 책장 여러 개와 가구로 가득 채웠다. 마사는 외투를 벗기 전에 길버트의 건식 사료부터 챙겼다. 고양이는 그녀를 향해 야옹거리며 늘 하는 불만을 토로하고는 사료를 먹는 데 동의했다. 그런 뒤 그녀는 자기 몫의 저녁을 준비했다. 앨런이 없을 때면 그녀는 요리를 거의 하지 않았다. 대신 그녀는 도마에 치즈와 얇게 썬 햄, 크래커와 과일 그리고 때로는 당근 몇 조각을 더해 거실로 가져갔다. 자신은 좋아하지만 앨런은 좋아하지 않는, 주택 개조 TV 프로그램을 켜놓고 도마 위에 있는 음식을 천천히 집어 먹었다. 베이지 천지의 집을 또 다른 베이지색 집으로 리모델링한 커플에게 딱히 관심이 없던 그녀는 어느새 또 다시 앨런을 생각하고 있었다. 그가 코네티컷의 세포그 대학으로 출장을 다녀온 후로, 그녀가 침실 창문에서 그를 내려다본 후로, 그녀는 그가 다녀온 콘퍼런스를 찾아보기로 결심했다. 이상한 충동이었다. 뭐, 이상하다고 볼 일이 아닐지도 몰랐다. 앨런은 항상 자신의 목적지를 알렸고 그녀가 콘퍼런스 사이트를 찾아본 적도 없지 않았다. 호기심 때문이었다.

그녀가 검색창에 '셰포그'와 '교사 콘퍼런스'를 입력하자 가장 먼저 등장하는 것은 뉴스 기사였다. 뉴욕 우드스톡에서 온 조지라는 이름의 중학교 미술 교사가 주말에 자살을 했다는 소식이었다. 지역 신문에 실린 짤막한 기사였다. 그녀는 자신이 묵던 6층 기숙사 방에서 추락했다. 기사는 경찰이 해당 여성이 폭행을 당한 흔적은 없는 것으로 결론 내렸다고 전했고, 그 뒤로 기숙사 건물을 둘러싼 논쟁에 다시 불이 붙었다는 내용에 두 문단을 할애했다. 보아하니, 건물이 지어진 이후로 트여 있는 발코니에서 추락사가 몇 번 있었던 모양이었다.

앨런이 출장에서 돌아온 다음 날 그녀가 조지 닉슨에 대해 묻자 그는 멍한 눈빛으로 그녀를 바라보다 이렇게 답했다. "아, 나도 들었어. 끔찍해."

"아는 사람이었어?"

"무슨 질문인지 이해가 안 되는데." 앨런이 말했다. 앨런의 조금 짜증나는 습관은 그저 그녀에게 무슨 뜻인지 물으면 될 것을, 꼭 그녀의 질문을 이해하지 못하겠다고 말하는 것이었다.

"내 말은, 콘퍼런스 때 무슨 접점 같은 거 없었냐고. 저 여자가 당신한테서 뭘 구매했어?"

"그랬을 수도 있지만, 그랬다 해도 내가 기억을 못 할 거야. 솔직히 고객들이야 그냥 크고 흐릿한 하나의 덩어리처럼 보이거든."

마사는 그것으로 대화가 끝났다고 생각했지만 5분쯤 후, 다른 이야기를 나눈 뒤 앨런이 말을 이었다. "소문이 돌고 나서 콘퍼런스 분위기가 침울해졌지."

"무슨 소리야?" 마사가 물었다.

"자살한 젊은 여자 말이야. 소문이 돌고 나서는 콘퍼런스 분위기가 좀 어두워졌다고. 날씨도 좀 그랬고."

자살 사건에 대한 두 사람의 이야기는 그것으로 끝이었다. 하지만 그녀는 그 일을 ─ 그 출장에서 돌아온 남편의 표정, 남편이 한 몇 마디를 ─ 자꾸 떠올렸다. 어디선가 사람의 기억은 믿을 수 없다고, 우리는 사실 있던 일을 기억하는 것이 아니라 그 사건을 마지막으로 떠올렸던 기억을 재생하는 것이라는 글을 읽은 적 있었다. 우리의 머리가 비디오테이프를 재생하고 있고, 그 비디오테이프는 시간이 지날수록 손상된다고 말이다. 이제 와 진입로에 서 있던 앨런을, 그의 얼굴을 비추던 석양을, 그 어떤 인간미도 사라진 그의 얼굴을 떠올리며 그 글이 사실일지 궁금해졌다. 마음을 다잡는 듯한 그의 모습을, 심호흡을 하고 미소를 짓던 그를 머릿속에 그렸다. 처음에는 그런 행동을 보고 그가 기분을 전환하려는 거라고, 여행의 기운을 털어내고 자신의 현실로 다시 복귀할 준비를 하는 거라고 이해했다. 하지만 이제는 다르게 보였다. 그 미소는 본인을 위한 것이 아니었다. 그녀를 위한 미소였다. 큐 사인을 기다리는 연기자가 표정이나 자세를 달리하듯, 그는 연습을 하고 있었다. 그는 미소를 연습하고 있었다.

2

그가 마침내 집에 돌아왔을 때 그녀는 설핏 잠에 빠져 있었다. 그가 진입로에 차를 주차하자 기다란 헤드라이트 불빛이 침실 벽지를 훑고 지나갔다. 이내 그녀의 귀로 차 트렁크가 열렸다 닫히는 희미한 소리가, 그 뒤로 그가 현관으로 들어오는 보다 분명한 소리가 전해졌다. 그가 자신을 깨우지 않으려고 조용히 움직이려 한다는 것을 알 수 있었다. 침대 아래로 힘껏 뛰어내린 길버트는 무슨 일인지 파악하려 나갔지만 마사는 가만히 있기로 했다. 아마도 얼마 지나지 않아 그가 올라와 샤워를 하고, 깨끗한 파자마를 입고는 이불 속으로 들어와 자신의 몸에 바짝 기대올 터였다. 그녀는 왼쪽으로 누워 몸을 말고 기다렸지만 그가 침대에 누웠을 즈음 그녀는 이미 잠에 들어버렸다.

다음 날 아침, 앨런은 그녀보다 먼저 일어나 있었다.

"이런." 돌돌 말린 이불 속에서 마사가 말했다. "당신 먼저 일어나 있었네."

"쉬이이." 그가 말했다. "누워 있어. 오늘 사울과 조찬 미팅이 있어서, 기억해?"

"아, 맞다." 그녀는 어깨 아래에 깔린 보조 베개를 당기며 말했다. "기억나." 거짓말을 했다. "덴버는 어땠어?"

"내가 덴버에 다녀왔었나? 언제였지?" 자신이 한 농담에 그가 웃음을 터뜨렸다. "사실 좋았어. 매출이 꽤 괜찮았거든."

"아, 잘됐다."

앨런은 집을 나서기 전, 침실에서 기내용 가방 짐을 풀며 지난 사흘간 다녀온 컨벤션에 대한 이야기를 들려주었다. 그리고 마사는 이용객들에게 너무 수다스럽게 구는 도서관 자원봉사자 한 명을 해고해야 했다고 이야기했다.

"자원봉사자를 해고할 수도 있어?"

"더는 봉사가 필요하지 않을 것 같다고 말하면 돼. 질이 하기로 했는데, 막판에 갑자기 어쩔 줄을 몰라 하면서 나한테 대신 좀 해달라고 부탁하더라고. 너무 괴로웠어."

"당신이 그래도 최대한 좋게 이야기했겠지."

"자기가 뭘 잘못해서 그러냐고 묻는데, 운영위원회에서 자원봉사자 수를 줄이려 한다고 거짓말했어. 내 말을 믿는 것 같지는 않지만."

앨런이 아래층으로 내려가자 마사는 자리에서 일어나 양치를 하고 머리를 빗었지만, 잘 때 입었던 면으로 된 나이트가운을 그대로 입은 채 그 위에 카디건을 걸쳤다. 그녀가 아래층으로 내려갔을 때 마침 앨런은 겨울용 울 코트를 입고 현관 앞에 서 있었다. 4월 초였지만 그녀가 자주 생각했듯 그리고 한 번씩 입 밖으로 말도 했듯, 뉴햄프셔의 4월은 3월의 2부였다. "한 번 안아주고 가." 그녀는 이렇게 말하며 그의 품으로 파고들었다. 크고 강한 그의 손이 그녀의 흉곽을 따라 올라오며 왼쪽 가슴을 스쳤다.

"오후에 삼산 같이 낮잠을 자도 좋을 것 같은데." 그가 말했다. "3시면 집에 올 거야."

"그러면 좋겠다." 마사가 말했다.

"당신 오늘 일정이 어떻게 되지?"

"아무것도 없어." 그녀가 말했다. 월요일이었지만 화요일부터 토요일까지 일하는 그녀에게 이제 월요일은 일요일이나 다름없었다. "오늘 오전에 당신이 출장에 챙겨갔던 옷들 세탁해 놓을게. 오늘 안 그래도 세탁기 돌리려고 했어."

"그래주면 고맙지."

그가 가고 난 후, 그녀는 여유롭게 샤워를 하고 차와 토스트를 준비했다. 간밤에 혼자 이런저런 생각을 했던 그녀는 갑자기 의심을 했던 스스로가 한심하게 느껴졌다. 정확히 자신이 무엇을 의심했던 걸까? 일을 마치고 돌아온 앨런의 얼굴이 안 좋아 보였다고? 앨런이 젊은 여성 교사의 자살과 연관이 있을 거라고?

비가, 차가운 봄비가 내리기 시작했고, 그녀는 비가 와서 기뻤다. 그녀가 일곱 살 때 비가 오는 날은 독서를 하기 좋으니 가장 좋은 날씨라고 선포했던 사건을 그녀의 어머니는 자주 회상했다. 그 의견을 철회한 적은 없었다. 그녀는 잔뜩 쌓인 빨래를 돌린 후 읽다 만 바버라 핌의 소설 《천사들과는 거리가 먼》을 읽을 생각에 설레었다. 핌에 대해 전혀 모르던 그녀는 친구가 페이스북에 올린 글을 보고 작가를 알게 되었고, 이제는 작가의 작품들을 차근차근 읽어나가고 있었다.

앨런이 출장 때 가져간 옷들은 세탁 바구니에 있었고 그의 가방은 벽장 안에 정리되어 있었다. 위낙 출장이 잦은 터라 그가 짐을 풀지 않는다 해도 그녀가 뭐라고 하지는 않았을 것이다. 하지만 그는 까탈스러울 정도로 짐을 정리했다. "집에 오면" 그는 이 말을 자주 했다. "정말로 집에 온 것처럼 지내고 싶어."

그녀는 색이 있는 옷과 하얀 옷을 침대 위에 분류하고, 앨런의 흰 셔츠 두 벌의 상태가 괜찮은지, 겨드랑이에 얼룩이 지진 않았는지, 칼라가 해지진 않았는지 꼼꼼히 살폈다. 두 벌 다 괜찮아 보였지만 그중 하나를 뒤집어보다 왼쪽 소매와 이어지는 등판 아랫부분에서 적갈색 얼룩을 발견했다. 손에서 묻어난 듯한 얼룩을 손가락 끝으로 긁어봤다. 초콜릿 같은 게 묻은 손이 닿았나? 좀 더 자세히 들여다보다 냄새를 맡아보기까지 했다. 금속 성분 같은, 흙냄새 같은 향이 살짝 느껴졌다. 혹시 피가 묻은 걸까? 앨런이 종이 같은 데 손을 베이고 등에 닦아내는 모습을 상상하려 해봤다. 가능한 일인지 자신의 팔을 비틀어 직접 해봤다. 잘되지 않았다.

무언가 그녀의 내부를 휘저었고 그녀의 장기들이 꿀렁거렸다. 남편의 셔츠에 묻은 것이 정말 피인 걸까?

그에게 직접 물어보면 될 일이었다. "여보. 출장 때 어디 베였어? 당신 셔츠에서 핏자국 같은 게 보여서." 아무런 의심도 하지 않는 아내라면 마땅히 그렇게 하지 않을까? 그럼 그는 판매하는 브로치 핀에 손가락이 찔렸다고 답하고 그것으로 끝날 일이었다. 하지만 그녀는 묻는 대신 노트북 앞에 앉아 앨런의 최근 출장에서 이상한 일이 벌어지진 않았는지 검색했다. 그가 다녀온 콘퍼런스에 관해 그녀가 아는 것이라고는 콜로라도주 덴버에서 열렸고, 고등학교 영어 교사들을 위한 콘퍼런스라는 것뿐이었다.

"이런 콘퍼런스는 당신한테는 별로인 줄 알았는데." 그가 집을 나서기 전 그녀는 이렇게 말했었다.

"그랬었지. 옛날 영어 교사들은 특이한 머그컵에 전혀 관심이 없었는데 이제는 분위기가 좀 바뀌고 있는 것 같아. 요즘은 문법 티셔츠를 엄청 팔거든."

"문법 티셔츠가 뭐야?"

"아, 뭐 이런 거 있잖아. 아이들을 먹자. 이렇게 쓴 거랑, 얘들아, 먹자 (Let's eat kids와 Let's eat, kids가 쉼표 유무에 따라 의미가 달라진다는 언어유희 ― 옮긴이)." ― 그는 손가락으로 가슴께를 짚어가며 보여주었다 ― "그 뒤로 **구두점은 사람의 생명을 살립니다**, 라는 문구가 적혀 있고."

"아, 재밌네." 마사가 말했다. 그녀는 앨런이 판매하는 유머러스한 티셔츠들이 실제로도 꽤 기발하다고 생각했다.

"뭐, 수학 교사들로부터 잠깐 해방되는 시기니까, 그것만으로도 감사하지."

마사가 '영어 교사', '콘퍼런스', '덴버'를 입력하자 지난 주말에 열린 남서부 영어 교사 심포지엄, SWETS라는 행사가 등장했다. 관련 내용을 좀 더 읽어본 그녀는 해당 행사가 시내의 한 호텔에서 개최되었고, 마사가 이름은 들어봤지만 작품은 읽어보지 못한 한 소설가가 기조연설자로 무대에 올라 교육과정의 다양성에 대해 강연했다는 사실을 알게 되었다. 덴버의 한 지역 신문에서 짤막한 기사를 발견했다. 사실 기사라기보다는 짧게 거론된 정도에 불과했다. 주말 동안 덴버가 영어 교사들로 꽉 찰 예정이니 괜한 꾸중을 듣고 싶지 않다면 '문법에 주의해야 한다'

라고 적혀 있었다. 50년 전에 쓴 글 같은 느낌이었지만 사서인 마사는 고정관념들에는 익숙한 편이었다.

그녀는 검색어를 새로 입력했다. '덴버'와 '범죄'였다. 그녀는 사건 목록을 훑어봤지만 딱히 눈에 띄는 것이 없었다. 그녀는 검색어를 '덴버 폭행'으로 한번 바꿔봤다. 왜 폭행이라고 입력했을까? 그녀는 이런 생각을 하며 엔터 버튼을 눌렀다. 그녀는 검색 결과를 달리해 뉴스 기사만 나오도록 했다. 가장 최신 뉴스의 헤드라인이 등장했다. "덴버 경찰, 주차장에서 발견된 여성의 폭행 사건 조사 중." 어제 날짜의 기사였고, 사건이 벌어진 곳은 앨런이 묵었던 장소에서 상당히 가까웠다.

경찰은 금요일 밤 파이브포인츠 인근에서 벌어진 폭행 사건을 조사하고 있다. 피해자는 새벽 2시가 막 지난 시각, 25번가의 도로 주차장에서 의식을 잃은 상태로 발견되었다.

피해자인 21세 여성은 두부 외상을 입었지만 현재는 안정을 찾았다. 덴버 경찰청 대변인은 해당 폭행 사건을 목격한 사람의 연락을 기다리고 있다고 전했다.

짤막한 기사를 두 번 읽은 후 주방에 있던 마사는 자리에서 일어나 다시 침실로 향했다. 침실에 도착한 그녀는 한동안 정신을 차리지 못했다. 계단을 어떻게 올라왔는지조차 기억하지 못했으며, 왜 침실로 온 것인지 그 이유도 떠올리지 못했다. 하지만 얼마 후 세탁을 마쳤다는 세탁기의 익숙한 삐삐 알림 소리가 몇 차례 이어졌다. 그녀가 침대로 시선을 돌리자 색 있는 빨랫감 위에서 편안하게 잠들어 있는 길버트가 보였고, 자신이 흰 빨랫감을 전부 세탁기에 넣었다는 사실이 떠올랐다. 한 시간도 채 되지 않은 일이었지만 기억이 흐릿했다. 피가 묻은 앨런의 흰색 셔츠는 이제 갓 세탁을 마친 깨끗한 셔츠가 되었다. 그녀가 그 셔츠를 일부러 세탁기에 넣었다는 생각이나, 외판원인 남편이 무슨 살인마 같은 것일지도 모른다는 생각이 너무나 터무니없는 것인지도 몰랐다. 주말 동안 덴버에서 단 한 건의 범죄도 없었다면 그 편이 훨씬 이상했을 터였다.

세탁기로 가 흰 빨래를 건조기에 넣은 그녀는 남은 빨랫감을 가지러 왔지만, 그녀가 손을 대려 하자 길버트가 발을 휘두르며 할퀴려 들었다. 그녀는 급할 것 없다고 생각하고는 앨런의 옷가지를 길버트에게 양보했다.

"거기서 무슨 냄새 나?" 그녀가 고양이에게 물었다. "앨런이 뭘 하고 다니는 걸까?"

고양이는 알고 있지만 결코 말해주는 일은 없을 거라는 듯 그녀를 빤히 바라봤다.

***

그날 밤, 저녁을 먹으며 마사는 앨런에게 셔츠에 대해 물었다. 처음에는 당황한 듯 보였던 그는 결국 셔츠에 어쩌다 얼룩이 남았는지 모르겠다고 답했다.

"내가 무슨 연쇄 살인범이라도 된다고 생각한 거야, 마사?" 그는 눈썹 한쪽을 올리며 물었다.

그는 분명 농담을 하는 것이었지만 그의 말투에 어딘가 마사를 소름 끼치게 하는 구석이 있었다.

"왜 그런 말을 해?"

"아니, 내 셔츠에 피가 묻었잖아."

"내 말은, 나로서는 당신이 어디 베인 건가, 이런 생각이 먼저 들지 않았겠어? 그런데 왜 갑자기 연쇄 살인범 이야기야?"

"그냥 농담한 거야." 그는 항복한다는 의미로 두 손을 들어 보였다.

그날 밤 두 사람은 〈아웃랜더〉 최근 시즌 에피소드를 두 편 시청했다. 두 번째 에피소드를 반쯤 남겨두고 앨런은 잠에 빠졌다. 그는 앉아 있는 자세에서 눈만 스륵 감은 상태로 잠이 들었다. 마사는 음량을 낮추고 HGTV 채널로 돌렸다. 그 채널을 보고 싶어서가 아니라 아무거나 틀어 놓고 생각을 하고 싶어서였다. 저녁 식사 중 남편과 나눴던 이상한 대화가 자꾸 맴돌았던 그녀는 차분하게 자신의 상황을 들여다보기로 결심했다. 자신이 결혼한 사람이 나쁜 남자라면, 사람들에게 (어쩌면) 폭행을 가하는 남자라면, 셔츠에 묻은 증거를 둘러댈 변명은 이미 마련해 두었을 터였다. 좀 전에 그는 정말로 당황한 것처럼 보였다. 당황했던 것은 맞을까? 그녀는 판단할 수가 없었다. 결혼한 사이지만 그라는 사람을 잘은 모른다는 생각이 또 한 번 들었다. 그의 외형적인 모습들은—그가 몸을 어떻게 움직이고 어떻게 말하는지, 사랑을 나눌 때는 어떤지, 음식은 어떻게 먹는지 같은 것들은—전부 알았지만 그의 내면은 완전히 수수께끼였다. 밤에 그가 침대에 누워 어떤 생각을 하는지 그녀는 전혀 알지 못했고, 이것이 이상한 일인지 아닌지조차 알 수 없었다. 어쩌면 다른 사람들도 그녀처럼, 낯선 타인보다는 그나마 좀 더 가까운 사람에 휩싸인 채 삶을 살아가는 것이 아닐까?

그럼에도 신경이 쓰였다. 이런 것들이야말로—무언가를 모른다는 것이—항상 그녀의 신경을 거슬리게 하는 문제들이었다. 어쩌면 그래서 사서가 된 것인지도 몰랐다. 그녀가 열두 살 때 가장 좋아하는 소설인 엘렌 라스킨의《웨스팅 게임》을 주제로 학교에서 발표를 한 적이 있었다. 발표가 끝난 후 멀볼 선생님이 몇 가지 질문을 했다. 그중 하나는 어제 일처럼 마사의 기억에 또렷하게 남아 있는데, 마사가 엘렌 라스킨의 다른 작품들도 찾아봤느냐는 것이었다. 그녀는 찾아보지 않았다. 사실 그럴 생각도 하지 못했었다. 그녀가 좋아했던 것은 그 소설이었지 딱히 저자가 아니었지만, 그날 밤 침대에 누워 선생님의 질문을 생각해봤다. 순간 그녀는 저자가 출간한 작품을 전부 알아봐야겠다는 생각뿐 아니라 전부 읽겠다는 다짐까지 하게 되었다. 그다음 날이 토요일이었고 그녀는 엄마에게 도서관까지 데려다 달라고 부탁했다.

"바로 그날부터 네가 도서관에서 살기 시작했지." 엄마가 자주 하던 말이었다. 그 외에도 엄마가 자주 했던 말은 마사가 늘 책을 손에서 놓지 않았다는 이야기였다. 엄마의 말이 대체로 사실이긴 했지만 마사는 단순히 책에 빠져 있던 것이 아니었다. 그녀는 모든 것을 알아야만 했다. 이 작가가 출간한 책은 몇 권인가? 이들의 실제 삶은 어땠을까? 이들에게 비밀스러운 필명은 없었을까?

일주일 후 앨런은 지역 전문대학의 교육자들을 위한 콘퍼런스에 참여하기 위해 노스캐롤라이나주의 채플힐로 떠났다. 마침내 날씨가 맑아졌다. 앨런이 집을 떠난 첫째 날, 마사는 걸어서 포츠머스 시내로 나가 쇼핑을 하고 좋아하는 멕시칸 음식점에서 점심을 먹었다. 그녀가 음식점에 있을 때 앨런이 본인의 사진을 보냈다. 그의 뒤편으로 햇살에 반짝이는 호텔 수영장이 보였다. 그는 하와이안 셔츠에 금속 테가 둘러진 선글라스를 끼고 있었다. "날씨 너무 좋다." 그는 이렇게 적었다.

그 사진을 보고는—도대체 앨런이 언제부터 셀카를 찍어 보냈던가?—마사는 목 뒤편으로 거미 한 마리가 기어 올라오는 듯한 느낌이 들었다. 지금껏 한 번도 그런 적이 없던 그가 갑자기 출장지에서의 소식을 그녀에게 전해주기로 결심한 걸까? 설사 그렇다고 해도 갑자기 왜? 그날 밤, 치즈와 크래커로 저녁을 때운 후 컴퓨터를 켠 그녀는 셔츠에서 얼룩을 발견한 뒤 내내 미뤄왔던 일을 하기로 결심했다. 가장 중요한 일부터 하기로 한 그녀는 두 사람이 진지한 관계에 접어든 후부터 앨런이 보낸 이메일을 전부 검색했다. 그는 출장을 갈 때마다 일정표를 그녀에게 보내는 습관이 있었다. '위치토 출장' 또는 '채터누가 콘퍼런스' 같은 제목에 출장 일정, 링크를 첨부한 항공편, 자신이 묵는 숙소 등 세부사항들을 정리해 항상 상당히 사무적인 메일을 보냈다. 문득문득 그가 어느 지역에 있는지 궁금해질 때가 많았던 만큼 마사에게 이런 메일은 큰 도움이 되었다. 책상 서랍에서 스프링 노트를 찾은 그녀는 노트를 펼쳐 그의 출장 일정을 연대기순으로 적어 내려갔다. 결혼한 직후부터 지금까지 그는 출장을 총 스물두 번 다녀왔다.

리스트를 완성한 후 그녀는 인터넷 창을 열어 뉴스 기사를 검색하기 시작했다. 세 시간이나 걸렸지만 작업을 완성한 후 다섯 건의 서로 다른 사건이 노트에 정리되어 있었다.

두 사람이 결혼하기 약 2개월 전쯤인 2018년 2월 4일, 켈리 볼드윈이라는 이름의 스물네 살짜리 매춘부가 조지아주 애틀랜타에서 구타를 당해 사망한 채로 발견되었다. 바로 그 주말, 앨런은 애틀랜타에서 열린 고등학교 교육과정 자료 무역박람회에 참석했었다.

석 달 후, 시카고 지역에서 일하는 한 리셉셔니스트이자 싱글맘인 비앙카 무라노스가 시내의 한 콘퍼런스 호텔 뒤편 골목에서 사망한 채 발견되었다. 사인은 둔기로 인한 두부 외상으로 나와 있었다. 5월에 벌어진 사건이었고, 같은 주 STEM(과학, 기술, 공학, 수학—옮긴이) 교육에 관한 전국 콘퍼런스가 바로 그 콘퍼런스 호텔에서 개최되었다.

같은 해 7월, 셰포그 대학에서 벌어진 사건은 그녀가 이미 알고 있는 것이었다. 조지 닉슨은 자살 사건으로 발표되었다.

네 번째 사건은 매년 10월, 플로리다주 포트마이어스에서 열리는 연례행사인, 수학을 즐겁게 만드는 교육 콘퍼런스에서 벌어졌다. 마사가 찾아낸 피해자 노라 존슨에 관한 기사에 실제로 해당 콘퍼런스가 등장했다. 피해자는 콘퍼런스가 열린 호텔에서 바텐더로 일했고 호텔 주차장에 있는 자신의 차에서 목이 졸린 채 발견되었다. 호텔의 주차 관리요원 중 한 명이 체포되었다가 풀려났다.

최근 덴버에서 벌어진, 이름이 알려지지 않은 여성의 폭행 사건을 제외하고 마사가 노트에 기록한 마지막 사건에는 마사지 테라피스트로 알려진 미카엘라 세이거라는 여성이 연루되어 있었다. 사건은 2월 둘째 주 샌디에이고에서, 앨런이 영어 교사들을 위한 콘퍼런스에 참여했을 때 벌어졌다. 그녀의 시체는 미션비치에서 발견되었고, 초기 기사들에서는 우발적 익사 사건으로 나왔으나 이후 보도에서는 변사로 등장했다.

노트를 쭉 훑어보던 마사는 자신도 의식하지 못한 채 여성들의 이름을 소리 내어 읽고 있었다. "켈리 볼드윈, 비앙카 무라노스, 조지 닉슨, 노라 존슨, 미카엘라 세이거." 이들의 이름을 다시 한번 읊던 그녀는 이 말까지 덧붙였다. "그리고 이름을 모르는 덴버의 여성."

3

서서 집 안을 서성이던 마사는 길버트를 들어 올려 품에 안았다. 품에 안고 계속 움직이기만 해준다면 길버트는 안겨 있기를 좋아했다. 어느새 거실 책상에 앉아 리스트를 다시 살펴보던 그녀는 코네티컷의 조지 닉슨의 이름에 줄을 긋고 싶은 마음이 들었다. 이 여성은 콘퍼런스 참석자이자 자살로 결론이 난 열외자였다. 하지만 그녀는 결국 줄을 긋지 않기로 했다. 진입로에서 미소를 연습하던 앨런을 목격했던 때가 바로 이 콘퍼런스를 마치고 돌아온 날이었다. 자꾸 이 말이 머릿속에 남았다. 미소를 연습하는. 진입로에서 그런 식의 미소를 지을 일이 뭐가 있을까? 사람이라면—실제 인간이라면—감정을 연습하지 않는다. 한편 그럴 수 있겠다는 생각도 들었다. 중학교 때 섹시해 보이는 표정이라는 친구의 말에 거울을 보며 아랫입술을 깨무는 표정을 연습하던 때가 떠올랐다. 버둥거리는 길버트를 내려놓다 길버트의 발톱에 스웨터가 걸렸다. 고양이 때문에 스웨터가 또 망가지다니 짜증이 난 그녀는 올이 풀린 부분을 잡아당기다가도 이내 다시금 앨런을 떠올렸다. 어쩌면 그는 그녀

앞에서 항상 가식적인 모습을 보이고 있었는지도 모른다. 그 모든 행동과 말은 비인간적인 자신의 실제 모습을 숨기려는 하나의 수단이었는지도 모른다. 난방 기구에서 찰칵 소리가 나자 그녀는 몸을 움찔하며 벌떡 일어났다. 침착하라고, 스스로에게 말한 뒤 그녀는 다시 컴퓨터 앞에 앉았다.

남편이 저질렀을지도 모르는 범죄 목록에서 조지 닉슨을 지우지 않기로 결심한 데는 또 다른 이유가 있었다. 바로 조지의 죽음이 셰포그 대학에서 벌어졌다는 사실 때문이었다. 셰포그는 릴리 킨트너를 떠올리게 했다. 릴리는 대학원 때 친구로, 마사가 제대로 기억하고 있다면 릴리가 자란 곳이 셰포그였다.

그녀는 릴리 킨트너를 검색창에 입력했다. 검색 결과가 많지는 않지만 좀 희한한 기사가 눈에 띄었다. 보스턴 경찰청의 한 형사가 그녀를 스토킹한 사건이 있었다. 스토킹을 당하던 그녀는 자신을 보호하고자 형사를 칼로 찔렀다. 목숨을 잃지는 않았지만 형사직에서는 파면당한 반면, 릴리에 대한 기소가 전부 취하되었다.

릴리가 보통 사람들과는 다르다는 사실을 알고 있는 마사에게는 그리 놀랄 만한 소식이 아니었다. 그녀를 찾아야 할지도 모르겠다고 그녀는 생각했다. 그 생각이 떠오르자마자 굳었던 등이 풀어지고 숨쉬기가 수월해지며, 마음이 한결 편안해질 때 나타나는 신체 증상들이 느껴지는 것 같았다. 아침에 기사들을 검색해 읽은 이후로 자신이 무언가를 해야 한다는 사실을 느끼고 있었다. 앨런에게 직접 확인해보거나, 경찰에 증거를 제출하거나. 하지만 두 가지 선택지 모두 판단이 불가능했다. 그녀의 의심이 틀렸다면—실제로도 그럴 확률이 높았고—그럼 결혼 생활은 그것으로 끝이었다. 그녀에게 진정으로 필요한 것은 친구였다. 그녀가 밝혀낸 것을 털어놓을 누군가, 객관적인 눈으로 증거를 바라볼 수 있는 누군가였다. 하지만 친구라고 할 만한 사람이 별로 없었다. 아니, 이건 틀린 말이었다. 그녀에게도 친구는 있었지만 남편에 대한 이야기를 할 만한 친구는 없었다. 어쨌거나 현재는 없었다.

하지만 릴리라면 완벽한 상대일지 몰랐다. 대학원 시절 릴리 덕분에 마사는 끔찍한 관계에서 벗어날 수 있었다. 그때 릴리가 나서서 그 관계를 정리하는 법을 알려주지 않았다면 자신에게 어떤 일이 벌어졌을지 생각해본 적이 많았다. 당시 그녀가 기억하는 릴리는 매우 현실적이다 못해 모든 일에 냉담해 보였다. 그녀는 감정적이지도 않았고, 남을 함부로 재단하려 들지도 않았다. 현재 마사에게 필요한 사람이 바로 그런 사람이었다. 계속해서 "세상에" 이 말만 외치다 이 나라를 떠야 한다고 호들갑을 떨 도서관의 도나에게는 털어놓고 싶지 않았다. 알래스카에 머물고 있는 언니에게 전화를 할 수도 있지만 대화가 어떤 식으로 흘러갈지는 뻔했다. 언니는 그녀가 책을 너무 많이 읽고 영화를 너무 많이 본 탓에 말도 안 되는 생각을 한다고 할 터였다. 하지만 릴리는…… 릴리는 그녀의 말을 들어줄 것 같았다.

릴리를 어떻게 찾아야 할지 고민하던 마사는 어느 정도 이름이 알려진 릴리의 아버지 데이비드 킨트너가, 뉴잉글랜드 어딘가에 살고 있을 그 작가가 떠올랐다. 대학원 시절 마사는 딸과 좋은 친구가 되었다는 이유만으로 그의 책을 몇 권 읽었다. 특히 《약간의 어리석음》이라는, 영국의 가상의 기숙사 학교 스콜딩엄을 둘러싼 아주 어두운 블랙 코미디 소설을 기억하고 있었다. 드라마 〈업스테어, 다운스테어〉 풍의 책으로 학생들과 교직원들의 이야기에 초점을 맞춘 작품이었다. 그 소설을 무척이나 좋아했던 마사는 릴리가 그 책을 읽지 않았다는 데 놀랐었다.

"궁금하지 않아?" 마사가 물었었다.

"아빠 책 중에 읽어본 것들도 있어. 그 책은 아빠가 죽고 나면 읽으려고 남겨둔 거야." 조금도 소름끼치는 이야기가 아니라는 듯 그녀는 무표정한 얼굴로 말했었다. 릴리의 그런 솔직함이 마사는 좋았다.

데이비드 킨트너가 아직 살아있을지 궁금해진 마사는 인터넷 창에 새 탭을 열어 그의 이름을 검색했다. 그가 생존해 있다는 사실은 알게 되었지만 여전히 코네티컷에 살고 있는지 알 만한 자료는 찾지 못했다. 그에 관해 마지막으로 보도된 주요 기사는 재혼한 아내, 젬마 대니얼스와 함께 탄 차량이 교통사고에 휘말렸다는 소식이었다. 그는 살아남았지만 그의 아내는 그러지 못했다. 해당 사고와 관련해 다수의 기사가 난 것으로 봐서는 사고가 벌어졌던 영국에서는 당시 큰 화젯거리였던 모양이다.

마사는 교통사고가 벌어지기 훨씬 이전에 작성된 데이비드 킨트너의 예전 프로필을 찾았다. 거기에는 당시 아내이자 그 지역에서 활동했던 예술가인 샤론 헨더슨과 함께 허름한 농가 앞에 서서 찍은 사진이 첨부되어 있었다. 사진 아래 적힌 캡션에는 몽크스하우스라는, 릴리의 아버지가 지은 집의 이름이 소개되어 있었다. 지역은 세포그였다. 마사는 충동적으로 '샤론 헨더슨'과 '세포그'를 검색했고 검색 페이지를 몇 차례 넘기다 전화번호가 적힌 화이트페이지(인터넷 사용자의 이메일, 전화번호 등을 제공하는 데이터베이스—옮긴이)를 발견했다. 그녀는 노트에 전화번호를 적어두었다. 아직은 전화를 할 마음의 준비가 되어 있지 않았다.

그날 밤 자기 전, 마사는 바바라 핌의 소설과 결혼 앨범을 챙겨 침대로 향했다. 그녀는 앨범을 넘기며 너무도 이숙한 사진들을 살폈다. 하객이 서른다섯 명뿐인 소규모 결혼식이었고 그마저도 대부분은 앨런의 가족들이었다. 마사는 엄마와 언니, 언니와 재혼한 남편과 의붓 아이들 셋, 미혼인 이모 두 명과 초등학교 때부터 알고 지낸 친구 베서니 하트만 초대했다. 신부 들러리였던 언니 루시의 축사는 시작은 참 감동적이었지만 끝에는 너무도 종교적으로 변해 당시 마사를 당황스럽게 했다. 사실 결혼식이란 행사 자체도 그렇고, 지금 사진들을 보다 보니 어쩐지 좀 민망스러워졌다. 왜 인간들은 사랑하는 사람과의 관계를 축하받고 싶어 하는 걸까? 인간의 그런 심리에는 도저히 봐줄 수 없는 구석이 있다.

다른 사진보다 마사의 시선을 유독 끄는 사진이 한 장 있었다. 두 사람이 식을 올린 빈야드(와인용 포도를 재배하는 포도밭―옮긴이)에서 칵테일파티가 열렸을 때 찍힌 사진이었다. 포도밭을 배경으로 천막 아래 자리한 사람들의 자연스러운 모습이 담겨 있었다. 웨딩드레스를 입은 마사와 예복을 입은 앨런이 앨런의 회사 동료들과 대화를 나누고 있었다. 모두가 웃고 있었지만 앨런의 시선은 약간 옆으로 비껴나 몇몇 사람들이 대화를 나누는 쪽으로 향해 있었고, 그중에는 마사 언니의 의붓딸도 포함되어 있었다. 언니의 의붓딸은 놀랄 정도로 예쁜 10대 소녀로 당시 아주 작은 사이즈의 드레스를 입고 있었다. 앨런의 어머니가 "손수건 네 장에 끈 한 가닥"이라고 말할 정도였다. 앨런이 본인의 결혼식 날 그 아이에게 추파를 던지고 있던 걸까? 내가 결혼한 사람이 저 남자가 맞나?

짧게 이어지는 쪽잠과 기억나지 않는 꿈에 시달리며 밤을 보내고 난

다음 날 아침, 마사는 도서관 출근 시간보다 몇 시간 일찍 일어났다. 샤워를 하고 옷을 입은 후 아침 식사를 했다. 그런 뒤 책상에 앉아 릴리 어머니의 전화번호를 앞에 두고 전화를 걸 준비를 했다. 통화를 어떻게 해야 할지 고민하던 중 손에 든 휴대폰이 진동했다. 앨런의 전화였다.

"좋은 아침." 그녀가 말했다.

"당신도 좋은 아침." 기분이 좋은 듯한 목소리로 그가 답했다.

"별일 없지?"

"응, 왜? 내가 전화해서? 문자 보내려다가 그럴 바에는 당신 목소리 듣는 게 나을 것 같아서. 일어나 있을 줄 알았어."

"채플힐은 어때?"

"벌써 여름 날씨야. 내 부스가 야외에 사각형으로 난 중앙 안뜰에 친 천막 아래에 있어서 셔츠가 땀에 다 젖을 정도야."

두 사람은 날씨에 대해 좀 더 대화를 나눴고, 잠시 후 앨런이 말했다. "계속 생각해 봤는데, 우리 둘이서 여행 한번 가자."

"그래? 어디로?"

"장소도 생각해봤어. 우리 둘 다 8월의 더위를 싫어하잖아. 그래서 일주일 정도 영국 북부가 좋을 것 같은데. 당신 하워스에 가고 싶어 했잖아?"

그가 브론테 컨트리(친자매 지간인 영국의 유명 작가들의 성, 브론테를 본떠 생긴 지명─옮긴이)를 말한다는 사실을 깨닫기까지 잠깐의 시간이 필요했지만, 그 배경을 파악하고 나자 이해가 되었다. 첫 데이트 때 두 사람은 그녀가 가장 좋아하는 작품인《폭풍의 언덕》에 대해 오랜 대화를 나눴다.

"나야 좋지." 마사가 말했다.

"정말?" 막 청혼에 승낙받은 사람처럼 그는 진심으로 행복해하는 목소리였다.

"당연하지."

"좋아. 이제 가서 부스 열어야 하는데, 집에 가면 같이 날짜를 정하고 여행 계획을 세워보자."

"알겠어." 마사는 진심을 담아 말했다.

"끊기 전에 하나만 더. 나 걸음걸이를 바꿔볼까 생각 중이거든."

"당신 뭐를 바꾼다고?"

"걸음걸이. 생각해봤는데, 내가 발끝이 안쪽으로 향해 있고 몸을 좀 앞으로 기울여 걷는데, 걸음걸이를 훨씬 멋지게 바꾸면 좋을 것 같아서. 그게 다야."

"생각해둔 게 있어?"

"글쎄, 좀 더 자연스럽고 인상에 남을 만한 걸로. 〈골드핑거〉 속 숀 코네리 같은 걸음."

"그거 좋을 것 같은데, 열심히 해봐, 여보." 그녀가 말했다.

그가 웃으며 말했다. "그러려고."

전화를 마치고 5분 정도 가만히 앉아 있던 마사는 어느새 자신이 희미한 미소를 짓고 있다는 사실을 깨달았다. 앨런은 두 가지 스타일의 유머 감각을 갖추었다. 진부한 농담과 좀 전의 걸음걸이 이야기처럼 터무니없는 이야기를 천연덕스럽게 하는 식의 유머였다. 그녀는 그의 그런 천연덕스러운 유머를 좋아했고, 그도 알고 있었다. 그가 재밌는 이야기와 여행으로 다시 자신의 마음을 얻으려고 하는 것만 같았다. 한편으로는—사랑의 저주와 운명, 유령의 존재를 믿는 그녀로서는—자신이 두 사람의 삶을 영원히 뒤바꿀 전화를 앞두고 있다는 것을 그가 느끼고 이를 막기 위해 전화를 한 것만 같다는 생각도 들었다. 그가 앞으로 벌어질 일을 안다기보다는, 그냥 어떠한 낌새를 느꼈달까. 그가 한 말을—자신이 가보고 싶어 한 곳으로 휴가를 제안하고, 자신이 좋아하는 스타일의 농담을 하고—되짚어본 그녀는 어쩌면 그가 전화를 걸기 전에 연습을 한 건 아닐까 의심스러웠다. 세일즈맨의 영업 멘트처럼. 그는 보통 사람처럼 말하려고 노력했던 걸까? 웃음기가 어려 있다고 느껴졌는데, 그가 미소를 장착한 채 통화를 했던 걸까? 얼어붙은 미소를 띠운 남편의 얼굴이 순간 그녀의 머릿속에 스쳤다. 그녀가 몸서리를 쳤고, 그 순간 길버트가 그녀의 발목에 얼굴을 비볐다.

고양이에게 먹이를 준 후 그녀는 앨런과의 통화를 좀 더 깊게 생각했다. 히스클리프와 캐시 이야기의 배경이 되는 황무지로 여행을 제안한 것은 어쩌면 그저 그녀를 생각하는 마음에서 비롯되었을지도 몰랐다. 물론 그곳으로 여행을 가면 영국 맥주를 실컷 마실 수 있다는 계산도 있었겠지만, 그렇다고 해서 그 제안이 고맙지 않은 것은 아니었다. 그녀가 여행에 관심을 보이자 진심으로 놀라며 기쁘다는 듯 "정말?"이라고 되묻던 그의 어조를 떠올렸다. 그의 훌륭한 점 중 하나가 바로 그녀를 당연한 존재로 여기지 않는 것이었다. 그녀의 사랑에 감사함을 느낀다는 것이었다. 이제 그녀는 어떻게 생각해야 할지 혼란스러웠다. 그가 알 수 없는 존재처럼 느껴졌지만, 그건 길버트 또한 고양이는 속을 알 수 없는 존재라는 점에서 마찬가지였고, 그럼에도 불구하고 그녀는 길버트를 몹시도 사랑했다.

키터리에 있는 직장으로 출근할 시간을 20분 남겨두고 그녀는 다른 생각을 품게 되있다. 만약 자신이 그에 대해 눈치챘다는 것을 앨런이 알고 그 황무지에서 살해하기 위해 영국 여행을 제안한 것이라면? 혐의를 벗기가 쉬워서 그곳에서 살해를 하려는 것일까? 아니면 자신이 사랑하는 곳에서 죽음을 맞이하길 바라는 것일까? 그런 생각이 들자 자신의 삶이 이 정도까지 어처구니가 없어졌구나 싶은 마음에 그녀는 웃음을 터뜨릴 뻔했다. 그러다 이내 이런 생각이 들었다. 일단 누군가와 이야기를 해보자. 릴리에게 전화를 걸자. 나쁠 게 뭐 있을까?

4

향긋한 스콘이 담긴 종이봉투를 들고 커피숍에서 나오자 보슬비가 내리고 있었다. 파와 체다 치즈가 든 스콘을 판매하는 곳이었다. 아빠는 이 스콘이 아침 식사용 달걀과 최적의 조합이라고 결론을 내렸었다. 한번은 우리 집 주방에서 이 스콘을 해체해 똑같이 만들어 보려고 했지만, 딱히 베이킹에 소질이 있는 편이 아닌지라 내가 만든 스콘은 하나같이 버석한 모래를 뭉쳐놓은 것 같았다.

하늘을 올려다보니 어두운 비구름과 성긴 새털구름이 뒤섞여 있어 잠깐만 내릴 비 같았다. 몽크스하우스로 되돌아가기까지 약 3킬로미터 거리를 걸어야 했지만, 4월의 아침치고는 따뜻한 편이었다. 사람들이 왜 폭풍우 속을 거니는 것을 싫어하는지 그 이유를 도무지 알 수가 없었다. 수영을 하면서 젖는 것은 괜찮고 걸으며 젖는 것은 불쾌하게 여기는 이유가 뭘까? 물론 옷 때문인 것 같지만, 사실 옷을 입은 채로 젖는 것도 그리 나쁘지 않다. 산책로에 접어들어 버려진 농지를 가로지르는 길에 이르자 빗줄기가 거세졌다. 아침 대화를 나누는 까마귀 두 마리를 보며 저 새들도 비가 와서 싫다고 불평하는 것일까, 하고 생각했다.

집에 도착했을 때는 몸이 푹 젖은 상태였다. 진입로를 따라 걸어 들어온 나는 한 번 넘어진 후로 조심히 걷기 시작한 엄마가 현관 밖으로 나오는 모습을 보았다. 엄마는 페인트가 얼룩덜룩 묻은 셔츠들 중에서 가장 좋아하는 셔츠를 입고 있었다. 엄마 친구 브렌다가 오늘 점심을 먹으러 오기로 했다는 사실이 떠올랐다. "릴리, 너 다 젖었구나." 계단을 오르는 나를 보며 엄마가 말했다.

"촉촉한 날이야." 어디서 이 말을 들었던 건지 곧장 떠올리지 못한 나는 엄마를 언짢게만 했다.

"네 아빠 흉내 내는 거야?"

"아니. 아빠는 이렇게 말 안 할걸. 이 말 아일랜드 사람들이 쓰는 표현일 거야."

"들어가서 옷 벗어놓고 따뜻한 물에 샤워하렴. 오늘 점심 때 손님 오는 거 기억하지?"

"기억해. 모자이크 아티스트, 브렌다."

"너 전화 왔었어." 계단을 반쯤 올라갔을 때 엄마가 말했다.

나는 고개를 돌렸다. "누군데?"

"줄게. 적어놓은 거 있어." 엄마는 한쪽 다리를 절룩이며 주방으로 향했고 나는 계단 위에서 물을 뚝뚝 흘리고 서 있었다. 마지막으로 나를 찾는 전화가 왔던 때가 언제였는지 떠올려보는 중이었다. 물론 지금 살고 있는 집 전화번호에 내가 등록되어 있지 않은 이유도 있었고 말이다. 휴대폰이 있긴 했지만 내 번호를 아는 사람은 아무도 없었다. 몇몇 이름이 스쳐 지나갔다. 윈슬로에 있을 때 상사였던 이네즈 개릿이 있었고,

헨리 킴볼도 있었지만 그는 항상 미리 예고를 하고 나타나는 쪽이었다.

"마사 래틀리프." 엄마가 말했다. "네 연락처를 묻기에 여기서 우리와 같이 지내고 있다고 말했어. 괜찮지?"

"그럼." 이렇게 답하며 머릿속으로는 십수 년 만에 듣는 이름에 얼굴 하나를 떠올리고 있었다. 하나같이 가느다란 이목구비에 여우를 닮은 마사의 얼굴, 그리고 골판지색 머리칼.

"또 다른 말은 없었고?"

"그냥 전화 달라고만 하던데. 번호 적어놨어."

"알겠어. 고마워요." 이렇게 말하고는 위층으로 마저 걸음을 옮겼다.

마사 래틀리프와 알고 지낼 당시, 그녀는 내가 가장 가깝게 지낸 진짜 친구였다. 15년도 더 전에 우리는 메릴랜드에 있는 버벡 칼리지에서 기록학 과정을 함께 이수했다. 행복한 때였다. 대학 시절은 물론 에릭 워시번과의 끔찍한 관계도 모두 뒤로 하고 떠나와서 다행이었고, 관심이 가는 커리어를 발견해서 기뻤다. 도서관이야 늘 좋아했지만, 오래된 것보다는 새로운 것을 더욱 소중히 여기는 공간처럼 느껴졌다. 새로 들어온 도서를 위한 책장은 가장 중요한 위치에 자리한 한편, 책등과 아름다운 표지가 갈라진 오래된 책들은 도서관 판매용 더미에 쌓여 3달러에서 5달러 사이에 거래되었다. 왜 사람들은 새로운 예술을 원하는 걸까? 사람들이 새로운 예술을 창조하는 것은 이해하지만 새로운 예술을 원하는 심리의 정체는 무엇일까? 아직 오스틴의 작품을 전부 읽지도 않았으면서 신간 로맨스 소설은 왜 읽는 것일까? 그래서 기록학을 포함해 도서관학이라는 분야가 간단히 말해 역사적 문헌을 보관하는 학문이라는 것을 알게 되었을 때 내 커리어를 찾았다는 것을 직감했다.

버벡에서 이 2년제 대학원 과정을 듣는 사람은 얼마 없었다. 여자 여섯 명과 남자 한 명이 다였다. 오리엔테이션 때 이 일곱 명이서 앞으로 많은 시간을 함께할 것이라는 사실을 알게 된 다른 여학생들은 신이 나 보였다. 다들 책을 좋아하고 조금은 특이한 구석이 있었다. 고등학교 때는 대학에 가면 훨씬 좋아질 거라는 이야기를 듣고, 대학에 가서는 대학원에서 큰 행복을 느낄 거라는 이야기를 듣고 자랐을 것 같은 여학생들 말이다. 이 그룹에서 유일한 남자는―래리 차일즈―진정한 아웃라이어였다. 남자였을 뿐 아니라 흑인이었고, 20대 후반쯤으로 우리보다 나이도 좀 더 많았다. 나처럼 그는 오리엔테이션이 진행되는 내내 조용했고, 두꺼운 안경 렌즈 너머로 상황을 지켜보기만 했다. 디어드라 존스란 이름의, 엄마를 떠올리게 하는 외모의 학과장은 환영회 만찬 자리에서 여러 가지 활동을 진행시켰다. 그중 하나가 '두 가지 진실과 한 가지 거짓'이라는 아이스 브레이킹 게임이었다. 내가 마지막 순서라 어떤 말을 할지 생각할 시간이 좀 있었다. 나와 관련한 진실로 어떤 이야기를 제시할 수 있을지 혼자 장난삼아 떠올려봤다. 가령, 대학 때 남자친구에게 캐슈넛을 먹여 죽였다 같은 것. 고민 끝에 나는 델로니어스 몽크의 이름을 딴 농가에서 자랐다, 너구리를 키운 적이 있다, 퀼트를 무척 좋아한다, 라고 말했다. 내가 퀼트를 하는 사람이 아니라고 추측한 사람은 래리 차일즈밖에 없었다. 그 한심한 게임 중에 그가 무슨 말을 했었는지 기억하지 못해 아쉽지만, 그가 했던 거짓말은 기억하고 있다. 그는 자신이 프레더릭 더글러스(미국 노예해방론자―옮긴이)의 직계 후손이라고 했다. 대부분은 그 말을 믿었다.

오리엔테이션 때 마사 래틀리프가 한 말도 기억에 남아 있다. 방금 전에 만난 사람들 앞에서 밝히기에는 좀 이상한 내용이었기 때문이다. 그녀의 거짓말은 배럴 통에 몸을 싣고 나이아가라 폭포에서 떨어져본 적이 있다는 말도 안 되는 이야기였지만, 진실 중 하나는 고등학교 때 주술을 거는 친구에게 저주를 받았고, 자신이 걸린 저주는 사랑의 저주라는 내용이었다. 디어드라 존스는 "와, 어떤 이야기일지 너무 궁금하군요"라고 말하고는 다음 사람에게 넘어갔다.

나는 그 이야기를 듣고 마사에게 호기심이 일었다. 미주리 출신의 그녀는 껑충하게 큰 키에 긴 갈색머리를 하고 있었다. 두 눈은 항상 빠르게 깜빡였고, 볼 안쪽을 씹는 나쁜 습관이 있다는 것을 한눈에 알 수 있었다. 그 게임 이후 이 그룹에서 알고 싶은 사람은 그녀뿐이라고 결론을 내렸고, 결과적으로 내 판단이 옳았다. 첫 학기가 시작되고 일주일이 지났을 때 동기 중 가장 사교적이던 세실리 마쿤스가 버벅 컬리지와 가까운 곳에 위치한 자신의 아파트에서 디너파티를 열었다. 나는 바닷물이 드나드는 습지가에 자리한 200년 된 집에 방을 구한 탓에 학교에서 몇 킬로미터 떨어진 곳에서 지내고 있었다. 학생 주거 지원 센터에 등록되어 있는 방이었다. 그곳에서 근무하는 학생에게 문의하자 그녀는 얼굴을 찌푸리며 월세는 싸지만 방을 세놓는 주인 여자가 좀 특이하다고 설명했다. 그래도 나는 집을 보러 갔다. 오랫동안 페인트칠을 하지 않아 굴 껍질 색으로 바랜 목조 주택이었다. 집의 삼면을 빙 두르는 넓은 베란다가 나 있었고, 휴대용 스토브와 욕실이 딸려 있었다.

그 집에 사는 사람은 에델 왓킨스라는 여성이었다. 여든 살의 나이에 성미가 괴곽했던 그녀는 그 집에서 태어나 평생을 그곳에서 지냈다.

세입자 면접 당시 그녀는 내게 남자친구가 있는지 물었고 나는 남자친구 같은 것은 이제 다 지겨워졌다고 답했다. 내 말을 믿지 않았던 게 분명한 것이, 그녀가 표정을 구기더니 이내 나를 쏘아봤기 때문이다. 나는 일부러 아무런 대꾸 없이 그녀를 마주 바라봤고, 이내 그녀는 고양이에게 코를 한 대 얻어맞은 개처럼 고개를 뒤로 재꼈다. 그녀에게 방을 쓰고 싶다고 말하자 그녀는 마지못해 동의했다.

세실리의 집에서 열린 디너파티 자리에서 다 같이 사워크림 대신 플레인 요거트를 곁들인 채식 엔칠라다를 먹던 중 나는 동기들에게 집을 구한 이야기를 들려주었다. 식사 후 우리는 거실에서 와인을 마셨다. 나는 어느새 마사 래틀리프와 대화를 나누고 있었다. 그녀는 내 집주인에 대해 여러 가지를 물었다. "그 사람 꼭 마녀 같은데." 마사가 말했다.

"생긴 것도 그래." 내가 말했다. "헤어스타일은 더 그렇고."

"내가 언제 한번 가봐도 될까? 대학원 기숙사를 신청한 것은 실수였어. 꼭 감옥 같거든."

"당연하지." 그녀에게 말했다. "마녀를 무서워하지 않는다면 말이야. 넌 이미 저주받았다고 했잖아, 맞지?"

그녀는 웃음을 터뜨렸고, 나는 그녀가 치아를 보일 때 예쁘다고 생각했다. "저주받았어. 고등학교 때 앙숙이었던 이브 덱스터가 내게 사랑의 저주를 내렸거든. 나한테 저주를 거는 현장을 직접 잡았어. 할로윈 날 밤이었는데, 그 여자애는 코스튬 같은 것도 입지 않고 있었어. 자정쯤 내 방에 있는데 왠지 창밖을 내다보고 싶은 거야. 그런데 그 여자애가 우리 집 마당에서 달빛을 받으며 서서는 내 창문을 올려다보고 있었어."

"왜 널 저주한 건데?"

"내가 그 아이 남자친구랑 키스했거든. 그런데 둘이 사귀고 있을 때도 아니었어. 헤어지고 난 뒤였어. 내가 딱히 그 남자를 좋아한 것도 아니었는데, 키스를 해본 적이 없어서 어떻게 거절해야 할지를 몰랐어."

"완벽한 첫 키스를 막 꿈꾸고 그런 여고생은 아니었나 봐?"

그녀가 눈을 굴렸다. "세상에. 절대로. 그런 건 관심 없었어."

"그래서 키스한 걸 그 친구가 알게 된 거구나."

"정확해. 이브가 알게 된 거야. 친구 같은 사이였는데, 그것으로 끝난 거지. 자기 친구들한테 시켜서 학교에서 나를 모르는 척하라고 하고, 복도에서 나한테 헤픈 년이라고 부르게 했어. 나는 그것보다 심한 일은 없을 거라고 생각했는데 그 여자애가 사랑의 저주를 거는 법을 찾아본 것 같더라고. 약간 존경심이 들 정도였다니까. 다만 저주가 정말 걸렸다는 게 문제지만."

"그 여자애가 너한테 저주를 건지 어떻게 알았어?"

"당시에는 몰랐어. 대학교 2학년 때 주말을 같이 보내려 친구 집에 갔는데, 친구 엄마가 파트타임으로 심령술사 일을 하는 분이었어. 그 엄마가 날 한번 쓱 보더니 사랑의 저주에 걸렸다고 하는 거야. 그 말을 듣는 순간 그날 밤이 떠올랐어. 내 머릿속에서 그날이 순간적으로 스쳐지나간 거야. 그러고 나니 전부 다 이해가 가더라고. 대학 때 만났던 남자애들이 하나같이 좀 끔찍했거든."

자신의 이야기를 들으며 고개를 끄덕이는 나를 보고 그녀는 이렇게 말했다. "네가 무슨 생각하는지 알아. 대학 때 만난 애들이 다 끔찍했다는 게—"

"아냐." 그녀에게 말했다. "네 말 믿어. 네가 저주에 걸렸을 수도 있어.

그래서 이제 어떻게 할 생각인데?"

"남자를 피할 거야." 그녀가 말했다.

하지만 마사 래틀리프가 버벡에서의 첫 해 동안 모든 남자를 피한 것은 아니었다. 처음 그녀는, 아니 우리는 래리와 친구로 지냈지만, 조금이라도 생각이 있는 사람이라면 래리가 마사에게 빠졌다는 것을 알 수 있었다. 다들 두 사람 사이에 무슨 일이 벌어질 줄 알았지만, 두 번째 학기가 시작될 무렵 대학생들이 주 고객인 하이드아웃이란 바에서 동기 몇 명이 모여 술을 마실 때 예상과 다른 상황이 펼쳐졌다. 내 기억에 래리도 있었고 마사도 있었으며, 세실리가 우리가 모르는 사람 한 명을 그 자리에 데리고 왔다. 이선 살츠라는 이름의 남자였는데 창작 수업의 초빙 작가였다. 세실이 소개를 하는 와중에 이선이 테이블로 다가왔다. 그는 아이비리그 대학 미식축구 팀의 쿼터백 선수 같은 느낌이었다. 금발에 넓고 각진 턱, 어깨가 넓고 허리가 가늘어 V자 형으로 보이는 몸매까지. 그가 테이블에 자리한 사람들을 눈으로 훑으며 한 명 한 명에게 시선을 둔 뒤 나름의 분류를 마치고는 (솔직히 말해 나도 그를 상대로 그렇게 했다) 마사에게 시선을 고정시키는 모습이 내 눈에 들어왔다. 중서부 출신 특유의 창백한 그녀의 얼굴이 새빨갛게 달아올랐다. 그는 우리에게 어떤 술을 마시는지 물어보고는 주인이 던진 장난감을 물어오려 뛰어나가는 개처럼 바를 향해 곧장 뛰어갔다. 나는 마사 옆에 앉은 래리를 살피며 그도 내가 본 것을 알아챘음을, 마사가 이 잘생긴 이방인에게 첫눈에 반하는 뭐 그 비슷한 감정에 빠졌음을 그도 눈치챘음을 알았다.

5

이선 살츠 사태가 벌어질 당시, 그가 어떤 사람인지 간파한 나는 자꾸 하이드아웃에서의 그날 밤을, 그가 도서관학 석사 몇 명이 모인 테이블로 다가와 인사를 나누었던 순간을 떠올렸다. 우리를 살피던 그의 눈이 마사에게 이르러 한참을 머무른 것을 기억하고 있었다. 술을 갖고 돌아오는 그를 위해 우리는 그가 앉고 싶어 하는 곳을, 마사의 바로 옆자리를 정확히 비워두었다.

당시 나는 그가 그녀를 그렇게 순식간에 확신에 차 선택한 이유가 궁금했다. 또한 그가 왜 나를 고르지 않았는지도. 오만한 소리라는 것을 안다. 나는 이선 살츠는 물론 그 어떤 남자에게도 관심이 없었다. 하지만 나는 자신이 여우의 눈에 맛있는 먹이처럼 보이리라는 것을 아는 토끼처럼, 내가 매력적이라는 사실을 잘 알고 있었다. 나는 술 취한 예술가들과 작가들이 끊임없이 드나드는 휴양지인 집에서 자랐다. 사춘기가 되기 훨씬 전부터 시선을 받아왔다. 그렇다고 그런 이유에서 남자나 사랑을 내 인생에서 지우겠다고 맹세한 것은 아니었다. 에릭 워시번 때문이었다. 그와 사랑에 빠졌지만 그는 나를 배신했다. 흔한 이야기라는 것은 나도 잘 알지만, 그 일은 비단 남자들이 여자들에게 무슨 짓을 할 수 있느냐 만이 아니라 나를 배신한 남자에게 내가 무엇까지 할 수 있는지를 가르쳐준 사건이었다. 딱히 내가 다시 보고 싶지 않은 내 모습이다.

우리가 이선 샬츠를 처음 만난 그날 밤, 내가 그를 밀어내야 하는 일이 없어서 기뻤지만, 그가 마사에게 너무 집중하는 모습을 보며 그 당시에도 조금 걱정을 했었다. 나는 사랑의 저주 같은 것은 믿지 않았지만 쓰레기 같은 남자들이 있다는 사실은 믿었다. 마침 마사가 그중 한 명의 마음을 끈 것이었다. 당시 나는 그가 그녀에게 빠진 게 아니라 그녀에게서 어떤 나약함을 느꼈고, 그래서 우리 무리와 그녀를 갈라놓으려 하는 것 같다는 생각을 했었다.

술집 밖으로 나와 각자의 길로 해산하는 것으로 그날 밤이 정리되었다. 잘 가라는 인사는 얼어붙을 정도로 차가운 겨울바람에 황급히 마무리되었다. 이선 샬츠가 마사와 같은 방향으로 사라지는 걸 보고 놀라는 사람은 아무도 없었다.

그다음 주 월요일, 학생회관에서 차를 마시던 중 나는 마사에게 별일 없었는지 물었다. "자세히는 말해주지 말고." 내가 말했다. "그냥 대략적인 이야기만."

잠시 생각을 하던 그녀는 이렇게 말했다. "남자친구가 생긴 것 같아."

"사랑의 저주는 어쩌고?"

그녀는 웃음을 터뜨렸지만 그녀의 눈이 슬퍼보였다. "아, 그건 변함이 없지. 이선이 내 마음을 아프게 하리라는 건 이미 알고 있지만 뭐, 상관 없달까. 그 사람 너무 잘생겼잖아, 그렇지 않아?"

"잘생겼어." 내가 답했다.

점점 깊어가는 연애에 푹 빠진 마사는 이 대화 이후로 한동안 모습을 감추었다. 석사 과정을 듣는 몇 안 되는 동기들도 조금씩 멀어져갔다. 메릴랜드치고는 추운 겨울이었고, 두 번째 학기에 들어야 할 강의가 가을에 비해 훨씬 많아졌다. 강의 때면 서로 얼굴을 봤지만 어울리는 자리가 줄었다. 드물게 세실리가 파티를 열거나, 다 같이 하이드아웃에 모일 때면 마사는 참석하지 않거나 이선과 함께 등장해서는 조난자가 뗏목 조각에 매달리듯 그의 팔에 매달린 채 술 한 잔만 하고 가는 식이었다. 이선이 이야기를 시작할 때면 보통 그가 가르치는 학부 글쓰기 강좌에서 벌어진 재밌는 일을 들려주었는데, 그럴 때마다 마사는 다들 불편해질 정도로 뚫어져라 이선을 바라봤다. 표면적으로 이선은 정말 괜찮은 남자였다. 그의 외모에만 해당하는 이야기가 아니었다. 똑똑하고 재치 있었으며 놀라울 정도로 타인의 말을 잘 들어주는 사람이었다. 다른 사람이 이야기를 할 때면 그는 지금껏 이렇게 흥미진진한 이야기를 들어본 적이 없다는 듯이 상대에게 파란색 눈을 고정시켰다. 물론 교묘한 기술이자 재능이었다. 알아봤지만 그저 여자를 유혹하려는 남자가 부리는 기술쯤으로만 생각했다. 당시 나는 이선이 한 여자와의 관계를 일정 기간 동안만 유지하는, 그러니까 이곳저곳 자주 옮겨 다니며 그곳에서 자발적인 섹스 파트너를 빨리 찾아내는 그런 남자라고 생각했다. 그의 뒤로 상처받은 젊은 여자들이 길게 줄 서 있지만 딱히 그가 뭐 범죄를 저지른 것은 아닌, 그런 경우에 속한다고 확신했다.

하지만 3월 언젠가, 메릴랜드에 추위가 가시기 시작할 무렵부터 마사는 어딘가 달라졌다. 설마 가능할까 싶었지만 그녀는 더욱 말라갔고, 피부는 단순히 창백하다 못해 백묵처럼 거칠해져 손을 대면 손가락에 새하얀 가루가 묻어날 것만 같았다. 그녀는 무력해 보였고, 교수 한 명은 그녀가 낙제 위기에 처해 있다고 내게 몰래 털어놓기까지 했다.

그녀가 그토록 달라진 데 여러 가지 이유가 있을 수 있겠지만, 나는 왠지 이선과 연관이 있으리라고 짐작했다. 그녀에게 직접 물어볼까 생각도 했지만 아무런 문제도 없다고 부인하리라는 것도 알고 있었다. 그냥 내버려 두라고 스스로에게 말했다.

4월 초, 날이 유난히 좋았던 어느 토요일에 내가 체서피크로 차를 몰고 갈 일만 없었어도 정말 그냥 내버려 둘 생각이었다. 가는 길에 게 요리를 파는 곳에 들렀던 나는 문 밖까지 길게 이어진 대기 줄을 기다리고 싶지는 않았다. 다시 차로 돌아와 주차장을 빠져 나가려던 차에 마사와 이선이 그 음식점에서 나와 이선의 지프로 향하는 모습이 눈에 들어왔다. 멀리서 보이는 두 사람의 모습이 어딘가 부자연스러웠다. 그녀는 한 발자국 뒤에서 그의 등에 시선을 둔 채 따라 걸었고, 조수석 문에서 기다리다 이선의 허락이 떨어지자 차에 올랐다. 적어도 내 눈에는 그렇게 보였다. 나는 차에 시동을 켠 채로 두 사람이 주차장을 빠져 나가 남쪽으로 향하는 도로에 올라타는 모습을 지켜봤다. 그 뒤를 따른 나는 두 사람이 버벡으로 돌아가는 길일 거라 예상했지만 아니었다. 대신 내륙으로 향하던 이들은 포트토바코라는 동네로 가더니 싸구려 술집처럼 보이는 스리 레그드 독이란 술집 앞에 차를 세웠다. 두 사람이 술집에 들어갈 즈음 해가 저물기 시작했다.

아무것도 먹지 못한 나는 차로 잠시 주변을 돌다 햄버거 가게 한 곳을 발견했다. 1950년대 식당처럼 보이려고 한 것인지 아니면 실제로 지난 70년간 그 모습 그대로를 유지한 것인지 알 수가 없었다. 말라비틀어진 햄버거를 다 먹고 난 후 스리 레그드 독을 한번 살펴보기로 결심했다. 정확히 이유는 알 수 없지만 자연스러운 상황 속에 있는 두 사람의 모습이 보고 싶었다. 이선 살츠는 서서히 그리고 아마도 의도적으로 마사 래틀리프를 변화시키고 있었고, 나는 더 자세히 알고 싶었다. 곧장 두 사람 눈에 띈다면 함께 술을 마시고 헤어지면 될 터였고, 아니면 두 사람을 관찰할 만한 자리를 찾을 수도 있었다.

이선의 지프가 주차된 곳에서 몇 칸 떨어진 자리에 차를 세운 후, 울로 된 겨울용 캡 모자를 쓴 뒤 머리카락을 그 안으로 밀어 넣고는 앤절라 카터의《피로 물든 방》을 손에 든 채 걸음을 옮겼다. 공압식 도어 클로저가 설치된 바의 앞문을 밀고 들어가자 오른편에 2인용 부스가 비어 있는 것이 보였고 곧장 그곳으로 향했다. 외투는 벗었지만 모자는 그대로 두었다. 다가온 여자 종업원에게 진토닉 한 잔을 주문했다. 주문한 음료가 오고 나서야 나는 주변을 둘러봤다. 부스와 테이블이 모두 마련되어 있는 술집은 밖에서 보는 것보다 내부가 넓었고, 한가운데 타원형의 커다란 바가 중심을 잡아주고 있었다. 뒤쪽으로 당구대와 주크박스가 있었고, 거기서 테킬라를 마시자는 내용의 컨트리 노래가 흘러나왔다. 이선과 마사는 바 건너편에 나란히 앉아 있었다. 수많은 술병들에 더해 술집 로고가 새겨진 핑크색 티셔츠를 똑같이 맞춰 입은 여성 바텐더 세 명이 정신없이 움직이는 통에 두 사람의 얼굴은 간신히 보이는 정도였다. 이선이나 마사가 고개를 들면 파란빛의 담배 연기 너머로 비좁은 부스에 앉은 나를 볼 수도 있겠지만, 그럴 일은 없을 것 같았다. 나는 이 자리를 지키며 두 사람을 지켜보기로 결심했다.

그곳에서 세 시간을 머물며 술을 세 잔 마시고 남자 네 명을(그중 한 명은 앤절라 카터의 팬이라며 접근했다) 거절하는 동안 이선과 마사가 게임 비슷한 것을 하는 모습을 지켜봤지만 게임의 규칙은 아직 정확히 파악이 되지 않았다.

내가 이해한 바로는 두 사람이 바에서 각각 술을 한 잔씩 마시고는─그는 위스키 소다를, 그녀는 화이트 와인을 마시는 것 같았다─둘 중 한 사람이 주변을 돌아다니다 낯선 사람을 한 명 데리고 오는 게임이었다. 마사의 차례가 되면 사람들이 바글거리는 바를 돌다 보통은 남자를 한 명 데려왔지만, 한 번은 여자와 함께 온 적도 있었다. 서로 인사를 나누고는, 어느 순간인가 이선이 한 말 때문에 낯선 사람이 자리를 뜨는 것처럼 보였다.

이선이 나설 때면 매번 여성 한 명을 동행해 금방 자리로 돌아왔고, 그는 호들갑을 떨며 여성을 마사에게 소개했다. 한 번은 그가 유독 취한 여성을 데려와 그녀의 생김새를 하나하나 뜯어보며 떠드는 모습이 마치 최고가를 부른 입찰자에게 그녀를 팔려는 사람처럼 보였다. 그는 웃고 있었다. 그가 바 건너편, 내가 앉아 있는 곳으로 다가올까 내내 걱정이었지만 그런 일은 벌어지지 않았다. 스리 레그드 독에서는 바의 오른쪽은 조용한 커플들과 혼자 온 사람들이 앉고, 왼쪽은 컨트리 명곡을 따라 부르는 사람들의 노랫소리에 더해 자유분방한 토요일 밤 파티 분위기가 형성되는 것으로 자연스럽게 구획이 나뉘는 것 같았다.

이 정도면 충분히 봤다는 생각이 들었다. 들키지 않아 다행이었다. 술값을 지불하기 위해 내 테이블을 맡았던 종업원을 찾는 중에 마사와 이선이 아직 술을 마실 나이가 안 되어 보이는 여자아이와 대화를 나누는 모습이 보였다. 검은색 긴 머리를 한 아이는 크롭톱과 밑위가 짧은 청바지를 입고 있었다. 여자아이는 영화배우를 바라보듯 이선을 바라봤다. 내가 술값을 지불하기도 전에 세 사람이 함께 술집을 나섰다.

나는 습지에 자리한 집으로 돌아와 내가 목격한 것을 다시금 생각해봤다. 이선과 마사가 바를 다니며 스리섬을 할 상대를 찾는 것만은 분명해 보였다. 두 사람이 토요일 밤을 그런 식으로 보내는 것이야 내가 상관할 일이 아니었다. 다만 권태로워 보이는 마사와 그저 신이 난 듯한 이선의 모습에서 어쩐지 양쪽 모두가 합의한 상황은 아닌 것 같다는 생각이 들었다.

이후 마사를 본 것은 우리가 함께 듣는 기록평가론 강의였다. 수업이 끝난 후 우리는 함께 캠퍼스를 걸었다.

"며칠 전 밤에 너를 봤어." 내가 말했다.

"그래?"

"토요일 밤에. 포트토바코에 있는 술집에서 술 한잔했거든. 네가 이선이랑 있는 거 봤어."

그녀와 나란히 걷던 중 슬쩍 기색을 살폈고, 그녀의 얼굴에 불안과 두려움이 떠오른 것이 보였다. "인사하지 그랬어." 그녀는 제법 평범한 목소리로 말했다.

"정말 술 한 잔만 하러 들어갔던 거기도 하고, 둘이서 데이트 중인 게 뻔한데 왠지 어색해질까 봐. 인사했어야 했는데, 나 혼자 괜히 좀 그랬어."

휙 날아든 프리스비에 어깨를 맞을 뻔했다. 프리스비를 잡은 남자가 큰 소리로 사과를 전했다.

"이선과는 잘 지내지?" 최대한 자연스럽게 들리도록 애를 썼다.

"음…… 좋지." 잠시 말을 멈춘 그녀가 다시 입을 열었다. "이선과의 사이에는 흥미로운 일들이 많아."

"그렇구나." 내가 말했다.

잠시 우리는 아무 말 없이 걸었고, 새 울음소리만 들렸으며, 나는 인내심을 발휘해 그녀의 말을 기다렸다.

"그 남자는 성에 있어 모험적이고 난 그렇지 않은 편이지만 그게 나쁜 건 아니니까. 그러니까 재밌어. 재밌는 사람이야."

우리는 학생회관에 도착했고, 그곳에 들어가는 대신 나는 마사를 이끌고 캠퍼스 내 네모난 중앙 안뜰을 마주하고 있는 나무 벤치로 가서 앉았다. 그녀는 남자친구와의 이야기를 누구에게든 너무도 털어놓고 싶었다는 듯 흥분한 사람처럼 말을 쏟아내기 시작했다.

"그 사람이 여름에 글쓰기 수련회 뭐 그런 걸로 버몬트에 가면 그것으로 우리의 관계가 끝나리라는 것은 나도 알고 있어. 아무래도 그게 최선이겠지. 나도 이선 살츠 같은 남자와 결혼하게 될 거라고는 생각해본 적 한순간도 없어. 그 남자와 사귀는 것도 하나의 경험이라고 생각했어. 그러니까, 그 사람은 스리섬에 빠져 있어. 같이 하기도 했고 그건 괜찮은데, 그 남자 좀 이상한 롤플레잉에도 심취해 있거든. 그런 게 좀 무서울 때도 있어서, 내가 이선에게 그 뭐라 그러지, 내 안정선 같은 것을 넘어선 것 같다고 했어."

"그랬더니 뭐라 그래?"

"아, 그 사람은 웃더라고. 뭐든 웃어 넘겨. 그러고는 그 사람이 뭐라고

68

했는데 그 말이 내내 좀 마음에 걸려. 나보고 프로젝트래. 내가 똑똑히 기억하는데 이렇게 말했어. '넌 내 프로젝트야, 마사. 그래서 널 고른 거라고. 네가 어디까지 갈 수 있는지 보려고.'"

"웩." 내가 말했다.

"그냥 농담처럼 한 말이었을 거야, 진짜로. 그래도 역겹긴 하지."

"그 사람이 널 다치게 했어?"

망설이는 모습만 봐도 그 대답을 짐작할 수 있었고, 이내 그녀는 이렇게 말했다. "아주 심각한 건 없었어. 그런데…… 있잖아, 내가 다 말해 줄게……." 그녀가 심호흡을 했다. "토요일 밤에, 네가 바에서 우리 봤던 날, 그때도 스리섬을 할 상대를 찾고 있던 거였어. 물론 그게 처음도 아니었고. 그러다 그 동네에 사는, 진짜 좀 맛이 간 것 같은 여자애랑 집에 가게 된 거야. 왜 맛이 갔다고 말을 하냐면, 그 여자애 정말 심하게 취해 있었고, 분위기가 순식간에 아주 이상하게 흘러갔거든……. 자세히는 말하지 않겠지만, 내가 그 아이에게 고통을 가하도록 만들려고 했어, 이 선이."

마사는 손바닥으로 한쪽 눈을 지그시 눌렀고, 나는 한 손을 그녀의 등에 대고 가만히 있었다. 잠시 후 내가 입을 열었다. "그 남자를 떠나야 해. 너도 아니까 나한테 이런 이야기 하는 거잖아."

"알아." 그녀가 말했다.

그날 저녁, 우리는 콘크리트 블록으로 지어진 그녀의 작은 기숙사 방 싱글 침대에 앉아 계획을 세웠다. 방은 〈뉴요커〉 표지를 넣은 액자로 꾸며져 있었는데 대부분 고양이가 그려진 표지였다. 딱 하나, 뉴욕의 스카이라인을 수채화로 표현한 표지가 하나 보였고, 나는 그것이 1986년에

발행된 호의 표지라는 것을 알아봤다. "마틴 토비의 마지막 날들"이라
는 제목의 아빠의 글이 실렸었다.

"이선은 별 신경도 안 쓸 거야." 마사가 말했다. "감정적으로든 뭐든
개의치 않을 거야. 하지만 그 사람은 정말 나를 하나의 프로젝트로 보고
있고, 나는 그 사람이 그 프로젝트를…… 나를 끝낸 건지 모르겠어."

우리는 헤어질 때 무슨 말을 할지 연습했고, 마사는 다음 날 저녁 하
이드아웃에서 그를 만날 계획을 세웠다. 나는 그곳에 10시 30분쯤에 등
장하기로 했다. 우리는 몇 가지 쉬운 신호도 정했다. 가령, 내가 바에 도
착한 후 두 사람에게 인사를 하고 난 뒤 마사가 술을 한 모금 마시면 내
가 자리를 비켜주는 거였다. 마사가 머리를 귀 뒤로 넘긴다면 내가 그
자리에 같이 있어야 했다. 그래야 혹시나 상황이 안 좋아질 때 내가 도
와줄 수 있었다.

그다음 날 밤 10시 15분쯤 하이드아웃에 도착한 나는 뒤쪽 부스 중
한 곳에 앉아 있는 마사와 이선을 바로 알아봤다. 나는 바에 가서 라임
을 곁들인 소다수를 한 잔 시키고는 스툴에 앉은 채로 몸을 살짝 뒤로
젖혀 두 사람을 지켜봤다. 내 자리에서는 이선의 머리와 금빛 머리카락
과 긴장된 얼굴로 해명을 하는 마사의 얼굴이 눈에 들어왔다. 잠시 대화
가 중단된 틈에 나는 스툴에서 미끄러지듯 일어나 두 사람이 있는 곳으
로 다가갔다.

"어, 안녕." 내가 말했다.

마사가 머리카락을 왼쪽 귀 뒤로 넘기는 동안 이선은 나를 올려다보
며 인사했다. "안녕, 릴리."

"여기 앉아." 마사가 부스에서 몸을 일으키며 말했다. "마침 화장실 다

녀오려고 했어."

나는 마사가 비켜준 부스 좌석의 원목 의자에 몸을 앉히고는 좁은 테이블 건너편에 있는 이선을 바라봤다. 그는 즐거워보였다. "별일 없지?" 내가 물었다.

"인형극을 보는 것 같더라고." 그가 여전히 미소를 머금은 채로 말했다. "움직이는 건 마사의 입인데, 거기서 흘러나오는 이야기들은 다 네 말이야."

"뭐라고?" 내가 말했다.

"아님 말고. 난 뭐 상관없거든." 그가 테이블 앞으로 몸을 기대자 그의 향이 전해졌다. 남성용 비누, 늘 이 냄새가 났다.

"네가 무슨 말 하는지 아직도 모르겠어."

"무슨 소리인지 다 알잖아. 하지만 뭐, 속아줄게. 마사는 좀 전에 헤어지자고 하고, 너는 또 마사를 집까지 안전하게 데려다주려고 여기까지 왔을 테니. 이 말 한마디는 할게. 내가 다시 마사를 되찾겠다고 마음만 먹으면 그건 일도 아니라는 거. 그런데 솔직히 말해 그런 수고를 할 정도로 중요하지가 않거든. 그리고 네가 마침 와서 말인데, 내가 너를 선택하지 않은 것 때문에 나한테 화가 난 건 알겠어. 하지만 너도 굉장히 쉬운 상대였을 거야. 넌 이미 괴물이잖아, 릴리. 동족끼리는 알아보는 법이거든."

"이봐, 이선." 나는 목소리를 낮췄다. "나는 괴물이 맞아. 그거 잊지 마, 알겠어?"

마사가 자리로 돌아오고 있었고, 술을 너무 많이 마셔서인지 아니면 이선에게 헤어지자는 이야기를 하며 스트레스를 너무 받은 탓인지 걸음이 조금 불안해 보였다. 나는 곧장 자리에서 일어나며 말했다. "마사, 나 컨디션이 좀 별로야. 이런 부탁해서 미안하지만 집까지 좀 데려다 줄 수 있을까?"

"당연하지." 이렇게 말한 그녀가 코트를 챙기고 우리는 그곳에서 나왔다. 이선은 자리에 앉아 웃고 있었다.

마사와 함께 내가 세를 들어 사는 집으로 왔다. 거실에 앉아 깜빡거리는 낡은 TV로 시트콤 재방송을 시청하는 것을 좋아하는 집주인, 에델 왓킨스를 마주쳤다. 친구를 데려와서 한마디 할 줄 알았지만 집주인은 위층으로 올라가는 우리를 빤히 노려보기만 했다. 마사는 우리 집에서 하룻밤을 묵었다. 아드레날린에 잔뜩 취한 마사는 당시 어떤 대화를 나눴는지 몇 번이나 내게 말하고는 앞으로는 정말로 남자를 만나지 않을 거라고도 말했다. 마사는 옷을 입은 채로 이불 위에서 잠이 들었고 나는 그녀 옆에 몸을 말고 누웠다.

그다음 주 내내 우리는 붙어 다녔고, 마사는 이선과의 관계가 끝났다는 데 너무 좋아서 들떴다가 사랑하는 사람을 잃은 상실감에 시달리다가를 반복한 한편, 나는 역습이 올 것을 경계하고 있었다. 하지만 그런 일은 벌어지지 않았다. 이후 나는 럭비 셔츠에 카고 반바지를 입고 중앙 안뜰을 가로지르는 이선을 딱 한 번 봤다. 우리의 시선이 잠시 스쳤지만, 그의 얼굴에는 아무런 표정도 담겨 있지 않았다.

한 번씩 우리가 대학원 졸업 후에도 계속 친구로 지낼 수 있었을지, 아니면 여름 방학을 앞둔 마지막 날 밤 내가 한 말 때문에 사이가 멀어졌던 건지 생각할 때가 있었다.

"무슨 계획 있어?" 그녀가 물었었다. 우리는 에델의 집 앞 베란다에 앉아 와인을 마시며 애써 흡혈 파리를 무시하고 있었다.

"엄마랑 같이 지내면서 책도 좀 읽고 할 것 같아. 어쩌면 버몬트에 가서 이선 살츠를 죽일지도 모르고."

그녀는 이를 활짝 드러내며 특유의 웃음을 터뜨리고는 이렇게 말했다. "좋네, 세상을 좀 더 나은 곳으로 만드는 거지."

나는 그쯤에서 멈췄어야 했지만, 당시 어리기도 했고, 마사라면 내가 저지른 죄를 듣고도 감당할 수 있을 거라 생각했던 것 같다. "진심이야." 내가 말했다. "나는 이선 살츠 같은 인간들이 이 세상에서 사라져야 한다고 진심으로 믿는 사람이거든. 별 탈 없이 해치우는 거 그리 어렵지 않을걸."

내가 진지하다는 것을 깨닫고는 마사는 진심으로 충격을 받은 기색이 역력했다.

"아니면 말고." 나는 이렇게 말하고는 웃었다.

여름 동안 세를 얻은 방을 그대로 유지한 채 메릴랜드와 코네티컷의 몽크스하우스를 오갔다. 8월에는 런던으로 가서 아빠와 함께 지냈다. 나는 버몬트에도 가지 않았고, 이선 살츠도 죽이지 않았다. 마사와 나는 그다음 해에도 학교에서 잘 지냈지만 전과 같지는 않았고, 대학원을 마친 뒤 연락이 끊겼을 때도 그리 놀라지 않았다. 이 모든 일들을 생각하니 그녀가 왜 이제 와 내게 연락을 한 것인지 궁금해졌다.

6

"마사 맞아?"

"맞아. 릴리, 안녕. 오랜만이다." 마사의 귀에도 자신의 목소리가 떨리는 게 들렸다. 도서관 사무실에 있는 그녀는 자리에서 일어나 문을 닫았다.

"진짜 오랜만이야. 네 목소리 들으니 너무 반가워." 릴리가 말했다. 마사는 릴리가 진심으로 한 말이라는 것을 느낄 수 있었다.

"나도 정말 반가워. 다시 부모님 집으로 들어간 거야?"

"응. 사연이 좀 긴데, 짧게 말하자면 두 분이 이혼하시고 아빠는 혼자 지내기가 어려운 상황이고 엄마는 혼자 살 돈이 없어서 두 분이 같이 살고 있어. 나는 두 사람이 서로 죽이지 못하게 감시하고 있고."

"힘들겠다." 마사는 대화가 어느 정도 진행되자 자신이 지난 세월 동안 릴리를 무척이나 그리워했다는 사실을 깨달았다.

"나쁘진 않아." 릴리가 말했다.

"지금 무슨 일 해?"

"매사추세츠에 있는 윈슬로 대학 알아? 대학원 마치고 거기서 1년 정도 일했어. 일은 괜찮았는데 다시 이곳에 돌아와야 해서, 2년 전쯤 그만두고 지금은 거의 실직 상태라고 봐야지. 물론 아빠가 쌓아놓은 원고들을 정리하느라 바쁘긴 하지만."

"아, 그 일은 어때?" 마사는 잠시나마 릴리를 중심으로 대화가 진행되는 편이 좋았다.

"아빠가 원고를 전부 벽난로에 태워버리겠다고 협박은 하지만 말만 그렇게 하는 분이라 괜찮아. 아빠가 정말 온갖 것들을 다 모아서 갖고 있더라고. 꽤 추잡한 내용의 신문 기사들까지 말이야. 그나저나 넌 어떻게 지내? 일해?"

"지금은 키터리에 있는 공립 도서관에서 책임자로 일하고 있어. 그전에는 보스턴 대학에서 기록 보관 일도 했지만, 전통적인 도서관 환경으로 다시 돌아가는 것도 나쁘지 않아서 말이야."

"그럼, 당연하지."

마사는 잠시 아무 말도 하지 않았다. 한편으로는 과거 두 사람이 알고 지내던 시절 이후로 어떻게 살았는지 그간의 이야기를 나누고 싶기도 했지만, 또 한편으로는 용건을 밝히고 싶은 마음도 있었다. 결국 그녀가 입을 떼었다. "있잖아, 내가 전화를 한 용건이 있어."

"그렇구나." 릴리가 말했다. "들을 준비 됐어." 그 말투를 들으니 마사는 다시금 메릴랜드에 있는 자신의 기숙사 방에서 함께 어울리던 시절로 돌아간 것 같았다.

"나 결혼했거든."

"그래? 언제?"

"1년 좀 넘었어. 남편인 앨런은 나보다 나이가 몇 살 많아. 교육용 자료를 판매하는 일을 해서 늘 출장을 다니고." 항상 사람들의 질문 세례에 시달렸던 마사는 앨런이 무엇을 판매하는지에 대해 아직은 자세히 말하고 싶지 않았다.

"그 사람이 네 사랑의 저주를 깬 거야?"

"어머, 기억하는구나?"

"당연히 기억하지. 사실 나는 네가 이선 샬츠 일로 전화한 거라 생각했거든."

"윽, 그 이름은 정말. 듣기만 해도 몸이 막 떨려."

"그 사람 소식은 들은 거 없고?"

"세상에나, 당연히 없지. 오늘은 남편 때문에 전화한 거야. 남편 일을 털어놓을 사람이 필요해서."

"혹시 너한테 무슨 짓을 하는 거야?"

"아니, 그런 거 아니야. 전혀. 정말 다정한 사람이야. 적어도 난 그렇게 느껴. 저기, 이렇게까지는 안 하려고 했는데, 이야기를 시작한 김에 있잖아, 혹시…… 우리가 만나서 얼굴 보고 대화를 나누는 것도 가능할까?"

"당연하지." 릴리가 말했다. "사는 곳이 메인이야?"

"뉴햄프셔주에 있는 포츠머스에 살지만 직장이 메인이야. 내가 네가 있는 곳으로 갈 수 있어. 앨런이 지금 또 출장 중이거든. 지금 근무 중이긴 한데 여기 인력이 충분해서 언제든지 퇴근할 수 있어." 순간, 세상 그 무엇보다도 마사는 릴리를 만나고 싶은 마음이 간절해졌다. 전화로 나누고 싶은 대화가 아니었다.

"중간 지점에서 만나면 좋을 것 같아. 나도 오늘 드라이브 좀 하지 뭐."

마사는 컴퓨터로 지도를 확인했고, 두 사람은 매사추세츠주 우스터에서 만나 이른 저녁 식사를 함께하기로 했다. 마사는 주간 고속도로 인근이라는 위치가 마음에 들어 팁시 맥스테저스라는 이름의 아이리시 펍을 골랐다. 둘은 오후 4시에 그곳에서 만나기로 결정했다.

전화를 끊은 뒤 마사는 너무도 마음이 놓인 나머지 갑작스럽게 눈물이 터지고 말았다. 그녀는 전화 통화가 어떤 식으로 흘러갈지 예상하지 못했고, 내심 릴리가 자신을 기억조차 하지 못할까 하는 마음도 있었다. 릴리가 자신은 물론 심지어 사랑의 저주까지 기억하고 있다는 사실이 어쩐지 큰 위로가 되었다. 이제 얼굴을 보기로 했고 마사는 릴리에게 자신이 어떤 의심을 하고 있는지 털어놓을 수 있었다. 그럼 릴리는 이 모든 일들을 크게 웃어넘기며 자신의 마음을 안심시켜 줄 터였다. 그것으로 이 모든 문제가 끝날 것이었다.

한바탕 눈물을 쏟고 난 후 마사는 잠시 자리에 가만히 앉아 마음을 추슬렀다. 오늘 좀 일찍 퇴근하겠다고 간단히 적은 메일을 직원들에게 보내고는, 그간 미뤄왔던 이메일 업무도 처리했다. 도서관 직원들 중 가장 연장자인 메리가 마사의 사무실에 머리를 빼죽 내밀어 무언가를 물었고, 마사의 답변을 듣고는 이렇게 말했다. "마사, 괜찮아요?"

마사는 반사적으로 눈가를 훔치며 말했다. "네, 그럼요." 그럼에도 메리가 계속 자리를 지키고 있자 그녀는 이렇게 덧붙였다. "친구랑 좀 전에 통화를 했는데 결혼 생활이 무척 힘든가 봐요. 그래서 오늘 좀 일찍 퇴근하는 거예요. 친구를 만나려고요."

"아휴, 너무 안됐네요." 메리가 얼굴을 찌푸리며 말했다.

반쪽짜리 진실에도 만족한 얼굴로 메리가 사무실을 나가자, 마사도 이제 출발해야겠다는 생각이 들었다. 집으로 가 노트를 챙긴 그녀는 옷도 갈아입기로 했다. 오랜만에 만나는 친구를 찾아가서 남편이 의심스럽다는 이야기를 하려는 경우에는 어떤 옷이 적당할까? 결국 그녀는 살짝 낡긴 했지만 가장 좋은 청바지를 골랐고, 젊은 사서 한 명이 "보헤미안스럽다"라고 말한 나염된 상의를 택했다.

1천 200평이 넘는 주차장 부지에 자리한 거대한 규모의 팁시 맥스테저스 앞쪽은 초록색이 칠해진 목재 패널 외벽에 국기들과 줄 조명, 그리고 기네스 간판으로 장식되어 있었다. 주차장이 있는 야외가 밝았던 탓에 어두운 음식점 내부로 들어간 마사는 잠시 눈을 적응시킬 시간이 필요했다. 아이리시펍계의 월트 디즈니 같은 내부는 구석구석 토끼풀(아일랜드의 국장—옮긴이)이나 레프러콘(아일랜드 신화에 등장하는 요정—옮긴이), 기네스 광고로 도배되어 있었다. 주인이 느긋하게 다가와 그녀에게 혼자 왔는지 물었다.

"일행이 있는데 제가 좀 일찍 왔어요."

"편하신 곳에 앉으시면 됩니다."

당혹스러운 구조의 내부로 들어선 그녀는 작은 바와 좌석이 마련되어 있는 알코브(벽 안쪽으로 내장된 작은 공간—옮긴이) 두 곳을 지나 계단 두 칸을 오른 후 메인 바로 보이는 공간으로 향했다. 푹신한 스툴에 몸을 앉힌 후 대학생 나이대의 바텐더에게 기네스 한 병을 주문하고 기다렸다. 그녀가 앉은 자리는 입구를 등지고 있었고, 그녀는 맥주를 홀짝이다 뒤를 돌아 문을 확인하기를 반복했다. 아까까지만 해도 그녀는 릴리를 만난다는 생각에 마음이 놓였지만, 막상 정말 만날 때가 다가오니 긴장되기도 하고 조금 민망스럽기도 했다. 잘 알지도 못하는 사람에게 두 시간이나 차를 몰고 와서 엉뚱한 소리 좀 들어달라고 부탁을 했다고?

맥주를 다 마신 그녀는 물을 한 잔 부탁했다. 4시가 다 된 시각이었다. 혼자 술을 마시러 온 사람들 몇 명이 들어왔고, 그 뒤로 홀리크로스 대학의 맨투맨을 입은 두 명을 포함해 남자 대학생 한 무리가 들어왔다. 휴대폰에 진동이 울렸다. 노스캐롤라이나에 있는 앨런의 전화였다. 그녀는 수신 거부를 한 뒤 메시지를 보냈다. "조금 이따 전화해도 될까?" 그는 엄지가 올라간 이모지로 답했다.

다시 한번 고개를 돌려 입구를 확인한 그녀의 눈에 약 60센티미터 거리에 서 있는 릴리가 보였다. 마사는 릴리가 변했을까 궁금했는데 이제 보니 그녀는 그대로였다. 붉은색 긴 머리칼에 창백한 피부, 강렬한 녹색 눈까지. 두 사람은 포옹을 나눴고, 순간 마사는 또 한 번 눈물을 보일 뻔했지만 잘 참아냈다.

"테이블이나 부스에 앉자." 마사가 말했다.

"그래." 릴리가 말했고, 두 사람은 지나가는 여자 종업원에게 손짓해 알코브에 마련된 좌석으로 옮기겠다고 알렸다.

"너 정말 그대로다." 마사가 말했다.

"그래? 아닌 것 같은데. 그런데 넌 좀 달라 보여."

마사가 웃음을 터뜨렸다. 사람들과 교류하는 상황에서 보통 사람들처럼 대꾸하지 않는 릴리의 성향이 떠올랐다. "어떤 면이?"

"좀 더 자신감에 차 보여. 네게 딱 맞는 나이대에 진입한 것 같은 느낌."

"하. 네 말이 맞을지도. 그런데 사실 딱히 자신감에 차 있지는 않아."

종업원이 다가오자 마사는 기네스 한 병을 또 주문했고 릴리도 같은 것으로 요청했다. 주문을 받은 종업원이 자리를 뜨자 릴리가 이렇게 말했다. "그래서 네 남편 일이 뭐야?"

셔츠에 묻은 혈흔과 진입로에서 그녀가 본 남편의 모습, 그녀가 인터넷으로 찾은 사망 사건들을 들려주기에 앞서 마사는 연애 때 이야기와 그가 무슨 일을 하고 또 어떤 성격인지, 앨런에 대한 이야기를 늘어놓았다. 결혼을 했음에도 여전히 남편이 어떤 사람인지 모르겠다는 이야기까지 릴리에게 털어놓았다. 그가 낯설게 느껴진다고. 릴리는 고개를 끄덕였다.

"내가 무슨 말을 하는지 알겠어?"

"누군가가 낯설게 느껴진다는 게 무슨 뜻인지 이해했냐고 묻는 거야?"

"단순히 누군가가 아니라. 가끔 나는 모두가 낯설게 느껴질 때가 있어. 내가 다른 사람을 진정으로는 이해할 수 없는 운명을 타고난 것 같다는 생각도 들어."

릴리는 나지막한 천장에 시선을 고정한 채 맥주를 한 모금 들이켰다. "사실 다들 그런 생각을 할 것 같은데. 누군가에 대해 모든 것을 안다고 말하는 사람은 자기 자신을 속이고 있는 걸 거야."

마사가 고개를 끄덕였다. 릴리가 말했다. "그래서 너 모르게 남편이 무슨 짓을 하는 것 같은데? 바람을 피우는 것 같아?"

"아니, 그런 게 아니야." 마사는 숨을 들이쉬었다. "그것보다 훨씬 끔찍한 사람일지도 몰라."

7

"왜 그런 생각이 든 거야?" 내가 물었다.

마사는 며칠 전 덴버 출장을 다녀온 남편의 셔츠 등판에 혈흔을 발견했고, 최근 기사를 검색하다 남편의 출장과 맞는 타이밍에 미해결 폭행 사건이 한 건 발생했다는 기사를 발견한 이야기를 들려주었다. 또, 남편이 출장에서 돌아오던 날 밤, 침실 창문에서 몰래 지켜봤을 당시 그가 집에 들어오기 전에 다른 사람으로 변신하려는 듯 미소를 연습하는 것 같았다는 이야기도 했다. 마사는 나름의 상상력을 펼치고 있었는지 집 앞에서 남편이 보인 행동에 크게 놀란 듯했다. 나는 그녀에게 조금 의심스럽게 느껴지긴 한다고 말해주었다. 마지막으로 그녀는 지난 일정을 되짚다 남편이 출장을 갔던 도시마다 피해자가 모든 젊은 여성인 미해결 살인 사건이 발생했다고 말했다. "이런 생각을 하는 게 미친 거야?" 마사가 물었다.

"네가 미친 건 절대로 아닌 것 같은데." 이렇게 말하며 내심 그녀가 이 남자랑 결혼한 것이 미친 짓이었을지도 모르겠다는 생각을 했다. "하지만 네가 그렇게 생각한다고 해서 그게 사실이라는 것은 아니잖아. 날 왜 찾으려고 했던 거야?"

"모르겠어. 처음에는 내게 선택지가 두 개라고 생각했어. 앨런에게 직접 가서 내가 찾은 내용들을 알려주고 그가 어떻게 나오는지 보는 거. 하지만 만약 그가 정말로…… 괴물이나 그 비슷한 거라면…… 직접 묻는 건 어리석은 행동이잖아. 만약에 그냥 아주 이상한 우연일 뿐이었다면 본인을 의심한 나를 어떻게 생각하겠어? 내가 본인을 무슨 혐의로 의심했는지 아는 상태에서 나를 다시 믿을 수가 있겠어? 그 사람에게 직접 확인한다면 결혼 생활이 파탄날 것 같았어. 그건 바라지 않거든."

"알겠어." 나는 이렇게 말했다.

"그래서 또 다른 선택지는 아마도," 마사가 말을 이었다. "경찰에 가는 거일 텐데. 결과는 똑같을 거야. 경찰이 내 이야기를 진지하게 받아들인다면 앨런을 신문할 테고, 그럼 그 사람은 경찰에 신고한 게 나라는 걸 알게 되겠지. 어느 쪽을 택하든 다 끝나는 거야. 내 결혼 생활 말이야."

"그런데 너는 결혼 생활에 문제가 생기는 것은 원치 않는 거고?"

"앨런이 아무런 죄가 없다면 그렇지. 그 사람이 낯설게 느껴진다고 말은 했지만, 그렇다고 내가 그 사람을 사랑하지 않는 건 아니거든. 남편을 사랑해. 그 사람이 있어야 삶이 더 행복한 것 같아. 솔직히 말하자면 지금 이 자리에서 네가 나한테 쓸데없는 생각을 하고 있다고, 전부 잊으라고, 그렇게 말해주길 바라는 것 같아." 기네스를 모두 비운 마사의 입가에 맥주 거품이 조금 묻었다. "그동안 네 생각 정말 많이 했어, 릴리. 이선 살츠와의 일, 정말 끔찍했는데, 네가 날 구해준 것만 같았거든. 한 번씩 그 사람과의 관계를 계속 유지했다면 내게 무슨 일이 벌어졌을까 하는 생각도 들었고. 너는 나쁜 일이 벌어지기 전에 나를 도와준 사람이었잖아. 앨런이 참여했던 콘퍼런스 중 하나가 셰포그 대학에서 열렸던 터라 네 생각이 났어. 네가 사는 곳 근처 맞지?"

"같은 도시야. 우리 엄마가 아빠랑 만난 곳이기도 하고."

"그럼 네가 내 세 번째 선택지가 되어주는 거야. 내 생각을 너한테 말하고 네 의견을 구하는 거. 지금 상황으로는 네가 나한테 하라는 대로 할 생각이야. 지금 나는 혼자서 결정을 내릴 수가 없을 것 같거든."

"이해했어." 내가 말했다. "네가 잘 판단한 것 같아."

우리가 자리에 마주 앉고 처음으로 마사가 제대로 된 숨을 몰아쉬었다.

"셰포그 대학에서 열린 콘퍼런스 이야기 좀 자세히 해봐." 내가 말했다. "그때도 사망 사건이 있었어?"

마사는 옆에 둔 커다란 토트백에서 노트 한 권을 꺼내며 말했다. "훌륭한 사서라면 마땅히 그렇듯 내가 알아낸 것들을 목록으로 만들어 정리했어. 셰포그에서 벌어진 사건은 리스트에서 제외시킬 뻔했어. 뭔가좀 달랐거든."

"왜?" 내가 물었다.

그녀는 노트를 넘기다 해당 페이지를 찾아냈다. "다 이야기해줄 거지만 우선, 다섯 건의 사건 중에 거기서만 실제 콘퍼런스 참석자가 사망했어."

"무슨 콘퍼런스였어?"

"유치원부터 12학년까지의 미술 교사들을 위한 주말 콘퍼런스였고, 조지 닉슨은 업스테이트 뉴욕에서 온 중학교 미술 교사였어. 기숙사 발코니에서 뛰어내렸지."

"아, 기억난다." 내가 말했다. "지난여름에 있었던 일이잖아." 동네에서 벌어진 비극적인 사건이라면 족족 다 알려주는 엄마에게서 전해 들었다. 휴대폰을 들여다보던 엄마는 나도 화면을 같이 보고 있다고 생각하는 건지, "이게 말이 돼?" 같은 말로 운을 띄울 때가 많았다.

"맞아. 그 사건은 자살로 결론이 나서 엄밀히 말하자면 미해결 살인 사건은 아니야."

"하지만 미해결 살인 사건일 수도 있지." 내가 말했다.

"내가 아는 거라고는 남편이 그곳에 있을 때 그 사건이 벌어졌다는 것뿐이야. 그리고 내가 창문으로 내다봤던 그날, 남편이 그 콘퍼런스를 마치고 돌아온 거였어. 남편이 좀 그랬다고 한 날……."

"그렇구나." 내가 말했다. "내가 한번 알아볼 수는 있을 것 같아. 네가 원한다면? 다만 너무 기대는 하지 말고. 셰포그에 아는 사람이 몇 있기는 한데 그 사람들도 기사에 나지 않는 이야기는 모를 것 같거든. 하지만 내가 뭔가를 알아내게 될 수도 있고. 내가 그렇게 해줬으면 하는 거지? 널 도와주길 바라는 거지?"

"그런 것 같아. 나도 모르겠어. 그냥 내가 뭘 알아냈는지 너한테는 털어놓을 수 있고 또 내가 어떻게 해야 할지 너는 내게 말해줄 수 있을 것 같다는 생각이 들었어."

"나야 기꺼이 그래줄 수 있지만, 네가 갖고 있는 정보가 아직 충분하지 않다는 생각도 들어. 네가 말했듯이 정작 네 남편이 아무런 관련도 없는데 의심을 하는 거라면 네 결혼이 망가질 테니까. 그리고 넌 그걸 원치 않는다고 말했고……."

마사가 고개를 끄덕였다.

"지금 남편은 어디 있어?"

"노스캐롤라이나에. 수학 콘퍼런스가 있어서."

"걱정되니? 혹시나 네 남편이 —"

"당연히 걱정되지. 무서워 죽겠어. 남편이 돌아오고 나서 그 지역에서 또 어떤 여성이 폭행이나 살해를 당한다면 그건 내 책임이 되는 거잖아. 내가 어떻게 해볼 수도 있는 일이었다는 거니까 말이야."

"뭐, 지금은 네가 할 수 있는 일이 없어. 남편이 이미 거기 가 있으니까. 네가 남편 셔츠에서 혈흔을 찾았다고 FBI에 신고를 해서 네 남편을 체포해달라고 할 수도 없잖아."

"그렇지." 그녀가 끄덕이며 말했다.

"남편이 언제 돌아오지?"

"내일 밤에 와서 다음 주 주말까지 일주일 내내 출장이 없어. 그러고 나서 월요일에 일주일 정도 또 어디를 가는 것 같은데. 뉴욕주 어디였던 거 같아."

"좋아. 그럼 우리는 이렇게 하자. 우선, 노스캐롤라이나에서 나오는 뉴스를 계속 주시하는 거야. 정확히 어디랬지?"

"채플힐."

"거기서 무슨 일이 벌어진다면 네가 곧장 경찰에 신고하는 게 좋을 것 같아."

"알겠어." 마사는 내게 시선을 고정한 채 말했다. 그녀는 자신이 뭘 어떻게 해야 할지 말해줄 사람이 필요했고, 내가 그 역할을 하는 지금, 그녀는 물에 빠진 사람이 구명보트를 바라보듯 나를 바라봤다.

"별 수확이 없으면 세포그만이 아니라 다른 지역에서 벌어진 사건에 대해 내 나름대로 조사를 해볼게. 그리고 우리가 같이 결정하는 거야. 아직 이런 이야기를 하긴 이르지만, 신고를 내가 할 수도 있고 아니면 익명으로 신고가 들어갈 수도 있는 거니까."

"그건 미처 생각 못 해봤어."

"네가 해야 할 일은 남편이 돌아온 후 의심스러운 것은 무엇이든 기록하고, 뭐든 알아내면 나한테 곧장 알려주는 거야. 할 수 있겠어?"

그녀가 한쪽 눈가를 훔치고는 말했다. "응. 그럼 너는 내가 미쳤다고 생각 안 하는 거지?"

"그건 아직 모르지." 내 나름대로는 뻔히 농담처럼 들릴 거라 생각하고 한 말이었다. 그녀의 얼굴에 실망감이 역력했고, 나는 곧장 말을 덧붙였다. "농담이야. 나는 네가 미쳤다고 생각 안 해, 전혀."

"내 남편이 연쇄 살인마일까?"

어느새 종업원이 테이블에서 약 1미터 떨어진 곳을 서성이고 있었다. 우리는 동시에 그녀의 존재를 눈치챘다. 나는 종업원에게 계산서를 부탁했다.

"세상에." 마사가 말했다. "내 말이 들렸을까?"

"우리가 무슨 TV 프로그램 같은 거 이야기한다고 생각했을 거야. 제목은, 〈당신 남편이 연쇄 살인범 같습니까〉."

마사가 웃음을 터뜨렸다. "어쩌면. 그래서 너는 어떻게 생각하는데?"

할 말을 머릿속으로 골랐고 결국 진실을 말하기로 결심했다. "증거가 많아, 마사. 미해결 살인 사건도 그렇고. 혈흔이야 다른 설명도 있을 수 있겠지만, 비슷한 폭행 사건들이 네 남편이 머물던 도시에서 벌어졌다는 건…… 글쎄, 연기가 좀 많이 나긴 하지."

"아무런 불씨가 없다고 보기에는." 마사가 말했다.

"맞아." 내가 말했다. "다만, 네가 말했듯이 네 남편이 있던 곳이 다 대도시잖아. 주말 동안 미해결 살인 사건 같은 게 벌어지지 않는 편이 더 미심쩍을지도 몰라."

"셰포그는 큰 도시가 아니야."

"아니지." 내가 말했다. "그러니까, 내 말은 그저 이상한 일들이 벌어졌을 수도 있다는 거야. 이 세상은 우연으로 가득 차 있으니까."

계산서가 도착했고, 마사가 내겠다고 고집을 부렸다. 나는 그녀의 말을 따랐다. 현찰을 테이블에 올려두고는 그녀는 이렇게 말했다. "아 맞다. 우리 저녁 먹기로 했었잖아? 더 있자."

"괜찮아." 내가 말했다. "아직 배도 별로 안 고프고, 네가 하고 싶었던 이야기들도 나눴으니까. 그리고 우리 이제 할 일도 있잖아."

팁시 맥스테저스를 나와 나는 마사의 차가 있는 곳까지 함께 걸었다. 해가 하늘에 낮게 걸려 있었지만 여전히 밝은 편이었고, 어둑한 가짜 아이리시펍에서 막 나온 터라 눈이 적응해야 했다. 차에 도착하자 그녀는 이렇게 말했다. "그런데 내가 찾아낸 수상한 사망 사건들에 대해서는 이야기조차 안 했네."

"네 노트에 다 정리되어 있어?"

"응. 복사본 보내줄 수 있어."

"내가 그냥 사진 찍으면 될 것 같은데?"

그렇게 하기로 했다. 그녀는 잠재적 피해자들의 이름과 사건 날짜, 장소만이 아니라 두 사람이 결혼한 이후로 앨런 페랄타가 갔던 출장까지 적은 기록들을 넘기며 보여주었다. 나는 얼마 전 엄마의 독촉으로 장만한 스마트폰으로 사진을 찍었다. 그런 뒤 마사와 포옹을 나누고 콧노래를 부르며 내 차로 향했다. 이게 무슨 노래인지 잠시 생각하다 마침내 떠올랐다. 비틀즈의 "Martha My Dear"였다. 두뇌란 참 이상한 기계다.

그날 밤, LP를 들으며 물을 탄 위스키를 마시는 아빠와 함께 몽크스하우스 거실에 앉아 있었다. 저녁 내내 방에서 셰포그 대학에서 벌어진 조지 닉슨의 죽음에 대해 조사를 하다 좀 전에 아래층으로 내려왔다. 마사가 찾아낸 다른 사망 사건들도 조금 알아봤다. 모두 젊은 여성들이었고, 모두 미해결 범죄 사건이었다. 눈이 쑤시기 시작하자 아빠와 술을 한잔하러 내려온 것이었다.

"아, 네게 줄 게 있는데." 맞은편에 앉은 나를 보고 아빠가 말했다. 자리에서 일어나 어딘가로 향한 아빠는 몇 분 후 가득 채워진 잔과 앤 섹스턴의 《시 전집》 중고 책 한 부와 자리로 돌아왔다.

"네 거야." 아빠가 말했다.

"알아. 내가 주문한 거야."

"그리고 내가 열어봤고."

"다른 사람 앞으로 온 우편물을 자주 열어봐 아빠?"

"뭐, 책 모양이었고, 송장에 적힌 이름을 확인하지 않은 점은 인정하마. 오랜 친구인 이안 펙이 새로 나온 책을 보내겠다고 협박을 했던 터라 나는 그게 온 줄 알았어."

나는 책을 집어 들어 냄새를 맡았다. "아빠의 죄를 용서해줄게." 내가 말했다.

"고맙다. 앤 섹스턴 팬이었어?"

"아직은 몰라." 내가 말했다. "누가 추천해줘서."

"헨리 킴볼?"

"대단한데." 내가 말했다. 아빠의 추측이 옳았다. 헨리를 마지막으로 본 것은 1년 전, 자신이 맡은 사건에 대해 내 의견을 구하러 왔을 때였고, 당시 그는 계략에 빠져 범죄의 목격자가 된 것 같다고 생각하고 있었다. 그게 사실이었고, 그 일로 그는 목숨을 잃을 뻔했다. 다행히 목숨을 건져 병원에서 퇴원한 그가 뇌에 가벼운 손상을 입은 채로 우리 집에 방문했던 때가 마지막이었다. 그 후로 지난 1년간 우리는 펜과 종이라는 아주 낡은 방식으로 편지를 주고받았다. 애정도 일부 있었지만 사실 필요에 의한 것이 컸다. 헨리와 나 사이에는 역사가 있었다. 그를 처음 만나고 얼마 지나지 않아 그가 내 비밀 일부를 곧 알아내리라는 불안감에 칼로 그의 복부를 찔렀다. 경찰이었던 그가 나를 살인 사건의 범인으로 의심하던 때였다. 이후로 그는 사설탐정이 되었다. 부모님 외에 우리가 친구 사이라는 것을 아는 사람은 없다.

"그 사람이 섹스턴 팬이구나?"

"마지막 편지에서 그 작가의 시를 다시 읽는데 무척 좋다고 적었길래 나도 주문해본 거야."

아빠의 얼굴에서 수많은 표정이 스쳐지나가는 것이 보였고, 결국 아빠는 이렇게 정리했다. "나 때는 말이야, 사랑하는 사람이랑 그냥 섹스나 했었는데."

그날 밤, 침대에 누운 나는 마사에 대해, 그녀가 걸린 사랑의 저주에 대해, 그리고 내 가슴께에 그 시집을 올려놓은 상태였으므로 앤 섹스턴에 대해서도 조금 생각했다.

잠자리에 들기 전 시집에 소개된 시 한 편을 무작위로 골라 아빠에게 읽어주었다. 그 시의 첫 구절은 이렇게 시작했다. "반은 겨울, 반은 봄이었고 바버라와 나는 바다를 마주하고 서 있었다."

시를 다 읽고 나자 아빠가 이렇게 말했다. "지금이 바로 반은 겨울, 반은 봄이구나."

"그러네."

"내가 별로 좋아하는 계절은 아니야."

"그래?"

"젊었을 때는 무언가 끝을 맞이한다는 데는 별 생각이 없었어. 무언가의 시작은 좋아했지만 말이야. 요즘 들어서는 무언가가 진행 중인, 중간이 더 좋아지는 것 같아. 나이가 든 거겠지."

"그럼 이 시가 마음에 든다는 소리야?"

"집중해서 들었어." 아빠가 말했다.

다음 날 아침, 오늘 하루는 조지 닉슨과 그녀의 자살 사건에 대해 알아볼 수 있는 만큼 조사해보기로 결심했다. 앨런의 다음 콘퍼런스는 일주일 후였다. 덕분에 여유가 좀 생겼지만 시간이 많지는 않았다. 마사가 짚었듯, 우리가 앞으로 어떻게 해야 할지를 고민하는 사이 앨런이 출장 중에 또 다른 여성을 해치는 일이 벌어진다면, 우리도 그에 대해 일부 책임이 생기는 것이었다. 당장 우리의 책임 아래 있는 죽은 여성들이, 조지 닉슨과 애틀랜타의 성노동자, 포트마이어스의 바텐더, 시카고의 리셉셔니스트, 샌디에이고의 마사지 테라피스트의 환영이 순간 스쳐 지나갔다. 저 먼 어느 곳에선가 나란히 선 그들이 무표정하지만 애원하

는 눈빛으로 내게, 마사와 나에게 제발 같은 일이 반복되지 않게 해달라
는 눈빛으로 지켜보는 모습이 그려졌다. 내 휴대폰 사진 속에 있는 그들
의 이름을 읽어 내려갔다. 조지 닉슨, 켈리 볼드윈, 비앙카 무라노스, 노
라 존슨, 미카엘라 세이거. 내 상상 속에서 그들의 눈은 무언가를 더 말
하고 있었고, 죽은 자들이 항상 할 법한 그 질문을 하며 나를 응시했다.

왜 하필 나일까? 왜 지금일까?

8

앨런이 맨체스터 공항에 도착하는 시간이 5시였으니, 늦어도 6시 30분에는 집에 올 터였다. 마사는 저녁 식사를 준비하겠다고 그에게 문자로 알렸다.

그녀는 익숙한 일을 하다보면 어지러운 마음이 잠잠해지지 않을까 기대하며 치킨을 굽고 있었다. 마사가 가장 좋아하는 요리 중 하나로, 그녀는 집을 가득 채우는 치킨 냄새를 좋아했다. 오래전 그녀는 이 치킨 냄새를 맡으며 마음의 위안을 얻었다. 집에 무사히 도착하면 오븐에서는 음식이 익어가고 바깥세상은 잠시 밀려나는 그 얼마간의 순간을 떠올리게 해주는 냄새였다. 하지만 지금은, 오븐 타이머의 시간이 줄고 있고 하늘에 구름이 짙어지며 집 안이 어두워지기 시작하는 지금은, 깊은 두려움이 꽉 조여진 매듭처럼 가슴 한가운데 자리하는 것을 느꼈다. 자신의 남편이 여성을 사냥하는 괴물 같은 존재라고 믿는 것과 별개로 그녀는 그 이야기를 입 밖에 꺼내버렸고, 릴리에게 알렸으며, 일을 벌이고 말았다. 지금 그녀의 머릿속에는 현관으로 들어온 남편이 자신의 얼굴을 한번 쓱 보고는 모든 것을 알아챌 거라는 생각밖에 없었다.

하지만 비에 젖은 채로 집에 들어온 남편은 가방을 문 앞에 내려놓고는 빠른 걸음으로 거실을 가로질러 탁 트인 주방으로 들어와 마사에게 입을 맞춘 뒤 뜨거운 물로 먼저 샤워를 하고 와도 될지 물을 뿐이었다.

"당연하지." 그녀는 이렇게 말하면서도 자신의 눈을 들여다 본 남편이 모든 것을 간파해내기를 기다렸다. 그녀의 가슴께에서 동동 뛰고 있는 그 매듭을 또는 떨리는 두 손을 발견하길 기다렸다.

다만 그는 이렇게 말할 뿐이었다. "냄새 너무 좋다. 금방 올게."

그가 샤워를 하는 동안 마사는 세 번째 와인 잔을 들이켰다. 긴장을 푸는 데는 도움이 안 되었지만 와인이 그녀가 있는 공간을 어딘가 자연스러운 빛으로 물들여 주었다. 그녀는 자신이 사 놓은 부드러운 바게트 빵 두 조각에 카망베르 치즈를 발라 먹었다. 배가 고픈 것은 아니었지만 음식을 씹고 삼키는 행위가 그녀의 마음을 조금 진정시켜 주었다. 그녀는 오븐에서 닭을 꺼냈고, 홍감자 냄새를 확인하고는—아직 더 익어야 했다—치킨이 있던 공간에 아스파라거스를 펼쳐 깔았다. 안경에 뿌연 김이 서리자 잠시 안경을 벗었다. 앨런은 그녀가 오늘 아침 무슨 일을 했는지 모르고 있었다. 그가 아무리 괴물이라 해도 상대의 가장 내밀한 곳에 자리한 생각까지 볼 수 있는 사람은 아니었다. 그녀가 그의 생각을 읽지 못하는 것과 마찬가지였다. 그녀는 와인 한 모금을 넘기고는 오디오로 다가가 전원을 켜고 자신의 휴대폰에 연결한 후 "디너타임 재즈"라는 믹스곡을 골랐다.

"와, 로맨틱한데." 주방으로 들어와 그녀의 뒤로 몰래 다가온 앨런이 말했다. 그녀는 질겁했을 때 지르는 이상한 소리를 내며 몸을 움찔했다.

앨런은 칵테일파티용 웃음소리 중 하나를 크게 내고는 사과했다.

"미안, 왠지 오늘 마음이 좀 불안해서." 그녀가 말했다. "날씨 때문인가 봐."

"비행기 타고 오는데 해안을 따라서 번개가 치는 게 보이더라. 내 옆에 앉았던 여자는 기도도 하는 거 같더라고."

"콘퍼런스는 어땠어?"

"내일 다 말해줄게. 뭐, 괜찮았어. 저녁 차리는 거 도와줄까?"

마사가 오븐에서 감자와 아스파라거스를 꺼내는 동안 앨런은 치킨을 먹기 좋게 잘랐다. 두 사람은 음식을 모두 식탁으로 가져가 식사를 시작했다.

자기 몫의 음식을 모두 먹은 후 앨런은 뒤로 기대앉고는 입을 열었다. "이번 여름 영국 여행은 생각 좀 해봤어?"

"응." 마사가 말했다. "너무 좋을 거 같아." 마사의 머릿속으로 이미지 하나가 떠올랐다. 그 황무지가 저 멀리 보이는 시골의 한 술집에 있는 앨런과 자신의 모습이었다. 불현듯 그녀는 그 순간이 너무도 간절해졌다. 즐거운 여행이 될 것 같아서가 아니라, 두 사람이 그곳에 있다는 의미는 곧 그녀의 남편이 결백하다는 것이었고, 그녀가 살고 있는 이 악몽도 좋은 결말을 맞이한다는 뜻일 테니까.

"당신, 괜찮아?" 앨런이 물었다.

"아, 미안. 우리 여행 생각을 좀 했어. 정말 멋진 여행이 될 것 같아. 일주일 정도 생각 중이라고 말했었지?"

"8월 중에. 내일 다시 이야기하자. 지금은 TV를 좀 보다가 곧장 침대에 누울 에너지밖에 남아 있지가 않거든."

그가 섹스를 하고 싶어 하지 않는다는 데 작은 안도감이 일었다. 출장에 다녀오면 잠자리를 가지려 할 때가 많았지만 보통 그는 자신이 그런 무드라는 것을 먼저 알려주는 편이었다. 때로는 "오늘 좀 일찍 누울까?" 같은 농담을 하며 눈썹을 올렸다 내리기도 했지만, 또 어떤 때는 좀 더 직접적으로 설거지를 하는 그녀의 뒤로 바짝 다가와 한 손으로 그녀의 다리 사이를 쓸어내리기도 했다. 자신이 섹스를 하고 싶을 때 미리 그녀에게 알려주듯, 섹스 생각이 없을 때도 좀 전에 그랬던 것처럼 피곤하다거나 기회만 된다면 일주일 내내 자고 싶다는 등의 말을 했다.

설거지 후 두 사람이 〈더 그레이트 브리티시 베이킹 쇼〉를 시청하던 중 그녀는 출장 중에 있었던 일과 출장 후 그가 섹스를 하고 싶은지 여부가 어떤 관계라도 있는 것은 아닐까 하는 생각을 했다. 그가 피곤하다는 것이 채플힐에서 어떤 여성을 살해했다는 의미일지도 몰랐다. 구운 마늘 향이 목 안쪽 깊숙한 곳에서 맴돌았고 순간 음식이 역류할 것만 같았다. 그녀는 조용히 숨을 내쉬었다. 어쩌면 그 반대일지도. 집에 돌아온 남편이 그녀의 온몸을 어루만지며 당장이라도 침대에 눕혀 옷을 벗겨내고 싶어 하는 이유가 불과 몇 시간 전에 여자를 죽였기 때문인지도 몰랐다. 또는 자축의 의미인지도.

"당신 괜찮은 거야?" 앨런이 물었다.

"아, 그럼." 대답한 마사는 남편이 왜 물어보는지 궁금해졌다. "솔직히 말하면, 신물이 좀 올라와서."

"약 먹어."

"응. 그럴게." 하지만 마사는 그 자리에 앉아 폴 할리우드가 덜 구워진 비스킷을 평가하는 모습을 지켜봤다. 다음 한 주는 고사하고 당장 오늘 밤을 무사히 보낼 수 있을까 걱정이었다.

프로그램이 끝나자 앨런은 자러 올라가겠다고 했고 마사는 좀 더 남아 텔레비전을 보겠다고 했다. 거실을 나서기 직전 몸을 돌린 그가 물었다. "당신 정말 괜찮은 거 맞지? 오늘 좀 긴장한 것 같아서."

"생리해서 그런가 봐." 생리를 마친 지 2주가 안 되었지만 이렇게 말했다.

"생리통이었구나." 앨런은 혼잣말하듯 읊조리고는 TV가 있는 거실을 나섰다.

한 시간 후 침실로 올라간 마사의 귀로 앨런이 베개에 머리를 묻고 코를 고는 소리가 들렸다. 그녀는 침실 문을 닫고 아래층, 어두운 거실로 돌아와 노트북을 열며 주말 동안 아무 일도 없었는지 노스캐롤라이나 뉴스만 얼른 확인하자고 생각했다. 사무용 의자 끝에 걸터앉아 '채플힐'을 입력하자 〈뉴스 앤드 옵서버〉라는 지역 신문 하나가 등장했다. 뉴스 면을 확인한 그녀는 아파트 건물 옥상에서 소방대원들이 새끼 고양이 한 마리를 구조했다는 내용의 머리기사를 확인하고 안심했다. 그녀가 보기에는 최근에 살인 사건이나 강력 범죄가 벌어지지는 않은 것 같았다. 그럼에도 그녀는 '채플힐'과 '미해결'을 검색창에 입력했다. 검색결과가 몇 페이지나 되었지만 최근 자료는 안 보였다. 그녀는 인터넷 사용 기록을 삭제한 후 노트북을 닫고는 그날 밤 처음으로 깊이 숨을 내쉬었다.

다음 날 도서관으로 출근을 한 마사는 모든 것이 느릿하게 움직이는 꿈속처럼 시간이 천천히 흘러간다고 느꼈다. 그녀는 이번 주 내내 출근이었고, 앨런은 집에서 쉬는 스테이케이션 중이었다. 주말까지는 콘퍼런스 출장이 없었기에 두 사람은 케이프앤의 글로스터에 있는, 두 사람이 좋아하는 술집에 들를까 하는 이야기를 했었다.

"마사, 괜찮아요?" 사서 안내 데스크를 지나던 메리가 그녀에게 물었다. 마사가 허공을 멍하니 응시하고 있었던 모양이었다.

"진짜 그만들 좀 물어봤으면." 그녀는 이렇게 말하고는 창피한 얼굴을 한 메리를 보고 곧장 사과했다. "아, 미안해요, 메리. 저 괜찮아요, 정말요."

"요즘 독감이 돌고 있어서 걱정이 돼서요. 마지도 걸렸는데 압정을 삼킨 것처럼 목이 아프다고 하더라고요."

"전 괜찮아요. 아픈 것 같지는 않아요."

하지만 그날 밤, 그녀는 앨런에게 병이 난 것 같다고, 열이 오르는 것 같고 목이 아프다고 말했다.

"당신 생리 기간이기도 하잖아." 그가 말했고, 그녀는 곧, 전날 자신이 한 거짓말을 떠올렸다.

"몸이 안 좋으려니 다 겹쳐서 오네……." 그녀가 말했다.

손님용 방에 따로 자리를 마련하고는 책을 읽으며 짭조름한 크래커에 진저에일로 저녁을 때우던 그녀는 아프지 않더라도 언제든 맛있게 먹을 수 있는 메뉴라고 생각했다. 10시가 되자 잘 자라는 인사를 하러 들른 앨런이 문가에 섰다. "있잖아, 좀 뜬금없지만 뭐 좀 물어봐도 돼?" 그가 말했다.

"응." 그녀는 이렇게 대답하고는 진지한 그의 목소리에 긴장했다.

"이런 거 묻는다고 너무 놀라지는 말고, 당신 혹시 다른 남자 생겼어?"

무슨 말인지를 이해하느라 그의 얼굴을 5초간 빤히 쳐다보던 그녀는 그의 얼굴에 핏기가 가시고 긴장감에 그의 턱이 굳어있는 것이 보였다. "뭐?" 그녀가 말했다. "아니, 당연히 아니지. 왜 그런 걸 물어?"

"그냥…… 느낌이 좀 그래서. 요즘 당신 좀 거리감이 느껴지기도 하고, 내가 길게 집을 비우는 일도 많잖아. 그리고 한 가지 더 있는데, 이 말을 해야 할지 나도 잘 모르겠네. 정신 나간 사람처럼 보일 게 뻔해서."

"무슨 일인데? 이제 좀 무서워지기 시작하는데."

"그게, 어제 당신이 좀 나한테 거리를 두는 것 같았고, 주말에 무슨 일이 있던 건지 멍해 보여서 당신 샤워하는 동안에…… 내가 주행거리계를 확인했어. 당신 차 말이야."

"잠깐만. 당신 뭘 했다고?"

"차 주행거리계를 확인했다고. 그런데 마지막으로 확인했을 때보다 대략 320킬로미터 정도 늘어있더라고."

"마지막으로 확인했을 때보다? 무슨 말인지 설명 좀 해줘."

"무슨 질문인지 이해가 안 되는데."

"내 주행거리계가 얼마였는지 당신이 왜 아는 거야?"

"나야 항상 알고 있지. 우리 계좌에 돈이 얼마 있는지, 냉장고에 정수 필터를 교체한 지 얼마나 되었는지, 내 상품 총 매출액이 정확히 얼마인지 아는 것처럼 말이야. 나는 그냥 그런 걸 생각하고 사는 사람이야. 어디 다녀온 거야, 마사?"

그의 짤막한 연설 덕분에 마사는 무슨 말을 해야 할지 정리할 여유가 생겼다. "우스터에서 친구랑 점심 먹었어. 릴리 킨트너라는 친구인데 코네티컷에 살아서 중간 지점에서 만났던 거야."

"나한테 한 번도 말한 적 없는 친구인데."

"솔직히 말해서 그리 가까운 사이는 아니야. 대학원 같이 다녔는데, 이후 연락이 끊겼다가 친구가 내게 연락을 해서 통화하고 갑자기 만나기로 한 거였어. 같이 갔던 아이리시펍이 얼마나 끔찍했는지 당신은 아마 상상도—"

"친구 만났다는 말을 왜 내게 하지 않았는지 이해가 가질 않는데." 그는 자신의 한쪽 귓불을 잡아 당겼다.

"말하려고 했어. 내 말은 당신한테 알리지 않아야겠다고 결심한 게 아니었다고. 그때 상황이, 만나자 하고 거기까지 둘 다 차를 끌고 갔는데, 첫 잔을 비우기도 전에 할 말이 바닥난 거야. 심란했어. 당신한테 내가 절친한 친구가 없다고, 그래서 슬프다고 그런 말 했었잖아?"

앨런이 고개를 끄덕였다.

"내심 릴리와 다시 우정을 회복할 수 있지 않을까 그런 바람이 있었는데, 결과적으로는 그러지 못했어. 그러고 나니 전부 다 나 때문인 것 같더라고. 다른 사람과 가깝게 지내지 못하는 게 내 문제인 것 같고 그랬어. 그래서 이야기를 안 꺼낸 거야."

눈가를 훔친 마사는 진짜 눈물이 고여 있다는 데 놀랐다. 거짓말을 하고 있었지만, 친구 관계에서 자신에게 문제가 있는 것 같다는 부분은 거짓말이 아니었다. 앨런이 다가와 침대 끝에 앉더니 그녀의 다리에 손을 올렸다.

"나 바람피우는 거 아니야, 앨런. 정말이야. 죽었다 깨어나도 그런 짓 안 해." 눈물이 계속해서 흘렀다.

"알아." 그가 말했다. "나도 잘 알아." 따뜻한 말이었지만 그의 턱은 아직도 뻣뻣해져 있었고, 좀 전까지 계속 잡아당기던 귓불도 새빨개져 있었나.

"당신은?" 마사가 말했다. "당신이야말로 늘 출장 중이잖아. 그런 마음 든 적 없었어?"

"무슨 마음? 외도 말이야?"

"응. 당신이 그러지는 않을 것 같지만. 당신을 의심한다는 게 아니라……."

앨런의 시선이 침대 뒤편 텅 빈 벽에 머물렀다. 마침내 그가 입을 열었다. "내가 외도를 할 이유가 뭐가 있겠어?"

9

아침 식사가 차려진 식탁에 아빠가 앉자 나는 아빠와 여전히 싱크대 앞에 서 있는 엄마를 향해 셰포그 대학에 아직 아는 사람이 있는지 물었다.

아침 식사용 달걀을 입에 대기 전에는 대화를 삼가려 하는 아빠가 답했다. "아무도 없어."

"아니지, 데이비드." 엄마가 말했다. "게리 세번 있잖아."

"게리 세번은 내가 알지." 아빠가 내게 말했다.

"그게 누군데?" 내가 물었다.

"게리는 영문학 학과장이야." 엄마가 답했다. "뭐 얼마 전까지 학과장이었던 사람일 수도. 지금 최소 일흔은 되었을 텐데. 네 아빠를 객원 작가로 부른 것도 그 사람이지. 그 사람 아니었다면 릴리, 넌 태어나지도 못했을 거야."

"엄마는 거기 누구 아는 사람 있어?"

"셰포그에? 물론 캐리 마이클슨이랑 마크 루미스가 있지. 그런데 왜 묻는 거야?"

"좀 수다스러운 사람도 알아?" 대학에 있는 사람 대다수가 동료들 뒤에서 험담하는 성향이 있다는 것은 알았지만, 내가 찾는 사람은 조지 닉슨의 죽음에 대해 어떠한 생각이나 의견이 있는 사람이었다.

"수다스러운 사람?" 엄마가 물었다.

"그 대학에 무슨 자리에 지원해볼까 하는 친구가 있는데 분위기가 어떤지 대략적으로 좀 알고 싶어 해서. 뭐 그런 거 있잖아. 잡음은 많은지, 어느 부서를 피해야 하는지 같은 거."

"아, 생각 좀 해보자." 엄마가 말했고, 아빠는 반숙 달걀에서 조심스럽게 껍질을 벗겨내고 있었다. "셰포그에서 제일 시끄러운 사람이야 패티 라일리일 텐데 ― 너도 기억하지, 릴리? ―그런데 그것도 좀 된 이야기일 테고."

"리비 뭐시기 있잖아." 아빠가 불쑥 말했다. "영문학 가르치는."

"벌써 떠나고 없지." 엄마가 말했다.

"뭐? 죽었다고?" 아빠가 말했다. "아닐 텐데. 2주 전에 서점에서 봤단 말이지. 뭐 그사이에 그렇게 됐을 수도 있지만 그래도 오래전은 아닐 텐데."

"아니, 내 말은 셰포그를 떠난 지 오래라고. 당신 나이대잖아."

"내가 하고 싶은 말은 그 여자를 서점에서 우연히 마주쳤어. 그때도 묻지도 않았는데 우리가 셰포그에서 알고 지냈던 사람들에게 무슨 일이 있었는지를 줄줄 읊어댔지. 그리고 난 이제부터 더는 말 안 하고 잠시 아침 식사에 집중할 거야."

이후 아빠가 오전 시간을 보내려고 서재에 들어가자 나는 아빠를 따라 들어가 리비에 대해 물었다. "네 친구에게는 별 도움이 안 될 텐데." 아빠가 말했다. "그 여자가 하는 이야기라고는 거의 다 누가 죽었고, 누가 아직 살아 있고 이런 거라 말이야. 나이 든 사람들 이야기거든."

"사실 내가 다른 걸 좀 알고 싶어서." 내가 말했다.

"오." 아빠의 정돈되지 않은 눈썹이 일부 들썩였다.

"작년 여름에 교내에서 누가 자살한 일이 있었어. 교사 교육 콘퍼런스 중이었는데 참석자 중 한 명이 밀너 기숙사에서 뛰어내렸대."

"그래, 그 이야기 들었어. 그 참사가 벌어진 장소를 짓는 데 기부금을 낸 아놀드 밀너가 소아성애자였다는 거 아니?"

"그건 몰랐네."

"그랬어."

"그 사람이 소아성애자였던 것과 그 사람이 지은 건물에서 콘퍼런스 참석자가 뛰어내린 게 연관이 있다는 거야?"

농담으로 한 말이었지만 아빠는 잠시 생각에 잠기더니 이렇게 말했다. "하늘과 땅 사이에는 수많은 일들이 있단다, 릴리."

"응, 그렇겠지. 다만 내가 알고자 하는 건 그 사건이 정말 자살이었는지 아니면 미심쩍은 무언가가 있는지 그뿐이야."

"그렇다면 리비가 적임자 같구나. 성이 아마 프로스트였던 것 같은데."

"아빠한테 혹시 그 사람 연락처가 있지는 않겠지?" 왜 이런 질문을 한 것인지 나조차도 알 수 없었다. 휴대폰이 없는 아빠는 '연락처'가 정확히 무슨 의미인지도 모를 터였다.

하지만 아빠는 잠시 생각하다 이렇게 말했다. "그 여자 매일 아침마다

스톤스 스로우에 들러. 지금은 거기서 커피숍도 운영하거든."

스톤스 스로우는 동네에 있는 독립서점으로, 오래전 셰포그 대학을 졸업한 스탠리 페리니가 운영하는 곳이었다. 아빠가 그나마 가는 몇 안 되는 장소 중 하나였는데, 아빠가 스탠리를 좋아하기도 했고, 서점 선반 하나에 통째로 데이비드 킨트너 작품만 꽂혀 있는 코너가 마련되어 있기 때문이기도 했다.

"서점에서 리비를 본 게 언제였어?"

"그 사람이야 내가 서점에 갈 때마다 보지만, 대화를 나눈 건 2주쯤 된 것 같구나. 너는 집에 없었어. 네 엄마가 고관절 재활 치료를 받으러 가는 길에 날 서점에 내려줬었거든."

몽크스하우스에서 시내까지 차로는 약 3.2킬로미터 정도 떨어져 있었다. 브리검숲을 통과한 후 오래된 킨 농장을 가로지르면 도보로 2.4킬로미터 정도 거리였다. 부츠를 신고 숲을 걷기 시작한 나는 아침비가 폭우로 변하고 5분쯤 지나 서점에 도착했다. 입구를 통과해서는 잠시 서서 뚝뚝 떨어지는 빗물을 말렸다. 오른편에 난 커피숍 공간에는 뜨거운 음료와 베이커리 제품을 판매하는 카운터와 테이블 다섯 개가 마련되어 있었는데, 그중 세 곳에는 손님이 앉아 있었다. 아빠가 대학에 몸담았을 당시 동료였음에도 리비 프로스트의 얼굴은 거의 기억나지 않았지만, 근처에서 살짝 갈라진 여성의 목소리가 들리자 나는 리비의 목소리라는 것을 알아챘다. 왜소한 체구의 그녀는 반백의 머리를 하나로 묶고, 오랜 기간 흡연을 한 사람들에게 잡히는 작은 주름들이 입가를 에워싸고 있었다. 그 목소리만큼은 잊을 수가 없었다.

나는 그녀 근처에 있는 빈 테이블로 가서 젖은 코트를 의자에 걸쳐놓고, 카운터 너머에 자리한 10대 직원에게 따뜻한 차를 주문하고 자리로 돌아왔다. 리비는 여전히 대화중이었다. 그녀는 뜯어먹다 만 크루아상을 앞에 둔 채 앉아 있었고, 대화중인 상대 여성은 코트를 입은 채 스톤스 스로우의 비닐 봉투를 손에 들고 서 있었다. 상대 여성은 이제 그만 가봐야 한다는 식의 말을 전하기 위해 기회만 노리고 있는 사람의 몸짓을 하고 있었다. 아니나 다를까, 리비가 이웃이 차고를 개조해 에어비앤비 임대물로 만들었다는 이야기를 마치자마자 코트를 입은 여성이 말했다. "리비, 나 좀 급히 가봐야 해. 스크러피가 지금 동물병원에 있어서."

"얼른 가 봐." 리비가 말했다.

나는 차가 담긴 잔의 플라스틱 뚜껑을 비틀어 열고는 후후 불었다. 리비 프로스트에게 나를 어떤 식으로 소개하며 접근해야 하나 생각하던 중에 갑자기 그녀의 목소리가 들렸다. "내가 아는 사람이네. 데이비드 킨트너 딸이잖아."

나는 고개를 돌렸다. "걸린 것 같네요."

"너는 나를 기억하지 못할 거야." 그녀는 자주색 스웨터 앞에 묻은 크루아상 부스러기를 털어내며 말했다. "아주 오래전에 데이비드와 같은 과에서 학생들을 가르쳤지."

"리비 프로스트시군요." 내가 말하자 그녀의 두 눈이 반짝였다.

"오, 영리한 아가씨네. 맞아. 아버지는 어떻게 지내시니? 얼마 전에 네 아버지를 여기서 만난 적이 있는데, 호르몬 대체 요법을 받으러 가야 하는데 늦었다고 해서……." 그녀는 이상하다는 듯이 나를 바라봤다.

"아빠가 장난을 좀 치셨던 거 같아요."

"그렇지. 그럴 줄 알았어. 네 아버지란 사람, 예전부터 짓궂은 양반이었거든."

가까이 앉으면 그녀의 목소리를 좀 낮출 수 있을 것 같아, 합석해도 되는지 물었다. 그녀는 동석해주면 너무도 기쁘다고 말하고는 20분 동안이나 아빠가 겸임교수 시절 어땠는지 기억을 소환했다. 그녀가 들려준 이야기는 대부분 악의 없는 추억담이었다. 아빠가 학과회의 때 여러 번이나 졸았다는 이야기와 술에 취한 채 새 책을 낭독했던 일을 말하며 당시 학과장이었던 사람의 목소리까지 흉내 냈다. "분명히 말하는데, 그는 무사히 빠져나갔다 해도 그 일로 오늘 무사할 사람은 아무도 없을 겁니다." 이 이야기를 하며 리비는 아득한 눈빛을 했고, 나는 그녀가 아빠와 잠자리를 했을까 궁금해졌다. 지금 그녀의 모습을 보면 상상하기가 어려웠지만, 아빠와 엄마도 결혼했을 당시 꽤나 불륜을 즐기던 사람들이었다.

"사실요, 며칠 전에 교수님을 잠시 떠올린 적이 있어요." 내가 말했다.

"오 그래?"

"어떤 남자를 만났는데—절친한 친구의 남편인데요—작년 여름에 무슨 교사 교육 콘퍼런스 같은 걸로 셰포그에서 일주일 정도 지냈다는 이야기를 하더라고요. 여름 프로그램을 교수님께서 담당하지 않으셨던가요?"

"내가 아니라 다이앤 호더를 말하는 것 같은데. 예전에 셰포그에 있을 때는 남편이랑 매년 여름마다 투스카니에 있는 집 한 채를 빌려서 지냈거든. 학교에서는 여름 동안 내가 코네티컷에서 지낼 수 있을 정도로 돈을 줄 수 없어서 말이야."

"그렇네요. 다이앤 호더. 정말 오랜만에 듣는 이름이에요."

"네 친구 남편이 미술 교사 콘퍼런스에 참석했었니?"

"그런 것 같아요." 내가 말했다.

"들었겠지만, 그 콘퍼런스가 있었을 때 참석자 한 명이 밀너 기숙사에서 뛰어내렸잖아."

"네, 알아요. 안 그래도 그 이야기를 하려던 거였어요. 친구 남편이 그때 정말 끔찍했다고 하더라고요."

"오, 그랬겠지. 불쌍한 여자 같으니라고."

"뭐 아시는 거 있으세요?" 몸을 기울이며 그녀가 아무도 모르는 지저분한 뒷이야기들을 내게 털어놓고 싶은 마음이 생기길 바랐다.

"누가 그 여자를…… 그 여자 시체를 발견했는지 아니? 아침 일찍 달리러 나갔던 짐 프레스콧이었어. 듣기로는 그 여자 나체였다더구나. 상상이 가?"

짐 프레스콧이 누군지 몰랐지만 이렇게 말했다. "세상에나. 불쌍한 짐. 그 여자가 왜 뛰어내렸는지 아는 사람이 있어요?"

"내가 듣기로는 살인 사건을 수사하고 막 그랬나 봐. 그 여자가 유서를 남기지 않았으니 누가 발코니에서 민 게 아닌지 의심했어야 할 거야. 그 흉물스러운 건물은 차라리 없애는 게 나아. 애초에 학생 기숙사에 발코니가 웬 말이야? 아놀드 밀너도 변태였잖아, 알지?"

"네, 알아요."

"하지만 그 사람이 유죄를 선고받은 적이 없어서 기숙사 건물의 그 이름을 지우지도 못하는 거야. 그러니 차라리 기숙사를 아예 다 부수고 정리해 버리는 게 낫지."

"그렇게 해도 아무도 뭐라 안 할 것 같아요."

"오히려 축하할걸."

나는 차 한 모금을 넘겼다. "뛰어내린 여자는 누구였어요? 이 지역 사람이에요?"

"아니, 콘퍼런스 참석자였어. 이름이 조지 뭐였는데. 우드스톡에서 온 미술 교사였어."

"경찰에서는 어쨌든 자살로 결론내린 거예요?"

"내가 들은 바로는 결국에는 자살로 종결했다더구나. 하지만 경찰이 살인이라는 명백한 증거를 찾지 못해서 자살로 결론지은 거라는 이야기도 들었어. 누가 그 여자를 밀었다고 생각하는 사람들도 있어. 그 여자 남편이 난리를 피웠지. 남편이 여기까지 와서 자기 아내는 결코 스스로 목숨을 끊지 않았을 거라고, 살인자가 교묘히 빠져나가 버젓이 활보하고 다니고 있다고 말이야."

"그럴 만도 하죠." 내가 말했다.

"그렇긴 한데, 내가 들은 이야기가 있는데, 전혀 공개된 정보가 아니거든. 그 여자가 콘퍼런스 동안 함께 할 사람을 찾고 있었대. 셰포그에서 진행하는 교사 교육 콘퍼런스들이 전부 밤에는 고대 로마의 난교 파티 자리로 변한다는 건 다들 아는 이야기야. 초등학교 6학년들을 대상으로 콜라주 만드는 법을 가르치다 보면 어떻게든 삶에 재미를 더할 방법을 찾아야 버틸 수 있나 봐."

"그럼 조지 닉슨이 콘퍼런스 때 누군가랑 잠자리를 했다는 소문이 있다는 거예요?"

"소문에 따르면 그 여자가 그러고 싶어 했다고, 적당한 표현이 없는

데, 그, 재미를 좀 보려 했다고 하더라. 그러고는 당연하게도 발코니에서 뛰어내렸을 때는 나체 상태였고."

"유부녀잖아요."

"유부녀지."

"그럼 이런 이야기도 가능하겠네요." 내가 말했다. "콘퍼런스 때 누군가와 잠을 자고는 죄책감을 느껴 발코니에서 뛰어내린 거요."

"그렇겠지. 아니면 남자가 죄책감을 느끼고 여자를 발코니에서 밀어버렸을지도 모르고."

"그 남편도 이런 이야기를 다 알고요?"

리비가 얼굴을 찌푸리자 입가의 작은 주름들이 쪼그라들었다. "그건 잘 모르겠어. 내가 아는 거라곤 그 남편은 아내가 자살했다고 생각하지 않았다는 것뿐이야. 아마도 그 남편은 아내가 외도를 했을 거라고도 생각지 않았을 거야."

"생각 못 했겠죠." 내가 말했다. "남편 입장에서는 아내가 스스로 목숨을 끊었다는 쪽보다는 살해당했다고 생각하기가 좀 더 쉽겠죠. 아내가 외도를 한 뒤 자살했다고 생각하기는 어려우니까요."

리비는 또 한 번 아득한 표정을 짓더니 이렇게 말했다. "아일린 머렐이라고 기억하니? 기억 못 하지? 네가 태어나기 전에 교직에 있던 사람이야. 남편이 총으로 자살하고 유서까지 남겼었어. 아일린이 그 일에 책임을 느꼈을 거야. 당시 그녀가 과학과 사람이랑 외도를 한다는 소문이 있었거든. 그 여자는 남편은 살해당한 거라고, 유서도 조작된 거라고 계속 주장했었어. 당시 무슨 이름으로 불렸는지는 모르겠는데 특별위로휴가 같은 걸 학교에서 주었지. 하지만 아일린은 다신 학교로 돌아오지 않았어. 그녀에게 무슨 일이 있던 건지 궁금하네."

비를 두 배로 맞아 두 배로 추운 상태로 몽크스하우스로 돌아왔다. 옷을 벗고 2층에 있는 짐승 발 모양의 발이 달린 욕조에 뜨거운 물을 받아 오래 몸을 담갔다. 조지 닉슨과 그녀의 남편에 대해 생각했다. 7월에 열린 미술 교사들을 위한 여름 콘퍼런스를, 낮에는 공개 토론회와 수업으로, 밤에는 사교 모임으로 가득한 그 며칠을 떠올렸다. 어떤 이유에서든지 조지 닉슨은 여름날의 로맨스를 즐기게 될지도 모른다는 희망으로 설레었다. 그녀는 앨런 페랄타를, 우스운 티셔츠와 특이한 장신구들을 파는 부스를 차린 남자를 만났을 터였다. 물론 콘퍼런스에 참석한 사람들 모두가 그를 만났을 테다. 그 역시 잠깐의 뜨거운 연애를 바랐던 걸까?

욕실 문이 안쪽으로 열리더니 에이프릴이 사뿐히 걸어 들어왔다. 정확히 말해 내가 키우는 고양이는 아니었지만 2년 전, 처음으로 우리 집에 불쑥 나타났던 달을 기념해 내가 이름을 지어주었다. 에이프릴은 주로 자신이 원할 때 내가 밥을 놓아두는 헛간에 나타났다가 사라졌다. 집 안까지 들어온 건 오랜만이었다. 고양이는 욕실의 타일 바닥에 앉아 나를 바라봤다. "목욕하는 거야." 내가 말했다.

차갑게 물이 식은 욕조에서 나오자 고양이는 들어왔던 길로 우아하게 걸어 나갔다.

그날 밤, 소파에서 PBS 미스터리물을 시청하는 엄마 옆에 앉아 노트북을 무릎에 올려놓고 조지 닉슨과 그녀의 남편, 트래비스에 관해 찾을 수 있는 것은 무엇이든 찾아봤다. 그녀의 죽음을 다룬 기사는 거의 없었지만, 올버니주 신문에 부음기사가 났고, 조지에 대해, 그녀가 떠나고 남은 허전함에 대해 글을 남기는 추모 페이지가 있었다.

인터넷에 수많은 사진이 등장했고 그중 여러 장이 트레비스와 조지의 결혼 웹사이트 사진이었다. 5년 전 미술 학교에서 만난 두 사람은 그로부터 2년 후 결혼식을 올렸다. 두 사람 다 20대 후반일 때 찍은 사진 같았다. 조지는 희고 동그란 얼굴에 머리를 새카맣게 염색했다. 그녀는 목선이 높은 흰색 상의를 입은 사진이 많았는데, 피부를 드러낸 몇몇 사진을 보면 양팔이 타투로 뒤덮인 것이 확실해 보였다. 남편은 그녀와 남매처럼 보일 정도로 닮았다. 핏기 없는 안색은 비슷했지만 얼굴이 여자보다 좀 더 둥그렇고 콧수염을 깎은 상태였다. 결혼식 날 그녀는 전통적인 흰색 드레스를, 그는 희미하게 빛이 도는 어두운 턱시도를 입었다. 그 외 다른 사진에서는 남자는 블랙 진에 그래픽 티셔츠 차림이었고, 여자는 주로 검은색 벨벳 같은 치마에 브로치를 단 셔츠나 빈티지 스웨터를 입은 채 가운데로 가르마를 탄 검은 머리를 내리고 있었다. 꼭 웬즈데이 아담스(아담스 패밀리의 캐릭터—옮긴이) 같다고 생각하다 이내 웬즈데이 아담스는 머리를 양갈래로 땋았음을 떠올렸다. 조지의 남편은 그래픽 디자이너였고 만화가를 꿈꾸는 사람이었다. 두 사람은 뉴욕주 우드스톡에서 거주했다.

일전에 로즈 셸든이라는 이름으로 가짜 인스타그램 계정을 만든 적이 있었다. 헨리 킴볼이 목숨을 잃을 뻔했던 그 사건을 도와줄 때 만든 것이었다. 가짜 계정으로 로그인을 한 나는 게시물이라고는 고양이 에이프릴 사진 두 개와 집 앞마당에 핀 흰 장미 덤불 한 개밖에 없음에도 몇몇 팔로우가 생긴 것을 확인했지만 그리 놀라지 않았다. 그중에는 "안녕, 예쁜이……"로 시작하는 메시지를 보낸 남성도 한 명 있었다. 나는 트래비스 닉슨의 계정을 찾았다. 비공개가 아니었기에 수백 개의 사진들을 확인할 수 있었다. 그는 사건 전에도 아내에 대한 사랑이 지극한 사람이었지만, 그녀가 사망한 이후로는 게시물이 전부 아내에 관한 것이었고, 경찰이 아내를 죽인 살인범을 더는 수사하지 않는다는 장문의 글도 있었다. 모든 게시물에는 '#조지를위한정의'라는 해시태그가 달려 있었다.

내 가짜 인스타그램 계정의 소개 글을 '가드너, 아마추어 탐정, 모험'에서 '독립 저널리스트. 아무도 다루고 싶어 하지 않는 이야기를 찾습니다'로 바꾸었다. 그런 뒤 트래비스 닉슨에게 메시지를 보냈다. "안녕하세요, 트래비스. 아내분의 사망과 관련해 기사를 쓰고 싶습니다. 인터뷰 가능하실까요? 진실을 밝히는 것 외에 다른 의도는 전혀 없습니다. 그럼 이만 줄입니다. 로즈 셸든."

메시지를 발송하고는 좀 더 신중했어야 한다는 생각에 곧장 후회가 밀려들었다. 트래비스는 '로즈 셸든'을 검색해본 뒤 이 기자가 단 한 건의 기사도 내지 않았다는 것을 알아차릴 터였다. 내가 다른 사람인 척 행세한다는 것을 눈치채고는 사기꾼이라고 결론지을 것이었다. 그에게 접근할 수 있는 다른 방법을 생각해봤다. 물론 실명을 밝히지 않은 채 솔직하게 털어놓는 방법도 있었다. 친구가 한 명 있는데, 이 친구는 자신의 남편이 교사 콘퍼런스에서 여성들을 노리는 범죄자라고 의심하고 있다고 말이다. 다만, 이 경우에는 그가 더 자세히 알고 싶어 할 것 같았다. 온라인에서 활동하는 그의 모습을 보면 아내의 죽음에 굉장히 집착하고 있는 것이 분명해 보였다.

이제 그만 노트북을 덮고 잘 준비를 할까 하던 차에 답장을 받았다.

"로즈. 고마워요. 이렇게 연락을 줘서 고맙습니다. 제 이야기를 들려주고 싶은데요. 만나서 할까요? 아니면 통화로 할까요? 저는 우드스톡에 살지만 기꺼이 움직일 수 있습니다. 트래비스."

나는 그를 만나기 위해 다음 날 점심에 우드스톡으로 갈 수 있다고 답했다. 굉장히 흥분한 듯 보인 그는 도브 앤드 헤어라는 장소를 알려주었다.

그에게 답장을 보낸 뒤 마사에게 전화를 했다. 그녀는 전화를 곧장 받았다. 나쁜 소식을 기다리고 있었다는 듯 숨을 죽인 목소리였다.

내가 알아낸 내용과 더불어 내일 계획도 알려주었다.

"그렇구나. 와." 그녀가 말했다. "하지만 그 남편이 아내가 살해당했다고 생각해도 자살일 수 있잖아."

"그 사람 이야기를 한번 들어보고 알아봐야지. 하지만, 네 말도 맞아. 그 남편은 살해당했다고 호소할 게 분명해. 그동안 우리는 전화를 좀 돌리며 조사를 해야 해."

"무슨 조사?"

"네가 말한 사건들이 벌어진 도시의 경찰서에 전화를 하는 거지. 사설탐정 밑에서 일한다고 하면서 수사 진행 상황을 묻는 거야. 우리에게 알려줄 수도 있고 아닐 수도 있지만, 해봐야 아는 거니까. 또 그 도시에서 활동하는 범죄 전문 기자들에게도 연락해보고. 수확이 좀 있을 거야."

"그건 내가 해볼 수 있을 것 같아." 마사는 말은 그렇게 하면서도 확신이 없어 보였다.

"해볼 만한 가치가 있어. 수다스러운 경찰이 걸릴지도 모르니까. 이

113

상한 일들이야 늘 있잖아."

"그래, 알겠어." 그녀가 말했다. "한번 해보지 뭐. 당장 내일부터 시작할 수 있어. 앨런이 집에 있지만 내일은 집을 오래 비우거든. 재고 조사한다고 했는데 거의 온종일 걸릴 거야. 남편한테는 내가 몸이 좀 안 좋다는 이야기를 해놨으니 내일 병가를 내야겠다."

우리는 어떤 질문을 해야 할지 정리하느라 대화를 좀 더 나눴다. 내가 내준 과제에 그녀가 신나하는 것이 느껴졌다. 그녀도 결국 사서였고, 사서가 이 세상에서 과제만큼 좋아하는 것은 없었다.

10

아침에 마사는 도서관으로 메일을 보내 병가를 냈고, 침대로 아침 식사를 가져다주겠다는 앨런의 뜻을 따랐다. 식사가 담긴 쟁반을 두고 나간 그가 아래층에서 나갈 준비를 하며 움직이는 소리가 그녀의 귀에 들렸다. 전화를 돌리기로 결심하자 긴장이 되었지만 한편으로는 조사를 얼른 시작하고 싶은 마음도 들었다.

마침내 현관문이 열렸다 닫히는 소리에 이어 그가 차에 시동을 거는 소리가 희미하게 들렸다. 그녀는 발딱 침대에서 일어나 요가 바지와 맨투맨 티셔츠를 입고 아래층으로 내려가 컴퓨터 앞에 앉았다. 아직 전화선이 깔려 있는 집이었고, 컴퓨터 옆에 유선 전화가 있었다.

처음 몇 통은 별 성과가 없었다. 마사는 지칠 대로 지친 수사관처럼, 마땅히 정보를 요구할 만한 자격이 있는 사람처럼 보이려고 최선을 다했다. 그녀가 처음 전화를 건 경찰은 애틀랜타 경찰청의 건터 형사로, 켈리 볼드윈 사건을 맡은 사람이었다. 켈리 볼드윈은 마사의 리스트 중 언론을 통해 유일하게 매춘부로 알려진 피해자였다. 그녀는 늦은 밤, 애틀랜타 북부에 위치한 집으로 가던 중 둔기에 의한 두부 외상으로 사망했고, 사건이 일어닌 장소는 앨런이 참석한 컨벤션이 열린 시내에서 약 4.8킬로미터 떨어진 곳이었다. 마사는 형사에게 어떠한 단서라도 없는지 물었고, 그는 피해자가 마약 중독자에 매춘부였던 터라 그녀 주변에 그런 짓을 벌일 만한 사람이 너무도 많았다고 전했다.

"피해자가 컨벤션 호텔도 드나들었나요?" 그녀가 물었다.

"컨벤션 호텔이요? 아니요. 피에몬테 공원 근처에서 일하던 약쟁이 길거리 창녀였어요."

"시내 호텔에 머무는 사람이 하룻밤 상대를 찾으러 그 공원 근처까지 가는 것도 가능한 이야기죠?"

"이떤 시나리오든 가능합니다. 뭐 어쩌면 폰세데레온 거리에 섹시한 창녀들이 있다는 글을 읽은 중국인 여행객일 수도 있고요. 제가 도와드릴 수 있는 게 없네요."

다음으로 시카고에 전화를 걸었지만, 이 부서에서 저 부서로 전화가 계속 돌아가다 30분이 지나서야 우드 경관과 연결이 되었다. 시카고의 더블트리 콘퍼런스 센터 뒷골목에서 사망한 채로 발견된 비앙카 무라노스의 파일을 확인해줄 수 있는 사람이었다. 이 여성 또한 둔기에 의한 외상으로 사망했다. 애틀랜타 사건과 마찬가지로 흉기가 발견되지 않았다.

마사가 우드 경관에게 비앙카가 매춘부였는지 묻자 휘파람 소리와 함께 사건 파일을 넘기는 소리가 전해졌다. "여기에 그런 내용은 없습니다. 시내에 있는 큰 규모의 사무실 건물에서 일하는 리셉셔니스트였네요."

"단서는 아무것도 없고요?"

휘파람 소리가 또 한 번 들렸다. "네 뭐, 단서라고 할 만한 것은 하나도 없어요. 그런데 파일에 시체 사진이 있는데 그날 밤에 어디 놀러 나갔던 모양인데요."

"무슨 말씀이죠?"

"피해자가 쓰러지며 치마가 올라갔을 수는 있지만 그걸 고려해도 치마 길이가 우리 집 애들 집중력 지속 시간보다 짧거든요. 클럽에 가는 길이었거나, 그렇고 그런 일을 하는 여자거나요."

그녀가 처음으로 유익한 대화를 이끌어낸 상대는 멜리사 크루즈 형사로, 플로리다주 포트마이어스에서 벌어진 노라 존슨의 미종결 살인 사건 담당자였다.

"저희는 당시 주말에 열렸던 콘퍼런스 참석자를 가해자로 생각하고 있습니다." 묻지 않았음에도 형사가 먼저 말을 꺼냈다. 대화 내용을 기록하던 마사는 급히 형사의 말을 받아 적었다.

"왜 그렇게 생각하시죠?"

"지난 6개월간 노라 존슨에 대해서 많은 것들을 알게 되었으니까요. 피해자가 하는 일의 8할이 바텐더 일이었고 나머지 2할은 자신이 속한 호텔에서 열리는 컨벤션의 유부남 참석자를 대상으로 사기를 치는 거였죠. 피해자와 함께 일했던 다이슨 홈그렌이란 주차요원이 시신을 발견했어요. 피해자는 지하 주차장의 직원용 주차구역에 있는 차 안에서 발견되었는데, 주차요원은 피해자의 근무가 끝난 지 한참 되었는데도 차가 있는 것을 보고 확인하러 갔다고 했어요."

"차 안에서 죽어 있던 거고요?"

"네. 하지만 노라 존슨의 근무가 끝나는 밤 11시부터 홈그렌이 시체를 발견했던 시각까지 그사이에 주차장을 오간 모든 사람들에게서 목격자 진술을 받았는데요. 그중 한 명인 프론트 데스크에서 근무하는 직원은 자신이 12시에 주차장을 나섰을 때 홈그렌이 노라 존슨의 차를 들여다보는 모습을 봤다고 했어요."

"홈그렌이 시체를 신고한 시각은요?"

"새벽 3시경이 되어서야 신고했어요."

"그렇다면 형사님은 그가 자정에 이미 시체를 봤다고 생각하는군요?"

"당시에 저희는 그럴 가능성이 있다고 판단했지만 그는 아니라고 주장했어요. 그럼에도 범행이 벌어졌을 것으로 예상되는 시각에 홈그렌이 범죄 현장에 있었다는 증거가 되었죠. 또한 홈그렌이 노라 존슨의 친구였고, 처음 그에게 호텔 일자리를 소개한 사람도 피해자였다는 사실이 드러났어요."

"그래서 그를 체포하셨나요?"

"체포했어요. 존슨의 자동차 문에서 그의 지문이 나왔어요. 하지만 그가 운전석에서 움직임이 없는 피해자를 발견하고 문을 열면서 남았던 거였죠. 피해자가 교살당할 당시 그가 차 안에 함께 있었다는 다른 증거는 나오지 않았습니다."

"법의학적 증거는 없었나요?"

"있기도 하고 없기도 하고요. 뭔지는 몰라도 피해자의 목을 조를 때 썼던 도구에서 섬유 조직이 몇 개 발견되었어요. 합성 레이온 같은 거였죠. 하지만 이것 외에도 증거가 지나치게 많이 나왔어요. 최소 열다섯 명의 체모. 다양한 섬유 조직들. 정액 자국도 여럿 발견했지만 전부 최소 24시간은 지난 것들이었죠."

"그건 차에서 많이 나올 수 있는 것 아닌가요?"

"차에서 여러 사람과 섹스를 하시나요? 전 안 그렇거든요."

"저는 정액보다는 섬유 조직과 체모를 말한 거예요."

"많이 나올 수 있죠. 차에 태우는 사람이 몇 명이나 되는지에 따라서요. 노라의 경우에는 사람 태우는 일을 했다고 할 수 있겠네요."

"많았나요?" 마사가 물었다.

"네. 많았어요. 홈그렌을 경찰서로 연행한 후 1급 살인죄로 교도소에 가게 될 거라고 했더니 그가 순식간에 겁에 질렸어요. 그러면서 자신이 왜 피해자의 차량을 기웃거렸는지 설명했죠. 그 사람이 피해자인 노라와 함께 앤힝거 호텔에서 아주 고전적인 방식으로 사기 행각을 벌이고 있었던 거예요. 피해자가 컨벤션 참가자 중 하나와, 가급적 유부남을 골라 안면을 텄어요. 퇴근 후에 상대 남성의 방으로 올라갈 때도 있었지만 보통은 자신의 차까지 함께 가자고 하는 식이었죠. 그런 뒤 피해자가 애정 행각을 빌미로 남성을 차에 태우면 그때 홈그렌이 갑자기 나타나는 거죠."

"어머나." 그녀는 수사관처럼 반응해야 한다고 스스로를 다그치며 이를 악물었다.

"홈그렌이 근육질에 덩치가 큰 편이거든요. 가끔은 피해자의 포주 행세를 하기도 했어요. 그럼 거의 대부분 남성들이 그 상황을 벗어나기 위해 가진 돈을 다 털어주는 식이었죠. 상대 남성에게 소지하고 있는 돈이 없는 경우에는 홈그렌이 면허증을 압수하고는 플로리다를 뜨기 전에

1천 달러를 내놓지 않으면 인생을 제대로 망가뜨려주겠다고 협박을 했어요. 사실 푼돈 수준이죠. 홈그렌의 말에 따르면 한 달에 한두 번 정도밖에 범행을 저지르지 않았다고 해요. 1천 달러를 받아낼 때도 있고, 그냥 몇 백 달러만 뜯어냈을 때도 있고요. 아, 잠시만요."

크루즈 형사가 수화기를 손으로 가린 채 누군가와 대화하는 듯한 목소리가 들렸다. 다시 돌아온 형사에게 마사가 물었다. "아직 시간 괜찮으신가요?"

"네, 조금요."

"노라 존슨이 교살당한 날 밤 무슨 일이 있었던 걸까요?"

"그래서 저는 범인이 콘퍼런스 참석자 중 한 명이라고 생각해요. 무슨 일이 있었냐면, 피해자가 상대를 잘못 고른 거죠."

"그럼 홈그렌이 왜 그 상황을 막지 못했던 거죠?"

"그가 곧장 현장으로 가려 했는데, 아무래도 하는 일이 있으니 그게 늘 가능하진 않았거든요. 그날 밤, 그는 남자를 한 명 차로 데려간다는 노라의 문자를 받았어요. 11시 45분경에요. 그는 15분 후에 노라의 차로 갔고 그때 이미 노라가 죽어 있었다고 주장했어요."

"그럼 왜 곧장 신고하지 않았던 건가요?"

"경황이 없었고, 사건에 휘말리고 싶지 않았다고 하더군요. 뭐 이런저런 이야기를 했어요. 그러다 결국 새벽 3시에 양심에 지고 말았던 거 같아요."

"형사님은 그 사람이 범인이라고 생각하나요?"

"아니요. 다른 동료들이랑 이야기를 해보신다면 아마 또 다른 이야기를 듣게 되겠죠. 홈그렌이 쓰레기인 건 맞지만 살인자는 아니에요. 피해자는 당시 호텔에 투숙 중이던 누군가에게 살해당한 겁니다."

"콘퍼런스 참석자 명단은 이미 확인하셨고요?"

"수도 없이 많아요."

"눈에 띄는 이름은요?"

"딱히 없었어요."

"앨런 페랄타라는 사람도 확인하셨나요?" 그의 이름을 말하고 나자 온몸의 근육들이 동시에 살짝 굳어버린 것처럼 느껴졌다.

"이름이 귀에 익네요. 콘퍼런스에 참석했던 사람인가요?"

"참석자는 아니에요. 콘퍼런스에서 일했던 사람이에요. 부스에서 교사들을 대상으로 특이한 물건들을 판매했어요."

"그러네요. 네, 호텔 투숙객이었죠. 그 사람 살펴봤어요. 그 호텔 바에서 돈을 쓴 기록이 있어서요."

"노라 존슨이 사망한 밤이군요."

"제가 기억하기로는 이 남자, 호텔에 묵는 동안 매일 밤마다 바에 갔었어요. 이 사람을 알아봐야 할까요?"

"어쩌면요. 저도 뭔가를 발견하게 되면 형사님께 가장 먼저 알려드리도록 하죠." 마사는 말을 더듬었지만 형사는 알아채지 못한 것 같았다.

"어떤 단서든 좋습니다. 자칫 미해결 사건으로 빠지게 될 느낌이거든요."

형사는 다시 한번 수화기를 감쌌고, 마사의 귀로 나직한 대화소리가 전해졌다. "미안해요." 돌아온 크루즈 형사가 말했다. "지금 가봐야 해서요. 다 끝났죠?"

마사가 그날 아침 마지막으로 통화를 한 사람은 린다 캘러핸으로, 결론적으로는 처음 두 형사들처럼 마사와의 대화에 별 관심이 없는 사람이었다. 캘러핸 형사는 샌디에이고의 사우스베이에 있는 임페리얼 비치 부둣가에서 해안으로 밀려와 발견된 마사지 테라피스트, 미카엘라 세이거의 수상한 죽음을 수사했다.

"처음에는 익사인 줄 알았지만 검시관이 피해자의 두부에서 타박상을 발견한 것으로 봐서는 피해자와 부두 끝으로 동행했던 누군가가 머리를 내려치고 버린 것으로 보여요."

"용의자는 없고요?"

"없습니다."

"피해자가 마사지 테라피스트였죠?"

"네."

"피해자가 마사지 테라피스트라고 하지만 성노동을 우회적으로 지칭했던 것도 가능할까요?"

"가능할 것 같네요. 본인 집에서 일을 했었거든요."

"피해자가 사망하던 날 밤에는 어땠나요?"

"어땠냐고요?"

"피해자가 뭘 하고 있었어요? 친구랑 외출을 했나요, 아니면 데이트를 했나요, 근무를 했나요? 어쩌다 부두에 가게 된 건가요? 직접 운전을 했나요?"

"운전해서 갔어요. 피해자가 그날 밤 사망했다는 것 외에는 뭘 했는지 몰라요. 사건이 일어나기 전에 오징어 튀김과 테킬라를 먹었다는 건 알죠. 위장에 든 내용물이 그랬으니까요. 아, 그리고 피해자는 성관계는 갖지 않았었어요. 적어도 최근에 그런 일은 없었어요."

형사의 답변을 들은 마사가 잠시 말을 하지 않는 사이에 형사가 곧장 덧붙였다. "다 된 거죠?"

"마지막으로 하나만 더 물을게요." 마사가 말했다. "바다에서 시신을 건졌을 때 옷차림이 어땠나요?"

"네. 좀 볼게요. 청바지와 면으로 된 초록색 상의요. 또 흰색 스웨터 그러니까 카디건도 입었네요. 화려하거나 눈에 띄는 건 없어요. 신발은 발견되지 않았고요."

마사는 그만 단념하기로 하고 이렇게 말했다. "캘러핸 형사님, 정말 큰 도움이 되었어요. 통화에 응해주셔서 고맙습니다."

형사의 목소리가 조금 밝아지더니 조금도 비꼬는 기색 없이 말했다. "별 말씀을요. 도움을 주는 것이 제 일인걸요."

"네, 그럼……." 이렇게 말한 마사는 말을 어떻게 마무리해야 할지 생각이 나질 않았다.

"아, 그리고 핀을 달고 있었어요." 방금 막 그 사실이 떠올랐다는 듯 캘러핸 형사가 덧붙였다.

"누가요?"

"피해자요. 피해자가 어떤 옷차림이었는지 물었잖아요. 지금 파일을 보고 있거든요. 카디건에 핀을 꽂았어요. 그…… 브로치 같은 거요."

"어떤……?" 마사는 담담한 목소리를 내려 노력했다.

"아, 잠깐만요. 여자 얼굴이 있네요. 머리가 하얀 여자요. 아, 머리가 아니라 모자를 쓰고 있네요."

"사진인가요?"

"네. 브로치 맞네요."

"어려운 부탁 하나만 들어주시겠어요, 형사님? 제 휴대폰 번호를 드릴 테니 그 핀 사진을 문자로 보내주실 수 있을까요?"

"사진에 사진을 찍는 걸 텐데요."

"괜찮습니다. 꼭 좀 확인하고 싶어서요."

전화를 끊은 순간부터 마사는 휴대폰을 계속 노려보고 있었고 마침내 문자가 도착했다. 브로치를 찍은 사진이었고, 아주 잘 찍은 사진은 아니지만 형사가 보고 있던 게 무엇인지 마사가 정확히 알아볼 수 있을 정도는 되었다. 하얀색 보닛 안으로 머리카락을 말아 넣은, 제인 오스틴 브로치였다. 영어 교사에게 판매할 법한 그런.

그녀는 릴리에게 다섯 단어로 문자를 보냈다. "나 뭔가를 알아낸 것 같아."

11

킹스턴─라인클리프 다리로 허드슨강을 건널 때 휴대폰에서 소리가 났다. 메시지가 오는 일이 워낙 드문 터라 처음에는 단조로운 알림 소리가 어디서 나는 것인지 파악하지 못했지만, 잘 쓰지 않는 컵홀더 안에 기대놓은 휴대폰을 내려다보고는 마사에게서 문자가 왔다는 것을 알았다. 이렇게 쓰여 있었다. "나 뭔가를 알아낸 것 같아."

그녀가 무엇을 알아낸 것인지 통화해서 물어보려고 휴대폰을 꺼내려다가, 아침에 좀 늦게 출발한 탓에 우드스톡에서 트래비스 닉슨과 점심 때 만나기로 한 약속 장소로 급히 이동 중임을 떠올렸다. 아침 식사 자리에서 부모님께 친구를 만나기로 했고, 꽤 걸릴 거라고 말했다. 별 문제 없을 일이었지만, 내가 모르는 새 마찬가지로 점심 약속을 잡은 엄마는 한 마을 건너에 있는 베슬리햄에서 예전 대학에서 함께 일했던 친구 한 명을 만나기로 한 상황이었다. 성인이 된 후 거의 평생을 홀로 남겨지는 것에 두려움을 느끼며 살아온 아빠는 특히나 혼자 밤을 보내는 것을 싫어했지만(지금으로서는 상상하기가 어렵지만), 식사 시간 또한 마찬가지였다. 아빠는 음주란 홀로 해서는 안 되는 행위라고 생각했고, 식사 시간이라면 응당 술이 곁들여지기 마련이었다. 아빠는 서재에서 책을 보다 졸다 하며 시간을 보낸 후 보통 하루의 첫 칵테일인 물을 탄 싱글 몰트를 11시 30분쯤에 마셨다. 엄마도 나도 그 시간대에는 술을 마시지 않았지만 보통 둘 중 한 명은 아빠 곁을 지키는 편이었다.

오늘 아침, 우리 둘 다 집에 없으리라는 것을 알게 된 아빠의 눈에 두려움과 슬픔이 뒤섞인 깜짝 놀란 기색이 스치는 것이 보였다. 그 눈빛을 가장 근접하게 표현해 보자면 상실로 인한 비통함이었다. 어느 정도는 맞는 것 같았다. 나는 아빠와 너무 오랜 시간을 함께 보냈기에 도리어 아빠란 사람을 분석하는 데 낭비할 시간이 없었지만, 아빠가 혼자 있을 때면 본인과 아빠가 사랑하는 사람들의 죽음을 상상하는 데 사로잡히고, 이것은 아빠가 견디기에는 너무 괴로운 일이라는 것 정도는 알고 있었다.

"엄마." 내가 말했다. "아빠도 점심 약속에 같이 가면 어때?"

질린 얼굴을 한 엄마를 보고 이렇게 말했다. "아니면 스탠리에게 우리 집에 올 수 있는지 연락을 해보면?"

"난 괜찮아." 아빠가 말했지만 그리 믿음직스럽지는 않았다. "내가 알아서 햄 샌드위치 만들어 먹을게."

그럼에도 나는 아빠의 친구이자 스톤스 스로우 서점을 운영하는 스탠리와 어찌저찌 통화를 하게 되었고, 그는 11시 30분에 우리 집으로 와 아빠와 술을 한잔하는 데 동의했다. 스탠리는 말이 느린 사람이었다. 그에게 아무것도 가져올 필요가 없고, 셔츠를 입을 필요도 없다고 설득하느라 통화를 10분이나 해야 했다. 이런 이유로 우드스톡에 가는 길이

늦어졌다. 도착한 후에도 중심가에서 가까운 곳에 위치한 담쟁이덩굴 색의 1층짜리 벽돌로 된 음식점, 도브 앤드 헤어를 찾는 데도 10분 정도 걸렸다.

"안 오시는 줄 알았어요." 트레비스 닉슨이 말했다. 그는 음식점 입구에서 나를 기다리고 있었다. 인스타그램에서 그의 사진을, 대부분 조지와 함께 찍은 사진을 많이 봤던 나는 비쩍 말라 있는 그를 보고, 꼭 희미한 자취만 남은 것 같은 모습을 보고 놀랄 수밖에 없었다.

"죄송해요." 내가 말했다. "출발이 늦어졌지만 그래도 이렇게 왔습니다."

그의 뒤를 따라 구불거리는 가지들과 크리스마스 전구들로 화려하게 장식된 바를 지나 안쪽 테이블로 향했다.

"저희가 제일 좋아하던 곳이었어요." 그는 맞은편에 몸을 앉히며 말했다.

"당신과 조지요?"

"네." 체중이 줄었음에도 그간 새 옷은 장만하지 않은 것 같았다. "영영 없으리, 라고 말해"라는 글귀 아래 까마귀가 그려진 티셔츠가 풍덩했다.

"먼저," 내가 말했다. "고인의 명복을 빕니다." 그가 고개를 살짝 숙이며 인사했다. "그리고 사실대로 말씀드리고 싶어요. 저는 사실 소설가이고 주로 시를 쓰는데, 셰포그 대학에서 공부를 했어요. 조지 사건을 듣고는…… 자꾸 생각이 났어요. 그래서 사실은, 그 대학에서 제가 아는 사람들에게 물어보며 수소문을 하다 그 사건이 알려진 것과는 다를 수도 있다는 생각이 들기 시작했어요. 제 말은, 자살보다는 살인 사건 같은데, 만약 그렇다면 누군가 그런 짓을 저지르고도 무사히 빠져나간 거잖아요. 그러나 남편분을 찾아봤고, 저랑 같은 생각을 하고 있다는 걸 알게 되었어요."

"맞습니다." 그가 말했다. 여자 종업원이 우리 근처를 맴돌았지만 트레비스의 진지한 표정을 본 것인지 자리를 피했다.

"저는 조지를 모르고, 남편분도 잘 모르지만, 어떤 일이 벌어졌는지 제가 글을 써서 어디든 낼 수 있다면 좋을 것 같아서요. 그럼 남편분께도 조금이나마 도움이 될 수 있을 것 같고요."

"그렇게만 된다면 정말 좋죠." 그가 우리 사이에 놓인 테이블로 몸을 기대며 말했다. "저희를 모른다는 게, 조지를 모른다는 게 사실 더 좋습니다. 제 아내는 살해당한 거라고 계속 말하고 있지만 저는 아무래도 남편이다 보니 편파적일 수밖에 없거든요. 아무도 제 말을 믿지 않아요. 만약 그쪽이 무슨 말이든 해준다면……."

"저도 그렇게 생각합니다." 내가 말했다.

결국 종업원이 다가왔고, 나는 메뉴를 빨리 살피고는 블랙베리 슈럽(과일과 설탕, 식초로 만든 음료—옮긴이)으로 만든 무알코올 칵테일과 병아리콩 버거를 주문했다. 트레비스는 에일 흑맥주와 오늘의 수프를 시켰다. 주문을 하던 중 이 남자에게 거짓말을 하는 데 죄책감이 들기 시작했지만, 조지를 죽인 살인자를 찾는 일이고, 실제로 해낸다면 이 남자에게는 글 한 편보다 훨씬 더 가치 있는 일이 될 거라고 스스로를 다독였다.

"조지가 왜 자살한 게 아니라고 생각하시는 건가요?" 주문을 받은 종업원이 자리를 뜬 후 그에게 물었다.

그의 입에서 그녀가 삶을 무척이나 사랑했다거나 스스로 목숨을 끊을 만한 사람이 아니라는 식의 이야기가 나올 줄 알았지만, 그의 첫마디는 이것이었다. "아내는 높은 곳을 무서워했습니다. 죽을 만큼 두려워했어요. 발코니에서 뛰어내리기는커녕 애초에 발코니로 나갔을 리가 절대 없어요. 그러니까, 처음 소식을 듣고 가장 먼저 든 생각이 그랬어요. 그리고 아내가 자살을 생각할 만큼 불행했다면 제가 알았을 겁니다. 제 말을 믿지 않으실 걸 알지만, 아무도 제 말을 믿지 않겠지만, 아내는 제게 털어놨을 거예요. 틀림없이요."

그는 말을 계속해서 이어갔다.

"우리 둘이 심지어 자살에 대해 이야기를 나눈 적도 있어요. 아내는 고등학생 때 항상 자살을 생각했었다고 이야기했어요. 혹여 시도를 한다면 약물같이 자다가 가는 그런 걸 택할 거라고도 말했어요. 아내가 발코니에서 뛰어내리는 건 그냥 말이 안 되는 일이에요."

"그럼 만약 아내가 교사 콘퍼런스에 가서 약물을 과다 복용하고 죽었다면 어떤 생각이 드셨을 것 같아요?"

그가 윗입술이 코에 닿을 정도로 입술을 꽉 오므렸다. "지금껏 아무도 그런 질문을 한 적이 없는데, 좋은 질문이군요. 제 답변은 이렇습니다. 그럼에도 여전히 저는 아내가 자살했다고 생각지 않을 거예요. 저희는 행복하게 지내고 있었고, 아내는 콘퍼런스에 가게 되어 무척이나 기뻐했어요."

주문한 음료가 도착했고, 블랙베리 무알코올 칵테일을 맛본 나는 맥주를 주문할걸, 조금 후회했다. 트레비스의 맥주는 신발 모양의 잔에 담겨 나왔다. "꽤 멋지죠?" 내 시선을 눈치챈 그가 말했다. "여기 정말 근사한 곳이죠. 조지는 맥주를 안 좋아했지만 이 잔 때문에 맥주를 주문했어요."

"아내가 콘퍼런스를 왜 그렇게 기대했던 거죠?"

"제가 당신에게 뭐 하나 물어봐도 될까요? 세포그에 있는 사람들과 이야기를 나눴다고 했잖아요. 어떤 이야기를 들었습니까? 거기에 무슨 소문이 돌고 있죠? 어떤 음침한 고스족 같은 여자 하나가 기숙사에서 뛰어내렸다고들 하나요?"

트레비스가 이런 걸 물어볼 거라 예상은 했지만 어떻게 말해야 할지는 아직 정하지 못한 상태였다. 하지만 5분간 그를 지켜본 결과, 리비 프로스트가 내게 해준 이야기를 그가 충분히 감당할 수 있을 거란 생각이 들었다. "제가 들은 이야기는," 내가 입을 열었다. "조지가 콘퍼런스에서 어떤 남자를 만났다는, 아니면 콘퍼런스에서 남자를 구하러 다녔다는 그런 내용이었어요. 그게 사실이라면, 그 일로 죄책감에 사로잡힌 나머지 조지가 뛰어내렸거나, 누군가 그녀를 밀어버린 걸 거라고, 다들 짐작하는 것 같아요. 이런 소문을 들어보셨나요?"

내 이야기를 들으며 남자가 침통한 듯 고개를 끄덕이는 모습을 보고 물었다.

"네. 그리고 그 소문들은 사실입니다. 아내가 죄책감을 느꼈다는 부분은 아니지만, 아마도 그날 잠자리 상대를 찾았던 건 맞을 겁니다."

"알고 계셨어요?"

"다자간 연애에 대해 들어보신 적 있나요?"

"그럼요." 내가 답했다.

"우리의 결혼 생활이 정확히 다자간 연애를 바탕으로 했다고 말할 수 있을지는 모르겠어요. 적어도 아직은 거기까지는 아니었고요. 단지 다른 사람들과도 함께 하는 그런 관계를 실험하기 시작했어요. 제가 라스베이거스에서 열린 코믹 컨벤션에 갔을 때 다른 여자와 하룻밤을 보내고 조지에게 말했었는데 아내가 무척 흥분했어요. 비난할 거라는 건 알지만—"

"비난하지 않아요. 진짜예요. 저희 부모님은 다자간 연애라는 단어가 생기기도 훨씬 전에 이미 그런 생활을 했거든요. 사실 이 경우는 상대방에게 상처를 주기 위한 방편에 좀 더 가까웠지만요. 복수요. 상대보다 한 발 더 나아가겠다 그런 거죠. 다자간 연애라는 새로운 버전이 더 나아 보이는데요."

"조지와 저는 무슨 일이 있어도 남은 평생을 함께할 것이고, 상대와 모든 것을 공유할 거라는 걸 잘 알고 있었기에 우리 성생활도 솔직하게 터놓고 확장시켜보면 어떨까 하는 거였어요. 지극히 자연스러운 일처럼 느껴졌어요."

"그럼 조지가 셰포그에서 열린 콘퍼런스에서 함께 할 상대를 찾고 있었던 거네요?"

"네. 아내는 들떠 있었어요. 저도 그랬고요."

트레비스는 맥주는 반쯤 비웠지만 수프에는 손도 대지 않고 있었다. 조지에 대해 이야기를 할 수 있어 기쁜 한편 깊은 그림자가 드리워진 그의 두 눈은 두려움과 슬픔에 사로잡혀 있었다. 오늘 아침 아빠의 눈이 떠올랐다.

"경찰에도 이 사실을 알렸나요?"

"물론입니다. 경찰들이 저를 바라보는 눈빛에서 이 사람들이 어떤 생각을 하는지 알 수 있었죠. 순간 생각이 달라진 제가 셰포그로 가서 아내를 죽였을 거라고요."

"경찰이 그렇게 생각한 것 같다고요?"

"그럼요. 하지만 경찰이 제 알리바이를 확인했고 제가 우드스톡에 있는 친구 집에서 같이 게임을 했다는 게 확인되었어요. 증인들이 엄청 많았죠."

"조지가 콘퍼런스에서 무엇을 했을지 생각해도 괴롭지 않았나요?"

그는 고개를 저었다. "괴롭지 않았어요."

"조지가 성적으로 모험하는 데 들떠 있었다 해도 이후에 마음이 무거워졌다거나 그랬을 가능성도 있잖아요? 그런 일이 있었던 게 처음은 아니었을 테니까요."

"저는 아내가 잘못된 남자를, 아니 어쩌면 잘못된 여자를 골랐을 확률이 더 크다고 봅니다. 그리고 무언가 틀어진 거죠. 하지만 제가 분명히 알고 있는 사실은, 무언가 틀어진 쪽은 아내가 아니라 다른 사람이었을 거란 겁니다."

나는 고개를 끄덕였고, 그는 말을 이었다. "제가 틀렸을 수도 있겠죠. 어쩌면 제가 아내를 그런 생활로 몰고 갔고, 아내는 내심 끔찍하게 생각했을 수도 있고요. 저도 그런 생각 때문에 며칠 잠을 설치기도 했어요. 하지만 아내가 거기서 누군가를 만났고, 아내의 마음에 무언가 건드려져서 정말 너무 끔찍한 기분에 스스로 목숨을 끊기로 결심했다고 가정해봅시다. 그렇다고 해도 아내가 발코니에서 뛰어내리는 일은 결코 없었을 거예요."

그가 자신의 아내에 관해서 모든 것을 알고 있으리라고 생각지는 않았지만, 아내가 건물에서 뛰어내릴 사람이 아니라는 것만은 알고 있다는 것을 믿을 수 있었다.

"하나 물어볼게요." 그가 말했다. "그쪽은 어떤 일이 벌어졌을 거라고 생각하나요?"

나는 입 안에 있던 병아리콩 버거를 씹어 삼키고는 말했다. "사람을 잘못 골랐다고요. 그리고 남편분과 대화를 나누다 보니 그 상대 남자에 대해 좀 더 많은 걸 알게 된 듯한 느낌이고요."

"어떤 거 말씀이시죠?" 트레비스가 물었다.

"뭐, 아내분께 어떤 일이 벌어졌는지는 모르지만 충동적으로, 순간적으로 벌어진 일은 아닐 거예요. 남자가 순간 벌컥 분노를 느껴서는 아니란 거죠. 만약 그랬다면 싸움이 벌어졌을 테고, 싸움의 흔적 같은 것도 남았을 테니까요. 제 생각에는 아내를 살해한 살인자는 두 사람이 무슨 일을 하고 있는지 잘 알고 있고 꽤 자연스럽게 행동할 줄 아는 사람일 거예요. 아내를 발코니로 유인했을지도 모르고요. 난간이 높게 올라와서 괜찮을 거라고, 야경이 정말 아름답다고, 뭐 그런 말로 말예요. 아내분은 어떤 일이 벌어질지 몰랐던 거죠. 불시에 그런 일을 당한 거예요."

말을 너무 많이 한 것은 아닌가 걱정이 들었지만 트레비스는 내 이야기에 푹 빠져 고개를 끄덕이고 있었다. "제 생각도 그렇습니다. 꽤 똑똑한 사람이 제 아내를 죽인 거죠. 그리고 무사히 빠져나갔고요."

"좀 전에 아내분의 상대가 남자 아니면 여자였을 거라는 말씀을 하셨는데……."

"그럴 가능성도 있어서 그냥 해본 말입니다. 조지는 여자를 좋아하는 것처럼 굴었고, 여성들과의 가능성도 열어두려고 그랬지만 아내가 정말 여자를 좋아했던 것 같지는 않아요."

"그럼 상대는 남자겠네요." 네가 말했다. "통계상으로도 그편이 더 말이 되고요."

"저도 그렇게 생각합니다." 그가 말했다.

"트레비스, 아내가 출장 중일 때 자주 연락했었나요?"

"그렇기도 하고 아니기도 해요. 첫날은 네, 그랬습니다. 문자를 좀 주고받았어요. 캠퍼스 사진 같은 것도 찍어서 보내고요. 하지만 사건이 일어났던 날에는 연락이 거의 없었어요. 아내가 누군가와 함께 있을 거라 생각했고, 방해하고 싶지 않았어요." 트레비스는 타투가 새겨진 양손을 동그랗게 모아 입과 코를 감싸고는 눈을 질끈 감았다. 그가 눈물을 보일 거라 생각했지만, 그는 이내 손을 내리고 이렇게 말했다. "아내에 관해 이렇게 이야기할 수 있어서 좋습니다. 친구들은 제가 다 잊고 새 출발하길 바라지만, 그럴 수가 없어요."

"풀리지 않은 문제가 있으면 앞으로 나아갈 수가 없죠."

"맞아요."

"제가 답을 찾으면 제일 먼저 알려 드릴게요."

"알겠습니다." 그가 답했다. 나는 버거를 먹었고 그는 수저를 들어 수프가 담긴 그릇으로 가져갔다. "실제로 아내를 만났다면 좋아하셨을 거예요." 그가 말했다. "조지를 좋아하셨을 겁니다. 굉장한 여자거든요."

12

릴리에게 문자를 보낸 뒤 답장을 받지 못한 마사는 순간 온몸에 진이 다 빠지는 기분이 들어 거실 소파에 가서 몸을 누였다. 제인 오스틴 브로치 사진을 보기 전만 해도 자신이 지나친 상상력으로 이 모든 이야기를 만들어낸 것이고, 자신의 남편은 겉으로 보이는 바와 똑같은 사람이며, 남편이 출장을 다녀온 도시에서 벌어진 범죄들은(살인 사건들은) 그저 기묘한 우연일 뿐이라고 내심 생각했었다. 하지만 소파에 누워 있는 지금, 그녀는 머리가 멍해지는 동시에 핑핑 도는 경험을 하고 있었고, 작게 균열이 간 천장을 올려다보며 자신의 세상이 영원히 달라지고 말았다는 사실을 깨달았다.

길버트가 그녀의 발치로 올라오며 그녀를 놀라게 했다. 고양이는 흘 끗 그녀에게 시선을 한 번 주고는 발을 가슴 아래로 접어 넣어 식빵 자세를 하고 소파 끝에 자리를 잡았다. 마사는 호흡에 집중하며 릴리와 대화를 하기 전에 혼자 앞서 나가지 말자고 스스로에게 말했다. 어쩌면 릴리는 자신이 현재 느끼는 만큼 브로치가 지닌 의미를 크게 받아들이지 않을 수도 있었다.

얼마나 오래 누워 있었던 것인지 어느새 길버트는 옆으로 몸을 말고 누워 알코브 위, 남향으로 난 창문에서 들어오는 햇살을 받으며 잠들어 있었다. 마사는 억지로 몸을 일으켰다. 주방으로 간 그녀는 배가 고프지 않았지만 냉장고를 열었다. 반쯤은 멍한 상태로 집 안을 헤매며 그녀는 겁도 없이 결혼이라는 것을 해버린 자신을 질타했다. 그녀는 오래전부터 자신이 혼자 살 운명이라고 생각했었다. 사랑의 저주에 무슨 기한 같은 것이라도 있다고 생각했던 걸까? 그러다 그녀는 어쩌면 모든 일들이 일어나는 데는 정말 이유가 있을지도 모른다고, 종교에 심취한 언니가 입에 달고 살던 그런 이야기를 스스로에게 했다. 앨런 페랄타와 결혼하게 된 이유는 계속해서 여성들을 살해하는 그를 막을 수 있는 사람이 바로 자신이기 때문인지도 몰랐다. 이제부터 그녀는 그렇게 생각하기로 결심했다.

마침내 전화가 울렸을 때 그녀는 다시 거실에 있는 컴퓨터로 돌아가 미카엘라 세이거의 익사 사건 기사를 보며 놓친 것은 없는지 살피던 중이었다.

"뭘 알아낸 거야?" 릴리가 말했다.

"많은 걸 알아냈어." 자신의 목소리가 떨리는 것이 짜증스러웠다. "내가 문자를 보냈던 이유는 마사지 테라피스트인 미카엘라 세이거와 관련해 무언가를 찾아내서야."

"응, 그게 뭔데?"

"피해자가 익사한 날 밤…… 당시 입고 있던 옷을 경찰이 설명해줬는데, 알고 보니 피해자가 브로치를 차고 있었어. 형사에게 어떤 브로치인지 물었더니 나한테 사진을 보내줬어."

"어떤 거였어?" 릴리가 물었다.

"브로치 아니면 에나멜 핀처럼 보이는데, 제인 오스틴의 얼굴이 달려 있어."

"앨런이 판매하는 거야?"

"내 말은, 딱 그 사람이 판매할 만한 물건이야. 사실 그런 브로치를 본 적은 없어. 그 사람이 판매하는 상품들을 볼 일이 거의 없거든. 하지만 그가 샌디에이고에서 참석했던 콘퍼런스가 고등학교 영어 교사를 대상 으로 한 거였어. 부스에서 그 핀을 판매할 법했다고."

"알겠어. 진정하고. 다시 좀 보자. 미카엘라 세이거는 마사지 테라피 스트였지? 콘퍼런스에 참석하지 않았잖아."

"응, 하지만 참석 여부는 아무런 의미가 없어. 앨런이 그 여성과 데이 트를 했거나 예약을 잡아 만났을 때 그 핀을 줬을 수도 있잖아. 아니면 부두에서 그 여성을 죽이고 핀을 옷에 꽂은 뒤 시체를 바다에 버렸는지 누가 알겠어."

"왜 그러겠어?"

통화 중임에도 마사는 수화기를 들지 않은 손으로 손짓을 해가며 말 했다. "솔직히 나도 몰라. 하지만 자꾸 이러저런 시나리오가 떠올라. 잡 히고 싶어서가 아닐까? 어쩌면 오만함이 하늘을 찌르는 걸 수도 있고 아니면, 그냥 완전히 미친 사람일지도 모르지. 아니면 사실 아무런 의미 가 없는 행위였을 수도 있어. 다만 내가 확실히 아는 건, 설사 우연이라 할지라도 엄청난 우연임에는 틀림없다는 거야."

"우연이란 소리가 아니야. 앨런과 죽은 여성이 꽤 밀접한 연관이 있다고는 생각하지만 그것으로는 아무것도 증명할 수가 없어. 네가 지금 경찰서에 가겠다면 전적으로 너를 지지하겠지만 — 원하면 내가 경찰에 신고를 해줄 수도 있어 — 앨런을 경찰의 레이더망에 둔다고 어떤 결과가 나오는 건 아니야."

"응, 알아." 마사는 목 뒤편을 문지르며 말했다. "그럼 이제 뭘 해야 하지? 그러니까 나는 지금 내 남편이 여자들을 죽였다고 그 어느 때보다 확신하고 있거든. 그 남자랑 계속 살 수는 없잖아. 불쑥 그를 떠난다면 뭐라고 말해야 할까?"

"생각 좀 해볼게, 알았지?" 릴리는 천천히, 신중하게 말했다. 마사는 릴리가 자신을 진정시키려 한다는 걸 알고 있었지만, 지금 그녀에게는 그리 효과가 없었다. "또 어떤 사실을 알아냈는지 이야기해줄래?"

"그럴게." 마사가 답했다. "먼저, 사건이 모두 해결되지 못한 데 이유가 있는 게 아닐까 하는 느낌이 들었어. 증거나 단서, 패턴이 그리 많지 않고, 사망한 피해자 여성 중 몇 명은 매춘부였으니 경찰의 관심이 덜한 것 같아."

"전부 매춘부였어?"

"분명한 건 아니야. 미카엘라 세이거는 자기 집에서 손님을 받는 마사지 테라피스트였으니 그럴 가능성도 있는 셈이지. 애틀랜타 피해자인 켈리 볼드윈은 거리에서 일하는 매춘부였어. 포트마이어스에서 앨런이 지낸 호텔의 바텐더인 노라 존슨은 같은 호텔의 주차요원과 일종의 부업 같은 것을 했어. 그녀가 출장 중인 컨벤션 참석자를 한 명 골라서 섹스나 오럴을 빌미로 차로 데려오면 주차요원이 갑자기 등장해 남자들에게 돈을 요구했대. 시카고에서 살해당한 비앙카 무라노스에 대해서는 별로 알아낸 것이 없어. 경찰청의 어떤 형사에게로 전화를 돌려줬는데, 사건 파일을 처음 들여다보는 사람 같더라고. 그래도 피해자가 앨런이 투숙하던 호텔 뒷골목에서 살해당했다는 거랑, 매춘부 아니면 클럽에 가는 차림새였다는 건 알아냈어. 짧은 치마에 그런 옷차림 있잖아. 자세히는 잘 모르겠어."

"꽤 많이 알아냈는데." 릴리가 말했다.

"그래? 잘 모르겠네. 네가 알아낸 것도 이야기해줘."

"오늘 조지 닉슨의 남편을 만났어. 지금 우드스톡에서 돌아가는 차 안이야."

"어땠어?"

"그 여자 자살한 게 아니야. 적어도 나는 99퍼센트 확신해. 오늘 제일 큰 수확은 그 여성이 개방적인 성적 관계를 가졌다는 것과 콘퍼런스 때 누군가를 만나길 기대했다는 거야."

"잠자리를 할 상대를 말하는 거야?"

"응, 그렇지."

"그 남편이 너한테 그런 이야기를 해줬다고?"

"맞아. 아내가 고대하고 있었다고 말하더라고."

"다른 피해자들과 공통점이 있는 거네. 내 남편이 잠자리를 할 여성들을 물색하고, 나중에는 죽인다는 거잖아. 남편에게는 상대가 매춘부이든, 그냥 쉽게 넘어올 것 같은 사람이든 상관이 없는 거야. 평범한 마사지 테라피스트라도 그가 보기에 자신과 섹스를 할 것 같으면 말이야."

"좀 비약이 있는 것 같은데."

"알아, 알아. 왠지 최악의 시나리오를 준비해야만 할 것 같은가 봐. 하지만 만약 앨런이 이 죽음들에 책임이 있다면, 패턴은 그가 성적인 행위가 가능한 젊은 여성을 찾아다닌다는 거야. 그러니까 무슨 60대 무슨 부서장을 살해하는 건 아니라는 거지."

"맞아. 무슨 말인지 알겠어." 릴리가 말을 이었다. "조지 닉슨은 높은 곳을 죽을 만큼 싫어했대."

"그럼 그녀가 본인 의지로 기숙사 발코니에서 뛰어내렸을 리가 없다는 거야?"

"그녀가 본인 의지로 발코니에 나갈 일 자체가 아예 없었을 거라는 거지."

"그렇구나."

"적어도 트레비스 닉슨은 그렇게 말했어. 그 사람 말이 설득력 있어 보였어. 그냥 아내가 자살을 하고 싶어 했다는 사실을 인정하지 못하는 사람일 줄 알았는데, 그런 사람이 전혀 아니었어."

"네가 말한 것처럼 그 여자가 높은 곳을 죽을 만큼 싫어했다면, 그래서 발코니에 절대로 나갔을 리가 없다면 말이야, 도대체 어떻게 그 여자를 발코니로 나오게 한 걸까?"

"아, 나 여기 출구에서 빠져야 하는데. 미안, 운전 중이거든."

"나중에 다시 이야기할까?"

"아냐, 괜찮아. 응, 나도 그 생각해봤는데, 발코니 건. 네 남편이 어떤 유형의 살인자인지 유추해볼 단서가 좀 있긴 해. 그러니까 만약 네 남편이 살인자라면 말이야. 네 남편이 충동을 이기지 못하고 강박적으로 외도를 저지르고는, 죄책감에 사로잡혀서 그 감정을 상대에게 난폭하게 해소하는 사람일지도 모른다는 생각도 해봤어. 여자들을 죽이는 것이 잘못된 행동을 벌하는 방식인 거고. 만약 그렇다면 둔기로 내려쳐서 살해하는 방식이 이해가 가거든. 하지만 높은 곳을 무서워하는 조지 닉슨을 발코니로 나오게 했다면, 그리고 어떤 식으로든 완력을 쓰지 않았다면 말로 설득했다는 뜻이겠지. 상상해보자면 '여기 나와서 별 좀 봐. 아래만 안 내려다보면 돼' 뭐 이런 식으로 이야기하는 거지. 그러고는 그녀를 아래로 미는 거야. 만약 그런 식이었다면 살인광이 순간 욱하는 감정에 사로잡히는 식은 아니었다는 거지. 그는 침착했고, 살인은 계획적이었다는 뜻이야. 이런 이야기 듣는 거 괜찮아?"

"괜찮아. 잘 듣고 있어."

"어쩌면 나도 지금 비약이 너무 심한 걸지도?"

"아냐. 그렇지 않아. 추측하는 건데, 뭘. 남편이 범인이라면 대단히 실력이 좋은 거네. 증거도 하나도 남기지 않았고, 그가 저지른 사건들 사이에서 눈에 띄는 패턴도 찾을 수 없거든. 누구도 연결 지어 생각하지 못할 정도로 죽음들이 다르고 말이야. 그럼 이제 우리 어떻게 해야 하지?"

"내가 다시 걸어도 될까? 길을 잃은 것 같아서."

마사는 생각에 잠긴 채 좀 더 집 안을 서성였다. 그녀는 주방 뒤쪽에 난 뒷문에 서서 유리 너머로 뒷마당을 내다봤다. 늘 변치 않는 풍경이었지만, 이제는 달라져 있었다. 그녀의 삶이 달라져 버렸다. 자신의 남편이 어떤 사람인지 알기 전과, 비로소 알고 난 후로. 이제 남은 평생을 그녀는 그 후의 삶 속에서 살게 될 터였다. 지금으로서는 자신이 해야 할 일은 진실을 찾는 것뿐이라고 스스로에게 말했다. 혼자서 해야 하는 일은 아니었다. 그녀에게는 릴리가 있었다. 진실을 찾은 후에는 앨런이 영원히 교도소에 수감되도록 해야 했다. 그러고 나면? 그럼 그녀는 연쇄 살인범의 아내이자, 본인의 남편을 제대로 알지도 못한 한심한 사서가 되는 것이었다. 극심한 공포가 차올랐지만 그녀는 공포를 잠재웠다. 다른 사람들이 어떻게 생각하는지는 중요하지 않았다. 현재 그녀에게 주어진 임무는 앨런이 정말 어떤 사람인지를 밝히는 것이었다. 조만간 릴리와 좀 더 많은 대화를 나눌 터였다. 둘이서 계획도 세울 것이었다. 그런 뒤 그녀는 집에 들어오는 남편을 반갑게 맞이하고, 남편이 아무것도 눈치채지 못하도록 행동할 것이었다.

냉장고에서 요거트를 하나 챙겨 거실로 돌아가는데 전화가 울렸다.

"집에 왔어." 릴리였다. "아까 전화 끊고 나서 괜찮았어?"

"괜찮지." 마사가 말했다. "우리가 해야 할 일을 하면 되는 거야."

"그래. 앨런 다음 출장 일정 좀 다시 말해줘."

"월요일 오전에 새러토가스프링스로 가. 다시 봐야 할 것 같은데, 수학과 과학 콘퍼런스였던 것 같아."

"나도 그 콘퍼런스에 갈 거야." 릴리가 말했다.

"무슨 소리야?"

"새러토가스프링스에 간다고. 네 남편을 직접 보기라도 해야겠어, 마사. 정말 하룻밤 상대를 찾으러 다니는 건지, 분위기 같은 거라도 좀 볼 수도 있고. 그 사람이 누굴 해치지 않도록 감시도 해야 하고. 위험한 짓은 안 할게."

마사는 무슨 말을 해야 할지 알 수 없었다.

릴리가 말을 이었다. "내가 뒤를 밟아볼게. 조금이라도 미심쩍은 걸 보면 곧장 경찰에 신고할 거야."

"약속하지?"마사가 말했다.

"그럼. 그 사람이 뭔가 나쁜 짓을 하려는 것처럼 보이면 바로 신고할
게. 필요하면 거짓말도 할 생각이야. 체포까지는 안 되겠지만 누군가를
해치는 건 막을 수 있을 거야. 그게 제일 중요하잖아?"

"맞아. 나는 그냥…… 나도 지금 내가 어떤 기분인지 모르겠어."

"진짜야. 조심할게. 우리가 상황을 확실히 알아야 하지 않겠어?"

"하지만 만약 그 사람이 콘퍼런스에 참석해서 티셔츠만 팔고 저녁 일
찍 잠자리에 든다면?"

"그럼 네 남편에 대해 좀 더 알게 되는 거겠지."

"그래."마사가 답하고는 이내 이렇게 말했다. "이런."

"왜?"

내닫이창을 통해, 뭔지는 몰라도 그날 일을 마치고 돌아온 앨런의 차
가 진입로로 들어오는 모습이 보였다. "앨런이 왔어."

"잘 버틸 수 있어."릴리가 말했다.

"당연히 그럴 수 있지."

"며칠만 견디면 돼. 일주일 후면 무슨 일이 일어나고 있는 건지, 어느
쪽으로든, 좀 더 자세히 알게 될 거야."

13

새러토가스프링스의 외곽에 진입했을 때는 비가 내리고 있었다. 본래 천연 온천 여행지로 조성된 휴양지였고 이후에는 경마로 유명한 도시로 탈바꿈했다는 것 외에는 이 지역에 대해 그다지 아는 것이 없었다. 경제 기반으로 삼을 또 다른 사양 산업을 간절히 찾고 있는 듯한 이 도시는 그 길을 컨벤션 주최 산업에서 찾은 듯 보였다. 차를 몰고 가는 길에 "K-12 수학 선생님들을 환영합니다"와 "뉴욕주 가금육 사업자분들을 환영합니다"가 번갈아 등장하는 커다란 전광판이 설치된 거대한 콘퍼런스 센터를 지나쳤다. 센터를 약 3.2킬로미터 앞두고 소규모 호텔과 체인 음식점들이 죽 늘어선 거리가 눈앞에 펼쳐졌다. 아웃백 스테이크 하우스. 버팔로 와일드 윙스. 약 1.6킬로미터를 남기고는 단층 모텔들과 성인용품 가게들, 창문이 없는 바들이 가득한 거리가 나왔다. 하룻밤 숙박비가 59.95달러인 한 모텔 앞에 차를 세웠다.

안에 들어가 따분해 보이는 10대 소녀에게 이틀 밤을 묵는 것으로 체크인을 했다. 소녀는 이어폰을 끼고 있었고, 대화가 시작되자 한쪽 이어폰을 빼 어깨에 늘어뜨리고는 다른 한쪽은 그대로 두었다. 현찰로 선불 결제를 하고 싶다고 말하자 그녀는 흘끗 눈으로 내 뒤쪽을 살피며 내 차에 밀애 상대라도 있는지 확인했다. 그녀는 잔돈을 건네준 후 부수적인 비용을 대비해 신용카드가 필요하다고 말했다.

"어떤 용도로요?" 내가 물었다.

"뭐 방을 망가뜨리거나 램프를 훔치거나 그런 거요." 그녀가 미소를 짓자 빈 치아 몇 개가 드러났다.

"그렇군요." 이렇게 말하고는 카드를 건넸다. 그러자 그녀는 옛날 카드 기계를 꺼내더니 종이 한 장을 카드에 포갠 뒤 그 위로 금속 막대를 밀어 카드 사본을 만들었다.

"퇴실 후 방이 멀쩡하면 폐기할 거예요." 그녀가 말했다.

"고마워요." 이렇게 말하고는 카운터에서 방 키를 받았다. 차를 옮겨 내 방 문 앞에 주차시켰다. 방 내부는 깜짝 놀랄 정도로 깨끗했지만 굉장히 심심했다. 장식품이라고는 벽에 걸린 경주마 사진 하나가 다였다.

러브호텔을 찾아 들어오고, 세포그부터 여기까지 오는 길에 유료 도로를 피해 오다니 내가 지나치게 신중했던 것일까 잠시 고민했다. 새러토가스프링스에서의 내 계획은 그저 앨런 페랄타를 지켜보는 것, 아내를 떠나 출장 중인 그가 어떻게 행동하는지를 파악하는 것이 다였다. 그를 만날지도 몰랐다. 아닐 수도 있고. 이곳에서 얻은 정보를 바탕으로 후에 마사와 나는 그를 신고할 것인지 결정하면 됐다. 페랄타가 살인자라는 사실을 알게 된다 해도 과거 포식자들 몇 명을 처리했던 방식으로 처리할 생각은 없었다. 이번에는 다른 방법을 찾을 것이다. 그럼에도 어떤 일이 벌어질지는 알 수 없었다. 익명으로 움직이는 편이 정체가 드러

나는 것보다 훨씬 낫다는 사실은 지난 경험들에서 배웠다.

모텔 방에 짐을 푼 뒤 엄마에게 잘 도착했다는 문자를 보냈다. 부모님은 내가 버크셔어즈에 사는 친구 집에 간 줄 알고 있다. 마사의 이름을 팔아 대학원부터 알고 지낸 친구와 오랜만에 연락이 닿았다고 설명했다. 두 분 다 의심스러운 얼굴인 것 같았지만, 엄마의 의심은 내가 자기 몰래 남자와 뜨거운 열애에 빠져 있을 거라는 데서 비롯된 것이었고, 아빠는 자신을 돌보는 일이 지긋지긋해진 내가 아빠를 버리고 떠날 것이라는 데서 비롯됐다.

콘퍼런스는 공식적으로 정오가 돼야 시작했지만 마사에게서 판매원들은 첫째 날 오전 일찍부터 준비를 한다는 이야기를 들었다. 앨런은 콘퍼런스가 시작하기 전날 밤 미리 가 있을까 고민했지만 돈을 아끼기로 하고 당일 아침 일찍 집에서 출발했다. 내 계획은 오전에 가서 그를 한 번 살펴보고, 어쩌면 그의 눈에도 좀 띄었다가 오후 5시쯤 판매원들이 하루를 마감하는 시각에 콘퍼런스 센터에 다시 나타나는 것이었다. 정말로, 그를 지켜보는 것이 내 목표였다. 나는 컨벤션 참석자 옷으로—검은색 치마에 초록색 실크 블라우스와 2센티미터 굽의 구두로—갈아입고는 모텔을 나서 차를 끌고 시내로 간 뒤 차를 세우고 주차요금 계산기에 25센트 동전 몇 개를 넣었다. 건물의 회전문을 통과해 거대한 동굴 같은 느낌의 컨벤션 센터와 호텔로 진입했다. 넓은 계단을 오르니 족히 축구장의 두 배는 되는 규모의 메인 플로어가 등장했다. 오른쪽으로는 체크인 데스크와 리셉션이 있었고, 죽 늘어선 화분으로 구획을 나누어 마련된 너른 공간에는 앉아서 쉴 수 있도록 고급스러운 의자와 소파들이 여기저기 자리하고 있었다. 화려한 패턴의 거대한 카펫을 가로지르면 왼쪽에 2층으로 된 바와 레스토랑이 보였다. 커다란 유리벽에 필기체로 '페이시스'라는 이름이 새겨져 있었다. 교사들과 관리자들이 접수처로 마련된 테이블 몇 곳에 줄을 서 있거나, 몇 명씩 모여 근처를 맴돌며 이야기를 나누고, 프로그램을 확인했다. 수많은 사람들이 내는 잡음은 한데 섞여 아무 의미 없이 웅웅대는 소음으로 공간을 채웠다. 여름철 벌레들이 날아다니는 소리가 되었다.

나는 표지판을 따라 콘코스 A와 콘코스 B, 전시장이 있는 곳으로 향했다. 카펫이 깔린 길고 긴 복도 끝에 이르자 커다란 문이 활짝 열린 전시회장을 끊임없이 들고나는 컨벤션 참석자들이 눈에 들어왔다. 대다수가 어깨에 토트백을 메고 있었다. 이 무리에 속한 사람처럼 보이려고 노력하며 전시회장 안으로 들어갔다. 내부는 천장이 무척 높고 좀 전에 본 로비와 바 공간보다도 훨씬 넓었다. 전시 부스가 줄지어 늘어서 있었는데, 대부분이 교과서 출판사나 소프트웨어 회사였다. 규모가 큰 부스들은 단을 마련해 프레젠테이션과 좌석 공간을 내고, 군데군데 양탄자를 테이프로 고정시켜 콘크리트 바닥을 가렸다. 아직 설치 중인 부스도 있었지만 대부분은 준비를 마치고 기대에 찬 판매자들이 상품을 마지막으로 정돈하거나 부스 앞에 서서 상품을 홍보할 준비 중이었다. 컨벤션 참석자들은 부스가 늘어선 복도를 별 목적 없이 이리저리 오갔다.

크고 유명한 업체들이 자리한 것으로 보이는 구역을 나와 전시장 뒤쪽으로 향했다. 5분 정도 소요되었지만 마침내 전시 공간의 제일 끝에 있는 페랄타의 부스를 발견했다. 구성이 단출한 부스에는 하얀색 접이식 테이블 하나와 의자 하나가 다였다. 의자 뒤쪽 검은색 현수막 위로 티셔츠와 넥타이, 교실에 어울리는 포스터 액자들이 걸려 있었다. 액자에 든 포스터 중 하나에는 "수학 교육의 무기들"이라는 문구와 함께 여러 개의 자와 그래프, 나침반 사진이 첨부되어 있었다. 또 다른 포스터에는 "잠시 과학의 시간을 갖도록 하겠습니다"라는 문구가 적혀 있었다. 앨런 페랄타도 그곳에 있었는데, 그는 부스 앞쪽을 향한 테이블 위에 있는 상품들을 정리하고 있었다.

주변에 아무도 없기를 그래서 단둘이서만 대화를 좀 나눌 수 있기를 바랐지만 작은 규모의 마녀 무리가, 진열된 티셔츠와 배지들에 적힌 문구를 소리 내어 읽으며 시끄럽게 웃어재끼는 중년의 교사 세 명이 근처에 있었다. 페랄타는 이들을 무시하고 짐을 마저 정리하는 데 열중하려는 것처럼 보였다. 그는 정장 바지에 깃이 달린 흰색 셔츠를 입고 수학 방정식들이 그려진 타이를 매고 있었다. 마사가 사진을 보여준 이후로 그가 누구랑 닮았는지 계속 떠올려보려 했던 나는 그를 보고서야 갑자기 떠올려냈다. 그는 내가 사진으로 봤던 젊은 시절의 제롬 데이비드 샐린저(호밀밭의 파수꾼 작가─옮긴이)와 닮았다. 헤어라인도, 긴 이마도, 짙은 눈썹도, 앙상할 정도로 마른 체구까지 비슷했다.

그곳에서 나와 컨벤션 센터 바로 앞에 늘어선 노점상 중 한 곳에서 점심 식사용으로 부리토를 샀다. 비는 안 내렸지만 벤치는 깨끗이 닦아야 하는 상태였다. 닦아내고 앉아 식사를 했다. 다 먹은 후에는 잠시 눈을 감은 채, 구름들 사이로 환한 빛을 밝히며 잠깐 얼굴을 내민 해가 난 방향으로 얼굴을 젖혔다. 그런 뒤 다시 전시장으로 들어가기 위해 마음을 다잡았다. 큰 규모의 콘퍼런스에 가본 적이야 있지만 오래전 일이었다. 새삼 형광등 조명과 수많은 사람들의 목소리가 내는 불협화음이 나를 얼마나 지치게 하는지가 떠올랐다. 건물 안에 들어간 나는 끝도 없이 이어진 스타벅스 줄을 기다렸다가 내 바로 앞의 여성과 같은 음료를, 에스프레소 더블 샷에 풍미가 가미된 설탕 시럽을 잔뜩 넣어 만든 무슨 아이스 음료를 시켰다. 내 취향은 아니었지만 연료가 필요했다.

콘퍼런스의 첫 세션이 시작하자 전시회장 인파가 아까보다는 덜해졌고, 페랄타의 부스로 다가간 나는 그곳에 손님이 딱 한 명만 있는 걸 보고 반가운 마음이 들었다. 스웨터 조끼를 입은 남성은 비웃음을 띠운 채 몸을 반쯤만 돌려 상품을 구경하고 있었다. 나는 부스로 걸어가 진열된 상품들을 살펴봤다. 과학이나 수학을 주제로 한 넥타이가 다양하게 진열되어 있었고, 여성용 스카프도 많았다. 스웨터 조끼를 입은 남성은 손을 뻗어 넥타이 하나를 만져본 뒤 나를 지나쳐 사라졌다.

"수학인가요, 과학인가요?"

나는 고개를 들어 페랄타를 바라봤다. 키가 어찌나 큰지 내 시야에서 턱 아래쪽, 그가 오늘 아침 면도를 하다 놓친 부분이 보였다.

"수학이요." 답하고는 한 걸음 물러나 부스의 검은 배경의 현수막을 장식한 포스터들을 살폈다.

"여기 따로 진열대가 마련되어 있습니다. 포스터가 전부 정리되어 있어요." 그는 이렇게 설명하며 커다란 책처럼 넘기며 볼 수 있는 진열대 하나를 보여주었다.

"음." 내가 소리를 내었다.

"어느 학교에서 가르치세요?"

그의 질문이 내 시간을 들여 답할 만한 가치가 있는지 고민하는 척, 몇 초간 그를 바라보다 이렇게 말했다. "사실 지금은 좀 쉬고 있어요. 사연이 긴데, 지난달에 살던 곳과 다니던 직장, 만나던 남자를 모두 정리하고 이 근처로 이사 와서 앞으로 어떻게 할지 생각 중에 있어요."

"제가 잘은 모르지만, 올버니에서는 늘 교사를 구하는 것 같더군요."

"아, 그래요?" 내가 말했다.

"제가 아는 건 그게 답니다."

"네. 도움이 되었어요. 여기 콘퍼런스에 올버니에서 온 교사들도 있나요?"

"그럼요. 상당히 많이 왔던데요."

"고마워요." 이렇게 말하고는 발걸음을 옮겨 핀들이 놓인 상자들 구경했다.

페랄타가 내게 무언가를 판매하려 할 줄 알았지만 그는 내내 조용했다. "사실," 내가 말했다. "제가 계속해서 수학 교사를 하고 싶은지, 아니 교단에 서고 싶은지조차 모르겠어요. 수학은 좋아하거든요. 잘하기도 하고요. 하지만 더는 제 열정이 수학에 있지 않은 것 같아요."

"그럼 선생님 열정이 향한 일은 뭔가요?" 그가 말했다.

올려다본 그의 눈에는 약간의 관심 외에는 아무것도 담겨 있지 않았다. "이상하게 들릴 줄 알지만 문학에 푹 빠진 수학광이거든요. 가끔씩 인생을 완전히 잘못 꿰었다는 생각이 들 정도로요."

그가 미소를 지었다. "저는 영어 콘퍼런스도 다닙니다."

"아, 그래요?"

"부스는 같아요. 취급하는 물건이 다르죠."

"그렇군요."

뒤에서 크고 두툼한 토트백 두 개를 멘 여성 한 명이 진열된 스카프를 구경하려 밀고 들어오는 바람에 앞으로 떠밀렸다. 여자는 웃었다. 나는

150

페랄타의 눈동자 색깔을 파악할 수 있을 정도로 꽤 오래 그의 눈을 들여다보다 눈썹을 살짝 올리며 말했다. "에디예요."

"앨런입니다." 이렇게 말한 그가 시선을 옮겨 순간 내 몸매를 살피는 것이 느껴졌다. 딱히 대놓고 쳐다본 것은 아니지만 그렇다고 티가 나지 않을 정도는 또 아니었다. 그 시선을 내가 눈치챘다는 것을 안 건지 그가 눈을 빠르게 깜빡였다. 나는 그에게 나중에 다시 만날 기회가 있기를 바란다고 말하고는 그곳을 벗어났다.

전시회장 가장자리를 따라 출구 방향으로 걸으며 부스에서 나를 대하는 그의 반응을, 무해해 보이는 동시에 여지를 남기는 듯한 태도를 떠올렸다. 자신이 내 몸매를 확인하고 있다는 것을 내가 알기를 바라는 마음도 있는 것 같았다. 다만 시선을 들키고 갑자기 허둥대는 모습마저도 내게 보여주고 싶었던 것인지는 알 수가 없었다. 그를 보면서 떠오른 동물은 토끼였다. 길고 가는 코와 아주 큰 귀 때문인 것도 일부 있지만, 침착하던 그가 내 눈앞에서 순간 긴장하는 모습을 보인 탓이 더 컸다. 수많은 교사들이 전시회장에서 로비로 나가기 위해 몰려 느릿하게 움직이는 대형 속에 합류하며 토끼는 사냥감이지, 라고 생각했다. 하지만 사냥감이 되는 동물들 다수는 포식자이기도 하다. 고양이들처럼 말이다. 페랄타가 그 둘 다에 속하는, 그런 인간 중 하나라는 생각이 강하게 들었다. 이 세상에서 모두가 최상위 포식자가 될 수는 없었다.

14

어디에 앉을지를 고민하며 술집 가장자리에 서 있었다. 눈에 띄는 동시에 고립되고 싶기도 했다. 안내대 바로 뒤, 높은 테이블 중 한 곳에 앉아 있던 몇 명이 일어나 그곳에 자리를 잡고 앉았다. 20분쯤 기다리자 테이블이 깨끗하게 치워졌다. 나는 온더록 글래스에 얼음과 라임을 넣은 진 저에일을 주문했다. 셰이머스 히니의《어느 자연주의자의 죽음》을 챙겨왔다.

음료가 도착하자 책의 아무 페이지나 펼친 나는 표제 시를 마주했다. 과거 매더 칼리지에서 아일랜드 현대시 강의를 들었던 만큼 읽어본 시일 수도 있겠다는 생각이 들었다. 그러나 전혀 떠오르지가 않았던 나는 그 시를 두 번 읽었다. 자연에 대한 아이의 관심이 순식간에 혐오감으로 변하는 순간을 그린 시였다. 오래전 내게도 이런 비슷한 경험이 있던 것 같았지만, 내 경우는 인간의 실체를 알게 되고 혐오감을 느끼는 쪽에 가까웠다. 동물과 식물은 자신이 하는 일에 아무런 결정권이 없다. 셰이머스 히니에 대해 아빠가 무슨 말을 했었는지 떠올려보려 했고, 어쩐지 이런 말을 하는 아빠의 목소리가 들리는 듯 했다. "자연에 관한 단어를 전부 아는 사람이지." 아빠가 실제로 이런 이야기를 했었는지, 아니면 아빠라면 이런 말을 할 거라고 내 머릿속으로 상상한 것인지는 분명치 않았다.

책에서 눈을 뗄 때 주변을 둘러보니 바가 사람들로 가득 차 있었다. 한데 뒤섞인 사람들의 목소리가 귀에 거슬리는 소음으로 전해졌다. 이제 겨우 6시였지만 오늘 준비된 콘퍼런스 세션이 모두 끝나고 참석자 대부분이 이곳으로 모여든 것이 확실해 보였다. 술집 안을 둘러보며 페랄타처럼 보이는 남성을 찾았지만 눈에 보이지 않았다.

"이 자리, 주인 있나요?" 내 또래의 남성이 여전히 참석자 명찰을 붙인 채 옅은 색의 맥주를 손에 들고 있었다.

"아니요." 내가 말했다. "앉으세요."

의자에 앉는 동안 그의 흰색 셔츠 단추들이 팽팽해졌다. "수학과 과학 콘퍼런스에서 시집을 읽어요?"

"제가 가금육 사업자 컨벤션에 온 게 아닌 줄 어떻게 알았어요?"

"그 컨벤션이 있다는 걸 잊었네요. 그쪽은 가금육 사업자처럼 안 보이지만, 그렇다고 교사처럼 보이냐 하면 그건 또 잘 모르겠네요."

그에게 이미 준비된 핑계를 장황하게 늘어놓는 동안에도 바를 드나드는 수많은 사람들을 눈으로 쫓았다. 그는 금속 테가 둘러진 안경 너머로 나를 유심히 바라보며 열심히 내 이야기를 들었다. 수염을 깔끔하게 다듬은 남자의 목에는 면도기에서 난 상처가 드문드문 자리하고 있었다. 그는 버몬트의 한 고등학교 수학 강사라고 자신을 소개했고, 곧장 내 머릿속에는 흐트러진 차림새에 땀을 흘리며 교실 앞에 서 있는 그의 모습이 그려졌다. 결혼반지는 끼고 있지 않았지만 결혼반지를 끼는 손가락에 흐릿한 자국이 보이는 것 같았다. 최근에 이혼을 한 사람인지, 아니면 외도의 기회를 노리는 유부남인지 궁금해졌다. 잠시나마 그가 하는 이야기를 들으며 술집 안의 사람들을 살필 여유를 좀 얻으려고, 그에게 지난 몇 년간 학생들이 많이 달라진 것 같은지 물었다.

"맙소사, 아이들이 정말 많이 변했죠?" 그는 이렇게 말하고는 맥주를 비운 뒤 주위를 둘러보며 종업원을 찾았다.

그가 말하는 동안 나는 내부를 관찰했다. 키가 큰 페랄타를 생각해 나는 시선을 좀 높게 유지하며 사람들의 머리 위쪽을 살폈다. 근처에서 빈둥거리는 종업원에게 수학 교사는 맥주 한 잔을 주문하며 내게 술 한 잔을 대접하겠다고 제안했다. 아직 잔에 진저에일이 두 모금 정도 남은 터라 괜찮다고 거절했다.

그가 한 학생의 휴대폰을 압수하는 이야기를 한참 하고 있을 때, 바에 있는 페랄타가 눈에 보였다. 막 도착한 그는 바텐더의 주의를 끌어보려 하고 있었다. 마침내 바텐더의 시선을 사로잡은 그는 맥주 펌프 하나를 가리켰다. 현찰로 술값을 지불한 뒤 몸을 돌려 바에 등을 기대고는 맥주를 홀짝이며 사람들을 둘러봤다. 그가 날 찾고 있을 가능성이 있을지도 몰랐다. 수학 교사에게 용서받지 못할 말을 해서 내쫓을까 하는 생각을 했다. 하지만 내가 지켜보는 동안 페랄타는 순식간에 맥주를 비우고는 빈 잔을 바 위에 올려놨다. 그는 부스에서 입고 있던 흰색 셔츠 차림이었지만 정장 바지 대신 어두운 색 청바지에 셔츠를 넣어 입은 상태였다. 언뜻 보니 왼쪽 겨드랑이 사이에 가죽 재킷을 끼고 있는 것 같았다. 걸음을 빨리해 움직이기 시작한 그는 넓은 로비를 가로질러 엘리베이터

또는 정문, 둘 중 하나로 향했다.

내게 막 질문을 던진 수학 교사에게 이렇게 말했다. "미안하지만, 큰 실례를 저질러야 할 것 같아요. 제가 아는 사람이 좀 전에 나가는 걸 봤는데, 찾으러 가봐야 해요. 여기 계속 계실 건가요?"

"바에 제일 먼저 와서 제일 늦게 나가는 사람이 저랍니다." 가슴을 쭉 펴며 말하고는 본인이 한 농담에 웃음을 터뜨렸다.

바에서 나와 이동하던 내 눈에 빠른 속도로 호텔을 나서는 페랄타가 보였다. 외투를 여미며 속도를 높인 나는 출구로 나가기 위해 카펫이 깔린 넓은 계단을 내려가고 있었고, 그때 한 남성이 더욱 빠른 속도로 걸음을 옮기며 내 어깨를 스치고 지나갔다. 찰나의 차이로 나보다 먼저 회전문에 도착한 그가 문을 밀며 지나갔다. 여성 몇 명을 먼저 보낸 뒤 나는 회전문을 통과해 차가운 밤공기를 맞았다. 오른쪽으로 꺾어 한 블록쯤 걷자 검은색 가죽 재킷을 입은 페랄타가 손을 주머니에 꽂은 채 이제는 느긋한 속도로 걷는 것이 보였다. 나는 외투 단추를 잠그고는 그의 뒤를 따랐다.

상점과 음식점들이 줄지은 커다란 대로였지만 인도는 대체로 훤히 뚫려 있었고, 페랄타를 지켜보기에도 문제가 없었다. 그와 나 사이에는 계단에서 나를 넘어뜨릴 뻔했던 그 남자가 있었다. 그도 키가 컸고, 정장 위에 황갈색 우비를 입고 우산을 들고 있었다. 저 앞에 가고 있던 페랄타가 갑자기 속도를 늦추고는 한 가게 앞 차양이 드리워진 입구 옆에 난 창문으로 몸을 살짝 숙여 무언가를 응시했다. 메뉴판을 보는 것 같았다. 나도 속도를 늦추다 멈춰 서서는 폐업한 백화점의 텅 빈 유리창에 시선을 빼앗긴 척했다. 고개를 들자 페랄타가 다시 걸음을 옮기고 있었고, 그때 우리 둘 사이에 있던 그 남자가, 같은 호텔에서 나온 황갈색 우비의 남자가 멈춰 서서 신발 끈을 묶고 있는 모습이 눈에 들어왔다.

세 사람 모두 계속 걸었다. 5분쯤 후 페랄타가 오른쪽으로 꺾어 골목으로 들어가자 우리 사이에 있던 남자도 그 뒤를 따랐다. 페랄타의 뒤를 쫓는 사람이 나뿐이 아니라는 사실이 이제 확실해졌다. 신경이 곤두서는 짜릿한 느낌이 온몸을 관통했다. 또 누가 어떤 이유로 페랄타에게 관심을 갖는 걸까? 사복 경찰일까? 어쩌면 저 사람도 유부남이고 페랄타의 연인일지도, 두 사람이 바에서 만나기로 한 것일지도 모른다.

우리가 접어든 거리에는 나무가 죽 늘어서 있었고, 규모는 작지만 좀더 흥미로워 보이는 바와 음식점, 상점들이 가득했다. 페랄타가 속도를 늦추자 그를 따르던 남성도 속도를 늦췄다. 나는 좀 더 좋은 위치에서 두 사람을 관찰할 수 있겠다는 판단에 건너편 인도로 발길을 옮겼다. 같은 호텔에서 나온 낯선 남성을 좀 더 정확히 보기 위해 걸음을 조금 더 빨리 했지만 보이는 거라고는 그가 어두운 금발의 짧은 머리라는 것과 어깨가 넓다는 것뿐이었다. 음식점을 고르는 페랄타가 자주 멈춰서 메뉴를 확인하는 바람에 그 남자는 느릿하게 속도를 유지해야 했다. 마침내 페랄타가 유리로 된 커다란 창 너머로 혼잡한 내부가 훤히 들여다보이는 레즈라는 이름의 바비큐 음식점을 택했다. 그가 문을 밀고 들어가자 낯선 남자는 유리창 너머를 흘끗 확인하고는 잠시 멈칫하다 음식점을 지나쳐 걸었다. 나는 그 낯선 남자가 자신의 사냥감을 따라 안으로 들어갈 거라 생각했지만 그는 느긋하게 건널목을 건너 내가 있는 인도 쪽으로 걸어왔다.

나는 문을 닫은 의류 부티크 앞에 서 있었다. 휴가를 즐기는 아내가 쇼핑을 할 동안 남편들이 앉아 기다리는 용도인 듯한 벤치 하나가 인도에 보였다. 나는 벤치에 앉아 휴대폰을 꺼내 들여다봤고, 낯선 남자는 온 길을 되돌아 느릿하게 걸음을 옮기며 내가 있는 방향으로 다가왔다. 그의 걸음을 앞에서 본 것은 처음이었다. 그는 골반은 거의 움직이지 않은 채 긴 다리만 움직이며 걸었고 두 팔이 작게 호를 그리며 흔들렸다. 굉장히 자신감에 가득 찬 움직임에는 어딘가 고양이와 비슷한 구석이 있었다. 그가 다가오며 좀 전에 켜진 가로등 아래를 지나자 얼굴이 제대로 보였다. 머리카락 색이 좀 더 어두워졌고, 안경을 쓰고 있었지만 얼굴은 똑같았다. 넓은 턱에 높은 광대. 내가 기억하는 것보다 주름은 더 많아졌지만 놀라울 정도로 잘생긴 얼굴은 여전했다.

이선 살츠.

그는 내 쪽에 시선을 주지 않고 나를 지나쳐서는 로스트 앤드 파운드라는 술집으로 몸을 숨겼다. 나는 벤치에 얼어붙은 채로 굳어 머릿속으로 온갖 가능성을 계산하고 있었다. 마사가 대학원 때 사귄 전 남자친구가 무슨 이유로 앨런 페랄타의 뒤를 밟고 있는 걸까? 이런 우연이 가능할 리가 없지 않은가. 휴대폰을 다시 외투 주머니에 넣고는 생각을 해보려 했다. 그는 분명 페랄타 뒤를 따르고 있었다. 그건 확실하다. 페랄타가 근처에서 식사를 하는 동안 아마 그도 간단히 뭘 좀 먹을 생각에 건너편 음식점으로 몸을 숨긴 것이다.

이런 생각을 한창 하던 중에 이선 살츠가 들어갔던 술집 문이 활짝 열리며 그가 인도로 다시 걸어 나왔다. 내가 문이 열리는 소리에 고개를 돌리는 바람에 우리는 서로를 마주 바라보는 꼴이 되었다.

"낯이 익다 했더니." 그가 말하며 내 쪽으로 다가왔다.

"그쪽도 낯이 익네요." 내가 말했다.

"혹시 버벡 칼리지 다녔어요? 한 백만 년 전쯤에?" 그는 웃으며 이미 연습했던 대사를 내뱉듯 말했다.

"그랬지." 그가 천천히 고개를 끄덕였고, 나는 그에게 물었다. "이 동네에 살아?"

그의 눈동자가 살짝 움직였다. 내게 어떤 대답을 할지 계산하고 있는 것이었다. "사실, 그렇지는 않은데, 와보고 싶어서. 넌?"

순간 사실을 말해버릴까 하는 생각이 스쳤다. 그저 이렇게 말하는 것이다. "아, 나는 마사 남편, 앨런 페랄타 뒤를 밟으러 온 거야. 우리는 그 사람이 살인자라고 생각하는데, 너도 뭔가 알고 있지? 너도 그 사람 뒤를 쫓은 거잖아."

대신 이렇게 말했다. "나 교사 됐거든. 여기 콘퍼런스가 있어서 좀 보러 왔어. 일자리 찾고 있거든."

"재밌네." 그의 얼굴로 활짝 늑대 같은 미소가 번지는 것을 보니 내 말을 믿지 않는 게 분명해 보였다. 우리는 어둠이 깔린 인도에서 잠시 동안 고요하게 서로를 노려봤다. 나는 그가 거짓말을 한다는 것을 알고 있었고, 그도 내가 거짓말을 한다는 것을 분명 아는 것 같았다. 지금 이 어처구니없는 상황만으로도 충분치 않다는 듯 건너편의 레즈 바비큐 음식점 문이 열리더니, 바에서 술 한 잔만 하고 만 모양인지 앨런 페랄타가 인도로 걸어 나왔다. 둘 다 건너편의 앨런을 바라보고는 다시 서로를 바라봤고, 이선이 웃음을 터뜨렸다.

"뭐가 재밌나 봐?" 내가 말했다.

"저기 있는 저 남자, 모르는 사람이라고 말하는 거야?"

"길 건너편에 제롬 데이비드 샐린저 닮은 남자?" 내가 말했다.

그는 즐거운 듯 또 한 번 웃었다. "저 자식 정말 제롬 데이비드 샐린저 닮았네. 버백에 있을 때 내가 학생을 잘못 골랐던 게 분명하다니까. 이렇게 네가 다시 내게 돌아왔잖아. 마사 래틀리프와의 관계에 네가 끼어들었던 거 기억하고 있지."

"그럴 만한 이유가 있었고." 내가 말했다. "굳이 내 입으로 상기시켜주지 않아도 될 것 같은데."

"지금도 네가 끼어들고 있고."

바람의 방향이 바뀌어 약한 빗줄기가 우리 쪽을 향해 떨어졌다. 그럼에도 둘 다 꿈쩍조차 하지 않았다. 이선의 우산도 그대로 그의 손에 들려 있었다.

"나는 네가 무슨 말 하는지 정말 모르겠어."

"네 이름이 뭐였더라?" 그가 말했다.

"내가 왜 알려주겠어?"

"어쨌거나 내가 알아낼 테니까. 네가 여기에 무슨 일로 왔는지 알 것 같은데, 내가 해줄 말이라고는 남의 일에 신경 끄라는 거야." 그가 갑자기 우산을 홱 들었고, 그 순간 나는 그가 우산으로 나를 내려칠 거라 생각했지만 대신 노란색 택시가 우리 옆 도로가에 멈춰 섰다. "데려다줄까?" 그가 택시 문을 열며 물었다.

"아니. 괜찮아." 내가 말했다.

"반가웠어, 릴리. 하나도 안 변했네." 이 말을 마지막으로 그가 탄 택시가 도로를 가르며 멀어졌다.

15

문자에는 이렇게 적혀 있었다. "가능할 때 전화줘. 새로운 소식이 있어."

릴리가 약 세 시간 전인 6시 30분에 보낸 문자였다. 혼자 외식을 하러 나간 마사는 휴대폰을 넣어둔 핸드백을 바의 가장자리 아래쪽에 설치된 고리에 걸어두고는 식사를 하고 있었다. 계산을 하면서 이제야 본 것이었다.

"남편이 어디 있는지 물어요?" 바텐더가 말했다.

"아, 아니요. 다른 일이에요." 바텐더와 대화를 하느라 저녁 내내 휴대폰을 확인하지 않았다. 집에서 도보 거리에 있는 한 번도 와본 적 없는 음식점에 온 것이었다. 앞서 마사는 멍한 상태로 집 안을 계속 맴돌며 이제 무엇을 해야 할지 결정을 내리지 못하고 있었다. 밥을 먹어야겠다고 생각한 그녀는 어느새 가만히 서서 찬장을 바라보고 있었다. 밥은 숨을 내쉬고 있었다.

그녀는 코트와 핸드백, 집 키를 챙겼고, 어느새 어두운 밖으로 나와 해안가를 향했다. 800미터쯤 걷고 나서야 시원하게 숨이 쉬어지는 것 같았다. 모퉁이를 돈 그녀는 걸음을 늦췄다. 오늘 밤 자신은 릴리에게서 연락을 기다리는 것 외에는 할 수 있는 게 없었지만, 릴리는 아직 아무런 소식도 전해주지 않고 있었다. 릴리가 그래야 한다는 것은 아니었다. 릴리는 마사에게 보고를 기다리지 말라고, 중요한 일이 있을 때만 문자나 전화를 하겠다고 말했었다. 하지만 릴리가 그런 말을 했음에도 마사는 여전히 무슨 소식이든, 어떤 것이든 전해지길 바라고 있었다. 침묵을 견딜 수가 없었다.

불안한 마음에도 불구하고, 아니 어쩌면 불안해서인지 마사는 배가 고파졌다. 그녀는 뮤리얼스라는 앨런과 자주 방문했던 동네 술집을 지나쳐, 한 번도 가본 적 없는 플래그십이란 상호의 스테이크집 앞에 멈췄다. 그녀는 망설이지 않고 안으로 들어갔고, 빳빳한 흰색 셔츠에 검은색 조끼를 입은 여성 매니저가 안내대 건너편에서 그녀를 올려다봤다.

"한 명이요." 마사가 말했다. "식사할 거예요."

"테이블과 바 중 선호하시는 곳으로 안내하겠습니다."

아무와도 대화하고 싶지 않았던 마사는 테이블을 선호했지만 안내받은 곳은 도서관처럼 장식된 어두운 룸이었다. 그리고 너무나 큰 메뉴판을 건네받았다. 월요일 저녁, 한산한 음식점에는 몇 테이블 건너에서 조용히 스테이크를 써는 커플 한 팀뿐이었다. 종업원이 흐느적거리며 다가오자 마사는 마음이 바뀌었고 바에서 식사를 하는 편이 좋겠다고 알렸다. 짜증이 난 종업원은 오른쪽을 가리켰다. 마사는 등받이가 높이 올라온 커다란 스툴에 앉아 바텐더에게 레드 와인 한 잔을 주문하고는 곧장 기분이 나아졌다. 와인 잔이 채워진 후 그녀는 레어로 익힌 등심 스테이크에 베아르네즈 소스와 사이드로 크림 스피니치를 주문했다. 그

진실이 무엇이든, 릴리가 밝혀낼 거라는 확신이 들자 그녀는 마음이 한결 진정되는 것을 느꼈다. 와인 또한 도움이 되었다. 처음 한 모금을 넘기자 엄마 뱃속처럼 어두컴컴한 바에 녹아드는 것 같은 기분이 들었다. 상황이 어떤 식으로 펼쳐지든 릴리라면 잘 처신할 수 있을 터였다. 그리고 한 가지 더, 그녀가 스스로 인정하기 어려운 또 다른 감정이 있었다. 앨런을 둘러싼 진실이 무엇이든, 그가 자신의 삶에 필요한 사람인지 아닌지 고민이 시작되고 있었다. 그를 열렬히 사랑하는 것도 아니었다. 그녀는 그저 그와 함께 있는 것이 좋은 것뿐이었다. 왜 그와 결혼해야 한다고 생각했던 걸까? 사실 그녀의 생각이 아니었다. 그가 원했고, 그녀는 따른 거였다.

스테이크가 도착하자 그녀는 아빠가 이곳을 무척이나 좋아했을 거라는 생각이 들었다. 물론 그는 식사와 함께 독한 깁슨을 마실 테지만. 그녀는 진한 핑크빛이 도는 스테이크를 썰어 소스를 조금 묻혀 한 입 베어 물었다. 삶이란 어쩌나 이상한지, 남편이 연쇄 살인범이라는 사실이 밝혀질지도 모를 저녁에 베아르네즈 소스를 곁들인 스테이크처럼 감동적인 무언가를 즐길 수 있다니 말이다.

"입에 맞으세요?" 바텐더가 물었다. 마흔쯤 되어 보이는 그는 육중한 몸집이었지만 군살마저도 섹시해 보이는 그런 남자였다. 윤기 나는 머리카락과 아름다운 반백의 수염도 한몫했다.

"완벽해요." 그녀가 말했다. "괜찮으실 때 와인 한 잔 더 부탁할게요."

식사를 마치고도 떠날 생각이 없었던 그녀는 식후주를 즐겼던 아빠를 여전히 떠올리며, 포트와인을 한 잔 주문했다.

아빠는 삶의 끝에 이르자 침묵 속에서 보낸 세월을 만회하듯 말씀이 많아졌다. 두 딸을 두었지만 마사의 언니는 먼 알래스카에 살고 있었고, 이혼 후 재혼을 하지 않은 아빠가 췌장암으로 빠르게 병세가 악화되는 동안 그 곁에는 마사뿐이었다. 아빠만 갑자기 그녀에게 속내를 털어놓기 시작했던 게 아니었다. 그녀 또한 아빠가 췌장암 진단을 받기 전 자신의 삶에 관한 이야기를, 그 누구에게도 털어놓을 생각조차 하지 않았던 이야기를 아빠에게 들려주었다. 그녀는 아빠에게 대학원 때 사귀었던 끔찍한 남자 이선에 대해서도 말했고, 고등학교 때 이브 덱스터가 몰래 자신에게 사랑의 저주를 걸었다고 믿게 된 이야기까지 털어놨다.

"이브 덱스터는 기억이 나는구나." 아빠가 말했다. "그 아이 엄마 때문이지. 킷 덱스터. 내가 유언장을 작성해주었거든."

"이브에게 전부 남겨주었어요?"

"그건 기억이 안 나."

"이브가 정말로 저한테 저주를 걸었어요."

"정말 그렇게 믿고 있는 거냐?"

"저한테 저주를 걸었다는 거요, 아니면 저주가 효력을 발휘했다는 거요?"

"어느 쪽이든. 둘 다."

"네. 그 아이가 저한테 저주를 걸었다고 믿어요. 제가 그 아이 남자친구랑 키스를 했더니 그 아이가 제일 먼저 한 짓은 학교에 있는 모든 아이들한테 저를 피하라고 한 거였어요. 그런데 그것으로는 부족했나 봐요. 이미 확인된 거예요. 심령술사가 제게 걸린 저주를 알아봤거든요."

그녀의 아빠는 얼굴을 찌푸렸지만 눈은 즐거워보였다.

"제가 말도 안 되는 소리를 한다고 생각하시죠?"

"아니야. 네 말을 믿는다. 그 못된 이브 텍스터가 네게 저주를 걸었다고 믿어."

"하지만 그 저주가 제 연애에 영향을 미쳤다고는 생각하지 않죠?"

"정말 그랬다면 그건 네가 그렇게 믿었기 때문일 거야. 난 사랑의 저주가 효력이 있다고는 생각하지 않는다. 다만 내가 믿는 것은 결국에는 모두가 저주를 받았다는 거지. 적어도 사랑에 있어서만큼은 말이다."

"와, 우울한 이야기네요, 아빠."

"미안하구나." 이렇게 말하면서도 그는 웃고 있었다.

마사는 스테이크하우스에 값을 치르고 좀 전에야 릴리의 메시지를 확인했다. 그녀는 바텐더 조너에게 거액의 팁을 남기고는 조만간 다시 오겠다고 약속했다. 바의 어두운 조명을 벗어나 노란 불빛의 음식점을 통과해 안개 낀 밖으로 나오자, 그녀는 와인 첫 잔이 만들어낸 비현실적인 거품 방울 안에 머물다 나온 것 같은 기분을 느꼈다. 밖으로 나온 그녀가 전화를 걸자마자 릴리가 받았다.

"걱정했었어."

"미안해." 마사가 말했다. "밥 먹으러 나와서 전화를 확인 안 하고 있었어. 무슨 일이야?"

"새로운 일이 좀 생겼어." 릴리가 느릿하게 말했다.

"응."

"저녁에 호텔 술집에서 네 남편을 기다리고 있었거든. 네 남편이 술집에 왔는데 술을 한 잔만 하고는 나가더라고. 나는 그 뒤를 쫓았지. 네 남편이 거리를 쭉 따라 걸으며 저녁 식사를 할 만한 음식점을 찾는 것 같더라고, 내가 보기에는. 그런데 그때 나만 네 남편을 쫓는 게 아니라는 걸 알게 되었어."

"무슨 소리야?"

"또 다른 누군가가, 어떤 남자가 네 남편 뒤를 따르고 있었어."

"이상한 일인데."

"본론부터 말할게. 네 남편의 뒤를 따르던 사람은 이선 샬츠였어."

마사는 걸음을 멈췄다. 순간 너무도 당황스러운 그녀는 릴리가 잘못 말한 게 아닌가 싶었다. "이선이라고? 버벡의 그 이선?"

"응."

"나 지금 이해가 안 가는데. 이선이 앨런 뒤를 밟고 있었다고?" 마사의 귀에도 자신의 목소리가 점차 커지는 것이 들렸다. 이선의 이름을 듣는 것만으로도 발아래 지면이 흔들리는 것 같았다.

"나도 혼란스러웠어."

"그 사람이 확실해? 얼굴을 제대로 확인했어?"

"그 사람이랑 대화도 나눴어 마사. 이선 맞아. 그리고 이선은 내가 거기서 앨런을 감시하고 있었다는 것도 알고 있어."

"아니, 그런데 왜?"

"나도 계속 같은 질문을 나한테 묻고 있었어. 그런데 이제 시간을 갖고 생각을 해보니, 지금 벌어지고 있는 일들과 이선이 관계가 있는 것 같아."

"뭐?" 그때까지도 마사는 제자리에 가만히 서 있었다. 한 남자가 목줄을 채운 개를 데리고 그녀를 피해 지나갔다.

"지금 밖에서 걷는 중이야?" 릴리가 물었다.

"응." 릴리의 질문에 정신을 차린 마사는 다시 걷기 시작했다.

"집에 들어가서 통화할래?"

"아니야. 네 생각을 듣고 싶어."

"좋아. 이상하게 들리겠지만 말해줄게. 네 남편과 접점이 있던 여성들을 죽인 게 이선이라면? 앨런에게 뒤집어씌우려는 거라면?"

"왜 그런 짓을 하겠어?"

"그의 목표는 앨런이 아니라 너야. 소름끼치는 게임을 좋아하는 인간이었잖아? 교묘하게 사람의 마음을 조종하는 데 능한 사람이야. 이유가 뭐든, 네가 남편을 연쇄 살인범이라고 생각하게 만들려는 거야. 그 사람한테는 게임인 셈이지."

"미안하지만, 릴리. 내가 지금 이해를 해보려고 하는 중인데. 그런데…… 내 남편이 누구인지 그 사람이 어떻게 알 수 있는 거지? 나는 그러니까…… 아, 죄송합니다. 계신 걸 못 봤어요."

"괜찮아?"

"인도에서 사람이랑 좀 부딪혔어." 마사가 말했다.

"전화 끊고, 집에 들어가서 나한테 전화해, 알겠지?"

"그래."

어디서 어떻게 길을 꺾었는지 기억조차 나질 않았지만 용케 집에 도착했다. 그녀는 잠금장치를 열고 안으로 들어와 현관에서 가장 가까운 램프를 켰다. 길버트가 그녀를 향해 큰 울음소리를 냈지만, 그녀가 길버트를 안고 밥그릇이 있는 곳으로 가서는 이미 밥을 먹었다는 것을 확인시켜주니 길버트는 밥그릇 냄새를 맡고는 고개를 돌렸다.

그녀는 아래층 이곳저곳을 돌아다니며 커튼을 치고 램프를 켰다. 두 번이나 발아래 있는 길버트에 걸려 넘어질 뻔했다. 새러토가스프링스

166

에서 앨런의 뒤를 쫓는 이선 살츠를 계속 떠올렸다. 릴리가 틀렸을지도 모른다. 이선을 잘못 봤다는 것이 아니라 이선이 남편과 어떤 관계가 있을 거라는 추측 말이다. 그녀가 이선을, 그가 얼마나 빠르게 자신을 망가뜨렸는지를 자주 떠올리던 때가 있었다. 홀연히 나타나 그녀의 삶과 그녀의 감정을 손쉽게 장악했다. 릴리가 아니었다면 두 사람 사이에 어떤 일이 벌어졌을런지 자주 생각했다. 한동안은 진정으로 사악한 무언가에서 벗어났다는 생각과, 이선의 마법 아래서 어쩜 자신의 삶이 괜찮았을 수도 있다는 생각 사이에서 혼란스러워했다. 그가 자신을 지배한건 사실이지만 자신의 주체성을 또 다른 인간에게 넘겨준다는 데 어딘가 매혹적인 구석이 있었다.

그녀는 앨런의 리클라이너 끝에 걸터앉아 휴대폰을 들여다봤다. 릴리에게 전화를 하려다가 자신이 아직 외투를 입고 있다는 사실을 깨달았다. 그녀는 자리에서 일어나 외투를, 이어 신발도 벗은 뒤 얼른 위층으로 올라가 고무밴드 바지와 맨투맨 티셔츠로 갈아입기로 했다. 자신의 세상이 완전히 뒤집힐 예정이라면 그나마 편안한 옷이라도 입어야겠다는 생각이었다.

침실로 들어간 그녀는 문 옆의 전등 스위치를 눌렀다. 그녀와 남편이 쓰는 침대 사이에 후드티를 입은 남성 한 명이 서 있었다. 그는 이를 활짝 드러내며 여유로운 미소를 짓고 있었고, 자연스럽게 내린 손에는 칼이 들려 있었다. 머릿속으로는 마사는 벌써 몸을 돌려 달려 나가 급히 계단을 뛰어내려 가서는 소리를 지르며 도움을 요청하기 위해 바깥으로 나가고 있었다. 하지만 그녀는 달리지 못했다. 꼼짝도 않는 두 다리로 가만히 서 있었다.

아, 이제 끝이구나, 그녀는 별일 아니라는 듯이 생각했다. 남자는 무자비할 정도로 빠르게 움직였고, 그녀가 그의 이름을 말할 새도 없이 순식간에 칼이 그녀의 목을 관통했다.

2부

그것의 목구멍을 들으라

16

그가 제일 처음 죽인 사람은 자신의 할아버지였다. 이선이 열한 살 때 일이다.

그가 할아버지를 딱히 싫어한 것은 아니었다. 할아버지는 건강했고 본인 집에서 살고 있었으며, 수집한 군사 무기 소장품들을 이선이 갖고 놀게 해주었고, 금속으로 만들어진 장난감 병사들을—영국군과 독일 군, 프랑스군 병사들을—한 박스 가득 선물해주었다. 이 장난감들은 약 1년 정도는 이선에게 세상에서 가장 소중한 애장품이었다.

하지만 할아버지에게 뇌졸중이 왔고—위중하다고, 아버지는 말했 다—할아버지는 이선 가족들과 함께 지내야 했다. 1층에 있는 유일한 침실을 이선이 쓰고 있었기에 이선은 형 방으로 옮겨 푹 꺼진 매트리스 에 바퀴가 달린 간이침대에서 생활해야 했다. 물론 할아버지가 빨리 죽 을수록 자신의 방을 빨리 되찾을 수 있겠다는 생각은 들었지만 그래도 할아버지에게 방을 빼앗겨서 화가 난 것은 아니었다. 할아버지와 함께 살게 되어 이선이 정말 짜증스러웠던 점은, 엄마의 성화에 매일같이 학교에 다녀와 오후 시간에는 그 냄새 나는 방으로 들어가 한동안 할아버지 곁을 지켜야 한다는 것이었다.

"할아버지는 그냥 가만히 있단 말이에요." 이선은 엄마에게 말했었다.

"알아, 하지만 네 할아버지시고, 표현은 못 해도 네가 곁에 있어서 만조 때의 조개처럼 행복하실 거야. 학교에서 뭘 배웠는지 말씀드리렴. 말씀을 못 하셔도 네가 하는 이야기를 다 듣고 이해하실 수 있을 거야."

이런 이유로 이선은 한쪽 얼굴이 아래로 쳐져 있고 아랫입술로 침을 흘리며 가만히 누워만 있는 할아버지 곁에 앉아야 했다. 그 시간에 숙제를 시작할 때도 있었지만 실제로 할아버지에게 말을 걸고, 학교 수업이 어땠는지 또는 자신이 남들보다 훨씬 잘난 줄 아는 캐런 아미티지를 얼마나 싫어하는지 이야기를 들려줄 때가 많았다. 할아버지에게 책을 읽어줄 때도 있었다. 열두 살 때 이선은 자신이 실제로 독서를 좋아한다는 사실을 깨달았다. 열세 살이 되어 스티븐 킹 책을 읽기 시작한 형에게서 물려받은 《구즈범프》 시리즈물을 접한 덕분이기도 했다. 하지만 이선이 마음을 빼앗긴 책들은 대다수 오래된 누나의 책들이었다. 싱글 침대를 두고 혼자 방을 쓰는 누나의 공간에는 책이 빼곡하게 들어찬 책장이 있었다. 주디 블룸의 책들과 로이스 던컨의 책들, 《다락방에 핀 꽃》 시리즈들. 셜리 콘란의 《레이스》(이선은 이 책을 휘리릭 넘기며 섹스가 등장하는 부분만 읽었다) 같은 제법 야한 책들도 있었고, 《대지의 아이들 1부: 동굴 곰족》, 《끝없는 사랑》도 있었다.

책은 그에게 저 너머에 어떠한 세상이 있다는 것을, 성인들의 세상이, 섹스와 죽음과 배신과 거짓말의 세상이 있다는 것을 알려주었다. 그 세상은 하고 싶은 대로 마음껏 할 수 있는 놀이터와 같았고, 그는 남은 어린 시절을 건너뛰고 훌쩍 어른이 되고 싶었다. 하지만 그는 열한 살이었고, 고약한 냄새를 풍기며 죽어가는 할아버지 곁을 지켜야 했다. 이선이 그렇게 해주면 그 이상한 표현마따나 할아버지가 만조 때의 조개처럼 기뻐하실 거라고 믿는 엄마 때문이었다. 그래서 이선은 할아버지에게 책을 읽어주었지만, 그의 눈에는 할아버지가 한마디도 이해하지 못하는 것이 분명해 보였다. 할아버지는 사실상 진즉에 죽은 거나 다름없었다. 내가 만약 이런 상태라면 누군가 내 방에 들어와 이 고통을 끝내주길 바랄 것 같다고, 그는 생각했다. 한 번 생겨난 생각은 그의 머릿속에 영원히 새겨졌다.《레이스》속 남자가 여성의 은밀한 부위에 금붕어를 넣자 그녀가 좋아하던 장면을 읽었을 때와 같았다. 그 장면 또한 지금까지도 그의 머리에 남아 있었다.

시간이 지나자 이선은 하교 후 할아버지 방에 가는 것을 좋아하기 시작했다. 고등학교에 들어가 과제가 많아졌다는 게 주된 이유겠지만 그래도 형 스콧은 한 번도 할아버지 방을 지키지 않아도 된다니 이상했다. 누나 비키도 할아버지를 들여다보라는 소리를 안 들은 것 같았다. 이선은 작년에 누나에게 누가 봐도 문제가 있었던 것 때문에 그런 것인지 궁금해졌다. 누나는 매일같이 늦게 다녔고, 집에 들어오면 엄마와 서로 고함을 지르며 싸웠다. 누나에게서 담배 냄새와 술 냄새, 헤어스프레이 냄새가 났다. 이선은 비키는 멍청하다고, 어쩌면 스콧보다도 멍청할지 모른다고 결론을 내렸다. 이는 그에게 의미하는 바가 컸다. 누나가 몰래 집을 나가 담배를 피우고 술을 마시고 남자를 만나고 싶다면, 걸리지 않게 잘 하면 될 것 아닌가? 왜 걸리는 걸까? 도시에서 근무했던 이선의 아빠는 퇴근하고 집에 오면 늘 녹초가 되어 있었다. 아빠의 관심사라면 오로지 위스키를 마시고, 스포츠 하이라이트를 시청하고, 잠자리에 드는 게 다였다. 이선의 엄마는 집에 있는 시간이 많았지만 늘 혼자서 콧노래를 부르며 집 이곳저곳을 돌아다녔다. 솔직히 말해, 천재가 아니라도 엄마 몰래 슬쩍 그 곁을 비켜 지나가기란 그다지 어려운 일이 아니었다. 이선이 항상 하는 짓이었다.

할아버지 곁에 앉아 이선은 이런 생각들을 했다. 내가 비키였다면 면허를 딸 것이라고, 그러면 무슨 짓이든 할 수 있게 될 거라고 생각했다. 그는 그전까지만 해도 이런 생각을 해본 적이, 그러니까 다른 사람에게 자신을 대입해본 적이 없었다. 문득 이런 생각이 든 것이 지금껏 읽었던 책들 때문인지 궁금해졌다. 솔직히 얼마 전까지만 해도 다른 사람들도 생각이라는 것을 할 것이라고 생각지 않았기 때문이다. 그는 할아버지를 바라보며 할아버지의 머릿속을 누비는 말과 생각들을 상상해보려 했다. 그가 떠올릴 수 있는 것이라고는 침대에 누워 꼼짝도 할 수 없는 할아버지는 분명 죽고 싶다는 생각을 하리라는 것이었다.

10월, 엄마와 비키가 악을 쓰며 싸우는 일이 벌어졌다. 워낙 심각했던 탓에 아빠가 일찍 퇴근을 하고 비키는 집밖으로 뛰쳐나갔다. 이선은 눈물 젖은 얼굴을 한 엄마에게 방에서 식사를 해도 되는지 물었고, 엄마는 그럼, 아들, 이라고 말하며 그를 안았지만, 그 포옹은 자신을 향한 것이라기보다는 누나와의 일 때문이라는 사실을 이선은 알고 있었다. 전자레인지에 데운 미트로프를 챙겨 방으로 올라간 이선은 창문으로 나가 현관 지붕 위로 올라갔다. 경사가 있었지만 미끄러질 정도로 가파르진 않았다. 그는 누나의 방 창문으로 향했고, 한 번도 잠긴 적 없는 창문을 열어 누나의 방으로 들어갔다. 그는 누나의 책을 보고 싶었지만, 요즘 무슨 일로 그렇게 소리를 지르며 싸우는 것인지도 조금 궁금하긴 했다. 탁상용 스탠드를 켠 그는 누나가 부모님을 방에 못 들어오게 하려고 문에 자물쇠를 채웠다는 사실을 알고 있는 만큼 누구한테 들킬까 하는 걱정은 하지 않았다.

누나의 속옷 서랍을 열어 뒤적이자 대부분 얼룩진 흰색 속옷인 한편, 안쪽에 레이스가 달린 빅토리아 시크릿 속옷이 두 장 나왔다. 어쩐지 재밌다는 생각이 들었다. 이내 이선은 누나의 이름과 속옷의 이름이 둘 다 빅토리아라는 것을 깨달았다. 책장에서 《이상한 나라에 빠진 앨리스》라는 제목의 어두운 색의 작은 문고본을 하나 찾았는데, 그가 알기로는 온통 마약에 관한 이야기가 담긴 책이었다. 그 책을 뒷주머니에 챙겨 넣고는 정돈되지 않은 누나의 침대에 올랐다. 누나는 어렸을 때부터 갖고 있던 강아지 인형과―도기―아직도 같이 잠을 잤다. 축 늘어진 귀와 플라스틱으로 된 이상한 눈이 달렸고, 너무 낡은 나머지 여기저기 떨어져 나간 곳을 몇 번이나 꿰매 붙인 터라 무슨 사고를 당한 피해자처럼 보였다. 이선은 꿰맨 이음매 사이로 손가락을 밀어 넣어 살짝 실을 뜯어내고는 인형을 원래 있던 자리에 갖다 놨다. 그러다 다른 아이디어 하나가 스쳐 도기를 침대 아래 숨겼다. 침대 아래에는 누나가 잠옷으로 입는 오래된 티셔츠들과 교과서 몇 권, 100개쯤은 되는 먼지뭉치까지 온갖 것들이 다 있었다. 그는 강아지 인형 위로 더러운 티셔츠 하나를 덮어두었다.

비키의 침대 옆 협탁 서랍에서 예전 일기장을 찾은 그는 뭐 또 새로운 걸 써났나 궁금해하며 일기장을 펼쳤다. 하지만 적어도 2년간은 일기를 쓰지 않은 것 같았고, 어쨌거나 이선은 그 안에 적힌 내용을 대부분 이미 읽은 터였다. 서랍에는 탐폰도 있었다. 박스 뒤에 적힌 사용법을 읽고는 여자가 아니라 다행이라고 생각했다. 서랍 안에 있는 것은 거의 다 이미 봤던 것들이었고, 낯선 것이라고는 마이돌(생리통 진통제─옮긴이)이라는 이름의 병밖에 없었다.

방을 나서기 전 확인한 누나의 휴지통에는 축축한 클리넥스와 껌 종이가 있었고 맨 아래, 반은 파란색이고 반은 하얀색인 플라스틱 막대가 하나 보였다. 그 막대를 꺼내보려던 이선은 뭔가 탐폰과 관련된 물건이라는 생각이 들어 다시 그 위로 쓰레기를 덮어두었다.

자신의 방으로 돌아온 그는 미트로프를 조금 먹은 뒤 《이상한 나라에 빠진 앨리스》를 읽기 시작했다.

그다음 주는 정신이 하나도 없었다. 비키가 하루 외박을 하는 바람에 이선의 부모님이 경찰에 신고를 하는 일이 벌어진 탓이었다. 싸움과 고성이 몇 차례 이어졌고, 심지어 한 번은 늦은 밤 몰래 아래층에 내려간 이선이 소파에서 엄마가 비키를 아기처럼 안고 있는 모습을 마주하기까지 했다. 두 사람은 모두 눈물을 쏟으며 서로를 안은 채 어르고 있었고, 문간에서 이를 지켜보던 이선은 두 사람이 싸우는 모습을 봤을 때보다 더욱 큰 혼란을 느꼈다. 눈앞에 펼쳐진 광경에 메스껍다는 생각뿐이었다.

그가 처음으로 할아버지를 죽여야겠다는 생각을 한 것도 이즈음이었다. 그럼 다들 뭔가를 깨닫겠지, 그는 생각했다. 자신을 어쩌지 못해 날뛰는 비키로 다들 혼이 빠지는 와중에 할아버지가 방에서 혼자 죽어가는 것이다. 그 생각을 하니 이선은 슬쩍 미소가 나는 것 같았다. 또한 할아버지가 죽으면 자신의 방도 되찾을 수 있었다. 지난 한 달 동안 한밤중에 잠에서 깨서 스콧의 침대가 삐걱거리고 이내 작은 탄식이 이어지는 소음을 들은 적이 최소 두 번은 되었다. 누나가 소장한 책 중 하나를 읽으며 사춘기에 대해 배운 그는 형이 뭘 하고 있던 건지 잘 알고 있었다. 그는 역겨움을 느꼈고, 자신은 혼자 그런 짓을 하지 않겠다고 이미 맹세도 했다. 하지만 무엇보다도 1층에 있는 자신의 방을 되찾고 싶다는 마음이 가장 크게 들었다.

할로윈이었는지 아니면 그 전날이었는지, 이선은 자신의 예전 방에 앉아 할아버지의 숨소리를 들었다. 들이마시고 내쉬고. 들이마시고 내쉬고. 오래전에 쓸모를 다한 기계가 여전히 가동하는 소리와 비슷했다. 그 소리를 들으며 이런저런 생각을 하던 그는 역사 수업시간에 들었던, 아일랜드에서 감자가 병드는 바람에 100만 명이 기근으로 사망했다는 이야기를 떠올렸다. 수학을 꽤 잘했던 이선은 100만 명의 사람이란 어느 정도의 규모인지 머릿속으로 계속 그려봤다. 완만한 경사가 길게 이어진 언덕에 100만 명을 나란히 눕혀보니 파악하는 데 도움이 되었다. 옥수수 알 모양의 캔디 하나를 사람 한 명으로 간주하고 옥수수 알 캔디 100만 개가 어떤 모습일지 떠올려도 봤다. 그건 그리 도움이 되지 않았다.

할아버지가 코를 고는 듯한 소리를 내자 이선은 할아버지를 바라봤다. 하지만 이선의 표정에는 별다른 변화가 없었다. 별 고민 없이 이선은 자리에서 일어나 할아버지 곁으로 다가간 후 그의 코를 쥐었다. 할아버지 입이 벌어져 있어 별다른 효과가 없었다. 이선은 다른 한 손으로 할아버지의 입을 막은 뒤 그 자세를 유지했다. 처음에는 아무 일도 벌어지지 않았지만, 이내 할아버지의 머리가 앞뒤로 조금 움직이더니 목에서 그르릉거리는 이상한 소리가 올라왔다. 이선은 그만 손을 풀까 생각도 했지만 이후 어떤 일이 벌어질지 보고 싶었다. 1분쯤 지나자 할아버지가 죽었다는 것이 분명해졌다. 방을 나선 그는 화장실로 가서 손을 씻었다. 다시 할아버지 방에 간 건 아까 들고 간 영어 교과서를, 문법 규칙들만 가득한 책을 다시 챙겨오기 위해서였다. 다른 이유는 없었다. 그런 뒤 그는 주방으로 가서 엄마에게 이제 방으로 올라가 공부를 하겠다고 말했다.

"할아버지께 인사드렸지?"

"네. 오늘 있었던 일을 다 말씀드렸어요."

"고마워, 아들."

형의 방으로 올라온 이선은 문을 닫고 간이침대에 몸을 누였다. 자신의 아버지가 죽었다는 사실을 엄마가 알기까지 얼마나 걸릴까 생각했다. 집이 원래대로 돌아갈 것을 생각하니 할아버지가 죽은 것이 기뻤지만 그에 앞서 벌어질 일들에 대해서는 그리 신이 나지 않았다. 사람들이 울고, 장례식을 치르고, 친척들을 만나고, 그런 것들. 그럼에도 시간이 지나면 예전의 일상으로 돌아갈 터였다. 1층에 있는 자신의 방도 되찾고. 스콧도 혼자 방을 쓰며 온종일 그 역겨운 짓을 할 수 있을 것이다. 최소 며칠만이라도 누나는 이 집에서 가장 중요한 사람이 되지 못할 터였다. 뭐, 그래 보려 시도는 하겠지만. 할아버지는 어떨까? 이선은 자신이 할아버지에게 한 행동에 대해 어떤 감정을 느끼는지 분석해보려 했다. 그는 루빅스 큐브처럼 자신의 감정을 손에 들고 이리저리 모든 면을 살펴봤다. 처음에는 자신이 할아버지에게 호의를 베푼 거라고 여겼다.

스파키를 마지막으로 수의사에게 데려갔을 당시 부모님이 그에게 했던 말처럼 말이다. 하지만 결국, 감정이라는 큐브를 모든 각도에서 살펴보고 난 후, 이선은 호의가 아니었다고, 그 어떤 것도 아니었다고 결론을 내렸다. 그가 한 일은 그저 누군가를, 결국에는 죽음을 맞이하게 될 누군가의 삶을 끝낸 것이었다.

영어 숙제를 마치고 역사 숙제를 시작할 때 엄마가 1층에서 울부짖는 소리가 전해졌다.

장례식을 마치고 그가 예상한 대로 예전의 일상으로 돌아가자 이선은 다시금 자신의 감정을 꺼내 들여다보았다. 여전히 자신의 행동을 후회하지는 않았다. 엄마도 처음에는 무척 슬퍼했지만 장례식 후 모여 할아버지를 기리는 자리에서 엄마는 이모 두 명과 웃고 술을 마시며 상당히 행복해 보였다. 그가 한 일 덕분에 세 사람이 가까워졌고, 그는 그 모습을 보며 자신이 행복을 느끼는 것인지 파악해보려 했다. 딱히 그렇지는 않았다. 하지만 그는 무언가를 느끼긴 했다. 그것이 무엇인지는 자신도 확실히 알 수 없었다.

그날 밤, 잠에 들기 전 그는 영어 노트 제일 마지막 장의 백지를 조심스럽게 뜯어냈다. 제일 위에 그의 이름 이선 코너 살츠를 적었다. 그 밑에 밑줄을 그었다. 두 줄 아래 그는 숫자 1을 적은 후 할아버지의 이름 마틴 코너 바이른을 써 넣었다.

원래 크기의 4분의 1로 종이를 접은 뒤 오래된 그림책 중 하나인《내 침대 밑에 악어가 있어요》사이에 끼워두었다.

17

그가 제일 처음 죽인 사람은 자신의 할아버지였다. 그가 마지막으로 죽인 사람은 마사 래틀리프였다. 그 사이 스물네 명을 죽였다.

그 사람들의 이름과 각각 언제, 어디서 죽었는지를 리스트에 적어 속을 파낸 존 클리버의 양장본 속에 숨겨두었다. 그 리스트는 그의 필생의 업적이자 그가 가장 자부심을 느끼는 일이었다. 가끔 그는 일흔다섯 살의 나이에 자수하는 상상을 하곤 했다. 그때가 되면 리스트는 지금보다 훨씬 길어져 있을 터였다. 그 리스트를 챙겨 경찰서든, FBI 본사든 그곳이 어디든 그가 선택한 곳으로 발을 내딛는 것이다. 그는 리스트를, 자신의 이력서이자 자서전을 넘겨준다. 면담이 시작될 것이다. 각기 다른 관할 구역의 형사들, 수사관들과 끝도 없이 대화가 이어진다. 그가 해야만 하는 이야기들을 듣기 위해 줄지어 선 정신과 의사들은 말할 것도 없다. 그들에게 이렇게 많은 사람들을 죽이는 것이 얼마나 쉬웠는지 설명해주는 것이다. 자신만의 원칙도 들려준다. 가령, 같은 방법을 두 번 쓰지 않고, 실제로 있었던 일과는 다른 사건으로 위장한다는 것. 이는 실로 중요한 원칙이었다. 이 원칙을 따른 덕분에 지금까지 ─ 스물여섯 건의 살인에 이르기까지 ─ 이선은 그 어떤 수사 기관의 수사망에도 오르지 않았다. 그는 없는 사람이었다. 한 번도 체포된 적이 없었다. 온라인 존재감도 없는 사람이었다. 아니, 정확히 말하자면 이는 사실이 아니다. *이선 살츠*에게는 *얼마간의* 온라인 존재감이 있다. 부음 기사 몇 곳에 이름이 올라갔고, 16년 전 〈뉴욕〉 매거진에 실린 기사를 포함해 호평을 받은 여러 건의 기사를 쓴 작가이기도 했다. 이선 살츠는 이름으로도, 한 명의 시민으로도 여전히 존재하고 있었다. 그는 상속받은 비교적 적은 연금에 대해 세금도 냈고, 보스턴 우체국에 사서함도 갖고 있었다. 하지만 이선 살츠는 지금 필라델피아에서 거주하는 미술상, 로버트 차녹으로 살아가고 있었다. 현재 매사추세츠주 웰플릿의 케틀못(케틀kettle은 빙하가 녹아 없어진 후 형성되는 움푹한 땅이다 ─ 옮긴이) 바닥에 있는 진짜 로버트 차녹은 균 공포증으로 은둔 생활을 하던 사람이었다. 지금 이선이 행세하고 다니는 로버트는 원래 이선보다 머리가 짧고 색은 더욱 어두웠으며, 평범한 캘리포니아 억양을 썼다. 실제로 그는 진품 몇 작품과 굉장히 잘 만들어진 위조품 몇 작품의 판매를 성사시키며 미술계에서 제법 성공을 거두고 있었다. 살인의 예술 외에는 다른 범죄를 추구하지 말자던 이선의 철학에 반했지만, 위조는 놀라울 정도로 쉬웠고, 특히나 작은 규모라면, 아니 작은 규모에 한해서는 더욱 그랬다. 미드센트리 예술가들을 가짜로 만들어내고 이들의 작품을 갤러리를 통해 판매하며 상당한 돈을 벌었다. 유명한 예술가들의 위조품을 만들 생각을 도대체 왜 하는 건지 그는 도무지 이해할 수가 없었다.

로버트 차녹으로서의 삶에서 가장 놀라운 점은 ─ 적어도 이선에게는 말이다 — 결혼을 했다는 것이다. 연상의 아내는 이전 결혼에서 얻은 두 아이가 있었고, 이 아이들은 둘 다 사립 고등학교에서 기숙사 생활을 하고 있다. 그가 레베카 그럽과 결혼한 이유는 그녀가 부자이고, 리튼하우스 광장에 브라운스톤으로 지은 집을 보유하고 있었으며, 그를 과거는 절대로 밝히지 않는 좀 별난 미술상이라 믿어주었기 때문이다. (그가 어린 시절에 대한 트라우마가 있다는 식의 뉘앙스를 전하자 그녀는 들은 바를 곧이곧대로 믿었다.) 그가 전국을 돌아다니며 벼룩시장과 중고물품 가게를 돌며 숨은 보석을 찾는 데 삶의 열정이 있다는 것도 받아들였다. 그녀는 그의 출장을 두고 단 한 번도 불만을 가진 적이 없었다. 그는 아내가 혼자 있는 시간을 좋아한다고 여겼다. 레베카가 남편에게 유일하게 기대하는 것은 크리스마스마다 자신이 주관하는 자선 행사에 참석하는 것과 매년 2월, 자신이 꼭 가야겠다고 마음먹은 열대지역의 리조트 호텔에 동행해 2주간 함께하는 것뿐이었다.

아내가 있어 가장 좋은 점은 아내가 없어 조금은 수상해 보이는 남자들과 구분된다는 점이었다. 아내란 존재는 자신이 결혼한 남자가 철저한 검증을 거쳤고, 일종의 테스트를 통과했다는 사실을 세상에 널리 알려주는 문지기였다. 그 아내가 어떠한 특징이 있는 사람일 때만 효과가 보장되었다. 그리고 레베카는 분명한 특징이 있는 여자였다. 그녀의 특징이란 돈과 영향력이었다. 그런 그녀가 로버트를 삶의 동반자로 선택하며 그에게 진정성을 한 겹 더해주었다. 그녀는 그의 변장 도구였다.

이선의 갤러리를 운영하고 돌보는 사람은 그의 오랜 어시스턴트이자 그의 삶의 또 다른 인물인 크리스 살라로, 레베카처럼 오랜 시간 홀로 남겨지는 데 굉장히 만족하는 듯 보였다. 이선이 없을 때 크리스가 무슨 짓을 벌일지는 아무도 모르는 일이었고 누구도 신경 쓰지 않을 일이었다.

이선이 로버트 차녹으로 산 지 6년이 되었지만, 여전히 이선 살츠 이름으로 된 신용카드들을 갖고 있었고, 이선의 이전 제물 중 한 명인 브래들리 앤더슨 이름으로 된 직불카드와 상당히 감쪽같은 일리노이 면허증도 있었다. 필라델피아에서는 로버트 차녹으로 투 도어 재규어 XJ를 몰았다. 브래들리가 소유한 흰색 기아 포르테는 도시 북쪽, 차 한 대만 넣을 수 있는 차고가 마련된 브래들리 앤더슨 명의의 버려진 집에 주차되어 있었다. 이선은 그 집을 신분을 바꾸고 차를 바꿔 타는 장소로 썼다.

결혼한 미술상으로 필라델피아에서 살았던 처음 5년 동안 이선은 여러 지역에서, 주로 이스트 코스트 지역에서 열아홉 명을 살해했다. 살해하기 가장 손쉬운 사람들은 사회의 변방에 있는 이들, 마약 중독자들, 10대 매춘부들로 다 하나같이 연쇄 살인범 안내서에 상투적으로 등장하는 부류였다. 한 번씩 이선은 저소득층의 피해자들에게 빠져들기도 했다. 사실, 백화점 출입구에 정신을 잃고 쓰러져 있는 부랑자를 찾아 벽돌로 계속 내려치는 것이 뭐 얼마나 어려운 일이겠는가? 다만 이선이 발견한 문제는, 이러한 피해자들은 신원을 확인할 수 있는 이름이 없는 경우가 많다는 것이었다. 한 번은 미니애폴리스에 있는 다리에서 10대 마약 중독자를 밀어버린 뒤, 며칠 후 신문에서 그 여자아이의 이름을 알게 되는 행운을 누린 적도 있지만, 그가 저지른 살인 사건이 지역 언론에서조차 보도되지 않는 경우도 여럿 있었다.

이런 이유로 이선은 먹이사슬의 조금 더 위 단계에 있는 제물들을 찾아다녔다. 사회보장번호와 친구와 가족이 있는 사람들 말이다. 경찰들이 신경을 써줄 사람들을. 그는 원칙이 있었다. 그와 피해자 사이에 어떠한 연결고리도 있어선 안 되었고, 그의 이름이나 인상착의가 수사선상에 오를 가능성도 있어서는 안 되었다. 그는 이 원칙을 상당히 중요하게 여겼다.

마찬가지로 그가 중요하게 여겼던 원칙은 그가 저지른 살인 사건이 실제 있었던 일과는 다르게 보여야 한다는 것이었다. 물론 사고나 자살로 위장한 살인이 많았지만, 모두 사고나 자살로 보일 필요는 없었고, 다만 무작위 살인이 아닌 다른 방향을 가리키도록 만들어야 했다. 때문에 이선은 신문 기사에 난 사람들 중에서 제물을 찾을 때가 많았다. 지저분한 이혼 과정을 거치는 어느 정도 유명한 사람들. 사기 혐의로 조사를 받는 부유한 사업가들. 누구를 목표물로 삼을 것인지만 정하고 나면 소재는 금방 찾아낼 수 있었다. 오션 시티에서 바에 남겨진 신문을 집어 든 그는 가정폭력으로 발부된 금지명령을 어긴 후 얼마 전 보석으로 풀려난 도미닉 살라모네의 기사를 읽었다. 그는 화이트페이지 전화번호부에서 살라모네의 주소를 찾아냈다. 이선이 잘 모르는 입장이었다면 사람이 살 수 없는 집이라고 여길 법한 치장 벽토를 바른 그 추레한 집을 염탐하던 어느 날 아침, 택시에서 도미닉 살라모네가 내리더니 정문으로 들어갔다. 한 시간 후, 뒷문으로 들어간 이선은 집 안의 어둠에 눈을 적응시킨 뒤 위층에 있는 도미닉의 침실로 올라가 도미닉이 소장한 싸구려 넥타이 중 하나로 그의 목을 졸랐다.

다음 날 이선은 필라델피아에 와 있었다. 이틀 후 그는 그 도시에 얼마 남지 않은 신문 가판대에서 메릴랜드 신문 한 부를 구매했고, 도미닉 살라모네의 죽음에 대한 기사를 읽으며 복수에 의한 살인으로 추정된다는 글을 확인했다. 기사는 살라모네의 전 아내가 지역의 범죄 집단과 연관이 있을 가능성을 암시했다.

진짜 다 너무 쉬웠다.

솔직히 말하자면 조금 지루해지기 시작했다. 1년 전, 이선은 세상이 무채색에 따분하게만 느껴지는, 주기적으로 찾아오는 침체의 시기에 빠져 있었다. 그는 바버라 스미스라는 계정으로 페이스북에 로그인을 했다. 완전히 지어낸 가짜 계정이지만, 어쩐 일인지 아직 용케도 400명쯤 되는 한심한 친구들을 거느리고 있었다. 그는 페이스북을 둘러보는 것을 즐겼다. 사람들이 신나하며 그토록 많은 정보를 제공하는 상황이 그저 놀랍기만 했다. 어디에 살고, 어디를 여행했고, 아이들이 뭘 하며 지내고, 누구를 사랑하는지까지 말이다. 그에게 페이스북은 주로 상상을 펼치는 곳이자, 때로는 자신이 죽인 사람들의 추모 게시글을 읽는 곳이었다. 그가 벌인 일을 두고 진부하기 짝이 없는 감상들이 풀어헤쳐진 공간이었다. 이를 구경하는 것이 그가 페이스북에서 가장 즐기는 일이었지만, 한 번씩 과거의 사람들을, 같이 고등학교를 다닌 아이들, 이제는 그의 삶에서 완전히 사라진 형과 누나들을 살펴보는 일도 있었다.

어느 봄날(그가 제일 싫어하는 계절이었다), 그날따라 이름 하나가 떠올랐다. 마사 래틀리프. 이선은 페이스북에서 그녀를 찾아냈다. 여전히 갈색 겁쟁이 쥐 같고, 여전히 사서인 그녀의 사진도 있었다. 게시물은 거의 올리지 않았다. 가장 최근 게시물과 바로 이전 게시물 사이에 공백이 1년이나 되었고, 최근 올린 글에는 결혼 소식과 함께 그녀가 비쩍 마르고 따분해 보이는 사업가와 찍은 사진이 올라와 있었다. 나이아가라폭

포로 신혼여행을 간 두 사람이 자욱한 안개에 휩싸인 채 찍은 사진도 있었다. 이선은 이들이 나이아가라폭포를 택한 데는 신혼여행지로 더할나위 없이 좋은 곳이라는 이유도 일부 있었을 거라 추측했다. 아주 옛날에는 하하, 사람들이 신혼여행이라면 무조건 그곳으로 갔으니까.

이선은 자신의 삶에서 분노라는 감정을 대체로 지워버렸지만, 지금은 그 감정이 치솟아 오르고 있음을 느꼈다. 과거 그가 작가 이선 살츠였고 살해한 사람이라고는 그의 할아버지와 대학 2학년 때 버몬트의 그 도시 촌놈뿐이었을 당시 마사는 그에게 특별한 프로젝트였다. 당시 그가 가장 좋아하는 취미는 온순한 여자들을 꾀어 서서히 그리고 완전히 해체하고, 망가뜨려 평생 후회할 만한 짓을 하게 만드는 것이었다. 그가 지금껏 살아오며 모든 일이 그러했듯 그 일 또한 너무도 쉬웠다. 그는 원래부터 잘생긴 얼굴이었다. 그가 가는 곳마다 사람들의 시선이 향했다. 갈망하는 눈빛이. 그는 원하는 여자를 고를 수 있었고, 고등학교 졸업할 무렵부터 대학 입학 즈음까지는 가장 유명하고 가장 예쁜 여자들을, 그를 트로피로 삼고 싶어 하는 여자들을 골라 사귀었다. 하지만 그런 여자들은 자신에게 별 흥미를 불러일으키지 않는다는 것을 깨달았다. 이런 여자들은 자기밖에 모르고, 자신이 해준 것만 기억했으며, 이미 잔인하고 극단적인 성향을 갖고 있었다. 그러다 그는 한 유형의 여자들을, 평생 관심이라는 것을 받아본 적 없고, 파티 같은 곳에서 함께 춤을 출 파트너가 없던 여자들을 발견했고, 이들이 훨씬 흥미롭다는 것을 깨달았다. 이들을 구슬려 자신이 유일하게 즐기는 유형의 섹스에, 고통을 동반하는 섹스에 참여시킬 수 있었고, 때로는 심지어 다른 사람에게 고통을 가하는 데 동참하게 만들 수도 있었다.

그가 버벡 칼리지에서 겸임교수로 첫 학기를 보내던 때, 본명을 쓰던 그 시절에 마사를 만났다. 당시 그는 작가였다. 작가는 그가 잘하는 일이었다. 예전부터 소질이 있었다. 우리 모두가 살아가는 이 세상의 더러운 면을 솔직하게, 그리고 공개적으로 파헤칠 수 있는 일이었다. 가장 유명한 글은 〈뉴욕〉 매거진에 실린 기사로, 텍사스 시골의 고등학생들 사이에서 번지고 있는 신생 컬트에 관한 폭로 글이었다. 이를 시작한 그 지역 목사의 아이는 열 명이 넘는 학생들을 설득해 동물을 제물로 바치게 하고, 모두가 고등학교 미식축구 경기를 보는 금요일 밤마다 버려진 농장에서 벌어지는 난잡한 파티에 동참시켰다. 그는 그 글로 큰 주목을 받았고, 이제는 소멸되었지만 영화 제작권도 팔렸다. 그 기사를 쓰는 것은 쉬웠다. 글쓰기는 어떤 면에서는 심리를 교묘히 조종하는 행위나 다름없었다. 핵심은 객관적인 것처럼 보이는 동시에 자신의 뜻대로 독자들을 특정한 결론으로, 감정으로 이끄는 것이었다. 하지만 당시 이선은 자신이 더욱 위대한 일을 할 운명이라는 것을 알고 있었다. 작가의 삶은 그가 바라는 만큼의 익명성이 보장된 생활을 할 수 없었다. 그는 뉴욕을 벗어나 앞으로 어떻게 살고 싶은지를 다시금 생각해보기 위해 학생들을 가르치는 임시직을 맡은 것이었다.

마사 래틀리프는 그에게 너무나도 기대되는 여자였고, 자존감이 어찌나 낮은지 자신이 무슨 사랑의 저주 같은 데 걸린 피해자라고 실제로 믿고 있었다. 연애에 대한 희망을 모두 버린 미운 오리 새끼였다. 어떤 바에서 더 예쁜 학생들에게 둘러싸여 있는 그녀를 발견했고, 대화 외에 별 다른 것을 하지 않고도 그녀를 유혹할 수 있었다. 한동안은 평탄하게 흘러갔다. 그녀를 꾀어 거친 섹스에 참여하게 했고, 술 취한 사람들과 꽤 흥미로운 스릴섬도 즐겼다. 그녀의 눈에서 아직 그 순간을, 파계에 자신을 내던지고 즐기기 시작하는 그 순간을 보지 못했다. 하지만 그래서 그녀가 프로젝트인 것이었다. 그는 시간이 있었다. 그런데 갑자기, 느닷없이 그녀가 그에게 더는 만나고 싶지 않다고 말했다. 어쭙잖은 연기였다. 분명 그녀를 걱정한 박애주의 넘치는 친구의 코치를 받은 것이었다. 헤어지던 밤 등장한 그 친구는 아주 좋은 타이밍에 딱 나타나 마사를 그의 손아귀에서 빼내어 안전하게 집으로 데려갔다. 그 친구의 이름은 기억나지 않지만, 붉은 머리에 이상한 초록빛 눈, 지방을 분리한 우유 같은 피부색까지 그 생김새는 기억하고 있었다. 그녀는 그를 조금 놀라게 했다. 이름이 뭐였더라? 무슨 꽃 이름이었다고, 그는 생각했다.

웃긴 건, 마사 래틀리프의 경우 이름은 기억하지만 생김새가 기억나지 않는다는 것이었다. 물론 페이스북에서 그녀를 보고는 모든 기억이 돌아왔다. 겁쟁이 쥐, 한심한 사랑의 저주에서 살아남은 생존자, 이선 살츠와의 꽤 짜릿한 관계에서 살아남은 생존자. 그녀를 그리 쉽게 놓아주어선 안 되었는데. 그는 남편의 프로필을 클릭했다. 비즈니스 페이지였다. 콘퍼런스에서 교사들을 대상으로 참신한 상품을 판매하는 사람이었다. 부스 같은 곳 앞에 서서 찍은 사진이 보였다. 이선은 한 가지 생각이, 아주 흥미로운 생각이 스쳤다. 지금의 취미 생활보다 위험할 수 있는 일이었지만, 그래서 더욱 만족스러울지도 몰랐다. 앨런 페랄타의 페이스북 페이지에는 향후 콘퍼런스 일정이 나와 있었고―끊임없이 출장을 다니는 사람이었다―이선은 계획을 세우기 시작했다.

18

이선이 방문한 첫 컨벤션은—앨런 페랄타의 뒤를 밟을 목적으로 갔던 첫 컨벤션은—애틀랜타 시내에서 열린 수학 콘퍼런스였다. 도착한 첫날, 자주색 터틀넥을 품이 큰 바지 안에 넣어 입은 그는 인근 호텔에 브래들리 앤더슨으로 체크인을 한 뒤 페랄타의 부스를 방문했다. 딱 한 번뿐이라고, 페랄타를 가까이서 보고 어쩌면 대화도 해보자고 그는 생각했다. 북적이는 부스에서 페랄타는 누가 봐도 돈을 긁어모으고 있었고, 이선이 은근히 시간을 끌며 지켜본 바, 페랄타에게 그럴 의도가 있든 없든 남성보다는 여성 고객들에게 훨씬 더 집중하는 모습을 보였다. 물론 그런 태도가 별나다고 할 것은 아니었지만, 옷을 덜 갖춰 입은 여성 교사들을 훑는 페랄타의 시선에서 어딘가 변태 같은 느낌이 들었다. 페랄타는 여자를 물색하고 있는 것처럼 보였다.

콘퍼런스가 한창 진행되고 나서야 확실해졌지만, 페랄타의 욕망에 대한 이선의 짐작은 옳은 것으로 드러났다. 이선은 애틀랜타에서의 사흘 동안 먼 곳에서 페랄타의 뒤를 밟았다. 컨벤션 센터야 모르는 사람들이 바글거리는 곳이라 어려운 일이 아니었다. 무역 전시장은 매일 밤 6시면 문을 닫았다. 이선은 정문 근처 로비에 있는 인조 가죽 소파 한 곳에 자리를 잡고 앉았다. 그는 콘퍼런스 프로그램을 읽는 척하며 페랄타를 감시했다. 첫날 저녁에는 페랄타를 볼 수 없었지만 다음 날 저녁 페랄타는 혼자 로비 바 테이블에 앉아 있었고, 이선은 페랄타가 콘퍼런스에서 나눠준 토트백을 들고 홀로 마가리타를 마시는 여성에게 접근하는 모습을 지켜봤다. 두 사람은 20분쯤 대화를 나누다 여자가 지나가던 동료들 무리에 합류했다. 페랄타는 자리로 돌아갔다.

콘퍼런스 마지막 밤, 싸구려 정장을 벗고 청바지와 겨울용 재킷으로 갈아입은 페랄타는 로비를 통과해 포근한 2월의 저녁이 펼쳐진 밖으로 나갔다. 그의 뒤를 따라 25분쯤 걸은 이선은 페랄타가 들어간 스트립클럽 앞에서 잠시 망설이다 안에 들어가 어떤 일이 벌어지는지 확인하기로 결심했다. 안쪽에서는 별 다른 소리가 전해지지 않았고, 비록 이선이 가짜 신분증을 사용하고 패션에 감이 없는 수학 교사로 반쯤 위장한 상태라 해도, 스트립클럽 앞에서 면밀히 검사를 받아야 하는 과정이 너무도 싫었다. 물론, 폴에 매달려 흐릿하게 남성 고객들이 비싼 정장을 입었는지 싸구려를 입었는지 정도만 분간하는 스트리퍼를 이야기하는 것이 아니라, 술집에 입장하는 혼자 온 남성들을 자세히 살피는 문지기들을 말하는 것이었다.

이선은 텅 빈 바로 곧장 다가가 회전 스툴 한 곳에 앉고는 15달러짜리 하이네켄 하나를 주문한 뒤 몸을 돌려 쇼를 구경했다. 높은 단 위에 마련된 무대는 바 쪽을 향해 돌출되어 있었고, 무대 주변으로 사람들이 앉을 수 있는 자리가 빙 둘러 나 있었다. 그중 한 곳에 앉아 있는 페랄타를 발견하리라는 예상과 달리 그는 보이지 않았다. 홀로 온 남성 두 명과 한 커플만 자리하고 있었다. 소리 높여 응원하고 스트리퍼에게 지폐를 흔들며 가장 시끄럽게 굴던 여성 고객은 이제 상체는 글래머러스하지만 리듬감은 없어 보이는 스트리퍼 한 명에게 달러를 흔들어대고 있었다. 이내 이선은 뒤쪽 벽에 붙은 좌석에서 페랄타를 발견했다. 그는 이리저리 오가는 스트리퍼 중 한 명과 랩 댄스 가격을 흥정하는 듯 대화를 나누고 있었다. 하지만 스트리퍼는 자리를 떠났고, 페랄타는 뒤로 몸을 기대며 어둠 속으로 사라지고는 코카콜라로 보이는 음료를 홀짝였다.

"안녕, 잘생긴 오빠." 페랄타와 가격을 흥정하던 그 스트리퍼였다. 젊고 마른 스트리퍼는 빨갛게 염색한 머리에 진짜 얼굴이 어떨지 상상도 안 될 정도로 두껍게 화장을 한 상태였다.

"남자들한테는 전부 잘생겼다고 하는 모양이군요." 이선이 말했다.

"맞아요. 하지만 그쪽은 정말인데. 잘생겼어."

"뭐, 고맙습니다. 이름이?"

"데비."

"데비, 전 그저 여기서 맥주나 한잔하며 댄서들을 보는 중이에요, 우선은요. 그쪽은 무대에 언제 오르죠?"

"좀 전에 마쳤어요, 전전 무대요. 그래서 최소 한 시간은 무대에 오를 계획이 없어요. 하지만 제가 그쪽 전용으로 춤을 춰줄 수는 있는데."

이선은 좀 전에 대화한 남성에 대해 물어볼까 생각했지만, 위험을 무릅쓸 가치가 없었다. 게다가 이 여성이 그에 대해 아는 게 뭐가 있을까. 자신이 막 그러려는 것처럼 저 남자가 랩 댄스를 거절했다는 것 외에 말이다. "괜찮습니다, 데비." 그가 말했다.

"뭐, 마음 바뀌면……." 도도한 걸음으로 멀어진 그녀는 반만 차 있는 바를 한번 둘러보고는 백스테이지로 향했다.

이선은 몇 가지 가능성을 고려하기 시작했다. 앨런 페랄타의 성적 모험이 이것으로 끝이겠다는 생각이 들었다. 혼자 있던 수학 교사를 설득해 함께 시간을 보내는 데 실패한 그는 마사 래틀리프가 없는 마지막 자유의 밤을 록스타 스트립클럽에서 변변찮은 즐거움이나 누리며 보내려는 것이었다. 이 경우라면 이선은 페랄타가 실컷 눈요기를 하고 어쩌면 한두 번 랩 댄스를 즐긴 후 자리를 뜨길 기다렸다가, 클럽이 문을 닫을 시간까지 어슬렁거리며 페랄타와 접점이 있었던 스트리퍼 중 한 명이 집까지 걸어갈 마음을 먹기를 바랄 수 있었다. 하지만 그는 이 계획이 마음에 들지 않았다. 그가 현재 록스타 클럽에서 그것도 한산한 때에 다른 이들 눈에 훤히 보이는 고객으로 자리하고 있다는 이유가 컸다. 그는 하이네켄을 비우고 자리를 떴다.

스트립클럽 바로 맞은편에는 바 두 곳이 나란히 있었다. 창문이 없는 바는 싸구려 맥주 피쳐와 당구대가 있을 만한 곳이었다. 다른 바는 식사를 하는 곳에 가까워 보였다. 맥스 치킨이라는 이름의 바는 커다란 창문과 거리를 마주한 좌석들을 과시하고 있었다. 그곳으로 들어간 이선은 어디든 앉아도 좋다는 이야기를 들었고, 창가 자리 한 곳을 택했다. 록스타 클럽 입구를 볼 수 있었다. 길 건너편에서 봤던 그 어떤 스트리퍼보다도 훨씬 예쁘게 생긴 여자 종업원이 다가왔고, 그는 그 지역 IPA(인디아 페일 에일—옮긴이) 맥주 하나와 그릴드 치킨 샐러드를 주문했다. 식사를 마칠 때쯤 스트립클럽을 나온 페랄타가 어느 쪽으로 갈지를 고민하듯 인도에 잠시 서 있는 것이 보였다. 덕분에 이선은 종업원에게 손짓해 현찰로 계산을 마칠 여유가 생겼다. 거리로 나온 그는 도심 반대쪽을 향해 걷다 모퉁이를 도는 페랄타에게서 시선을 떼지 않았다. 이선이 그 뒤를 따랐다.

20분쯤 걸었을까, 페랄타가 록스타 클럽에서 찾지 못했던 무언가를 찾고 있다는 것이 분명해졌다. 갈수록 거리가 점점 더 지저분해졌고—방치된 상점들과 전당포, 수표를 현금으로 바꿔주는 가게들, 고장 난 가로등이 많아졌다—페랄타는 긴장감 때문인지 아니면 어떤 장소를 찾고 있기 때문인지 속도를 늦춰 걸었다. 두 사람이 한 공원의 외곽에 있을 때 작은 체구의 여성 하나가 반대편에서 다가오더니 페랄타와 대화를 나누기 시작했다. 버스 정류장 근처에 있던 이선은 버스 쉼터 초입에 몸을 기대고는 두 사람을 지켜봤다. 30초쯤 대화를 나누던 둘은 돌로 된 아치형 구조물을 통과해 어두운 공원 안으로 들어갔다. 이선도 따라갈까 했지만, 두 사람이 그곳에서 뭘 할지 정확히 알고 있었으므로 움직이지 않기로 했다. 그의 눈에 그 길거리 매춘부의 생김새가 제법 또렷하게 들어왔다. 짧은 치마에 하이힐을 신은 차림새는 그리 놀랍지 않았지만, 저녁 내내 길거리에서 있느라 추웠던 것인지 겨울용 패딩을 입고 있었다. 체구가 작아 아이 몸집에 가까울 정도였고, 숱이 많은 어두운 색 머리는 가발이거나 스프레이를 잔뜩 뿌려 헬멧을 쓴 것처럼 단단히 고정시킨 것 같았다. 뺨에 반짝이 메이크업을 한 것이 보일 정도로 이선의 눈에 여자의 얼굴이 훤히 보였다.

그는 기다렸다.

10분쯤 지났을까, 페랄타가 들어갔던 길로 나와 공원을 나서는 것이 보였다. 고개를 숙인 채 아까보다 훨씬 빠른 속도로 시내가 있는 남쪽 방향을 향해 걸음을 옮겼다. 그가 버스 쉼터로 다가오자 이선은 쉼터 안쪽 깊숙이 몸을 숨겼지만 사실 그럴 필요는 없었다. 페랄타는 그가 있는 방향으로 시선을 주지 않았다.

이선은 잠시 그곳에 머물렀다. 5분쯤 후, 그 매춘부가 공원에서 나와 다시 거리로 향했다. 차 한 대가 멈춰 서자 그녀가 다가가 운전자와 대화를 나눴지만 차는 자리를 떴고 그녀는 혼자 남았다. 너무 쉽네, 생각하며 이선은 여자를 향해 다가갔다.

"당신 기분이 좋아 보이네." 레베카가 말했다.

"그래 보여? 난 항상 기분이 좋은 줄 알았는데." 이선은 아내의 말에 살짝 짜증이 일었다. 자신의 기분이 어때 보인다고 말하는 사람들이 예전부터 싫었다. 짙은 회색 튜닉 블라우스에 청바지를 입고 머리를 높이 묶은 레베카는 치킨 피카타를 잘게 썰어 조금씩 먹고 있었다. 치킨 피카타는 그녀가 할 줄 아는 유일한 요리이자 그녀가 자주 만드는 음식이었다.

"당신은 항상 기분이 좋은데, 오늘 밤은 더 좋아 보여서. 출장 즐거웠어?"

밤을 새고 운전을 해 오늘 하루의 절반이 지날 때까지 차를 몰아 애틀랜타에서 늦은 오후에 도착했다. 도착 한 시간 전쯤, 토히콘에 숨겨둔 집에서 차를 바꾸기 직전 그는 레베카에게 전화를 걸어 집에 들어가는 길이라고 알렸다. 자신이 없을 때 레베카가 외도를 한다고 생각지는 않지만, 만약 그렇다면 자신이 그 현장을 목격하는 일은 원치 않았다. 현재의 결혼 생활이 좋았고, 걱정 하나 없는 삶에 괜한 분란을 일으킬 이유가 없었다.

"출장 괜찮았어. 다만 이제는 중고 가게 사장들이 전부 인터넷으로 갖고 있는 물건이 얼마나 하는지 가격을 알아본다는 게 문제지. 보물을 발견하기가 훨씬 어려워졌어."

"그래도 찾으러 다니는 건 여전히 재밌잖아?"

"언제나. 그리고 그림도 몇 점 샀는데―1970년대 만들어진 샤갈 위조품 같아 보이더라고―액자를 갈아서 민속 예술이라고 하면 필라델피아 사람들이 비싸게 사갈 것 같아."

"거봐, 내 말 맞지?" 레베카는 이렇게 말하고는 접시로 몸을 가까이 하며 아주 잘게 썬 음식을 입에 넣었다. "당신 기분 좋다니까."

이선은 테이블 아래로 왼손을 꽉 쥐었지만 아내를 향해 고개를 끄덕였다.

식사를 마치고 밤이 되자 이선은 브라운스톤 집의 제일 위층에 자리한 자신의 서재로 올라갔다. 조명의 조도를 딱 알맞게 설정하고는 잔잔한 믹스 음악을 틀었다. 먼저, 필라델피아로 돌아오는 길에 그린즈버러 외각에 있는 골동품 가게에서 구매한 그림 세 점의 포장을 뜯었다. 50년 전 샤갈의 화풍을 대충 흉내 낸 아마추어의 작품이겠지만 레베카에게 말했듯 액자만 바꿔도 지역 벼락부자들이 비싼 값에 사갈 때가 있었다. 한동안 작은 캔버스 세 개를 바라보다 보니 작품이 점점 더 마음에 들었다. 부유하는 말들과 타는 듯한 태양들.

그림을 다시 포장한 후 스카치 한 잔을 따라 컴퓨터 앞에 앉은 그는 계속 찾고 있던 기사를 바로 발견했다. 켈리 볼드윈이라는 이름의 매춘부가 피에몬테 공원에서 구타를 당해 사망한 채로 발견되었다는 사실을 무관심한 대중에게 알리는 기사 말이다. 기사에는 그녀의 나이가 스물아홉 살로 나와 있었다. 자리에서 일어난 그는 빌트인 책장으로 다가가 무언가를 숨기기에 걸맞게 변형된 《존 치버 단편선집》을 꺼내 펼쳤다. 안에는 그가 살해한 사람들의 기록을 수기로 작성한, 아주 오래전에 시작된 리스트가 있었다. 살해 날짜와 장소를 포함해 켈리 볼드윈의 이름을 적어 넣은 그는 적힌 이름들을 훑어보며 그간 글씨체가 많이 변했다고 생각했다. 원래 자리로 책을 밀어 넣으며 자신이 너무 조심성이 없는 건 아닐까 생각했다. 서재에는 자신만 비밀번호를 아는 좋은 금고도 한 대 있었지만 금고야 부술 수 있었다. 이뿐만 아니라 그 리스트는 비밀이었지만 영원히 비밀로 할 생각은 아니었다. 언젠가 그가 평생 몇 명이나 죽였는지 온 세상이 알게 될 터였다. 그가 잡히든―아주 늙고 나서 잡힌다면 그리 끔찍한 일도 아니었다―아니면 그가 죽고 누군가의 손에 발견되든 말이다.

자신이 비밀을 숨겨둔 곳이, 치버 단편선집의 초판이 제 역할을 너무 잘해낼까 봐 한 번씩 걱정은 되었다. 그가 죽고 아무도 책을 살펴볼 생각을 안 하면 어떡하지? 전에도 이런 고민을 했던 그는 언젠가 사본을 만들어 금고 안에도 두자고 다짐했다. 대담하기 그지없는 자신의 업적을 언젠가 인정받는 것이 대단히 중요했다. 인간이 남기는 것은 유산뿐이니까.

그는 잔에 스카치를 좀 더 따랐다. 그날 밤, 그는 실제로 기분이 좋았다. 애틀랜타에서 일이 잘 진행되었을 뿐만 아니라, 또 다른 프로젝트를 진행하게 될 확실한 미래가 있었으니까. 왜 이 생각을―생계를 위해 이곳저곳 옮겨 다니는 사람의 뒤를 밟아 이들이 만나는 사람을 죽일 생각을—못 했던 걸까? 그의 기준을—살인 외에는 피해자와 아무런 접점이 없어야 했고, 다른 사람이 한 짓처럼 보여야 한다는 기준을—완벽히 충족시켰다. 이번 경우에는 연쇄 살인범의 작품처럼 보이게 만들었는데, 물론 페랄타가 연쇄 살인범이 되는 길로 반 정도 와준 것도 도움이 되었다. 그가 출장 중에 여성을 물색하고 다니는 것만은 확실했다. 뭐 물론 섹스를 위해서였지만 그래도 여성을 물색하고 다니는 것은 맞았다. 이선은 그가 출장 중 컨벤션에 참여했던 누군가의 마음을 실제로 얻은 적이 있었을지, 아니면 항상 매춘부로 만족해야 했을지 궁금해졌다. 매춘부에게 가는 편이 쉽겠지만—어쨌거나 이선에게는 말이다—흥미는 훨씬 떨어질 터였다. 페랄타가 한 번씩은 전형적인 혼외정사의 관계에 빠져주길, 그래서 이선이 세상이 그나마 관심을 가질 사람을 죽일 수 있기를 바랐다.

그답지 않게 이선은 상상에, 과거가 아닌 미래에 취하고 말았다. 벌써부터 훤히 그려졌다. 본인이 저지르지 않은 범죄로 페랄타가 잡히기 전까지 자신이 여자를 몇이나 죽일 수 있을까? 어쩌면 게임이 끝날지도 모르겠다고 생각했다. 어떤 이유에서든지 페랄타의 DNA가 등록되어 있고(확률은 낮았지만 가능은 한 일이었다) 애틀랜타 매춘부의 살인자로 지목될지도 몰랐다. 다만 그렇지 않을 거라고 생각했다. 전국적으로 벌어진 일련의 범죄 현장에 어쩌다 페랄타가 있었던 거라는 사실을 밝히는 형사가 나타나기 전까지는 한동안 이 게임을 문제없이 즐길 수 있을 것 같았다. 〈데이트라인〉(NBC의 뉴스 매거진 프로그램—옮긴이) 에피소드를 한 회 장식할 지도 모른다.

그는 진정하자고, 미래에 대한 환상을 품지 말자고 스스로를 다스렸다. 이런 건 보통 사람들이나 하는 짓이라고. 하찮은 사람들이나. 그럼에도 정말 그렇게만 된다면, 소심한 마사 래틀리프를 떠올리며, 자신의 남편이 여러 건의 살인을 저지른 연쇄 살인범인 것을 알게 된 후 그녀가 느낄 공포를 생각하며, 자신은 세상 무엇보다 큰 행복을 느낄 터였다. 사실 이 모든 것은 그녀를 위한 일이었으니까. 사랑의 저주에 걸린 마사. 놓쳐버린 마사를 위해서.

19

생각해보면 페랄타 살인 사건은 이선의 삶에서 최고의 경험이었다. 컨벤션은 익명을 유지하기 최적의 장소였다. 페랄타가 성적 활동에 너무도 매몰된 나머지 이선은 발각될 걱정을 전혀 하지 않았다. 멀리서(때로는 상당히 가까이서) 페랄타를 지켜본 그는 페랄타에게 패턴이 있다는 것을 발견했다. 그가 가장 우선시하는 것은 컨벤션 참석자들에게 추파를 던지고 자신과 잠자리를 할 만한 여성을 찾아 호텔 바에서 시간을 보내는 것이었다. 별 소득이 없으면 ─ 소득이 있는 경우가 거의 없었다 ─ 컨벤션 인근을 벗어나 늦은 밤 술집에 들어가 쉬운 먹잇감을 찾거나, 스트립클럽 또는 퇴폐 안마 업소로 향했다. 그곳을 시작으로 그는 계속 눈을 낮춰갔다.

애틀랜타에서 켈리 볼드윈을 죽이고 석 달 후, 이선은 페랄타가 늦은 밤 술집에서 그 지역에 사는 여성에게 술을 사고, 입을 맞추며 몸을 더듬는 모습을 지켜봤다. 하키 유니폼 상의에 야구 모자를 쓴 이선은 구역감을 느끼며 술집 뒤쪽, 당구대 근처 테이블에 앉아 있었다. 그는 두 사람을 따라 술집을 나갔고, 두 사람은 서로의 몸에 팔을 두르고 골반을 부딪쳐가며 비틀비틀 페랄타의 호텔로 향했다. 호텔 건너편에 진을 칠 장소를 찾은 그는 회전문을 주시하며 여성이 호텔에서 하룻밤을 묵지 않기를 바랐다. 왠지 그녀가 그곳에서 밤을 보내지는 않을 것 같았다. 이선의 생각이 옳았다. 새벽 3시쯤, 호텔에서 나온 여자는 텅 빈 발레파킹 직원용 데스크를 밝히는 조명 안으로 들어왔다. 이선은 그녀가 차를 불렀을까 봐 걱정하며 몸을 재빨리 움직였지만 운 좋게도 여자가 걷기 시작했다. 그가 호텔 근처 골목으로 여자를 끌고 가 목을 조르자 여자가 정신을 잃었다. 이선은 벽돌로 여자를 끝냈다. 그녀의 이름은 비앙카 무라노스였고, 언론에 그녀의 기사가 꽤 많이 등장했다. 이선은 페랄타의 신원이 밝혀졌을지 궁금했다. 두 사람이 바에서 함께 있는 모습을 본 사람들이 많았다. 호텔에도 함께 들어갔다. 그녀의 온몸은 페랄타의 DNA로 범벅이 되어 있을 터였다. 하지만 기사에는 아무런 이야기가 없었다.

이선은 새로운 게임에 대한 즐거움과 언제 페랄타가 용의자로 지목될지 초조함 사이에서 갈등했다. TV프로그램과 탐정소설이 보여주고 싶어 하는 경찰의 모습에도 불구하고 그는 대부분의 경찰들이 똑똑하지도, 범죄를 해결하고자 하는 의욕이 딱히 높지도 않다고 생각한 지 오래였다. 포트마이어스에서 이선은 차 안에서 심지어 페랄타가 여자 옆에 앉아 있었음에도 노라 존슨을 살해했다. 그는 술집에서 매력적인 바텐더가 자신에게 푹 빠져든 페랄타에게 장단을 맞춰주며 공사를 치는 모습을 모두 지켜봤다. 그녀는 페랄타를 주차된 차로 이끌었고, 두 사람은 앞좌석에 앉았다. 두 사람이 뒷자리로 가지 않는 데 놀란 이선은 잠시 기다렸다 차로 향했고, 얼마 후, 두 사람이 어디를 가려던 것은 아니었다는 게 분명해졌다. 대단히 위험한 일인지는 잘 알고 있었지만 생각만으로도 온몸이 짜릿해진 그는 넥타이를 풀고 뒷좌석에 올라타 양손이 페랄타의 바지로 향해 있던 여자의 목에 타이를 둘렀다. 페랄타는 그가 있는 쪽에는 눈길도 주지 못한 채 도망치라는 이선의 말에 정신없이 차 밖으로 뛰어나갔다. 당연하게도 페랄타는 경찰에 신고하지 않았다.

그 사건으로 주차요원이 체포되었다는 소식을 듣고는 이선은 진심으로 충격을 받았다. 그가 결국 풀려났다는 소식에는 그리 충격을 받지 않았다. 그가 아는 바로는 사건은 답보 상태에 빠졌다.

좀 지루해진 이선은 화살의 방향을 페랄타 쪽으로 좀 더 억지스럽게 틀 수 있을지 시험해 보기로 결심했다. 샌디에이고를 떠나기 전전날 밤, 페랄타는 한 여성의 집으로 향했다. 여성은 알고 보니 자신의 집에서 일하는 마사지 테라피스트였다. 집을 나설 때 페랄타의 몸짓으로 보건대 집 안에서 경험했던 것이 그의 기대에 못 미쳤던 것 같았다. 그때부터 이선은 그 여성을 미행하기로 결심했고, 후에 현관 옆에 달린 작은 간판을 보고 그녀의 이름이 미카엘라 세이거라는 것을 알았다. 이선은 다음 날 밤, 바닷가에 자리한 술집으로 향하는 여자의 뒤를 따랐다. 그녀는 와인 한 잔을 주문한 뒤 호보백에서 《튜더스, 앤불린의 몰락》 문고본을 꺼냈다. 그는 그녀 옆에 자리를 잡고는 대화를 시작했다.

"혹시……?" 여자가 불안한 표정을 지으며 말했다.

"혹시…… 뭐요?" 이선이 말했다.

"아, 죄송해요. 좀 민망한 이야기인데 제가 여기서 누구를 만나기로 했거든요. 약속 시간까지 한 시간이 남긴 했는데, 혹시 그분인가 싶어서요."

"온라인 데이트 중이신가요?" 이선이 말했다.

"아니요. 아직은요." 그녀는 말했고, 이선은 노던캘리포니아에서 온 학교 관리자로 자신을 소개한 뒤 영어 교사 콘퍼런스 때문에 이곳에 왔다고 말했다. 콘퍼런스 이야기에 그녀의 눈에 익숙한 기색이 스쳤고ㅡ페랄타가 콘퍼런스에 참여 중이라는 이야기를 한 게 분명했다ㅡ이선의 눈에는 그녀가 마사지 고객과 있었던 안 좋은 경험을 말하려다 마는 것이 보였다. 두 사람은 술을 두어 잔 마시고 안주를 하나 시켜 나눠 먹었고, 얼마 후 이선은 진짜 데이트 상대가 오기 전에 이만 자리에서 일어나는 것이 좋겠다고 말하며, 사실 이곳에 온 목적은 홀로 부두를 거닐며 별을 보는 것이었다고 털어났다. 그녀는 죄책감이 어린 눈빛으로 바를 둘러보고는 자신이 동행해도 될지 물었다. 나머지는 쉬웠다.

여자를 바닷가로 밀기 전 그는 페랄타의 부스에서 훔쳤던 제인 오스틴 브로치를 블라우스에 꽂았다. 이제는 누군가의 주목을 끌어야 할 때였다.

샌디에이고에서 필라델피아로 돌아온 후 그는 소식이 전해지길 기다렸지만 조용하기만 했다. 한편 이선은 로버트 차녹으로서의 삶이 흥미로운 전개를 맞이한 데 잠시 정신이 팔려 있었다. 그런 와중에 그의 오랜 고객이자 투자 자문가의 아내로 대단히 지루한 중년 여성인 제인 힐러먼이 도널드 칼라일이라는 무명의 미드센트리 캐나다 예술가의 작품에 푹 빠지고 말았다. 이 화가는 안개 낀 노바스코샤의 해안가의 해경화를(사실상 이것만) 그리는 사람이었다. 이선은 제인을 대신해 그림을 구매하러 그녀의 자금으로 헬리팩스로 향했다. 남아 있는 그림을 발견하지는 못했지만, 칼라일의 조카이자 사망한 삼촌과 매우 비슷한 화풍으로 해경화를 그리는 수채화가를 발견했다. 그는 관광객들이 많이 방문하는 갤러리 두어 곳에 자신의 이름으로 그림을 판매하고 있었다. 이선은 사망한 작가의 조카인 그와 잠자리를 하고 그 배고픈 청춘에게 훌륭한 음식을 대접한 뒤 자신을 위해 그림을 몇 점 그려달라고 설득했다. 도널드 칼라일의 원본처럼 보일 만한 그림들로, 그림 오른편에 독특하게 휘갈겨 쓴 칼라일의 서명을 박아서 말이다. 그런 뒤 이선은 필라델피아로 돌아와 잔뜩 흥분에 차 있는 고객과, 위조품에 기꺼이 필요 이상의 비싼 값을 치르는 고객과 거래했다.

4월, 이선은 페랄타가 참석한 컨벤션이 끝나기 전날 밤 덴버로 향했다. 남서부 영어 교사 심포지엄이 열리는 전시장으로 느릿느릿 들어가는 인파 행렬에 몸을 실은 그는 외도 상대를 찾아 이 도시를 헤매고 다닐 페랄타를 뒤쫓을 생각을 하니 너무도 피로해졌다. 그는 페랄타가 잡히길 바랐다. 그는 기사가 뜨길 바랐고, 마사 래틀리프가 자신이 정말 저주에 빠졌다는 사실을 그 어느 때보다도 절감할지 확인하고 싶었다. 컨벤션의 마지막 밤에 덴버로 간 것도 이 때문이었다. 페랄타가 컨벤션 참석자와 재미를 보지 못하면(재미를 볼 가능성은 제로에 수렴했다), 헌팅은 대부분 행사 마지막 날 밤에 이뤄진다는 것을 파악했으니까. 덴버에서도 마찬가지였다. 파이브포인츠 근처로 향한 페랄타는 외벽이 치장 벽토로 마감되어 있고 빨간색 네온사인으로 '바'라는 글자만 걸린 모퉁이 술집으로 들어갔다.

이선은 건너편 커피숍의 창가 자리에 앉아 두 시간을 보냈다. 마감 시간에 가까워지자 페랄타가 양 옆으로 여자 두 명을 데리고·술집에서 나왔다. 눈에 띄게 비틀대는 걸음으로 페랄타는 두 여성과 함께 두 블록 떨어진 주류 판매점으로 향했다. 세 사람은 판매점 앞에서 대화를 나누다 한 블록 더 걸어가 ATM기에 도착했고, 페랄타가 누가 봐도 출금 한도를 꽉 채워 돈을 인출하는 모습이 이선의 눈에 들어왔다. 두 여자는 돈을 챙기고는 페랄타를 바닥에 아무렇게나 던져놓고 유유히 사라졌다. 그는 페랄타가 그 정도로 인사불성인 모습을 본 적이 없었다. 아마도 질이 안 좋은 두 여성이 그에게 약을 먹인 듯했다.

그는 빈 주차장으로 몸을 숨기는 두 여성의 뒤를 따랐다. 차 뒤에 쭈그리고 앉은 이선은 두 사람이 현찰을 나누는 모습을 지켜봤다. 한 여성이 자리를 떴고, 주차장에 잠시 머물던 다른 여성이 가방에서 담배를 꺼내 불을 붙였다. 앞서 이선은 주택가 앞에 무료 나눔용 중고 물건들이 쌓여 있는 것을 보고 부엌 용품이 든 상자에서 고기 망치를 하나 챙겼었다. 그 망치는 지금 어둠 속으로부터 몸을 드러내고 여자에게 다가가는 그의 주머니 안에 있었다. 그를 보고 놀란 그녀가 살짝 움찔했다. 그는 멈춰 서 양손을 들어 보이며 말했다. "미안해요. 놀라게 할 의도는 없었습니다. 정말 죄송하지만 담배 하나 얻을 수 있을까요? 돈 드릴게요."

그녀는 그가 있는 쪽을 향해 히죽 웃고는 몸을 살짝 앞뒤로 흔들며 자신이 무언가를 뜯어낼 수 있는 상대일지 가늠하는 듯했다. "멘솔인데요." 그녀가 말했다.

"멘솔이라니. 절대로 1달러 이상은 하지 않을 것 같네요." 이선은 지갑을 꺼내 그 안을 더듬거렸다.

그녀가 웃음을 터뜨렸다. "정말 돈을 주려고요?"

"그럼요. 왜 아니겠어요? 저는 부자거든요."

"그래요?"

"사실 뭐 그렇지는 않아요. 술이 좀 취했나 봐요."

그녀는 다시 웃음을 터뜨리고는 담뱃갑을 내밀었다. 그는 왼손으로 담배 한 개비를 꺼내며 오른손으로는 주머니에 있던 고기 망치를 꺼냈다. 그는 여자의 턱을 곧장 내려쳤고, 여자는 바닥으로 털썩 주저앉았다. 그는 여자 옆에 쪼그리고 앉았다. 뾰족한 톱니 같은 것이 달린 면으로 얼굴을 내려친 탓에 여자의 뺨은 피부가 벗겨져 덜렁대고 있었다. 깊이 생각하지 않고 이선은 여자의 싸구려 치마로 고기 망치에 묻은 지문을 닦아내고는 반대편 골목으로 던져버렸다. 피가 쏟아져 나오는 여자의 뺨에 손을 가져다 대고 살짝 눌러 손가락에 피를 묻혔다. 그는 자리에서 일어나 피가 묻은 손을 몸 옆에 내려놓은 채 주차장 밖으로 걸어 나갔다.

ATM기로 돌아갔을 때는 페랄타가 보이지 않았지만, 그가 아주 멀리까지는 가지 못했을 거라 생각했다. 주류 판매점 근처로 되돌아간 이선의 눈에 페랄타가 판매점 벽돌 벽에 몸을 기댄 채 서 있는 모습이 보였다. 이선은 그에게 다가가 오른손을 페랄타의 허리에 둘렀다. "저기요, 괜찮아요?"

페랄타가 흐리멍덩한 눈으로, 초점이 없는 눈빛으로 그를 바라보며—그 여자들이 무슨 약을 먹였는지는 몰라도 상당히 센 약이었던 것 같다—말했다. "도둑맞은 거 같아요."

"그런 것 같군요." 이선이 말했다. 멀리서 사이렌 소리가 들리자 그는 말을 이었다. "걱정 마요. 경찰이 오고 있으니까." 그는 손에 묻은 피를 페랄타의 셔츠에 닦아냈다.

빠르게 걸음을 옮기던 그는 너무 무리한 짓을 저질렀나 싶었지만, 솔직히 말해 이 게임이 지긋지긋해지고 있었다. 그는 페랄타가 전국 뉴스에 오르길 바랐다. 그리고 그는 호텔 방에 돌아와서야 멀쩡히 살아 있는 목격자를 주차장에 두고 온 것이 떠올랐다. 어찌나 어이가 없는 짓을 했는지 그는 실제로 웃음을 터뜨리고 말았다.

다음 날 덴버에서 필라델피아행 비행기를 타려던 그는 공항에서 아주 오랜만에 초조함을 느꼈다. 한편으로는 자신의 이름이 교통안전청 보안 요원에게 경보를 발하길 기다리는 심정이었다. 주차장에서 그 여자를 죽이지 않았던 것은 정말이지 대단히 경솔한 행동이었다. 심지어 그녀 앞에 얼굴을 드러내기까지 했다니. 페랄타에게 얼굴을 보인 것은 그리 걱정되지 않았다. 그는 전날 밤 있었던 일 대부분을 기억하지 못할 게 뻔했다. 하지만 이선은 경찰의 방해 없이 무사히 집에 도착했다. 그날 밤 서재에서 더 늦기 전에 페랄타 살인 사건의 끝을 내야겠다고 다짐했다. 너무 위험해지고 있었다. 페랄타의 웹사이트에 따르면 다음 행선지는 뉴욕 새러토가스프링스였다. 뭐 적어도 비행기를 탈 필요는 없었다. 게다가 자신이 잘 아는 지역이었다. 그곳에 가기로 한 그는 이것이 그가 저지르는 페랄타 살인 사건의 마지막이 될 거라고 결심했다. 업스테이트의 뉴욕 형사마저도 범죄자를 알아볼 수 있도록 어떻게든 아주 티가 나는 단서를 남겨야 했다. 페랄타의 명함을 피해자 주머니에라도 찔러 넣어야 할지 몰랐다.

그런데 새러토가스프링스에 간 그에게 아주 흥미로운 일이 펼쳐졌다. 불안하긴 했지만 흥미로움이 더 컸다. 그곳에서의 첫날 밤, 방랑하는 영업사원을 주시하는 사람이 자신만이 아니라는 것을 알게 되었다. 저녁 식사 시간 즈음 그는 별 다른 생각 없이 한가롭게 페랄타의 뒤를 따르고 있었다. 페랄타는 스트립클럽이나 매춘부를 찾아 근처를 헤매기 전에 먼저 식사를 할 곳부터 찾을 때가 많았다. 때문에 그때부터 페랄타를 감시하는 것이 중요했다. 하지만 그날 밤, 한 블록쯤 뒤쳐져 그의 뒤를 따르던 이선은 어쩐지 누군가 *자신*을 지켜보는 것만 같은, 누군가 *자신의 뒤*를 따르는 것만 같은 찜찜한 기분을 느꼈다. 그러던 중 그는 자리에 멈춰서 주저앉아 신발 끈을 묶으며 한 블록 뒤에서 텅 빈 상점 유리 안을 들여다보는 여자를 발견했다. 페랄타가 마침내 식당을 고르자 이선은 길을 건너 지금껏 왔던 길을 거슬러 올라갔고, 자신의 뒤에 있던 여성의 얼굴을 흘깃 확인했다. 이제 그녀는 벤치에 앉아 휴대폰을 들여다보는 척을 하고 있었다. 빨간 머리에 왜소한 체격, 그녀 주변으로 침착한 고요함이 어려 있었다. 옆에 보이는 술집에 들어가 술을 시키려던 차에 그의 머릿속으로 이름 하나가 스쳤다.

릴리.

오래전, 메릴랜드에서 학생들을 가르칠 당시 마사의 친구였다.

그는 바텐더에게 아직 고르는 중이라고 알리고는 잠시 바에 앉아 있었다. 릴리가 이곳에 있다니, 우연일 리 없었다. 사실 그는 우연을 믿는 사람이었지만—그의 삶에는 우연이 가득했다—이번 일만은 그렇게 믿을 수가 없었다. 가능한 설명을 찾아내느라 그의 머릿속이 바빠졌다. 마사는 남편을 분명 의심하고 있을 터였다. 어쩌면 남편 셔츠에 묻은 혈흔을 발견했을지도 몰랐다. 미해결 살인 사건 중 하나의 기사를 봤고, 마침 그때 남편이 그곳에 있었다는 사실을 알게 된 건지도 모른다. 아니면 경찰이 실제로 페랄타에게 초점을 맞추었고 그녀에게 알리바이를 물었을지도 몰랐다. 사유는 중요치 않았다. 마사가 남편을 의심하기 시작한 것이었다. 그래서 그녀는 무서운 남자와 얽혔던 15년 전에 자신이 했던 행동을 지금 또 반복하는 것이었다. 그녀는 제일 친한 친구에게로, 당시 그 상황에서 자신을 벗어나게 해준 친구에게로 달려갔다. 릴리는 페랄타를 감시하는 것이었을까?

복잡한 감정이 밀려들었다. 자신의 계획이 마침내 결실을 맺는 데 얼마간 만족감을 느꼈다. 마사는 남편이 잠재적 연쇄 살인범일지도 모른다는 사실을 알게 되었다. 사랑의 저주가 되살아났고, 페랄타가 살인 사건 중 하나로 체포되는 일은 시간문제일 뿐이었다. 하지만 이선은 또 다른 감정을, 익숙하지만 아주 드물게 경험하는 무언가를 느끼고 있었다. 그는 화가 났다. 릴리를 보니 오래전 그녀가 자신에게서 마사를 빼앗아 갔을 때 느꼈던 감정들이 되살아났다. 또렷이 기억하고 있었다. 마사가 이별을 고했던 술집에서 테이블 맞은편에 앉은 그녀의 얼굴에 떠올랐던 도도한 표정이. 그녀가 할 말을 정해줬고 마사는 그 말을 그대로 전했다. 하지만 그녀가 자신의 재미와 게임을 방해해서 느낀 불쾌감이 다가 아니었다. 당시 자신이 그녀를 두려워했다는 것이 떠올랐다. 당시 그는 눈빛으로 제압하려 했지만 아무런 효과가 없었고, 그녀는 아무런 두려움도 담겨 있지 않은 초록색 눈으로 그의 눈을 피하지 않고 쏘아봤다. 자신이 그녀에게 괴물이라고 했고, 그녀가 주저 없이 자신은 괴물이 맞으니 그 점을 잊지 말라고 당부하던 것 역시 기억하고 있었다.

다시 인도로 나가자 당연하게도 여전히 벤치에 앉아 있는 릴리가 눈에 들어왔다. 그녀가 고개를 돌려 그를 바라보자 그가 말했다. "낯이 익다 했더니."

당연하게도 딱 잡아떼는 그녀는 페랄타가 마침 일하고 있는 콘퍼런스에 참석하기 위해 새라토가스프링스에 어쩌다 온 것처럼 굴었다. 그녀와 대화를 하던 중 갑자기 이제는 정말 이 망할 페랄타 사건에 종지부를 찍어야 할 때가 되었다는 확신이 섰다. 이쪽으로 다가오는 헤드라이트 불빛과 함께 택시 한 대가 보였다. 그는 택시를 불러 세워 차에 올랐다.

호텔로 돌아와 기아 차를 몰고 집으로 돌아가는 길에 이선은 마사를 떠올렸다. 그녀 곁에서 물러나주던 당시 그는 어차피 그 여자는 조종하기 너무 쉬워 재미가 없었다고 스스로에게 말했지만, 사실은 릴리에게, 매서운 바람이면 날아가 버릴 것 같은 망할 사서에게 한 수 진 것이었다.

그때 그는 분노를 느꼈고, 지금도 분노하고 있었다.

릴리를 죽일까도 생각했다. 왔던 길을 되돌아가 어디든 그녀가 묵는 곳까지 뒤쫓아 가면 되었다. 아마도 콘퍼런스 호텔일 가능성이 컸다. 하지만 그건 너무 쉬웠다. 그에게는 다른 생각이, 제대로 그녀의 다리를 걸어 넘어뜨릴 만한 생각이, 친구들 앞에서 해결사 낸시 드류 짓거리를 그만하라는 교훈을 전할 방법이 떠올랐다. 릴리가 아주 큰 실수를 저질렀다는 사실을 깨닫게 해줘야 했다.

그러자 순식간에 더는 화가 나지 않았다. 그는 조개처럼 행복해졌다.

20

이선 살츠를 발견했다는 소식을 전한 후, 마사는 다시 내게 전화를 주지 않았다. 마사에게 몇 번이나 연락을 했고 문자도 보냈다. 하지만 왠지 마사가 죽었다는 사실을 직감할 수 있었다.

그날 밤, 잠을 자려고 노력조차 하지 않았다. 마사가 괜찮을 거라고 는 생각지 않았지만, 그럼에도 내 휴대폰이 울리고 그녀가 괜찮다는 소 식이 전해지길 기다렸다. 동이 튼 직후 휴대폰으로 인터넷을 열어 앨런 페랄타와 마사 래틀리프의 이름과 함께 포츠머스라는 검색어를 입력했 다. 두 사람이 집을 구매한 내역이 공개 기록으로 남아 있을 거라는 판 단이었다. 검색 결과가 곧장 나왔다. 버치베일 로드 55. 두 사람은 작년 에 65만 달러에 그 집을 매입했다.

모텔 방을 체크아웃 하고는 차에 올라타 휴대폰에 주소를 입력했다. 할 수 있는 최대한 과감하게 속도를 높여 달린 끝에 10시에 포츠머스에 입성한 나는 양옆으로 벽돌 건물들이 있고, 도로에는 자갈이 깔린 도심 을 가로질렀다. 날이 좋았지만 부연 해를 보자니 최근에 비가 온 것 같왔다. 도심을 지나 주택가 몇 곳을 이리저리 꺾어 들어가다 마침내 도착한 버치베일은 나무가 조금 우거진 거리에 하나같이 1950년대 지어진 듯한 수수한 주택들이 자리하고 있었다. 그 주소에 있는 주택은 거리에서 가장 멋진 집 중 하나로, 올리브색 페인트를 칠한 지 얼마 안 되어 보였고 깔끔한 앞마당에는 수선화에서 싹이 올라오고 있었다. 진입로에 스바루 아웃백이 보였다. 나는 반 블록쯤 지나쳐 작은 묘지 근처에 자리한 커다란 단풍나무 아래 차를 세웠다.

예상하는 상황을 정말 저 집 안에서 마주하게 될 예정이라면 이목을 끌지 않는 것이 맞았다. 나는 차 뒤쪽으로 가 뒷좌석에 놓여 있던 가방을 열었다. 그 안에는 로고가 없는 파란색 야구 모자가 있었다. 적어도 모자 아래로 빨간 머리를 밀어 넣어 감출 수는 있었다. 변장까지는 아니었지만, 나중에 내가 지목된다 해도 약간의 혼선은 줄 수 있다.

차를 세워둔 곳에서 걸어 나와 인도에 군데군데 생긴 물웅덩이를 피하며 가급적 자연스럽게 걸음을 옮겼다. 마사와 앨런의 집에 가까워지자 진입로로 방향을 틀어 작은 마당을 가로질러 앞문으로 향했다. 작고 예쁜 집의 단조로운 현관 앞에 서자 지금껏 느꼈던 것보다 더한 두려움이 차올랐다. 벽 너머에서 무엇을 발견하게 될지 이미 알 수 있었다. 문을 똑똑 두드리다 손잡이를 돌렸다. 문이 잠겨 있지 않았다. 나는 문을 밀며 "저기요." 소리치고는 안으로 발을 내딛었다. 현관문을 닫았다.

거실은 어두웠고, 커튼은 아직도 닫혀 있었으며, 오른쪽으로 계단이 보였다. 고양이 한 마리가 조용하고도 느릿하게 계단을 내려와 제일 아래 칸에 멈춰서는 야옹, 하고 울음소리를 냈다.

"안녕." 나는 꿇어앉아 손을 뻗으며 말했다. "엄마 어디 있니?"

집 안을 향해 다시 한번 인사 소리를 내고는 기다렸다. 고양이가 내 손가락에 코를 대고 킁킁거리다 발목에 몸을 비벼댔다. 위층부터 확인할 생각에 자리에서 일어났다.

위층에 도착하자 카펫이 깔린 넓은 복도가 나왔다. 한쪽에는 방 세 개가, 반대편에는 방 한 개가 자리하고 있었다. 그중 오른편에 난 방 한 곳만 문이 열려 있었다. 방의 배치를 봤을 때 부부용 침실일 것 같았다. 한 발짝 다가가던 중 불현듯 호신용 스프레이 아니면 전기충격기라도 챙겨왔어야 한다는 아쉬움이 들었다. 문 건너편에 누군가 있을 거라고 그러니까 살아 있는 사람이 있을 거라고 생각지 않았지만, 그래도 확신할 수는 없었다. 손잡이에 지문을 남기지 않으려 스웨터 소매를 끌어당겨 손을 덮고는 문을 밀었다.

눈이 채 방에 적응을 하기도 전에 코로 피 냄새가 전해졌다. 열린 커튼 틈으로 들어온 빛이 바닥에 쓰러진 마사를, 피에 흠뻑 젖은 정교한 기하학적 문양의 러그 위에 쓰러져 있는 마사를 비추고 있었다.

나는 주변을 둘러보며 조심스럽게 움직였다. 원목 바닥에 피가 스프레이처럼 튀어 있었고 문 옆 베이지색 벽에도 일부 보였다. 마사는 주요 동맥 한 곳에서 과다출혈이 일어났다. 이 방에 달리 흐트러진 물건은 없어 보였다. 물론 방이 원래 어떤 모습인지는 몰랐지만, 침대도 정돈되어 있었고 바닥에 떨어진 옷도 없이 깔끔했다.

몸싸움의 흔적도 보이지 않았다.

순간 현기증이 일었고, 나는 잠시 눈을 감았다. 다시 눈을 떴을 때도 방 안의 상태는 조금도 변함이 없었다. 마사는 여전히 죽어 있었다. 방을 나서려 몸을 돌린 내 눈에 문 옆쪽 벽의 액자가, 펜으로 그린 버크샤

이어 문학 축제 광고 그림이 들어왔다. 익숙한 그림이었다. 이내 대학원 시절 마사가 자신의 기숙사 벽에 걸어놓았던 그림이라는 것이 떠올랐다. 마사를 죽인 사람도 저 그림을 봤을지, 나처럼 알아봤을지 궁금했다.

아래층으로 내려간 나는 고양이를 찾아 이리저리 둘러봤지만 보이지 않았다. 현관 옆, 폭이 좁은 베벨 글라스 사이로 밖을 내다보며 근처에 목격자는 없는지 살폈다. 다시 스웨터 소매로 손을 덮어 문을 열고 집에서 나간 나는 차가 있는 곳까지 가볍게 걸었다.

딱히 정해진 방향 없이 무작정 차를 몰고 얼마쯤 가다, 영업 전인 조개 요리 음식점의 빈 주차장에 차를 세웠다. 시동을 끈 채 마사를 생각하며, 그녀가 더는 살아 있지 않다는 현실을 받아들일 시간을 잠시 가졌다. 두 손이 떨렸다. 땀이 나지 않았음에도 양손을 다리에 문질렀다.

차 안에 앉아 앞 유리만 내다보며 10분 동안 가만히 앉아 있었다. 결정해야 할 것들이 있었다. 그중 하나는 경찰에 전화를 걸어 버치베일 로드 55번지에 시체가 있다는 사실을 알릴 것인지 여부였다. 그럼 앨런이 집으로 돌아와 아내의 시체를 발견하는 일은 막을 수 있겠지만, 다른 한편으로는 내가 하려는 익명의 신고가 수사에 혼선을 줄 수 있었다. 또다른 가능성으로는 경찰서로 가 내가 아는 것을 모두 털어놓을 수 있었다. 하지만 그럴 마음이 들지 않는데, 내 머릿속에 스치는 생각들이 내 자신에게조차 너무도 터무니없이 느껴져 경찰이 내 말을 믿어주리라 기대하기 어려운 탓도 일부 있었다. 직접으로든, 익명으로든 경찰에 신고를 하지 않기로 했다. 마사에게도 도움이 되지 않을 터였고, 내가 마사를 죽인 자를 찾아내는 데도 도움이 되지 않을 것이었다.

다음 결정은 내리기까지 시간이 좀 더 걸렸다. 1년 전 쯤, 헨리 킴볼이 조앤 웨일런 그리브와 리처드 시든의 계략에 휘말렸을 때 내게 도움을 청하러 왔었다. 나는 그를 돕기는 했지만, 그가 죽음 직전의 상황에 처하고 난 뒤였다. 헨리를 위험한 일에 휘말리게 하고 싶은 마음은 전혀 없었다. 나 때문에 이미 많은 일을 겪은 사람이었으니까 그러나 (a) 무엇이든 내가 부탁하면 그는 도와주리라는 것을 알았고, (b) 그라면 우리가 함께 알게 된 사실들을 비밀에 부쳐줄 것이라는 것도 알았다. 우리의 관계를 설명하기란 내 자신에게조차 어려운 일이었지만, 우리는 동맹 관계였다. 어쩌면 헨리에게는 사랑일지도 모르지만. 어쩌면 나도 그럴지도. 하지만 무엇보다 중요한 점은 우리가 서로를 신뢰한다는 점이었다. 또한 그는 이 세상 누구도 모르는 나의 어떤 면들을 알고 있는 사람이었다.

주차장을 나서기 전에 결정을 내렸다. 케임브리지 옆 교외에 있는 마을인 알링턴으로 향한 나는 헨리가 현재 일하는 사무실 건물 앞에 차를 세웠다. 그의 사무실 문을 바로 두드릴까 생각했지만 대신에 먼저 전화를 하기로 했다. 그가 곧장 전화를 받았다.

"릴리." 그가 말했다.

"사무실이에요?"

"맞아요."

"저 지금 밖인데. 올라가도 되나요?"

"그럼요. 물론이죠. 문 앞에서 내 이름 옆에 있는 버튼을 눌러요. 문 열어드리죠."

그의 사무실에 도착한 후, 우리는 뺨에 입을 맞추고 가볍게 포옹하며 조금 어색한 몸짓을 나눴다. "잘 지내죠?" 그가 한 걸음 뒤로 몸을 물리며 말했다. 우리는 서로를 바라봤다. 마지막으로 본 그의 모습과 변한 게 거의 없었다. 갈색 머리는 조금 짧아졌고, 눈은 좀 더 지쳐 보였지만, 늘 그렇듯 트위드 재킷에 낡은 청바지 유니폼 차림은 그대로였다. 언젠가 그는 본인의 스타일을 가리켜 '방종한 시인'이라고 표현했었다.

"잘 지내요." 내가 말했다. "다만, 당신에게 맡길 일이 하나 있어요. 관심 있다면요."

우리는 그의 책상으로 가서 마주 앉았다. 사무실은 베이지색이었고 달반자 천장(상층 바닥틀 또는 지붕틀에 달아 맨 천장—옮긴이)에 형광등이 매립되어 있었다. 사무실을 둘러보는 내게 헨리가 말했다. "새 사무실을 얻었어요. 그전 사무실은 폭파되었거든요, 그때 저도 사무실 안에 있었고요."

"기억해요. 새 사무실은……."

"새로 페인트칠을 해야 할 것 같아요."

"맞아요."

"이렇게 얼굴 보니 반갑네요." 아직은 본론을 꺼내고 싶지 않았던 나는 이렇게 말했다. 어쩌면 내 친구 마사의 이름을 입 밖으로 꺼내고 싶지 않은 것인지도 몰랐다. 그런다고 달라지는 것은 없다는 걸 알지만, 그래도 아직 준비가 되지 않았다.

"편지들 고마웠어요. 편지 덕분에 꼭 다른 시간에, 더 행복한 시간에 살고 있는 듯한 기분이 들었어요."

"이 세상에 편지를 쓰는 사람들은 우리밖에 없을 거예요."

"그럴지도요."

"데이비드와 샤론은 어떻게들 지냅니까?"

"엄마는 6개월 전에 넘어져서 고관절이 부러졌는데 —편지에 썼던 것 같은데요 —지금은 많이 나아졌지만 약에 중독된 것 같고요. 아빠는 늘 똑같아요. 아빠에게 앤 섹스턴의 시를 몇 편 읽어줬어요. 아빠가 그쪽 이야기도 해요."

그의 얼굴이 살짝 붉어졌다. 아빠를 몇 번 만났음에도 그는 아빠를 굉장히 존경했다. "아버지는 앤 섹스턴에 대해 어떤 말씀을 하시던가요?" 그가 물었다.

"집중하게 만든다고요. 아빠로서는 최고의 칭찬인 셈이죠. 그리고, 아, 아빠가 앤 섹스턴을 만난 적이 있다고 했는데, 뭐 그렇게 놀랄 만한 이야기는 아닌 것도 같네요. 아빠는 안 만나 본 사람이 없으니까요."

"제가 쓴 리머릭(5행시 —옮긴이)도 읽어드렸나요?"

나는 웃음을 터뜨리고는 아니라고, 아직은 안 읽어줬다고 말했다. 헨리는 한때 시인을 꿈꿨지만 요즘에는 리머릭만 썼다. 그가 쓴 편지 대부분에 최소 한 편의 리머릭이 실려 있었다.

"다들 잘 지내신다니 다행이네요." 그가 말했다. "전화한 거 보고 누가 죽었다는 소식을 전하러 온 줄 알고 섬뜩했거든요."

"죽은 사람이 있어요." 내가 말했다. "당신이 아는 사람은 아니지만, 사실 그 일로 온 거예요."

"그랬군요." 그가 말했다.

"그 친구 이름은 마사 래틀리프예요. 지금까지의 이야기를 전부 들어줄 시간이 있나요?"

그가 잠시 망설이는 모습을 보였지만 이내 이렇게 말했다. "네, 전부

다 말해봐요. 시간은 괜찮습니다."

나는 그간의 일들을 모두 털어놨다. 마사가 전국 각지에서 벌어진 다섯 건의 살인 사건 범인이 남편인 것 같다고 나를 찾아왔던 일. 사망 사건을 함께 조사하다 보니 앨런이 필시 사건에 책임이 있어 보였지만, 단정하기에는 증거가 부족했던 일. 앨런의 얼굴이라도 보려고, 그의 뒤를 미행하려고, 무엇이든 알아내려고 내가 새러토가스프링스에서 열린 콘퍼런스에 참석했던 일까지 말이다.

"그 사람 얼굴만 보면 진실을 알 수 있을 거라 생각했어요?"

"조금은요." 내가 말했다. "한심하게 들릴 거 알아요."

"그래서 어땠습니까?"

"그전에 다른 이야기부터 들려줄게요. 내가 처음 마사를 만났을 때 그녀는 우리 학교 겸임교수 한 명과 데이트를 시작했어요. 굉장히 잘생긴 사람이었고, 그에게 문제가 있다는 것을 저는 알아봤지만 마사는 알아보지 못했어요. 그 사람은 마사가 불편해하는 온갖 성적인 놀이를 강요했어요. 그녀는 그에게 하나의 프로젝트이자, 그가 조종하고 변화시킬 대상이었어요. 그 사람한테는 전부 다 게임이었죠. 그 남자는 소시오패스였죠. 아니면 그냥 사디스트였는지도 모르고요. 친구가 그 관계에서 벗어나도록 제가 도와줬어요."

"지금 그 남자 이야기를 하는 이유가……."

"그 사람이 새러토가에서 열린 콘퍼런스에 있었으니까요. 그 사람도 앨런 뒤를 밟고 있었어요. 그래서 이제 저한테 한 가지 가설이 생긴 거죠."

"그렇군요."

"이상한 소리처럼 들릴 건 알지만, 내 생각엔 그자가 여자들을 죽이는 것 같아요."

"그렇군요." 그는 다시 한번 이 말을 반복했지만 이번에는 목소리에서 약간의 의심이 느껴졌다.

"잘 들어봐요. 그 사람이 피해자를 고르는 게 아니에요. 페랄타는 출장을 가서 외도를 하고 있어요. 술집에서 만난 여자, 매춘부, 클럽에서 일하는 스트리퍼들과요. 페랄타가 피해자를 고르는 거라고요. 그리고 살인은 다른 남자가 하고요."

"마사 때문에요?"

"마사 때문에요."

"그리고 이제는 마사까지 죽인 거고요. 그렇다면 왜 그 남자는 마사부터 처리하지 않았을까요?"

"생각만 해도 속이 뒤틀리지만, 저 때문에 그런 것 같아요."

"당신이 왜요?"

"페랄타를 쫓는 그 사람을 저만 발견한 게 아니라 그 사람도 저를 알아봤어요. 대화도 나눴고."

"세상에나."

"그러니까요."

"대화는 어땠습니까?"

"어색했죠. 서로 그곳에 있었던 진짜 이유는 밝히지 않았지만, 사실 이유야 둘 다 알고 있었어요. 그는 재밌다 못해 즐거워 보였어요. 저랑 대화를 마치고 아마도 곧장 포츠머스로 가서 마사를 죽였을 거예요. 저에 대한 도전 같은 거라고 생각해요."

"그 남자는 릴리가 자신을 신고하리라고 왜 생각지 않았던 걸까요?"

"글쎄요. 오만함일 거예요. 그가 그랬다는 증거는 하나도 없어요. 게다가 그가 예전 이름을 더는 쓰지 않을 가능성이 있어요. 그냥 사라져버린 사람이 되었을 가능성이요."

"왜 그렇게 생각합니까?"

"밤새 인터넷으로 그 사람을 찾아봤거든요. 14년 전의 자료는 있는데, 새로운 건 하나도 없어요. 그래서 당신과 대화하러 온 거고요."

"그 남자를 찾아주길 바라는 거죠?"

"네. 그 남자만 찾아주면 나머지는 제가 다 알아서 할게요."

"그 사람 이름은요?"

21

이틀 후 나는 뉴저지주 크레스킬, 픽스 앤드 피네스라는 미용실 앞에 서서 이선 살츠의 누나에게 접근할 만한 가장 좋은 방법이 무엇일지 고민하고 있었다.

헨리의 사무실을 나온 후 셰포그로 돌아간 나는, 내가 자리를 비운 동안 벌어졌던 일에 대해 서로 상반된 이야기 두 개를 몇 시간이나 들었다. 아빠는 내가 없는 동안 연어와 케일 샐러드 외에는 아무것도 먹지 못했다고 주장했고, 엄마는 아빠에게 더블 치즈버거를 사다주려 식당을 두 번이나 들렀다고 토로했다. 두 사람 이야기 모두 조금도 현실적으로 들리지 않았다. 엄마가 자러 들어가고 아빠는 텔레비전 앞에서 잠이 든 후, 나는 헨리와 통화하며 그가 이선 살츠에 대해 무엇을 알아냈는지 들었다. 그 남자는 유령과 다름없었다. 현주소도 없고, 구속된 기록도 없었다. 차량 등록을 한 기록도 없었다. 이선 살츠가 저널리스트였던 시절 작성한 기사들은 아직도 여럿 남아 있었고, 대부분이 클릭을 유도하는 장문의 낚시성 글이었다. 그는 음주운전으로 전남편을 죽인 남자와 재혼을 한 여성의 이야기를 쓰기도 했다. 텍사스에서 이교를 신봉하는 10대 청소년들에 관한 기사는 그해《최고의 미국 에세이》에 실렸다. 기숙사 방에서 스포츠 배팅 프로그램을 운영해 100만 달러 넘게 벌었다고 주장하는 한 하버드 대학생도 인터뷰했다. 하지만 2005년 즈음부터는 아무런 글도 보이지 않았다. 그는 글쓰기를 중단했거나, 적어도 공개는 하지 않은 것 같았다. 또한 그는 이름을 바꾼 듯 보였다.

내가 인터넷에서 찾은 이선 살츠 사진 두 장과 똑같은 사진을 헨리도 발견했다. 하나는 그가 기사에 실었던 얼굴 사진이었고―내가 기억하는 이선의 얼굴에 굉장히 가까웠다―다른 하나는 버몬트 캠든 컬리지의 동문 잡지에 실린 단체 사진으로, 결혼식처럼 동문 전체가 모여 찍은 사진에서 이선은 맨 뒷줄에 있었다.

헨리가 찾은 정보 중 가장 희망적인 정보는 이선의 형과 누나의 이름과 위치였다. 스콧 살츠는 케이프코드에 있는 지역대학에서 문학을 가르치고 있었고, 결혼 전 성이 살츠인 빅토리아 앤드루치는 뉴저지주 크레스킬에서 미용사로 일하고 있었다. 살츠의 부모님은 2012년, 한 달도 채 안 되는 사이에 각각 돌아가셨다. 이선은 두 사람의 부음기사에 유족으로 소개되었다.

이선이 지금 무슨 일을 하고 있는지 아는 사람이 있다면 그건 가족일 터였다. 헨리가 두 사람 사무실의 연락처를 갖고 있었지만, 직접 얼굴을 보고 이야기하는 편이 정보를 얻을 가능성이 훨씬 높을 거라는 데 우리 둘 다 동의했다. 그는 이선의 형을 만나러 케이프에 가는 길이었고, 나는 크레스킬로 와서 빅토리아 앤드루치의 미용실 앞에 서 있었다.

이미 전화를 걸어 오늘 그녀가 근무하는 날인지 확인했다. 하지만 무작정 미용실에 들어가 대화를 나눌 시간이 있는지—혹은 내 머리를 잘라줄 시간이 있는지—묻는 방식은 효과가 없을 터였다. 설사 그녀가 대화를 나누겠다고 해도 주변에 사람들이 있는 미용실 안에서는 마음을 터놓지 않을지 몰랐다. 그녀가 혼자일 때 만나고 싶었다. 때문에 기다리기로 했다.

이제 막 3시가 지난 시각이었고 미용실은 6시에 문을 닫았다. 하지만 그렇다고 해서 비키가 마감 시간까지 있다는 의미는 아니었다. 예약이 없다면 좀 더 일찍 퇴근할 것이었다. 픽스 앤드 피네스 맞은편에 카페도 함께 하는 것 같은 베이커리가 있었다. 베이커리 앞에는 주철로 만든 테이블 두 개에 각각 의자가 두 개씩 마련되어 있었지만 모두 손님이 앉아 있었다. 아름다운 날씨였다. 아직 해가 높이 떠 있었고 거리 양쪽으로 늦은 오후의 빛이 쏟아지고 있었다. 나는 길을 건너 베이커리 안으로 들어갔고, 얼그레이 한 잔과 갓 나온 카놀리를 하나 샀다. 미용실을 마주하고 있는 유리창 쪽에 앉아 야외 테이블을 주시했다. 텅 빈 접시와 잔을 앞에 두고 여성 두 명이 수다를 떠는 모습을 바라봤다. 한 명은 두꺼운 메이크업을 하고 족히 2천 달러는 넘을 버버리 코트를 입고 있었다. 러닝복을 입은 다른 여성이 주로 말을 했고, 버버리 여성은 하품을 애서 삼키며 슬쩍 시계를 확인할 때가 잦았다. 마침내 말을 많이 하던 여자가 멈추자 그 틈에 그녀의 친구는 이제 그만 가봐야 한다는 말을 전했다. 두 사람은 자리에서 일어나 마침내 떠났다. 나는 밖으로 나가 정리가 안 된 테이블에 앉았다.

완벽한 위치였다. 미용실을 오가는 여성들을 한눈에 볼 수 있었다. 웹사이트에 빅토리아의 사진이 있었는데, 헤어스타일을 바꾸지 않았다면 그녀는 중간중간 밝은 색이 더해진 긴 금발이었다. 피부에 주름이 지고 태닝이 심하긴 했지만, 그녀의 얼굴은 누가 봐도 이선과 닮아 있었다. 높은 광대, 밝은 색의 눈, 각진 턱까지. 그녀를 알아볼 수 있을 것 같았다.

나는 커피를 마시고 카놀리를 깨작거렸다. 책을 가져왔으면 좋았을 텐데, 하고 생각했다. 대신, 요즘 세상 사람들이 하릴없는 시간이 생기면 하나같이 하는 그 일에 동참했다. 휴대폰을 꺼내고는 추억 속의 이름들을 무작위로 검색했고, 한 번씩 그렇듯 아빠에 대해 새로 올라온 글이 없는지를 확인했다. 실제로 다른 책들의 서평에 아빠의 이름이 등장했고, 논문에도 가끔 나왔지만 요즘에는 대체로 '문학계의 가장 나이든 악동, 데이비드 킨트너' 같은 수식어가 붙을 때가 많았다. 오늘은 새로운 글도 발견했다. 〈가디언〉 사이트에서 아빠의 소설 《레프트 오버 라이트》를 문체가 훌륭한 도서 열 권 중 하나로 꼽았다. 아빠가 신경을 안 쓰는 척해도 좋아하리라는 것을 알았기에 이 소식을 나중에 아빠에게 들려주려고 머릿속에 새겼다.

5시가 되자, 건너편 오래된 시어스 빌딩 아래로 해가 떨어지고 갑자기 날이 추워졌다. 카디건 단추를 채우고는 그 자리를 계속 지키며 미용실 입구를 유심히 살폈다. 뒷문이 있을 수도 있다는 생각이 들었지만 설사 그렇다 해도 할 수 있는 게 없었다. 6시가 막 지나자 긴 금발의 여성이 인도로 나와 잠시 걸음을 멈추고 담배에 불을 붙였다. 나는 벌떡 자리에서 일어나 그녀를 향해 걸어갔다. 라이터와 끝탕하던 그녀는 내가 대화를 나눌 만한 거리에 진입할 즈음 마침내 담배에 불을 붙이는 데 성공했다.

"혹시, 성함이 비키가 맞으신가요?" 내가 물었다.

그녀는 의심스런 눈빛으로 나를 올려다보며 말했다. "어쩌면요."

"안녕하세요. 이렇게 불쑥 나타나 죄송합니다. 저는 에디 로건이라는 사람인데요. 제 이야기는 못 들어 보셨겠지만, 예전에 동생인 이선과 사귀었었어요."

"아." 그녀는 이렇게만 말했다. 나는 그녀의 표정을 읽어낼 수가 없었다. "대단하네요." 그녀가 덧붙였다.

"오랜 전 일이에요. 20년쯤." 나는 목소리에 약간의 간절함을 담아 말했다. "이선과 정말 연락을 하고 싶어서요. 저 좀 도와주실 수 있나요?"

뒤에 있던 문이 열리자 우리는 향수 냄새를 풍기는 여성이 지나갈 수 있도록 길을 비켜주었다. "내일 봐, 비키." 그녀는 이렇게 말하고 사라졌다.

"저쪽으로 좀 가죠." 비키가 말했다.

그녀의 뒤를 따라 한 버려진 가게의 차양 아래서 걸음을 멈추었다. 그녀의 담배가 반쯤 타들어갔다. "저도 이선에게 소식을 못 들은 지 10년이 넘었어요." 건조하면서도 경멸이 섞인 말투로 말했다. "전화번호든, 주소든, 아무것도 없어요. 아빠, 엄마 장례식에도 안 왔거든요. 놀랄 만한 일도 아니었고, 솔직히 말해 그 애가 오길 바라는 사람도 아무도 없었지만요. 나한테는 죽은 사람이나 다름없어요. 이런 말을 해서 미안하지만, 이게 차라리 잘된 걸지도 모르죠."

"이선이 어떤 잘못을 했나요?" 내가 물었다.

"이선을 알잖아요? 그 아이를 어떻게 생각하죠?"

"잠깐 사귀었어요. 저한테는 좋은 사람이었고요."

비키는 뺨이 움푹 팰 정도로 길게 담배를 빨아들이고는 말했다. "그쪽한테만 그랬나 보네요. 미안해요, 말이 이렇게 나가네요. 어쨌거나 난 그 아이가 어디 있는지 모르고, 알고 싶지도 않아요. 천성이 악마 같은 인간이죠. 그 아이 때문에 모두가 엉망이 되었어요. 그쪽도 그 아이를 찾았다가는 똑같은 꼴을 당할 거고요. 이제 가봐야겠어요. 미안해요."

"아이가 있는데, 그 사람 아이가 맞는 거 같아요." 입 밖으로 말이 튀어나와 버렸다. 뭔가 충격적인 말을 하지 않는다면 그녀를 놓치고 말 거라는 것을 알고 있었다. 그럼에도 그녀는 바로 반응을 보이지 않았다. 내 말을 곱씹는 듯 아랫입술을 내밀었다.

"아이는 괜찮나요?"

"여자애예요. 이름은 릴리고, 착한 아이예요."

"그럼 아이에게 제 아빠라며 그런 망할 악마 같은 놈을 만나게 해주지 말아요." 비키가 말했다. "이제 정말 가봐야 해요. 행운을 빌어요."

그대로 길을 걸어 내려가던 그녀는 담배를 던지고는 왼쪽으로 방향을 틀어 시야에서 사라졌다. 나는 차가 있는 건너편으로 빠른 걸음으로 길을 건너 운전석에 오른 후 시동을 걸었다. 여기서 멈춰야 할지 비키의 뒤를 따라야 할지 결정을 할 수가 없었다. 어떻게 해야 할지 고민하던 중 교차로를 지나는 하얀색 픽업트럭의 보조석 창문으로 비키의 금발 머리가 눈에 들어왔다. 그녀가 사는 곳을 보고 싶었던 나는 그 뒤를 따랐다.

1.6킬로미터쯤 갔을까, 그녀는 비슷비슷하게 생긴 집들이 자리한 거리의 한 평범한 단독주택 진입로에 차를 세웠다. 나는 스쳐 지나가며 우편함에 적힌 번호를 눈에 담았다. 35였고, 도로는 테너플라이 애비뉴였다. 작은 공원의 빈 주차장으로 들어가 한동안 차 안에 앉아 있었다. 휴

대폰에 주소를 입력한 뒤 관련 정보가 등재된 부동산 중개 사이트 한 곳에 들어가 캐롤라인 살츠의 소유였던 이 집이 2012년 1달러로 빅토리아 앤드루치에게 팔렸다는 사실을 확인했다. 다시 말해 이선 살츠가 어렸을 때 살던 집일 확률이 아주 높았다.

밖은 어두워졌고 나는 챙겨온 플리스 재킷을 걸치고는 차에서 내려 테너플라이 애비뉴에 있는 비키의 집으로 걸었다. 진입로에 차가 한 대 더 들어와 있었는데, 뉴욕 양키스 범퍼 스티커가 붙은 낡아빠진 닷지 차였다. 가로등 덕분에 집이 환했다. 1층은 오렌지색 벽돌이었고, 하얀색으로 칠한 것 같은 2층은 플라스틱 외벽을 두른 것 같았다. 진입로 끝에는 차 한 대만 보관할 수 있는 차고가 있었고, 이웃집 땅과의 경계가 되는 두터운 생나무 울타리와 차고 사이에 간격이 약 60센티미터밖에 안 됐다. 가시 박힌 생나무 울타리의 나뭇가지들에 얼굴을 긁혀가며 차고 가장자리를 따라 걸어 들어가자, 세 면에 울타리를 두른 작은 직사각형 모양의 정원이 나왔다. 집 앞쪽보다 정원이 훨씬 어두웠지만, 나는 축축한 나무장작 더미 뒤로 몸을 숨기고 집 뒤편으로 난 커다란 창문 두 개를 들여다 볼 수 있는 위치에 자리를 잡았다. 커다란 섹셔널 소파(조립과 분리가 가능한 소파―옮긴이)가 한자리를 차지한 작은 거실이 보였고, 유리로 된 미닫이문 너머로 지나치게 밝은 불이 켜진 주방도 일부 보였다. 주방에 있는 비키의 뒤통수가 눈에 들어왔다. 비키는 또 다른 금발의 여자를 향해 거친 몸짓을 써가며 대화를 했다. 상대는 최소 20대 중반은 되어 보였다. 두 사람의 나이 차가 얼마 나 보이지 않았지만, 비키의 딸로 짐작되는 여자는 못마땅한 표정을 짓고 있었다. 그녀는 라임색과 녹색이 섞인 커다란 물병을 들어 물을 마셨다. 몇 마디를 좀 더 나누더니 두 사람 모두 주방에서 나가 집 앞쪽으로 향했다. 5분 후 젊은 여자가 청재킷을 걸친 채로 다시 나타나 물통을 챙겨갔다. 그녀는 주방 불을 껐다. 나는 다시 차고 가장자리로 이동해 생나무 울타리에 반대편 뺨을 긁히며 그 틈을 통과한 후, 비키와 딸로 보이는 여자가 마침 하얀색 트럭을 타고 나갈 때를 딱 맞춰 그 모습을 지켜봤다.

뒷마당으로 돌아간 나는 곧장 뒷문으로 향했다. 잠겨 있었다. 집 외벽에서 지하실로 통하는 문을 발견하고는 당겨 열었다. 오랫동안 쓰지 않은 듯 삐거덕거렸다. 거미줄을 헤치고 콘크리트를 부어 만든 계단을 내려갔다. 그 밑에 자리한 문도 잠겨 있지 않았다. 나는 어두운 지하실로 진입했다. 휴대폰 플래시를 켜고 집 1층으로 향하는 계단을 찾았다.

집에 아무도 없는지 확인하려 짧게 인사를 건넸다. 아무런 응답도 들리지 않자 거실로 향했다. 이 집이 정말 이선 살츠가 자란 곳이라면 도움이 될 만한 것이 있을지도 몰랐다. 그럴 가능성은 낮아보였지만, 어쩌면 비키가 사실은 남동생과 연락을 하고 지내는 흔적이 있을지도 모른다.

집 안을 빠르게 둘러보며 책상 서랍과 창고로 쓰일 법한 벽장들을 주의 깊게 살폈다. 1층에서는 그다지 흥미로운 것을 찾지 못한 나는 2층으로 난 계단으로 향했다. 행잉 조명이 켜져 있었고, 계단 옆 벽에 죽 늘어선 가족사진이 눈에 들어왔다. 아무리 많이 잡아도 열여섯 살쯤밖에 안 되어 보이는 비키가 아기를 안고 있는 사진도 있었다. 1960년대 후반에 찍은 듯한 결혼식 사진도 벽에 걸려 있었다. 사진 속에 모인 하객들은 갈색과 노란색 톤으로 옷을 맞춰 입었다. 이선의 부모님으로 보이는 신랑과 신부는 나이 든 친인척들에게 둘러싸여 있었다. 두 사람 다 딱히 행복해 보이지는 않았다. 이 사진에 담긴 사람 중에 아직까지 살아 있는 사람이 있을까, 하는 생각이 들었고, 비슷한 시대에 식을 올렸던 부모님의 웨딩 사진을 봤을 때 아빠가 결혼사진은 전부 죽은 사람들의 사진이라고 했던 말이 떠올랐다. ("그건 어떤 사진이든 다 그렇잖아." 나는 아빠에게 이렇게 대꾸했다.) 계단을 오르며 사진을 전부 구경했다. 한 사람의 사진만 빼고. 이곳에는 어릴 적이든, 컸을 적이든, 이선의 사진이 하나도 없었다.

위층에는 불이 켜진 방이 하나도 없어 휴대폰을 사용했다. 모녀의 방으로 보이는 방 두 곳은 건너뛰고 창고 겸 손님방으로 보이는 곳으로 들어갔다. 소용돌이치는 기하학적인 무늬가 새겨진 갈색과 어두운 오렌지색의 벽지로 도배한 방이었다. 반대편 벽에 바퀴 달린 간이침대가 보였고, 바닥을 메운 오래된 상자들에는 고맙게도 검은색 매직펜으로 내용물이 적혀 있었다. *크리스마스 물건. 빅토리아 – 초등학교. 세금 1999~2009. 기타 등등.* 이선의 이름이 적힌 상자는 보이지 않았다. 그럼에도 계속 쌓여 있는 물건들을 살피는 한편 진입로로 차가 들어오는 소리가 들릴까 귀를 기울였다. 두 사람이 저녁을 먹으러 나간 거라면 나는 무사할 터였다. 음식을 포장해 온다면 큰일이었다.

빅토리아가 이선을 떠올리게 하는 물건들은 단 하나도 남기지 않고 몽땅 치워버린 것 같다는 생각이 들 무렵, 책장에 기대어져 있던 여행 포스터 액자 두 개를 치우자 오래된 스티븐 킹 문고본들과 로맨스 소설들 사이에 끼어 있는 크레스킬 고등학교 학년별 졸업앨범을 세 권 발견했다. 셋 중에 가장 최근 연도인 2000년 앨범을 꺼내 3학년 사진을 넘기다 또렷하고 잘생긴 얼굴을 한 이선 살츠를 발견했다. 앨범을 샅샅이 뒤

지며 친구들이 이선에게 남긴 메시지 몇 개를 찾았고 그중 두 개는 어느 시대나 등장하는 문구인 "서로 좀 더 가깝게 알고 지냈으면 좋았을 텐데, 아쉬워"라는 메시지가 적혀 있었다. 하지만 3학년인 앨리스 길크리스란 여학생은 "재능 있는 살츠에게……"라고 시작되는 장문의 글을 남겼다. 끝까지 읽고 싶었지만 집 안에 있는 모습을 들킬까 봐 너무나 초조해졌다. 포스터들을 책장 앞에 원위치에 돌려놓고는 앨범을 챙겨 왔던 길을 되돌아 나갔다.

22

저녁 식사 후 침실로 올라가 창문을 열자 계절에 비해서는 따뜻하다고 할 만한 공기가 느껴졌다. 마당 가장자리에 자리한 습지 연못에서 청개구리들이 하나같이 목소리를 높여 우는 소리가 들렸다. 겨울이 끝났다는 확실한 신호였다. 헨리에게 전화를 걸자 첫 번째 발신음 후에 바로 전화를 받았다.

"뭐 찾았어요?" 내가 말했다.

"이선 찾기는 아직이요. 그 형한테서는 몇 가지 정보를 좀 얻었고. 당신은요?"

"저도 이선은 못 찾았어요. 누나랑은 전혀 연락 안 하고 있고, 누나가 이선을 망할 악마 같은 놈이라고 하더라고요."

"제가 알아낸 것도 비슷해요."

"더 말해봐요."

"형이 일하는 대학교 사무실에 가서 이선에 대해 직접적으로 물어봤어요. 이선을 찾아달라는 의뢰를 받았고, 의뢰인의 이름은 밝힐 수 없다고요. 내 말에 그리 놀라는 기색은 없었고, 제가 이선을 찾을 수 없다는 이야기를 해도 전혀 놀라지는 않았지만, 좀 흔들리는 모습을 보이더군요. 그러니까 감정적으로요. 업무가 시작되는 때라 그의 술집에서 오후 4시에 만나기로 약속했어요."

"그의 술집이라니요?"

"스콧 살츠가 자주 가는 술집이요. 불펜이라는 이름의 싸구려 술집이에요. 그 사람 알코올 중독자거나, 아니면 알코올 중독자가 되려고 부단히 노력하는 사람이거나, 둘 중 하나처럼 보였어요. 알고 보니 나랑 공통점이 많더군요. 내가 알코올 중독자라는 말은 아니지만 다른 것들이요."

"다른 거 뭐요?" 내가 물었다.

"그 사람도 작가가 되고 싶어 했고, 그러다 고등학교에서 영어를 가르쳤지만 일이 너무 힘들어서 평생 본인 글을 쓸 시간이 없을 것처럼 느껴졌대요. 그래서 글을 쓸 여유가 생기길 바라며 지역대학에 일자리를 얻었지만, 뭐……."

"여유 시간을 술로 채우는군요."

"정확히 그렇게는 이야기하지 않았지만 그렇게 된 것 같아요. 불쌍한 남자더군요."

"이선을 마지막으로 본 게 언제라고 해요?"

"12년 전 크리스마스에 불쑥 나타났대요. 양친이 모두 생존해 있을 때 크레스킬 집으로요. 가족 중 이선을 보고 반가워했던 사람은 엄마뿐이었다고 말했어요."

"그 당시에는 이선이 뭘 하고 있었는지, 형이 말했나요?"

"일이요? 스콧은 모르는 것 같아요. 이선이 저널리즘 일을 했다는 것은 확실히 알고 있었고, 그래서 동생한테 질투가 났다고 하더라고요. 형인 스콧은 나중에 커서 작가가 되고 싶다는 말을 달고 다녔다고 해요."

"동생이 작가가 되는 걸 보고 스콧이 모욕으로 느꼈던 거군요?"

"그런 의도로 말했던 것 같아요. 아니면 동생이 하는 일이 전부 다 거슬렸던 것일지도요. 그 사람은 이선을 뼛속까지 악마라고 생각한다고 말하더라고요."

"그런 말을 썼어요?"

"그랬어요. 비키랑 똑같죠?"

"네. 왜 이선을 악마라고 생각하는지 말하던가요?"

"정확히 설명하기 어려워했지만, 이선이 막 걷기 시작하는 아이였을 때도 한 번씩 가족들을 동물원에 있는 동물 보듯이 쳐다볼 때가 있었다는 이야기는 했어요. 스콧은 이선이 타고나길 악하게 태어난 사람이라고 생각해요. 이선이 어떤 행동을 했던 건지 구체적으로 들려달라고 계속 몰아세웠지만, 그는 그저 이선이 조용하고도 미묘하게 주변 사람들을 좀먹는다고만 했어요. 한 가지 이야기는 들었어요. 스콧이 고등학교 3학년 때 안정적으로 꾸준히 사귀던 여자친구가 있었대요. 이름을 적어 뒀는데. 여기 있네요. 사만다 페리. 스콧은 그 여자를 사랑했다고 말했는데, 여전히 그런 것만은 분명해 보였어요. 고등학교 3학년 봄방학 때 스콧은 사촌들을 보러 캘리포니아에 갔어요. 이선도 같이 가고 싶어 했지만 부모님이 스콧만을 위한 특별한 여행이라고 말했고요. 스콧이 없는 동안 사만다가 무슨 하우스 파티 자리에서 술에 심하게 취해서는 남자 두 명과 관계를 가졌나 봐요. 스콧이 돌아오니 그 이야기로 다들 떠들썩했고 큰 충격을 받은 스콧은 사만다를 차버렸어요. 그녀가 파티가 제대로 기억나지 않고 강간을 당한 것 같다고 말했는데도요. 지금은 그 일을 안타깝게 생각하지만, 당시만 해도 10대 청소년이었으니 본능적인 반응은 여자친구를 비난하는 것이었죠.

스콧이 저한테 이런 이야기를 한 이유는 몇 달 후 이선이 그 사건이 벌어졌던 파티에 있었다는 이야기를 들어서예요. 이선은 나이도 어리고 고등학교 3학년과는 친구로 지내지도 않았는데 이상했던 거죠. 그러고 나서 자신이 캘리포니아에 있는 동안 이선이 사만다와 어울렸다는 이야기도 들었어요. 그는 이 이야기를 듣는 순간 일말의 의심도 없이 이선이 꾸민 일이었다는 것을 바로 알았다고 해요. 이선이 뭘 어떻게 했는지는 몰라도 이선이 그랬다는 것만은 알았다고요. 어쩌면 이선이 사만다에게 약을 먹이고 그 방에 넣었는지도 모르죠. 파티에 있는 남학생들에게 의식이 없는 여학생이 있으니 가서 재미를 보라고 했을 수도 있고요. 또 스콧은 이런 이야기도 했어요. 자신이 캘리포니아에서 집으로 돌아가면 이선이 함께 가지 못했던 일로 여전히 화가 나 있을 거라고 생각했지만, 막상 돌아와 보니 이선이 무척이나 기분 좋아 보였다고 그러더군요. 당시에는 별 생각 없이 넘겼는데, 나중에 보니 자신의 삶을 망가뜨릴 방법을 찾았기 때문에 동생이 행복했던 거였다고요."

"듣자 하니 정말 형의 인생을 망가뜨린 것 같긴 하네요."

"헤어지기 전에 옛날 여자친구인 사만다 페리를 찾아보고 싶은지 물었어요. 그러니 오래전에 약물 과다복용으로 죽었다고 하더라고요."

"너무 안됐네요." 이렇게 말하며 추위를 느낀 나는 방을 가로질러 창문을 닫았다.

"제가 알아낸 것 중에 또 도움이 될 만한 정보는 대학 때 이선이 글쓰기인가 뭐 그런 걸 전공했는데, 부전공은 미술사였다는 거예요. 스콧은 이선이 항상 아름다움 그리고 무언가를 가만히 바라보는 것에 푹 빠져 있었다고 했어요. 그냥 바라보는 게 아니라 평가하는 데요. 동생이 예술계가 하나의 거대한 사기이고, 사람들이 기꺼이 돈을 지불하려는 대상만이 예술이라는 이야기를 했었대요. 동생이 지금 예술과 관련한 일을 하고 있다 해도 그리 놀라지 않을 것 같다고 하더군요."

"와," 내가 말했다. "내가 오늘 알아낸 것과도 어딘가 통하네요."

나는 그에게 오늘 하루 있었던 일을 말하며 비키와 잠깐 나눈 대화 내용과 그녀의 집에 몰래 들어갔던 일을 털어놓았다. 그런 뒤 집에서 몰래 챙겨온 앨범을 꺼내 앨리스 길크리스트가 쓴 아주 흥미로운 글이 적힌 페이지를 펼쳤다. 그에게 읽어주었다.

"재능 있는 샬츠에게, 네가 미국 지명 수배자에 오르는 위업을 달성하기를, 실제 범죄 사건을 모아둔 쓰레기 같은 책 속 반짝이는 고급 종이에 네 얼굴에 동그라미를 친 미술 클럽 단체 사진이 실리기를 고대하고 있어. 나야 네 옆에 얼굴이 흐릿하게 가려진, 아무도 기억 못 할 한 사람으로 남을 거고. 정말로 네가 성공적인 도둑질과 위조로 가득한 삶을 누리길 바랄게. 서로 좀 덜 가깝게 지냈으면 좋았을 텐데. 사랑을 담아, 이름 없는 화자가. XO."

"와우." 헨리가 말했다. "알아봐야 할 게 많겠는데요."

"사진 찍어서 보내겠지만 우리 이 글을 쓴 여자를 만나서 이야기를 해봐야 해요."

"《재능 있는 리플리》를 참고한 것 같죠?"

"그렇게 짐작하고 있어요. 둘 다 책은 안 읽었다 해도 그즈음에 영화가 나왔었거든요."

"기억나요. 그리고 그 서명도요, 이름 없는 화자? 흥미롭네요. 그런데 서명이 없는데 누가 썼는지 어떻게 찾죠?"

"이 여자가 본인 사진에 만화책 속 말풍선 같은 걸 하나 그려 넣었어요. 사진 찍어서 보내줄게요. 앨리스 길크리스트란 사람 찾아야 해요. 아직 살아 있기를 바라자고요."

헨리와 전화를 마친 뒤 구글에 앨리스 길크리스트를 검색하자 바로 찾아낼 수 있었다. 그녀는 퀸즈에 거주하는 타투 아티스트였고, 미술 작품을 엣시에서 판매하고 있었다. 그녀가 운영하는 웹사이트에 이선 살츠와 같은 해에 크레스킬 고등학교를 졸업했다는 정보도 나와 있었다. 나는 정확히 이유는 밝히지 않은 채 다음 날 만날 수 있는지 그녀에게 메일을 보냈다. 그런 뒤 아래층으로 내려가 거실에 있는 아빠에게 합류했다. 나는 물을 많이 넣어 연하게 만든 위스키 두 잔을 챙겨 아빠 맞은 편에 있는 불편한 소파에 앉았다. 커다란 책장이 드리운 그림자 안에서 무언가 움직이는 것이 보여 깜짝 놀라고 말았다. 거실로 들어온 고양이 에이프릴이었다.

"들어와 있는 줄 몰랐네." 내가 말했다.

"누구 말하는 거니?"

"고양이."

"고양이였어? 너구리라고 생각하고는 몽크스하우스가 결국 〈그레이 가든스〉의 길로 접어드는 줄 알았네(재클린 캐네디의 친척인 몰락한 상류층 모녀가 그레이 가든스라는 집에서 온갖 동물들과 그 배설물로 뒤덮인 채 살았던

235

내용을 담은 다큐멘터리—옮긴이)."

"아니야. 내가 에이프릴이라 부르는 반 야생 고양이야. 원할 때마다 집에 들어왔다 또 나갔다 하는데, 엄마를 좀 피하는 편이야."

"똑똑한 아이네."

"아빠." 내가 말했다.

"딸." 아빠가 대꾸했다.

"누가 아빠한테 '재능 있는 킨트너에게'라고 편지를 써서 보내면 어떤 생각이 들 것 같아?"

"나를 재능 있다고 생각하는구나, 라고. 그러고는 관심이 아주 높아진 채로 편지를 읽기 시작하겠지."

"누가 아빠한테 재능 있는 킨트너라고 해도 다른 게 떠오르지는 않고?" 내가 물었다.

아빠는 잔을 입술로 가져다 대었다가 술을 마시지 않고 다시 잔을 내렸다. "아, 퍼트리샤 하이스미스 말하는 거구나."

"나는 그 사람이 떠오르더라고."

"바로는 생각 안 났는데, 네가 하는 말을 듣고 보니 그러네……. 너 그 작가 책 좋아하지 않았어?"

"좋아하는 것도 있었어." 내가 말했다.

"이 집에 있나?"

"응. 그럴걸?"

나는 자리에서 일어나 남향을 마주하는 벽에 죽 늘어선 빌트인 책장 중 하나에 다가갔다. 하이스미스의 두 작품,《올빼미의 울음》과《재능 있는 리플리》가 초판본으로 있었고 둘 다 영국판이었다. 나는《재능 있는 리플리》를 꺼내 권두 삽화(도서 제목이 적힌 페이지 맞은편에 실린 삽화—옮긴이)를 확인했다. 크레셋 출판사, 1957. 책 표지에는 이야기의 주요 배경이 되는 이탈리아 해안가 마을을 아주 멋지게 그린 그림이 있었다. 아빠에게 책을 건넸다.

"이거 내 책인가?" 아빠가 물었다.

"아마 엄마 걸 거야." 내가 답했다.

아빠는 책장을 넘겨보기 시작하는 한편 나는 학년 앨범에 이선 샬츠의 친구가 적은 글을 떠올렸다. 헨리에게 말했듯이 책 아니면 영화를 인용한 것일 수 있었다. 앨리 길크리스트가 앨범에 쓴 나머지 글에 미국 지명 수배자에서 볼 수 있길 기대한다는 내용도 그렇고, 성공적인 도둑질과 위조로 가득한 삶을 말하는 것도 그렇고, 책이든 영화든 그 내용을 참고한 것처럼 보였다. 샬츠가 어떤 인간인지를 아주 정확하게 알고 있었던 게 분명했다.

아빠는 책에 몰두한 것처럼 보였고, 나는 아직도 커피 테이블에 있는 앤 섹스턴의 시집을 들춰봤다. "봄날의 오후다"라는 제목의 시를 발견하고는 처음 몇 줄을 읽어 내려갔다. "이곳은 모든 것이 노란색, 초록색이다. 그것의 목구멍을 들으라……." 그 구절에 손가락을 올리고는 생각을 계속했다. 사람들이 말을 할 수 있고, 자신의 생각을 실제로 전달할 수 있다 해도, 사람들을 이해하는 것이 나는 여전히 어려웠다. 동물을 볼 때면, 심지어 고양이처럼 불가해한 동물일지라도 그들이 세상을 보는 기본적인 방식을, 그러니까 세상을 위험과 안락함이 스치는 공간으로, 굶주림의 공간으로 보는 그 시선을 이해할 수 있을 것 같았다. 인간은, 요즘 세상의 인간은 내게 너무도 낯선 존재처럼 느껴졌다. 하지만 이선 살츠는 조금 알 것 같았고, 오래전 그를 처음 만난 순간에도 그를 이해했던 것 같다. 그의 동력은 잔인함이었지만, 그뿐만 아니라 욕구도 그를 움직였다. 그가 숨겨보려 무척이나 노력하는 것 같았지만 그에게는 분노도 있었다. 마사 래틀리프를 그의 손아귀에서 빼냈던 날, 나는 그에게서 분노를 목격했다. 만약 이선이 정말로 페랄타를 쫓고 있던 거라면 그리고 페랄타와 접점이 있는 여자들은 죽인 거라면, 복수를 위해서 길고 긴 게임도 흔쾌히 감내하는 그는 인내심 또한 있는 사람이었다. 즉 자신의 감정을 통제할 수 있다는 뜻이었다. 적어도 새러토가스프링스에서 나를 만나기 전까지는 말이다. 하지만 그 일이 있고 나서는 그는 곧장 포츠머스로 가서 마사를 죽였다. 그를 움직인 것은 분노였을까? 아닐 것이다. 마사에게서 흥미가 떨어졌던 거라고, 나를 본 후 그는 마사를 버리고 내 관심을 끌 만한 짓을 벌인 것이라고 생각했다. 그는 게임을 하고 싶은 거다. 나랑.

내가 이선에 대해 또 무엇을 알고 있는지 생각해봤다. 그가 바라는 것은 단순한 살인이 아니었다. 누군가를 죽이고 아무에게도 들키지 않는 것이었다. 그에게 가장 중요한 목적은 사람들을 갖고 노는 것, 그들보다 우월하다는 기분을 느끼는 것이다. 그의 또 다른 자아 또한, 그가 새롭게 선택한 가짜 신분 또한 주변인들에게서 우월감을 느끼는 사람일 터였다. 무슨 이름을 쓰든, 어떤 거짓된 삶을 살든, 평범하지는 않을 터였다. 작은 동네의 아파트 지하층에 살며 창고에서 일하는 그런 사람은 아닐 것이다. 아마도 미술 분야에 종사하고 있을 것이다. 영화계나 텔레비전과 관련된 업계일지도. 어쩌면 앨리스 길크리스트처럼 아티스트일지도 모른다. 필명으로 여전히 글을 쓰고 있을 수도 있었다. 하지만 무슨 일을 하든 성공하는 것이 그에게는 중요할 터였다.

그날 밤 잠자리에 들기 전, 정확히 뭘 찾고 있는지도 모르면서 이런저런 검색을 하며 노트북 앞에 좀 더 시간을 보냈다. 먼저 그가 사용하고 있을지 모를 가짜 이름이 나올까 싶어 애너그램(문자의 순서를 바꾸어 다른 단어나 문장을 만드는 것—옮긴이) 생성기에 이선 살츠의 이름을 넣었지만, 이 이름은 애너그램용으로는 그리 좋은 이름이 아니었다. 이후 '할리우드 시나리오 작가 필명'과 '아티스트 범죄', '예술계 스캔들' 등을 검색하자 사실인지 아닌지 모를 수많은 기사들이 눈앞에 쏟아져 나왔다. 기사에서 이미지로 검색 조건을 바꿔 이선의 얼굴을 찾았지만 아무것도 나오지 않았다. 이 이상한 기계 안 어딘가에 그가 있을 테지만, 그건 나도 알고 있었지만, 어디서 찾아야 할지를 알 수가 없었다.

포기하려던 참에 헨리에게서 전화가 왔다.

"〈글로브〉에 마사 래틀리프에 관한 기사가 떴어요." 그가 말했다.

"살인 사건으로요?"

"네, 몇 시간 전에요. 알고 보니 살해 방식이 포츠머스 지역에서 작년에 벌어졌던 미해결 살인 사건과 유사하다네요. 여성 혼자 있는 집에 누군가 침입해 목을 긋는 거요."

"그렇군요." 내가 말했다. "내내 이선 살츠 생각만 하고 있었어요. 사람들을 갖고 노는 것을 좋아하는 남자예요. 제 생각에는 마사 래틀리프를 죽여야겠다고 생각하자마자 마사가 사는 곳 인근에 미해결 사건이 있는지부터 찾아봤을 거예요. 하나를 찾아서 모방한 거죠. 물론 이 모든 걸 네 시간 안에 끝냈고요. 하지만 제가 보기에는 사람들을 갖고 노는 게—그러니까 조종하는 거요—살인 행위보다 그에게는 훨씬 중요한 것 같아요."

"알 것 같군요." 헨리가 말했다. "아니면 그 포츠머스의 미해결 사건 속 여성을 죽인 것도 그일지 모르고요."

"다 가능한 일이죠."

통화 중 이메일을 확인한 나는 내일 오전 11시에 기꺼이 만나겠다는 앨리스 길크리스트의 답장을 받았다.

23

10시 30분에 퀸즈에 도착해 앨리스 길크리스트가 일하는 곳에서 반 블록쯤 떨어진 곳에 주차할 장소를 찾았다. 그녀는 플레즐링 잉크라는 스튜디오에서 일하고 있었고, 오늘 아침 셰포그에서 출발하기 전에 스튜디오에서 운영하는 웹사이트를 살폈다. 나는 타투에 전혀 관심이 없었지만 여러 디자인을 넘기며 구경하다 보니 전부 예쁘다는 생각이 들었다.

앨리스와 나는 스튜디오 바로 옆에 있는 커피숍에서 만나기로 했다. 이메일을 몇 차례 주고받던 중 그녀에게 나는 타투를 받으려는 고객이 아니고 이선 살츠라는 사람에 대해 알고 싶다고 밝혔다. 그녀가 곧장 답장을 보내왔다. "세상에, 추억 속 이름이네요. 걔 무슨 짓을 한 거예요?"

나는 그를 찾는 데 도움이 될 만한 정보를 찾고 있다고 말했다. 그녀도 전혀 아는 바가 없지만 기꺼이 만나겠다고 했다.

작고 붐비는 커피숍에 들어간 나는 한눈에 앨리스를 알아봤다. 어깨에 딱 떨어지는 하얗게 염색한 머리에 노즈링, 헐렁한 멜빵바지를 입고 있었다. 그녀가 스케치북에 얼굴을 묻고 있는 탓에 정수리를 보고 있었지만, 내 시선을 느낀 건지 그녀가 고개를 들었고, 이내 넓고 평평한 얼굴에 매끈하게 반짝이는 피부와 연갈색 눈이 나를 마주했다. 그녀에게 커피 한 잔을 더 하겠는지 묻자 그녀는 괜찮다고 답했고, 나는 내 몫의 차 한 잔을 시켜 그녀 옆에 앉았다.

"만나주셔서 고마워요." 내가 말했다.

"가게가 바로 옆이라 별로 어려운 일도 아니었어요. 이미 메일로 물어봤지만, 걔 도대체 무슨 짓을 했어요?"

"이선이요?"

"네." 그녀가 완벽할 정도로 고른 치아를 드러내며 미소 지었다. 그녀의 외모에서 어딘가 이상한 지점이 있었지만 정확히 짚어낼 수가 없었다.

"저도 그 사람이 뭘 했는지는 몰라요. 제가 아는 거라곤 찾기가 아주 어려운 사람이라는 것뿐이죠." 앨리스에게는 내 신분을 저널리스트인 에디 로건이라 밝히고 다른 구글 계정으로 메일을 보냈었다. 또한 친구에게 이선을 찾아달라는 부탁을 받았다고 설명했었다.

"저는 이선에게 무슨 문제가 생겼다고 생각했거든요. 법적으로요." 앨리스가 말했다.

"그럴지도요. 잘은 모르지만요. 마지막으로 그를 본 게 언제예요?"

"고등학교 졸업하고 한 5년쯤 후 우연히 만났어요. 뉴욕에 있는 갤러리에서요. 어디였는지도 기억이 안 나는데 이선이 거기 있었죠. 학교 때랑 정말 그대로더라고요. 사립학교 나온 연쇄 살인마 같은 얼굴이요."

"두 분이서 고등학교 때 친구였나요?"

"그랬죠. 뭐 그런 셈이죠. 저는 그 친구가 재밌는 아이라고 생각했거든요."

"두 분이 어떻게 만났어요?"

잠시 생각에 잠긴 그녀가 카푸치노를 한 모금 넘겼다. "같은 미술 클럽이었는데, 거기서 만난 건 아니에요. 거기서 친구가 된 건 맞지만요. 미술 클럽을 개설한 선생님이 우리를 그냥 교실에 내버려두고 하고 싶은 대로 하라고 방치하는 수준이었거든요. 무슨 활동이나 뭐 이런 게 전혀 없었는데, 딱 한 번 뉴욕 현대미술관에 다 같이 간 적은 있어요. 다들 아마 그래서 미술 클럽에 들었을 거예요. 그 견학 때문에요. 그리고 미술 클럽은 대학 지원서에 적을 수도 있는 거였고요. 이선과는 뉴욕 여행 때 친해졌던 것 같아요. 뭐, 친해졌다기보다는 이야기를 나눴다고 할까요. 그 수많은 현대미술 작품을 보고는 그 친구가 너무 멋지다고, 예술계는 세계에서 가장 위대한 사기라고, 모조품을 팔아 큰돈을 버는 게 꿈이라고 그런 소리를 했어요. 저는 그래, 어디 한번 잘해봐, 하는 식이었고요. 이선은 맨날 헛소리만 하는 애였지만 아주 재밌었거든요. 한 번은 자기가 소시오패스라고 하더라고요."

"그렇게 말했어요?"

"네, 그 뉴욕 여행 때는 아니었던 것 같은데. 좀 더 친해지고 나서 그랬어요. 한 2주쯤 붙어 다니며 제일 친하게 지내던 때가 있었는데, 그러다 그냥 갑자기 그 관계가 끝났어요. 사라져 버렸다고 해야 할까요. 그게 뭐든 간에요."

"둘 중 누가 친구 관계를 끝낸 건가요?"

"솔직히 말해 그 친구였던 것 같아요. 어느 날 갑자기 저한테 흥미가 떨어진 것처럼 보였거든요. 저는 그때 마음을 다쳤던 것 같아요. 그런데 생각해보면 뭐 고등학생들이었는데요. 무슨 결혼한 사이도 아니고."

"이선 앨범에 뭐라고 적었는지 기억하세요?"

"아." 그녀가 놀란 것 같았다.

"이선 앨범에 적은 글 보고 두 사람이 친구라는 걸 알게 됐거든요."

그녀가 눈썹을 살짝 들어 올리며 기억을 떠올려보려 했고, 그녀의 얼굴로 기억들이 스쳐 지나가는 모습이 내 눈에도 보였다. "기억나는 것 같네요." 그녀가 말했다. "애초에 이선 앨범에 메시지를 남기는 것부터가 장난이었으니까요. 이선은 친구들을 돌며 학년 앨범에 글을 적어 달라고 하는 스타일이 아니에요. 친구가 없기도 했고요. 그때만 해도 저도 친구 사이는 아니었는데 메시지를 남긴 거였거든요. 앨범이 나오고 나서 이선을 우연히 마주쳤고, 손에 들린 앨범을 보고 제가 메시지를 써주겠다고 우겼어요. 언젠가 범죄자를 찾는 프로그램에 주인공으로 널 보게 될 거라는 내용을 썼던 것 같아요. 뭐 비슷한 내용으로요."

학년 앨범을 가져오지는 않았지만 메시지를 복사해 두었었고, 그녀에게 그 사본을 내밀었다. 글을 읽으며 그녀가 웃음을 터뜨렸다.

"저도 허세가 심했네요."

"왜 이선에게 재능 있는 살츠라고 했던 거예요?"

"아, 맷 데이먼이 나와서 친구를 죽이고 그 친구의 삶을 빼앗아 살던 영화 보고요. 우리 둘 다 그 영화를 봤는데―같이 본 건 아니었던 것 같고요―이선이 그 영화가 너무 좋았다고, 언젠가 자신도 그렇게 해볼 거라고, 그런 말을 했었어요. 늘 그런 이상한 말을 했어요. 농담하듯이요. '내가 서른 살이 되었을 때까지 한 명도 묻어보지 못했다면 너무나 실망

244

스러울 것 같아.' 이런 거요." 그녀는 아직도 복사본을 보고 있었다. "미술 클럽 사진에 관한 농담도 그래서 한 거였어요. 그 사진을 찍고 나서 이선이 50년 후에 이 사진이 자신의 끔찍한 범죄를 기록한 무슨 책 같은 데 실릴 거라고, 본인 얼굴에 동그라미가 쳐져 있을 거라고 하면서 저는 그 옆에 선 무명의 학생으로 남을 거라고 했어요. 그래서 그런 농담을 쓰면 재밌을 거라고 생각했어요. 이선이 그 말을 분명 했었으니까요. 하지만 그쪽이 여기까지 온 걸 보니 걔가 진짜 사이코패스이고 그때 했던 말도 농담이 아니었나 보네요."

"거기까지는 잘 모르겠어요." 내가 말했다. "다만 그 사람이 정말 사라진 것처럼 보여서 어쩌면 가명을 쓰고 있지는 않을까 하는 생각이 들어요. 그런 이야기는 나눈 적 없나요?"

"친구를 죽이고 그 삶을 빼앗아 살겠다는 이야기 말고요?"

"네. 그러니까, 가명으로 어떤 이름을 쓰겠다, 그런 이야기를 이선이 언급한 적은 없나요? 그런 농담은 안 했나요?"

그녀는 손 안에 든 펜을 돌리며 생각에 빠졌다. 여전히 열려 있는 스케치북을 내려다보니 그녀는 올빼미의 스케치를 뜨고 있었던 모양이었다. "글쎄요. 아무것도 생각나는 게 없네요."

"앨범에 왜 *이름 없는 화자*라고 서명을 했어요?"

"아, 저도 왜 그랬을까, 하고 있었어요. 그냥 좀 있어 보이고 싶었던 것 같아요. 고등학생 때 《레베카》를 정말 좋아했거든요. 책이요. 그런데 그 책에는 화자의 이름이 나오지 않아요. 아마도 그래서 그렇게 썼던 것 같아요. 제가 별 도움이 되지 않는 것 같아 미안하네요. 이선이 어떻게 지내고 있을지 늘 궁금했거든요. 짧고도 플라토닉한 관계였지만 깊은 인상을 남겼던 친구라."

"플라토닉이었던 이유가 있었나요?" 내가 물었다. "그러니까, 로맨틱한 관계가 될지 궁금했던 적은 없나요?"

그녀는 잔에 남은 커피 찌꺼기를 내려다보다 입을 열었다. "왜 나랑 자려고 하지 않을까, 이상하다고 생각했던 적은 있어요. 이선은 10대 청소년이었으니까요. 하지만 한 번은 이선이 제게 저랑 자게 되면 저를 죽여야 한다고 했었어요. 아까 말했듯이 늘 그런 류의 이야기를 했거든요. 또, 당시 제가 레즈비언이었다고 말하지는 않겠지만, 정확히는요, 그래도 그런 조짐이 있었어요. 저도 이선을 그런 상대로는 생각해본 적이 없고요."

어떤 질문이 남았나 생각하며 차를 비웠다. 앨리스가 이선이 어디에 있는지 모른다 해도 그가 가명으로 삼을 만한 이름을 떠올리는 데 도움을 줄 수는 있었다. "두 사람 다 〈재능 있는 리플리〉 영화를 좋아했다고 했는데요. 이선이 좋아했던 영화나 책, 뭐 생각나는 게 없을까요?"

"이상하게도 이선의 취향이 저급했던 건 기억이 나네요. 가장 좋아했던 영화가 〈페리스의 해방〉이었어요. 최고로 칠 정도로요."

"책은요?"

앨리스가 생각에 잠겼다. "미안하지만 책 이야기를 한 적은 없는 것 같아요."

"좋아했던 유명 인사는요? 역사적 인물이나? 그가 이름을 바꿨다면 본인에게 의미 있는 것으로 바꿨을 거예요."

앨리스는 고개를 저었다. "미안해요. 제가 기억하는 건 그가 〈페리스의 해방〉을 좋아했다는 것과 본인에 대한 이야기를 하는 걸 좋아했다는 것 정도예요."

그녀에게 고맙다는 인사를 건네고 자리에서 일어나 코트를 입은 나는 그제야 그녀의 외모에서 무엇이 거슬렸는지 깨달았다.

"그런데," 내가 말했다. "타투를 하나도 안 했네요."

그녀가 나를 올려다보며 미소 지었다. "눈치챘군요."

"네." 내가 말했다. "눈치챘어요."

"사실, 맞아요. 타투를 하나도 안 했어요."

"타투 아티스트에게는 좀 이례적인 일이네요. 안 그래요?"

"아마도요." 그녀가 말했다. "물론 타투에 반대하는 입장은 아니죠. 그냥, 오래 지속되는 무언가를 좀 회피하는 성격인 것 같아요."

셰포그로 돌아온 나는 컴퓨터를 켜고 〈페리스의 해방〉을 검색했다. 내용은 꽤 알고 있었지만 본 적은 없는 영화였다. 페리스가 도시에서 열리는 퍼레이드에 난입하고, 선생님이 무서운 목소리로 학생들의 이름을 부르는 장면들이 머릿속에 그려졌다. 이 정도의 지식만으로도 이선 살츠가 가장 좋아했던 영화로 꼽았다는 게 이상하게 느껴지기에는 충분했다. 〈재능 있는 리플리〉가 좀 더 그럴 듯해 보였지만 나는 〈페리스의 해방〉 검색 페이지를 계속 살폈다. 더 긴요하게 해야 할 일도 없었기에 노트를 열어 〈페리스의 해방〉 등장인물들의 이름을 모두 적었고, 그런 뒤 '아티스트'나 '위조범', '사기' 같은 검색어를 추가해 등장인물의 이름을 체계적으로 검색했다. 이런 식으로 무언가를 찾아낼 확률은 아무리 좋게 봐도 매우 낮았지만, 헨리와 이선의 형이 나눈 대화에서 한 가지 확실하게 알게 된 사실은 그가 예술에 심취했고 특히나 예술의 상

업적인 측면에 매력을 느꼈다는 거였다. 이런 열정이 성인이 된 후에도 지속되었을 거라고 생각하는 것이 엄청난 비약은 아닐 터였다.

인터넷에는 눈에 띄는 내용이 없었다. 위조 스캔들에 휘말린 슬론 피터슨이라는 갤러리도 없었고, 캐머런 프라이라는 이름으로 예술계에서 악명을 떨치는 인물도 없었다. IMDb(영화 및 TV 프로그램 등 다양한 콘텐츠의 정보와 리뷰가 소개된 사이트—옮긴이) 페이지로 돌아가 영화에 관련한 이런저런 사소한 정보들을 확인했다. 흥미로운 정보 중 하나는 영화 속 찰리 신 캐릭터가—경찰서에서 페리스의 동생 지니에게 수작을 걸던 마약쟁이였다—촬영 대본에는 이름이 있었지만 영화에서는 한 번도 등장하지 않았다는 이야기였다. 가스 볼벡이라는 이름이었다.

검색 엔진에 '가스 볼벡'과 '아티스트'를 입력하자 제일 위에 등장한 결과는 필라델피아에 있는 차녹 갤러리의 작품 목록이었다. 개러스 볼벡이라는 이름의 아티스트가 그린 추상화 두 개가 판매 중인 작품으로 나왔다. 가슴께에서 무언가 느껴져 링크를 클릭했다. 차녹 갤러리 사이트는 아주 단출했지만, 멋진 사이트를 감당할 재정적 여유가 없어서가 아니라 웹사이트가 별로 필요하지 않은 갤러리라는 생각이 드는 깔끔한 느낌이었다. 구매 가능한 그림을 소개하는 몇 페이지 외에는 홈페이지 첫 화면이 다였다. 갤러리의 이름과 주소가 나와 있었다. 관람은 예약으로만 가능한 탓에 운영 시간도 적혀 있지 않았다. 또한 갤러리 소유주인 로버트 차녹의 사진도 없었다.

그 이름을 검색해도 웹상 다른 곳에서 사진을 찾을 수 없었지만, 필라델피아에서 열린 한 모금 행사의 단체 사진이 등장했다. 로버트 차녹으로 소개된 남성은 카메라에서 시선을 돌린 상태였다. 어두운 색의 짧은 머리에 어깨가 넓었다. 확신할 수는 없지만 이선 살츠일 가능성이 있었다.

개러스 볼벡이란 이름의 아티스트를 검색하니 검색 결과가 거의 없었고, 유일하게 등장하는 내용은 차녹 갤러리와 연관된 것들뿐이었다. 전부 다 어딘가 이상하게 느껴졌다. 사실, 이상하게 느껴지는 것이 아니었다. 내가 이선 살츠를 찾은 것처럼 느껴졌다. 헨리에게 전화를 걸자 그가 곧장 받았다. 내가 알아낸 사실들을 들려주자 그는 바로 조사를 시작하겠다고 전했다. 정말 찾았을지도 모른다는 생각에 그의 목소리에서 나만큼의 흥분이 느껴졌다.

오후였지만 날씨가 여전히 좋았고, 나는 생각하는 산책을 하기로 결심했다. 어렸을 때는 공상하는 산책이라고 불렀다. 숲으로 들어가 이리저리 걷다보면 어느새 내 마음도 이리저리 흘러가 이상한 한낮의 공상에 빠져들었기 때문이었다. 그 공상이란 대체로 내가 동물들과 대화를 나눌 수 있게 되고 동물들이 내게 비밀을 들려주는 그런 시나리오였다. 어린 시절의 그 꿈은 포기했지만 산책을 할 때 가장 좋은 생각이 떠오른다는 것은 알고 있었기에 나는 엄마에게 시내를 잠시 걷다 올 예정인데 필요한 게 있는지 물었다. 엄마는 캐롯 시드에서 판매하는 그래놀라가 더 필요할 것 같다고 말했다.

몽크스하우스에서 셰포그 시내까지는 숲속을 가로질러도 되고 우드버리 로드를 따라 걸어도 되었다. 브리검숲을 가로지르는 것이 빨랐지만, 눈에 덜 띄는 편보다는 좀 더 사람들의 눈에 띌 수 있도록 우드버리 로드를 따라 걷기로 했다. 우드버리 로드에 자리한 집 여러 곳의 앞뜰에는 수선화와 튤립이 펴 있었고, 군데군데 야생 크로커스도 보였다. 몇몇 나무에는 봄에만 보이는 연한 초록빛 잎이 보이기 시작했다.

시내에 도착한 뒤 곧장 우리 집에서 유기농 지역 식료품을 사러 가는 캐롯 시드로 가서 그래놀라와 딱히 필요하지는 않았던 따뜻한 차 한 잔을 구매했다. 식료품점 앞에 난 벤치에 앉은 후에야 내가 휴대폰을 챙기지 않았음을 깨달았다. 산책할 때는 휴대폰을 들고 가는 일이 거의 없었지만, 헨리가 내게 연락을 하고 싶은 상황이어도 즉시 연락이 닿지 않을 터였다. 이런 생각을 하는 게, 마치 내가 이제는 현대 사회의 어정쩡한 일부가 된 것 같아서 좀 이상한 기분이 들었다. 차를 홀짝이며 생각에 잠겼지만 그리 오래 가지는 못했다. 셰포그에서 자란 만큼, 시내 중심가로 나온다는 것은 아는 사람을 마주치게 되고 대화도 나눠야 한다는 뜻이었고, 그날 오후, 이런 만남에 두 차례 시달렸다. 먼저 옛날 수학 선생님이었던 코리건 선생님을 마주쳤는데, 셰포그 지역의 학제와 워싱턴 학제가 아마도 통합될 것 같다는 이야기를 내게 두 번이나 했다. "요즘 아이를 낳는 사람이 없다니까." 선생님이 말했고, 내 텅 빈 배가 있는 곳을 향해 선생님이 안타까운 눈빛을 보내는 것을 본 것 같았다. 또한 엄마의 친구인 지니 애덤스와도 짧게 대화를 나누었다. 스톤스 스로우에서 루이즈 페니 신작을 사러 나온 길이라고 했다. 지난 몇 년간, 몸이 굽기 시작한 지니는 너무 오래 익힌 새우처럼 몸이 앞으로 말려 있었다. 그녀는 내가 앉아 있던 벤치에 멈춰 섰고 우리는 근황을 나누었다. 머리가 내 쪽으로 기울어진 모양새가 거북이를 떠올리게 했다. 대화를 할 때면 노화로 인해 목소리가 갈라져 나오는 지니를 보며 몽크스하우스에 열린 수많은 파티 중 언젠가 나체로 수영장에 나오던 그녀와 아빠가 수건과 술로 그녀를 맞이하던 어린 시절의 또렷한 기억이 떠올랐다.

차를 다 마시고 집을 향해 걷기 시작한 나는 리버 스트리트를 따라 시내에서 벗어나 하원 의사당을 지나쳤다. 내 생각하는 산책으로 대단한 생각을 깨우지는 못했지만, 다른 무언가를 깨우기는 했다. 찌릿한 불안함이었다. 누군가가 자신을 쳐다보면 느낌이 온다는 말을 사랑의 저주만큼이나 믿지 않았지만, 그 순간 손에 잡힐 듯한 불안을, 누군가의 시선이 내게 향해 있다는 확신을 정확히 느낄 수 있었다. 우드버리 로드에 도착하자 하늘에 구름이 드리워지며 갑자기 날씨가 서늘해졌다. 배웠던 대로 도로 왼쪽에 붙어 걸음을 빨리했다. 반대 방향으로 달리는 차 두 대가 나를 스쳐 지나가자 한동안 도로가 고요했다. 뒤에서 차 한 대가 도로와 오래된 돌 벽과 빽빽한 숲의 경계를 가르는 좁은 갓길로 차를 바짝 붙여 다가오고 있었다. 자동차 엔진소리에서 무언가를 감지했는지 차가 속도를 늦췄다는 것을 알 수 있었고, 내가 고개를 돌리자 눈부신 하얀색 세단이 위험할 정도로 내게 가깝게 차를 세웠다. 운전석 창문이 내려가 있었다.

놀라울 정도로 빠른 속도로 차 문을 열고 밖으로 나온 이선 살츠는 총을 든 손을 허리 부근에 두고 있었다. 이제 다 끝났다는 생각이 온몸을 휘감았지만, 그때 이선이 말했다. "내가 지금 여기서 널 쏴버릴 수도 있지만 네가 트렁크에 알아서 들어갈 수도 있어. 5초 줄게."

"트렁크." 내가 말했다.

그는 왼손으로 내 어깨를 잡고 차 뒤쪽으로 끌고 갔다. 이미 살짝 열려 있는 트렁크를 그는 발로 활짝 열었다. 이런 식으로 잡히다니 한심하다는 생각이 들었지만 겪어야 할 일이라는 생각도 들었다. 내가 이런 순간을 기다려왔던 건지도 몰랐다.

3부

나무들조차 알고 있다

24

그가 릴리 킨트너를 찾는 데는 며칠이 걸렸다. 그녀는 코네티컷주 셰포 그에 있는 부모님 집에 다시 들어가 지내고 있었다. 어머니인 샤론 헨더슨은 조각가였지만 그리 훌륭한 조각가는 아니라고 이선은 생각했고, 아버지인 데이비드는 영국인 소설가로 놀랍게도 아직 살아 있었다.

그녀를 찾는 데 그리도 오래 걸렸던 이유는 릴리가 매사추세츠주 윈슬로에 집을 한 채 보유하고 있는 탓이었다. 마지막으로 적을 두었던 곳으로 보이는 윈슬로 칼리지 소속이었을 당시 그녀의 거주지였다. 먼저 그곳으로 향한 그는 연못 옆에 자리한 지붕널을 올린 단층집을 지켜보느라 하루를 낭비하고서야 휘펫 두 마리를 키우는 나이 든 부부에게 임대를 주었다는 사실을 알게 되었다. 위험한 짓이라는 것은 이선도 잘 알고 있었지만, 그는 윈슬로 시내에 있는 CVS 편의점에 가서 연예전문지 한 부에 완충재가 내장된 봉투를 하나 구매한 뒤 그 집으로 돌아와 릴리 킨트너에게 줄 우편물을 배달하러 온 배달부 행세를 했다. 노부부는 릴리 킨트너가 부모님을 돌보기 위해 코네티컷으로 돌아갔다는 정보를 숨김없이 전해주었고, 그 와중에 휘펫 한 마리가 이선의 가랑이 부분을 극성스럽게 킁킁거렸다.

새로운 목표에 행복해진 그는 윈슬로를 떠나 셰포그로 향했다. 위험했지만—그가 마사 래틀리프의 목에 칼을 찔러 넣은 순간부터 모든 것이 위험해졌다—릴리를 잡지 않으면 자신이 당하리라는 것 또한 잘 알고 있었다. 지금쯤이면 마사가 죽었다는 사실을 알게 되었을 테고, 누구 짓인지도 분명 알았을 터였다. 그녀가 바로 경찰서에 가서 이선 살츠의 이름을 댈까? 평범한 사람이라면 그랬을 것이다. 하지만 그는 릴리가 그리 평범하지 않다고 생각했다. 그녀가 자신을 찾아다닐지도 모른다고 생각했다. 그녀가 과연 성공할 수 있을지—이선 살츠는 이 세상에서 완전히 사라진 사람이었다—의심했지만, 찾지 못하리라고 100퍼센트 확신할 수는 없었다.

리치필드카운티에 도착한 그는 우선 워싱턴이라는 마을에 들렀고, 커피를 한 잔 사고 아내에게도 전화를 할 생각으로 시내에 차를 세웠다.

아내는 늘 그렇듯, 한창 좋은 책 한 권을 읽던 중에 그가 방해를 했다는 듯 전화를 받았다.

"여보." 이선이 말했다.

"어, 불길한 징조인데. 디너파티 때문에 그러는 거야?"

"못 갈 가능성도 있다고 미리 알려주는 거야. 메인에서 꼰대 하나를 만났는데, 와이어스가 그린 스케치 원본을 소장했다고 하면서 자꾸 보여주지는 않는 거야. 원본이면 이 사람을 죽이고 챙겨갈 생각이야. 어떻게 생각해?"

잠시 레베카가 조용했지만 그는 아내가 웃고 있다는 것을 느낄 수 있었다. 물론 그녀의 돈과 필라델피아에 있는 집 때문에 결혼했지만, 그가 한 번씩 던지는 섬뜩한 농담을 그녀가 즐길 줄 아는 것도 나쁘지 않았다. 결국 그녀는 이렇게 말했다. "파티 벌써부터 걱정스럽단 말이야. 내 유일한 희망은 다 끝나고 나서 당신과 파티가 얼마나 끔찍했는지 떠들며 웃는 건데. 그 남자 죽이고 그림 훔쳐서 오는 데 얼마나 걸릴까?"

"지금 내 계획으로는 파티에 늦지 않게 갈 것 같은데, 혹시나 참석을 취소해야 할지도 모를 가능성이 아주 조금 있어서 미리 알려주고 싶었어. 노력은 정말 할 건데, 무려 앤드류 와이어스라고."

"응, 이해하지."

"지금 뭐 하고 있어?"

"신발 고르면서 그레이트배링턴에 있는 집 문제로 스테파니 전화 기다리고 있었어. 당신 지금 어디야?"

"메인 해안가 시작 지점인데, 당신이 이곳을 무척이나 싫어하겠구나, 생각하고 있었지."

전화를 마친 후 이선은 주변을 거닐었다. 그는 약국 뒤편에 자리한 작은 주차장을 이리저리 돌다 주차장이 아닌, 주차장에 인접한 주거 건물 뒤에 주차된 차 한 대를 발견했다. 링컨 예전 모델이 까다로운 위치에 후진 주차되어 있었다. 하얀색 차였지만 찌든 때와 먼지가 차 외부에 얇게 뒤덮여 있었다. 꽤 오랫동안 쓰지 않은 차 같았다. 차 뒤쪽으로 이동한 그는 차와 벽돌로 된 아파트 건물 사이에 웅크리고 앉아 가죽 서류가방에서 스크루드라이버를 하나 꺼낸 뒤 번호판을 떼어냈다. 셰포그에 얼마나 체류하게 될지는 모르지만 코네티컷 번호판을 달고 있어서 나쁠 것은 없었다.

킨트너의 집을 찾는 데는 오래 걸리지 않았다. 도로에서 멀리 떨어진 곳에 자리한 오래된 농가 주택에는 별채가 여럿 있었고, 이선은 그 앞을 지나가며 속도를 늦추지도 않았다. 대신 그는 셰포그의 작은 중심가에 차를 세우고 선택지를 고려했다. 현재 계획은 기회가 생긴다면 릴리를 납치하는 것이었다. 신경안정제 다트로 마취를 시킬 수 있다면 차 트렁크에 싣고, 준비를 마친 토히콘의 집으로 가면 되었다. 불가능한 일은 아니었지만 무언가 잘못될 확률이 높았다. 하지만 성공만 한다면 그녀와 대화를 나누고, 그 도도함을 얼굴에서 말끔히 지워준 뒤 그녀가 패배했다는 사실을 알려줄 수 있었다. 그 생각만으로도 허리 아래가 뻐근해졌다. 누군가와, 세상에 머물 시간이 얼마 남지 않은 사람이라 해도, 자신의 업적에 대해 이야기할 수 있다면 좋을 것 같았다. 허영이라는 것을 그도 알고 있었지만, 약간의 허영이 허락되는 이가 있다면 그건 바로 자신이었다.

10대 여학생 둘이 정신없이 수다를 떨며 지나가느라 그가 차 안에 앉아 있는 것조차 몰랐지만, 셰포그 시내에서 기다릴 생각이라면 차 안에 가만히 앉아 시선을 끌어선 안 된다고 판단했다. 그는 뻣뻣한 매쉬 재질의 야구 모자를 푹 눌러쓰고는 차 밖으로 나와 구경할 만한 가게가 있는지 둘러봤다. 스톤스 스로우라는 서점이 보였지만 서점에서는 구경만 하는 사람이 눈에 띄었다. 또한 마거릿 애트우드 신작을 훑어보는 남성을, 자신들이 대화를 걸어볼 수 있는 남성을 기다리는 외로운 셰포그의 여성들로 가득 차 있을 것이 뻔했다. 사람들 눈에 띄지 않으면서 구경을 하기 가장 좋은 곳은 드러그 스토어다. 드러그 스토어에서 쇼핑하는 사람들은 모두 유아론적 불안이라는 자신만의 작은 비눗방울에 갇혀 그곳을 가급적 빨리 나갈 생각만 하고 있다. 치질 튜브 크림을 손에 쥐고 있을 때 이웃을 만나고 싶은 사람은 아무도 없으니까.

그가 두 블록쯤 걸었을 때 빨간 머리의 여자가 작은 식료품점으로 보이는 가게 안으로 들어가는 모습을 발견했다. 찰나의 순간 본 것이었지만 가슴께가 뻐근해지는 것 같았다. 그녀의 머리 색깔은 오해할 수가 없었다.

차로 돌아온 그는 유턴을 한 후 캐롯 시드 맞은편에 차를 세웠다. 쇼핑을 하러 간 거라면 15분 내로 나올 것이고, 나오자마자 바로 차에 오를 터였다. 그럼 그녀의 뒤를 쫓다가 가능하다면, 추월을 한 후 길을 막아 옆에 차를 세우도록 할 생각이었다. 마취총과 테이저건은 바로 옆 좌석, 접어놓은 맨투맨 티셔츠 아래 놓여 있었다. 그는 머릿속으로 좋은 결과와 나쁜 결과를 떠올렸다. 그녀가 식료품점에서 나오자마자 바로 그를 알아볼 수도 있다. 그렇다고 해서 할 수 있는 것은 없겠지만 그녀의 경계가 높아질 터였다. 그를 발견하지 못한다면 그녀의 차를 도로 한쪽으로 몰 수 있겠지만 또 다른 차가 지나갈 수도 있었다. 그럴 땐 그 운전자의 얼굴에 총을 들이밀고는 얼마나 버틸 수 있을지 볼 생각이었다. 다만 만약 릴리가 무기를 지니고 있다면? 진짜 권총 같은 것을 갖고 있다면? 뭐, 그런 거라면 그도 자동차 사물함에 하나 보관해둔 것이 있고, 릴리를 납치하지 못하면 죽인 뒤 도로가에 두고 가면 되는 일이었다. 그런 뒤 코네티컷을 벗어난 후 차를 버리면 된다. 이선 살츠와 릴리 킨트너를 연결시킬 만한 근거는 극도로 적었지만, 로버트 차녹과 릴리 또는 로버트 차녹과 마사, 버벡 칼리지를 연결 지을 근거는 아예 없었다.

머릿속으로 득실을 따지고 있을 때 릴리가—정말 그녀가 맞았다—

가게에서 나왔다. 그녀는 차에 가는 대신 인도에 마련된 벤치에 몸을 앉혔다. 장바구니는 갖고 있지 않았고, 지금 뚜껑을 열고 있는 테이크아웃 커피 하나뿐이었다. 이선은 시트에 몸을 깊게 묻고는 그녀를 계속 지켜볼 수 있도록 고개를 비스듬히 기울였다. 그녀는 초록색 바지에 레인코트를 입고 있었다. 그녀가 그곳에 앉아 있는 얼마 동안 최소 두 명이 다가와 그녀와 대화를 나눴다. 어쩌면 셰포그 시내를 벗어나 그녀의 집 진입로 입구를 막고 기다리는 편이 현명할지도 모르겠다는 생각이 스쳤다. 하지만 그녀를 좀 더 지켜보고 싶은 마음이 컸다. 그녀의 집에서 멀리 떨어진 곳에서 그녀를 발견하다니 대단한 행운이었고, 어쩌면 더 큰 행운이 다가오고 있을지 모를 일이었다.

20분이 흘렀다. 대부분의 행인들은 이선을 두 번 보지 않았지만, 지팡이를 짚으며 느릿하게 걸음을 옮기는 한 할머니가 그를 빤히 바라봤다. 그는 노인이 눈을 피할 때까지 마주 노려봤다. 늘 그랬듯, 언제나 그래왔듯, 그의 머릿속에서 순간 어떤 장면이 떠올랐다. 그 장면에서 그는 노인의 쭈글쭈글한 손에서 지팡이를 뺏은 후 고무캡을 벗겨내 그 노인의 목구멍으로 밀어넣고는. 바닥으로 쓰러뜨린 후 질식할 때까지 위에서 몸을 눌렀다. 위스키 한 잔을 넘겼을 때처럼 그 장면이 온몸으로 퍼져나가자 그는 다시 안정을 되찾았고, 릴리를 떠올리며 저 망할 놈의 벤치에 언제까지 앉아 있을 생각인지 궁금해졌다.

마침내 자리에서 일어난 그녀가 오른쪽으로 향할 거라고 예상과 달리—시내 주차 장소가 대부분 그쪽에 위치하고 있었다—그녀는 시내 반대 방향으로 걷기 시작하더니 골목길로 사라졌다. 이선은 그녀를 놓치고 말았다. 그는 차에서 나와 번화가를 질러 릴리가 사라졌던 골목으로 꺾었다. 바로 앞에 보이는 릴리는 갈 곳이 정해진 사람처럼 바쁘게 걷고 있었다. 짧게 난 골목이었고 이선은 저 앞에 보이는 도로가 좀 전에 킨트너 집을 지나쳐 시내로 나오는 길에 탔던 도로라는 것을 알아봤다. 그녀는 걸어서 집에 가는 길이었다.

그는 기분 좋은 걸음으로 기아 차로 돌아와 다시 한번 자신에게 따르는 행운에 놀라워했다. 지금 곧장 그 골목으로 내달려 릴리를 차로 밀어 버리고 뺑소니 피해자로 만들까, 생각도 들었다. 하지만 그녀를 죽이기 전 토히콘에서 얼마간 시간을 함께 보내고 싶었다. 자신에게 주는 특별한 선물로 과분하게 비싼 그림을 사는 것처럼, 그런 시간 정도는 자신이 누릴 만하다고 생각했다.

25

내 허리를 감싼 단단한 팔에 흐느적거리는 다리를 맡긴 채 서늘하고 축축한 밤공기를 가르며 어딘가로 향했던 기억이 희미하게 남아 있다. 이어 흰곰팡이와 부패된 냄새가 나던 집이 나왔고 아래층으로 향하는 계단이 나타난 뒤 나는 간이침대 같은 곳에 누웠고 다시금 모든 것이 어두워졌다.

의식을 차리고 눈을 떠보니 고동색으로 칠해진 벽을 마주한 채 모로 누워 있었다. 온몸이 아팠고 입안은 접착제를 발라놓은 것 듯했다. 어디에 있는 건지도 몰라도 누가 날 이곳으로 데려왔는지는 기억하고 있었다. 살아 있다니 놀라울 따름이었다.

머리를 움직이자 속이 요동치더니 담즙이 목 안쪽에서 울컥 올라왔다. 가만히, 메스꺼움이 가실 때까지 움직이지 않았다. 눈이 건조해 눈을 깜빡거리다 팔다리를 조금씩 움직여보며 어떤 상태인지 파악하려했다. 옷은 산책 때 입었던 그대로였다. 초록색 코듀로이 바지에 흰색 아이리시 스웨터, 바람막이 재킷은 목까지 지퍼가 올라가 있다. 발가락과 발을 움직이다 신발도 아직 신고 있는 상태라는 것을 알았다. 다만 오른쪽 발목 주변으로 차갑고도 날카로운 감각이 전해졌고, 그건 침대나 벽에 사슬로 묶여 있다는 뜻이었다. 나는 코로 숨을 들이마시고 입으로 뱉으며 깊게 심호흡을 하고는 목과 머리를 돌렸다. 구역감은 거의 사라졌지만, 그제야 머리와 목으로 통증이 전해졌다. 몸을 쭉 펴며 스트레칭을 하자 등에서 뚝뚝거리는 소리가 들렸고, 돌아눕자 수갑에 발목 피부가 쓸렸다.

"깼네." 몇 걸음 뒤에서 들리는 소리에 화들짝 놀라고 말았다. 어딘지는 몰라도 이 공간에 나 혼자 있는 줄 알았는데. 고개를 돌리자 약 1.5미터 떨어진 나무 의자에 앉아 있는 이선이 보였다. 방이 빙빙 도는 증상이 다시 시작되었고, 눈을 꽉 감았다.

"그 아래 양동이 있으니까 토하고 싶으면 거기다 하고." 이선이 말했다. "그냥 네 몸에 토해도 되고. 네 마음대로 해."

눈을 뜨자, 도는 증상이 사라져 있었다. 이선은 어두운 청바지에 검은색 후드티를 입고 다리를 꼰 채 앉아 있었다. 무릎에 기댄 오른손에는 테이크아웃 커피가 들려 있었다. 발끝에 커피가 하나 더 보였다.

"기분은 좀 어때?" 우리가 오래된 친구인 양, 전날 술을 너무 마시고는 내가 그의 집 손님방에서 하루 신세를 진 것 마냥 그는 물었다.

"울렁거려." 내가 말했다.

"그래, 뭐, 내가 마취 총을 쐈거든. 기억나?"

"응."

"양이 꽤 됐는데 안 죽었다니 놀랍네. 뭐 난 네가 안 죽어서 좋아. 다시 만나서 반가워, 릴리."

나는 눈을 감으며, 그냥 이대로 계속 감고 있는 게 나을까, 생각했다. 이선과 다정한 대화를 나눌 준비가 딱히 되어 있지 않았다. 하지만 내 안에 무언가 지금이 기회라고 말했고, 나는 입을 떼었다. "그 커피 내 거야?" 다시 눈을 떴다.

"이거?" 그가 바닥에 놓인 커피를 내려다봤다. "맞아. 네가 마실 수 있다면."

"애드빌도 있어?"

"안타깝게도 그건 없는데. 네가 여기서 얼마나 지내게 될지는 모르지만, 다음에 나갔다 들어올 때 사다줄게."

"그래주면 고맙겠어."

"이제 커피 마실 수 있겠어?" 그가 몸을 숙여 컵으로 손을 뻗었다. 테이크아웃 잔으로 흔히 쓰는, 그리스식 상호명이 없는 대신 "도움을 드릴 수 있어 기쁩니다"라는 문구가 적힌 그런 커피 컵이었다.

"좀 보고." 말을 하고는 다리를 간이침대 아래로 내려 바로 앉자 방이 빙글 돌았다. 바닥에 놓인 양동이가 눈에 들어왔고, 양동이를 챙겼다. 통에 대고 헛구역질을 몇 번 했지만 아무것도 나오는 게 없었다. 통을 내려놓지 않은 채로 내가 있는 방을 둘러봤다. 집과 다름없이 꾸며진 지하실은 10년쯤 방치되어 있던 것 같았다. 벽 하나에는 군데군데 곰팡이가 피었고 달반자 천장에는 물이 스며들어 거미줄 형태의 얼룩이 뒤덮여 있었다. 그래도 전기는 들어와 형광등 두 개에서 거북할 정도로 새하얀 빛이 쏟아졌다. 양동이를—정확히는 작은 금속 쓰레기통이다—안은 채로 이것을 이선에게 던지면 어떻게 될까 생각했다. 하지만 여기서 나간다 한들, 몸싸움으로는 가능한 일이 아니었다.

"남자만의 공간, 뭐 그런 걸로 쓰려고 만든 걸 거야." 이선이 고개를 돌리며 방을 둘러봤고, 순간 무슨 소리인지 혼란스러웠던 나는 이내 그가 지하실을 말하는 거라는 것을 이해했다. 그의 시선이 향한 곳을 바라보자 바 공간이 보였다. 바 뒤에 필라델피아 이글스 로고가 새겨진 거대한 거울이 있었다. "교외에 사는 유부남이 아내와 아이들에게서 벗어나려 지하에 공간을 만들어 놓는 거, 너무 이상하지 않아?"

"연쇄 살인마의 삶은 어떻고?" 내가 말했다.

나이보다 젊어 보인다는 이야기를 들은 사람처럼 이선의 얼굴이 밝아졌다. "아, 이래서 내가 너를 살려둔 거지." 그가 말했다.

"누구 집이야?"

"내 집. 서류에는 브래들리 앤더슨으로 되어 있지만 내 집이야. 주변에 다른 집은 하나도 없어. 적어도 한 600미터 반경 안에는. 그러니까 탈출해서 목청 터져라 소리를 질러봤자 아무 소용없을 거라고 알려주는 거야. 네 목숨은 내 손에 달려 있어. 네가 그걸 빨리 깨달아야 우리가 잘 지낼 수 있다고."

다리에 채워진 쇠사슬을 내려다봤다. 이 각도에서 정확히 가늠할 수는 없지만 길이가 1.5미터 정도는 되어보였고, 바닥에 박힌 브래킷 같은 장치에 연결되어 있었다. 브래킷 옆에는 실내용 변기가 보였다.

"쌀 거야?" 이선이 말했다. "원하면 잠깐 비켜주고."

"괜찮아." 내가 말했다. "날 여기에 언제까지 가둬둘 생각인 거지?"

"글쎄. 나도 납치는 처음이라, 언제까지 재밌을지도 모르겠고."

등을 쭉 펴며 머리를 뒤로 젖히자 목에서 우두둑 소리가 울리며 찌릿한 통증이 올라왔다. 생각할 시간이 필요했지만, 이선 살츠가 나와 대화를 하려고 살려둔 거라면 그가 원하는 대로 대화 상대가 되어주어야 한다고 마음먹은 상태였다. 그에게 사실을 전부 말해줄 생각이었다. 헨리 킴볼 이야기만 빼고. 그 사람을 여기에 끌어들일 이유가 없었다.

"내 생각이 맞았네." 내가 말했다. "네가 콘퍼런스마다 앨런 페랄타를 쫓아다니며 그 사람과 접점이 있는 여자를 죽인 거지?"

"'접점'이라." 그가 손가락으로 따옴표 모양을 만들며 말했다. "그 남자도 나름 사냥꾼이었지."

"하지만 살인자는 아니야."

"글쎄."

"왜 그런 짓을 한 건데?" 내가 물었다. "마사 래틀리프에게 복수하려고?"

그는 웃음을 지었다. 나는 그의 웃음이 이상하다고, 토론 프로그램에 나와 웃는 정치인 같다고, 생각했다. "넌 어쩌다 이 판에 끼게 된 거지? 마사가 또 도와달라고 전화한 건가?" 그가 말했다.

"마사가 남편이 연쇄 살인범 같다고, 셔츠에서 혈흔을 발견했다고—"

"아, 그거 봤대?"

"네가 셔츠에 묻힌 거야?"

"응. 사실, 페랄타 게임이 좀 지겨워지기 시작하던 참이었거든. 아니, 혼자서 고등학교 교사 콘퍼런스를 뭐 몇 개나 다닐 수 있겠어? 제인 오스틴 브로치면 속도가 좀 붙을 줄 알았는데."

"그것도 알아챘어." 내가 말했다.

"도서관 책벌레들같이 성실히도 조사했네. 그래서 여자들이 내리 죽은 것도 발견했고."

"그런 셈이지."

오만한 승리감이 그의 얼굴에 스쳤다. 계속 사실대로 말하자고, 내 스스로에게 말했다. 그래서 나를 살려두는 거라고, 자신의 업적을 내게 알리고 싶어서. 인정받고 싶어서.

"마사는 왜 경찰에 신고하지 않은 거지?"

"남편이 정말 그랬는지 확신이 없었고, 경찰에 신고하면 남편도 그 사실을 알게 될 거라고 ― 알게 되겠지 ― 그럼 그 결혼 생활은 끝이 나리라는 것도 마사는 알고 있었으니까. 가정을 잃고 싶지 않아 했어."

"그 남자 연쇄 바람둥이였던 건 알지? 콘퍼런스에서 여자들한테 작업 걸고, 매춘부를 찾아가고, 뭐 그런 거."

"알아."

"그러니까 마사 래틀리프는 자기를 구해 달라고 너한테 연락한 거야? 나랑 사귀었을 때 네가 마사를 구해줬던 거처럼?"

"그렇게 생각하는 거야?"

이선은 마지막 남은 커피 한 모금을 끝내고는 컵을 바닥에 내려놓은 뒤 내 커피를 들고 물었다. "이제 마실 수 있겠어?"

"그럼." 내가 말했다.

자리에서 일어난 그가 커피를 건네려 다가왔고, 내가 원한다면, 그를 잡아채 주먹을 날리고, 덤벼볼 수 있을 정도의 거리였다. 나는 미지근해진 커피를 받았고, 이선은 다시 의자에 다리를 꼬고 앉았다. 플라스틱 뚜껑의 탭을 열어 한 모금을 넘기자 차를 더 좋아함에도 커피가 맛있게 느껴졌다.

"입에 맞고?" 이선이 말했다.

"나쁘지 않아. 원래는 차를 마시지만, 커피도 괜찮아."

"아, 기억해둘게." 그는 시계를 확인하고는 꼰 다리를 풀었다가 발을 바꿔 다시 다리를 꼬았다. 그는 목 옆쪽이 결린 듯 손으로 문질렀다.

"그래서 무슨 이야기를 하고 있었더라?" 그가 물었다.

"버벅 칼리지에서 두 사람이 사귈 때 내가 마사를 구해준 걸로 생각하고 있었는지 내가 물었어."

"아, 그러네. 응, 네가 구해준 거 맞잖아. 무슨 말을 해야 하는지 마사한테 다 코치해주고 그날 밤에 술집에 나타나서 마사를 집에 데려갔잖아. 기억하지?"

"응."

"내가 네 친구한테 무슨 짓을 한다고 생각한 거야?"

"네가 그때 무슨 짓을 하는지는 다 알고 있었어. 마사를 조종하고, 원치도 않는데 마사를 꼬드겨서 섹스 게임에 참여시키고, 아프게 하고. 그 다음에는 뭘 계획하고 있었는지는 모르지만."

"마사가 그런 거 좋아했다고."

"그래, 넌 그렇게 생각했겠지."

이선이 누군가에게 보여주려는 의식적인 웃음이 아니라 진짜로 재밌다는 듯 웃음을 터뜨렸다. 마지막에는 희미하게 코에서 킁, 하는 소리가 났다. "그래, 네 말이 맞아. 딱히 좋아하지는 않았지만 그래도 마사는 기회만 있었다면 거기서 더 갈 수 있었을 거야. 그런데 네가 내게서 그 기회를 빼앗았잖아. 네가 내게서 마사를 앗아갔다고."

"나 좀 이해가 안 돼서 그러는데, 이선." 내가 말했다. "마사가 네게 그 토록 중요한 사람이라 15년을 기다렸다가 마사 남편이 연쇄 살인범 인 것처럼 공들여 계획까지 세운 거야? 정말 이게 다…… 복수 때문이 라고?"

이선은 무언가를 생각하는 듯 입술을 꼭 다물었고, 나는 그의 이름을 불렀던 게 실수였을까 하는 생각을 했다. 마침내 그가 입을 열었다. "내 가 살면서 몇 명이나 죽였는지 궁금해?"

"당연하지." 내가 답했다.

"스물여섯." 그가 말했다.

"꽤 많은데."

"그렇기도 하고 아니기도 하고. 그러니까 지난 한 시간 동안 계단에서 떨어져 죽는 사람만 해도 스물여섯 명은 될 테니까. 하지만 많다고도 할 수 있지. 나는 스물여섯 건의 서로 다른 살인 사건을 저질렀고, 단 한 번 도 걸리지 않았거든. 꽤 대단한 업적이라고 생각하는데."

"그러니까 너한테는 장난 같은 거구나. 게임 같은 거."

그가 꼬고 있던 다리를 풀고 몸을 앞으로 조금 기울였다. "맞아. 그래 서 하는 거야. 나 같은 사람한테 평범한 삶이 얼마나 지루한지 너는 상 상도 못 할걸? 사실 너라면 알지도 모른다고 생각해. 나중에 나에 대한 책을 쓸 때, 분명 사람들은 내 어린 시절을 파헤치며 뭐가 잘못되었던 건지 찾으려 들겠지만, 내가 어린 시절에 무슨 일이 있어서 이렇게 된 건 아니거든. 그냥 지루했던 거고, 사람들을 갖고 노는 게, 삶을 부서뜨 리는 게 얼마나 쉬운지 알게 된 거지. 그리고 결국에는 사람들을 죽이는 게 얼마나 쉬운지도 알게 된 거고."

"네가 제일 처음 죽인 사람은 누구야?"

그가 몸을 뒤로 기댔고, 처음으로 그의 얼굴에서 불편한 기색이, 내게 말해주고 싶지 않다는 듯한 기색이 엿보였다. 그러다 그가 입을 열었다. "할아버지를 죽였어. 이미 많이 아픈 상태라 거의 죽기 직전이었는데 내가 질식시켰어. 열한 살 때."

"할아버지 소원을 들어준 걸지도." 내가 말했다.

"내가 할아버지 소원을 들어준 게 맞아. 그리고 내 소원도 들어준 거고. 내 방을 되찾았으니까. 할아버지가 우리랑 같이 살았는데, 내 방에서 지냈거든. 그래서 할아버지…… 그가 내 리스트에 가장 먼저 오른 사람이지."

"머리에 저장하는 걸로 끝난 게 아니라, 정말 리스트를 작성하고 있었던 거야?"

"그랬지. 모든 사람의 이름과 장소와 날짜 전부를. 내가 죽으면 발견될 곳에 숨겨뒀어. 내가 죽은 후에나 사람들이 알게 될 거야."

"연쇄 살인범계의 에밀리 디킨슨으로 남겠네."

그가 또 한 번 진짜 웃음을 터뜨렸다. "릴리, 너 참 마음에 들어. 예전에 처음 만났을 때는 별로였는데, 이제 달라졌어."

"나를 사슬로 묶어놓고 지하실에 가뒀으니까."

"맞아."

잠시 둘 다 말이 없는 틈에 내 뱃속에서 전해지는 허기가 느껴졌고, 들렸다. "배고파, 이선." 내가 말했다.

"돌아올 때 먹을 걸 좀 가져다줄게." 그가 말했다. "네가 듣고 싶었던 게 그거잖아? 내가 지금 당장 너를 죽이지 않으리라는 거. 내가 얼마간은 너를 여기에 둘 거고 그래서 너는 탈출할 기회가 있을지도 모른다는 거."

"그런 것 같네." 내가 말했다.

"좀 이따 가봐야 해. 옷도 갈아입어야 하고, 내 다른 삶도 좀 돌봐야 해서. 알겠지?"

"그거 궁금했는데. 널 어디서도 찾을 수가 없어서 지금 다른 이름으로 살고 있을 거라 생각했거든."

"이선 살츠로 안 산 지 6년쯤 됐어."

"지금은 누군데?"

잠시 망설이던 그가 입을 열었다. "로버트 차녹이야. 필라델피아에서 갤러리를 운영하고. 결혼도 했고. 아내는 내가 1년에 집을 반이나 비워도 별로 개의치 않아 하지."

"아내라고?"

"그게 놀랄 일이야?"

"그런 건 아니야. 나한테 너는 항상 여자가 곁에 있어야만 하는 남자였으니까. 다만 결혼했다는 데 놀란 것뿐이야."

"아내가 밀어붙였지만 뭐 나도 좋더라고. 같이 저녁을 함께할 사람이 있다는 게, 마음에 안정감을 준달까."

"아내는 이선 살츠에 대해선 모르고?"

"모르지. 왜 알아야 하는데? 게다가 이선 살츠는 요즘 딱히 뭐 하는 게 없어. 내 아내는 그저 과거를 말하기 싫어하는, 성공적인 갤러리 오너와 결혼했다는 것밖에 모르지. 차녹 이름으로 된 출생증명서도 진짜라고, 내 혼인신고서처럼. 걸릴까 봐 걱정도 했었는데 평범한 사람들은 그리

똑똑하지가 못해. 칵테일파티 자리에서 누구를 소개받으면 그 이름이 진짜라고 그냥 믿어."

"아내는 아무것도 의심하지 않는 거야?"

"전혀. 뭐, 그림 찾으러 간다고 출장 갈 때면 내가 뭘 하고 다니는지 궁금하겠지만, 솔직히 아내가 정말 신경이나 쓸지 모르겠어. 아내도 본인 삶이 있으니까."

"그래서 갤러리 오너인 로버트 차녹으로 교사 훈련 콘퍼런스에 참석한 거야?"

"아, 다른 이름도 몇 개 더 있거든. 그중 하나가 브래들리 앤더슨이고. 콘퍼런스에 가는 건 브래들리 앤더슨이야. 아까 말했지만 지금 우리가 있는, 이 거지 같은 집도 브래들리 앤더슨 이름으로 되어 있고. 감쪽같은 면허증도 있다고. 출생증명서는 없지만, 뭐 다 가질 수는 없는 거니까."

나는 어깨를 으쓱하며, 대단한 이야기를 들은 게 아니라는 듯 굴었고, 그의 기발함에 대한 질문은 더는 하지 않기로 했다. 그가 먹을 것을 가져오겠다는 이야기를 한 후로 배가 너무도 고파졌지만, 그래도 이선이 계속 이야기를 하게 만들어야 했다. "아까 한 질문은 답을 안 해줬어. 그 여자들을 다 죽이고 앨런 페랄타가 한 것처럼 꾸민 거…… 전부 다 마사 래틀리프에게 복수하려고 그랬던 거야?"

"그렇지는 않아. 네가 내게서 마사를 앗아갔을 때 짜증났지만, 비싼 레스토랑에 갔더니 주방에서 내 스테이크를 잘못 구웠을 때 그때랑 비슷한 정도의 짜증이었거든. 사실은 페이스북에서 결혼한다고 자랑을 해대는 마사를 봤고, 그 남편이란 사람이 출장 다니는 세일즈맨이란 걸 알게 되었고, 그때 아이디어가 떠오른 거지. 내가 그렇게 많은 살인을 저지르고도 어떻게 안 걸렸는지는 안 물어보네. 내가 정말 잘하는 건 그 건데."

"말해봐, 이선." 내가 말했다. "그렇게 많은 살인을 저지르고도 어떻게 안 걸렸던 거야?"

내 말투를 알아챈 그가 입꼬리를 올렸지만, 이내 입을 열었다. "다른 사건처럼 꾸몄어. 사고처럼 꾸미거나, 지저분한 이혼 소송 중인 사람을 죽여서 다른 사람이 한 짓처럼 보이게 만드는 거야. 페랄타를 이용한 건 사실 건수를 좀 늘리려는 것뿐이었고. 그를 쫓아다니며 그가 만난 사람들을 죽이면 되겠다 싶었거든. 결국에는 그간의 살인 사건으로 페랄타가 잡힐 거고. 그럼 마사의 삶이 무너질 테니 일석이조인 셈이지…….

그런데 가만 보니 페랄타가 만나는 사람들이란 전부 죽이기가 너무 쉬운 대상인 거야, 아니 진짜로. 길거리 매춘부들, 술집에서 술에 취한 여자들. 진짜 너무 쉬울 정도였고, 〈USA 투데이〉 1면에 페랄타의 추한 머그샷이 언제쯤 실릴지 그렇게 기다렸는데, *깜깜무소식이었지.*

그러다 새러토가스프링스에서 지루해 죽겠을 때, 누구를 봤게? 릴리 킨트너야. 헤픈 교사처럼 변장을—아마도?—하고 말이야. 네가 페랄타를 감시하고 있다는 걸 알았지. 어찌나 좋던지, 믿을 수가 없더라니까."

"뭐가 그렇게 좋았는데?"

그가 고개를 뒤로 기울이며 잠시 생각했다. "페랄타도 지루하고, 마사도 지루하고, 너는 잘은 모르지만 지루해 보이지는 않았어."

"그래서 마사를 죽인 거야?"

"네가 내 일에 쓸데없이 참견한 대가를 치르게 하고 싶었거든. 대학원 때 네가 마사를 내게서 뺏어간 후에 마사를 죽였어야 했다고 늘 생각했었어. 하지만 위험한 짓이긴 했을 거야. 당연히 내가 용의자가 됐을 테니까. 하지만 지금은 아니거든. 지금 나는 마사와도, 너와도, 심지어 이선 살츠와도 아무런 관련이 없는 사람이니까."

"마사가 많이 힘들어했어?"

"전혀. 내가 무슨 사디스트처럼 보여? 나는 수집가야, 릴리. 마사 래틀리프는 이제 내 리스트에 올라 있고. 그게 중요한 거거든." 경매장에서 막 낙찰을 받은 사람처럼 그의 얼굴에 우쭐해하는 표정이 스쳤다.

머릿속에서는 순간 마사의 모습이, 그녀의 집, 그녀의 침실 바다에 축 늘어져 쓰러져 있던 그녀의 몸이 떠올랐다. 지금 내가 마사를 위해 할 수 있는 일은 이선을 죽일 방법을 찾는 것뿐이라고, 마사에 대한 생각을 밀어냈다.

"그럼 나는 왜 살아 있는 거지?" 내가 물었다.

"너한테 고문을 하거나 뭐 그럴 생각은 없어. 그냥 대화를 좀 나누고, 너란 사람을 좀 알고 싶었달까."

"그렇구나." 이 말을 한 뒤 나는 침대에 다시 누웠다. "올 때 애드빌 좀 가져다 줘. 음식도." 이선이 나랑 대화를 하고 싶은 거라면 나도 뭐라도 얻어낼 생각이었다. 나는 벽 쪽으로 몸을 돌렸고 이선이 지하실을 나서는 소리가 전해졌다.

26

필라델피아에 있는 헨리 킴볼이 레베카 그럽이 소유한 건물 건너편에 차를 주차했을 때 전화가 울렸다. 코네티컷주 셰포그 지역번호였고, 그는 곧장 나쁜 소식임을 직감했다.

"여보세요." 그가 말했다.

"헨리 전화 맞나요?"

그는 릴리 어머니의 목소리라는 걸 알아챘다. "맞습니다. 샤론, 안녕하세요. 어쩐 일이신지?"

"방해해서 미안한데, 헨리, 데이비드가 헨리한테 알릴 만한 일인 거 같다고 하고, 나도 그런 것 같아서. 릴리가 사라졌어. 오후에 시내로 산책하러 갔는데 집에 오지를 않았어."

"릴리가 휴대폰을 가져갔나요?"

"아니, 당연히 아니지. 전화해봤는데 거실 소파 옆에 두고 갔더라고."

"경찰에는 신고하셨어요?"

"하긴 했어. 경찰이 좀 전에 와서 도와주긴 했는데, 지금 당장은 경찰에서 할 수 있는 일이 많지 않은 것 같아."

"시내로 산책 갔던 때가 몇 시쯤이죠?" 그가 물었다.

"늘 산책 나가던 때였으니까. 3시쯤이었을 거야. 정말 아무리 늦어도 5시에는 오거든."

"보통은 숲길로 질러가고요?"

"그럴 거야. 어쩌면 숲에 있을 수도 있겠어. 릴리를 찾으러 가봐야겠어." 샤론의 목소리가 점점 높아졌다.

"아닙니다. 찾으러 가지 마세요." 그게 말했다. "내일 아침에 경찰이 해도 되고, 경찰이 안 한다고 하면 제가 가겠습니다. 아시겠죠?"

"알겠네." 샤론이 답했다. 겁에 질린 목소리였다. 헨리는 자신이 무슨 일을 하는지 그녀가 알고 있는 것 같았다. 릴리가 나쁜 일을 당했을 거라 생각해서 자신에게 전화를 한 것이었다.

"그럼 릴리가 기차를 타고 자네를 만나러 간 건 아닌 것 같다는 거지?" 지금 막 생각이 났다는 듯 샤론이 물었다.

"그럴 수도 있겠네요." 그가 말했다. "혹시나 릴리가 오면 바로 알려드리겠습니다. 아셨죠? 일단 좀 주무시고, 아침에 제일 먼저 저한테 전화 주세요."

"고마워, 헨리." 그녀가 말했다. "항상 좋은 친구가 되어주어서 말이야."

어두운 거리의 차 안에서 헨리는 손에 휴대폰을 켠 채 잠시 앉아 있었다. 정신없이 밀려드는 생각들을 천천히 정리해보려, 릴리에게 어떤 일이 벌어졌을지 이성적으로 생각해보려 했다. 만약 셰포그에서 이선 살츠가 릴리를 찾아냈고—그랬을 가능성이 커 보였다—죽인 후 시체를 두고 갔다면 릴리는 지금 숲에 있을 것이고, 그녀를 죽인 뒤 시체를 가져갔다면 시체는 어디든 있을 수 있었다. 대형 쓰레기통에 있을 수도 있고, 얕게 땅을 파고 묻었다면 아무도 찾아낼 수가 없다. 어쩌면 살아 있는 채로 그녀를 데려갔을지도. 만약 첫 번째와 두 번째 경우라면, 이선 살츠를 찾아 대가를 치르게 하는 일을 인생의 목표로 삼는 것 외에는 지금 그가 할 수 있는 일은 아무것도 없었다. 하지만 만약 릴리가 아직 살아 있다면―그렇지 않다는 증거가 나오기 전까지는 그녀가 살아 있다고 가정할 생각이었다―가능한 빨리 이선을 찾아내는 것이 중요했다.

그가 이미 필라델피아에 와 있어서 다행이었다. 케임브리지에서 출발하기 전, 헨리는 릴리가 준 이름을 조사했다. 차녹 갤러리의 오너, 로버트 차녹. 차녹에 대한 정보가 거의 없다는 것, 인터넷에 그의 사진이 아주 적다는 것, 이것만으로도 차녹이 살츠일 가능성이 있어 보였다. 아니 꽤 커 보였다. 고급 갤러리를 운영하는 만큼 여기저기서 많이 보일 법도 한데 그가 노출을 피하는 것은 분명했다. 한편 6년 전, 차녹과 레베카 그럽이라는 여성의 결혼 발표 소식이 있었다. 남편과 달리 그녀는 온라인에서의 존재감이 상당했다. 두 아이를 둔 이혼녀였다. 무터 미술관을 포함해 필라델피아 예술 기관 여러 곳의 이사였고, 자선 기관인 SEAP, 즉 필라델피아 미술 장려 협회를 직접 운영하고 있었다. 헨리는 필라델피아에서 가장 부유한 동네인 리튼하우스 광장에 있는 그녀의 집 주소를 찾아냈다.

그렇게 해서 그는 벽돌로 지어진 타운하우스가 가득한 거리에, 보스턴의 비컨 힐과 비슷한 동네에 와 있었다. 그곳에 앉아 그 집 대문을 감시할 계획이었다. 이제 막 저녁 8시가 넘은 시각이었다. 집에서 나오든,

집으로 들어가던 차녹의 얼굴을 볼 수 있길, 그가 정말 이선 살츠인지 그 얼굴을 제대로 확인할 수 있길 바라며 기다리고 있었다. 하지만 샤론의 전화를 받은 지금, 모든 것이 달라졌다. 그는 차에서 나와 길을 건넌 후 석조 계단을 올라 레베카 그럽의 현관으로 향했다.

문에는 사자 머리 모양의 아주 오래된 노커(문을 두드리는 쇠고리—옮긴이)가 달려 있었고, 그는 노커를 몇 번 두드린 후 기다렸다. 다시 노크를 하려던 차에 문이 살짝 열리며 한 여성이 도어체인 너머에서 이쪽을 내다봤다. 조금 전에 화장을 지운 건지 얼굴이 번들거렸다. "어떻게 오셨어요?" 그녀가 물었다.

"안녕하세요. 레베카 그럽이시겠군요. 이렇게 늦은 시간에 찾아와 정말 죄송하지만, 남편분을 좀 뵙고 싶어서요."

"로버트는 지금 집에 없어요. 무슨 일인지?"

"저는 사설탐정입니다." 그는—진짜 명함과 같았지만 이름이 다른—가짜 명함을 열린 문틈 사이로 전했고, 그녀는 명함을 받았지만 확인하지는 않았다. "제 의뢰인이 거액을 사기당했는데, 조사를 하다 보니 유력한 용의자가 남편분과 거래를 몇 건 하셨더군요. 대략적으로밖에 말씀드릴 수 없어 죄송하지만, 제가 이렇게 부인을 찾아온 이유는 남편께서 지금 큰 사기에 휘말려 있을 수도 있다는 사실을 가급적 빨리 알려드려야 할 것 같아서요. 남편분의 연락처를 찾아보려 했지만……."

"네, 남편이 이름이 알려지는 것을 안 좋아하는 편이라." 레베카가 말했다. "그런데 정말 오늘은 남편이 없어요. 골동품을 찾으러 메인 해안 쪽에 있거든요."

"부인께서 남편분의 연락처를 제게 알려주시는 게 가능할까요? 남편께서 제 이야기를 꼭 들으셔야 할 것 같습니다."

그는 생각 중인 그녀를 지켜봤다. 별 특색은 없었지만 예쁜 얼굴이었고, 꽃무늬 머리띠로 머리를 모두 뒤로 넘겨 하나로 묶은 그녀를 보며 헨리는 성인에게서 저렇게 매끄러운 이마를 본 적은 처음이라고 생각했다. "죄송해요." 그녀가 말했다. "남편 번호는 드릴 수가 없지만, 메시지 남겨주시면 꼭 전할게요."

"내일 혹시 남편분이 갤러리에 나오실까요?"

"아닐 것 같은데." 그녀가 말했다. "일정이 자주 변하는 사람이라서요. 크리스 살라는 갤러리에 있을 거예요. 갤러리 운영은 크리스가 다 맡아서 하거든요. 사실, 갤러리 고객과 관련된 일이라면 남편보다는 크리스와 대화를 하시는 편이 훨씬 나을 것 같아요."

"그렇군요." 헨리가 말했다. "크리스 살라. 내일 아침에 연락을 취해보겠습니다." 그는 문에서 한 걸음 물러났다.

"크리스 번호는 아마 웹사이트에 있을 거예요." 헨리가 몸을 물리고 나자 갑자기 레베카의 목소리가 한결 부드러워졌다.

"다시 한번 감사드립니다. 한밤중에 찾아온 사람인데도 무척이나 큰 도움을 주셨어요."

"딱히 한밤도 아닌데요, 뭘." 그녀가 말했다.

"로버트와 결혼하신 지 오래되었나요?" 헨리가 물었다.

입에 힘을 주어 한쪽으로 밀고는 잠시 생각에 빠진 그녀가 잠시 후 답했다. "이제 4년 된 것 같네요."

"두 분이 처음 만났을 때도 남편분은 갤러리를 운영 중이셨고요?"

"어휴, 아니요. 남편은 딜러였어요. 미술상, 온라인으로만 하는 거요.

갤러리가 하나 있어야 한다고 설득한 건 저였고요. 그런데 남편 돈이 정말 위험한 상황에 있다고 생각하시는 건가요?"

"걱정은 마시고요. 제가 지금 조사하고 있는 사람이 제 의뢰인에게서 거액의 돈을 탈취했는데, 또 다른 잠재 고객으로 남편분 성함이 나왔습니다. 남편분이 본인 돈을 좀 위험하게 굴리는 편인가요?"

"제 돈을 말씀하시는 거겠죠?" 그녀가 웃었다. "아니에요. 제 남편은 미술에만 관심이 있는 사람이에요. 뭐 그림을 파는 것도 좋아는 하지만, 저 몰래 이중생활을 하는 게 아니고서야 남편이 일확천금을 버는 사기 같은 데 투자한다고는 생각되지 않거든요."

레베카는 별로 걱정하지 않는 듯 보였고, 헨리는 아마도 남편이 그녀의 재산에 손을 댈 수 없기 때문일 거라고 짐작했다. 그녀가 자신을 위험하지 않은 사람이라고 판단했다는 것이 눈에 보였고, 그는 휴대폰을 꺼내 이선 살츠의 오래된 사진을 내밀며 남편이 맞는지 물어볼까, 잠깐 고민했다. 다만 그녀가 사실대로 말해줄지 확신할 수가 없었고, 자신이 사진을 내밀면 그녀가 아주 수상쩍게 생각할 것만은 확실했으며, 어쩌면 그녀가 남편에게 누군가 그를 염탐하고 있다고 알릴지도 몰랐다. 그는 내일 아침까지 기다렸다가 로버트 차녹의 신분을 확인하기로 마음을 정했다.

"말씀 잘 들었습니다." 그가 말했다. "내일 아침에 크리스 살라에게 연락해볼게요. 많은 도움 주셔서 감사합니다."

동틀 무렵, 차녹 갤러리 앞에 차를 대고 기다리던 헨리의 눈앞에 10시가 되자 살라로 보이는 한 스타일 좋은 남성이 계단을 껑충껑충 뛰어올라 정문으로 들어가는 것이 보였다. 그는 차 안에서 자다 깨다를 반복하며 간신히 두 시간 눈을 붙이고는 24시간 영업하는 음식점에서 커피 한 잔을 사고 화장실에 가 씻었다.

혹시라도 살라가 갤러리에 나타난다면 자신이 빠르게 움직여야 한다고 생각했다. 가장 중요한 정보는 로버트 차녹이 정말 이선 살츠가 맞는지 여부였다. 아니라면 그는 다시 백지로 돌아가, 그러니까 인터넷으로 돌아가 이선을 추적해야 했다. 하지만 차녹이 살츠라면 그가 어디에 있을지 알아내야 했다. 그는 릴리를 납치했거나, 죽였거나, 시체를 숨겼을 것이다. 헨리는 마지막 생각을, 가장 가능성이 높은 시나리오를 머리 뒤쪽에 깊숙이 묻었다.

차에서 나온 헨리는 가로수길을 따라 걷다가 석조 계단을 올라 고딕 양식의 갤러리 정문 앞에 섰다. 화려하게 장식된 정문에는 차녹 갤러리라는 간단한 간판 하나만 있었고 그 아래로 초인종과 스피커가 있었다. 그는 초인종을 눌렀다.

인사를 건네는 목소리 하나가 웅웅거리며 스피커로 흘러나왔다.

"로버트 차녹 아니면 크리스 살라를 뵈러 왔는데요." 헨리가 말했다.

"예약하셨나요?"

"긴급한 범죄 사건으로 왔습니다." 그가 말했다. "저는 공인 사설탐정이고 레베카 그럽이 이곳으로 가보라고 해서 왔습니다."

"곧 나갈게요."

고급 갤러리 매니저라면 딱 이런 외형일 것 같은 남성이 문을 열었다. 살몬색 바지에 파랑 체크무늬의 리넨처럼 보이는 재킷을 입고 있었다. 굉장히 마른 체형에 머리 스타일은 어느 한 틈 흠잡을 곳이 없었다. "제가 크리스 살라입니다." 열린 문 사이로 들어오는 헨리를 보며 그가 이렇게 말했다. "로버트 씨는 괜찮은 건가요?"

"글쎄요." 헨리가 말했다. "아직 그분과 대화를 못 해서요. 어디 앉아서 이야기할 곳이 있을까요?"

"네, 그럼요." 그가 말했고, 이내 두 사람은 검은색과 하얀색 타일이 깔린 짧은 복도를 지나 책상 두 개가 마련된 너저분한 사무실에 도착했다. 책상 하나는 내닫이창 옆에 있었고, 다른 하나는 반대편 벽에 붙어 있었다. "로버트 씨가 안 계시니," 살라가 말했다. "그분 책상에 앉아도 될 것 같네요."

헨리는 작은 사무실을 둘러봤다. 보험회사 사무실이라고 해도 이상하지 않을 것 같았지만, 가장 크게 난 벽에 엄청난 크기의 유화로 그린 추상화가 걸려 있고, 차녹의 책상 위에 에드거 드가의 것일지도 모를 발레리나 조각상이 있었다. 살라는 헨리의 눈이 조각상으로 향해 있는 것을 봤는지, 이렇게 말했다. "모조품이에요. 그래도 로버트 씨는 자신이 본 것 중 최고의 모조품이라고 늘 말씀하시죠."

"우선," 헨리가 말하고는 휴대폰에서 사진 하나를 불러와 책상 너머로 몸을 굽히며 살라에게 보여주었다. "이분이 상사인 로버트 차녹이 맞는지 확인부터 해도 되겠습니까?"

사진을 보던 살라는 인상을 찌푸렸고, 그 순간 헨리는 자신의 운이 다했다고 생각했다. 그때 살라가 말했다. "한 10년 전 얼굴이라면, 네 맞아요."

"고맙습니다." 헨리는 말하며 살라의 맞은편에 앉았다. "놀라게 하려는 건 아니지만, 차녹 씨의 신원과 관련해 혼선이 좀 있어서 우리가 같은 사람을 이야기하는 게 맞는지 확인을 하고 싶습니다."

"혹시 로버트 씨한테 무슨 문제라도?" 묻는 살라의 목소리는 걱정보다는 흥분에 가까웠다.

"아닙니다." 헨리가 말했다. "다만 그분의 위치를 가능한 빨리 파악을 했으면 하는데요. 어디 계신지 아시나요?"

살라가 한숨을 내쉬었다. "지금 아마, 메인에 계신 것 같긴 한데요. 골동품 가게며, 개인 소장품을 판매하는 자리며 참석한다고 워낙 출장이 많아서요. 그쪽에 열정이 대단하시거든요. 원하시면 제가 전화를 걸어 볼 수 있는데요."

헨리는 이런 이야기가 나올 줄 예상했다. "아니요, 괜찮습니다. 일단 아직은요. 솔직히 말씀드리자면 살라 씨가 그분의 사진을 확인해줘서 큰 도움이 되었습니다. 제가 맡은 사건이 소규모 금융사기인데 로버트 차녹이 실제로 차녹 갤러리의 오너가 맞는지 혼선이 좀 빚어져서요. 이선 살츠라는 이름을 혹시 아십니까?"

고개를 젓던 살라는 잠시 후 이렇게 말했다. "이름이 좀 익숙한데요. 갤러리 바이어 중 한 명일지도 몰라요. 확인해볼게요."

"그래주시면 감사하겠습니다." 헨리가 말했다.

살라는 본인 책상으로 가 높게 쌓인 화집 뒤에 있는 노트북을 켰다.

"어디 있나, 어디 있더라." 살라는 키보드를 두드리며 말했다. "그 이름 철자가 어떻게 되나요?"

"이름은 이선, 성은 살츠입니다. S — A — L — T — Z."

"아, 아무것도 안 나오네요." 살라가 말했다. "분명 있었던 거 같은데……."

283

"괜찮습니다." 헨리가 말했다. "별 연관성은 없었을 겁니다."

"잠시만요, 제가 다르게 좀 찾아볼게요." 그가 몇 번 더 클릭을 하나 말했다. "에번 살츠먼은 있어요. 그래서 그 이름이 익숙했나 보네요."

"에번 살츠먼이란 분을 아십니까?" 헨리가 물었다.

"아니요. 그러니까, 이름은 알지만 만난 적은 없어요. 최근 이분이 그림을 반품해서 돈을 돌려드렸거든요. 그래서 이름이 귀에 익었고요. 액수가 꽤 됐죠." 살라가 웃음을 터뜨렸다.

"제가 그분 주소를 받을 수 있을까요?" 헨리가 물었다.

살라는 망설이는 듯 보였다. "어," 그가 말했다. "그런 정보를 드려도 될지 잘 모르겠어요. 원래는 이름도 알려드리면 안 되는데."

"왜 안 되는 건가요?" 헨리가 물었다. "미술품을 판매하시잖습니까? 그러니까 그게 딱히 일급 기밀 정보는 아닌 것 같은데요."

헨리의 눈에 살라가 이를 살짝 무는 것이 보였고, 자신이 지금 흐름을 바꾸지 않으면 대화는 이대로 끝이 날 거라는 것을 알았다.

"저기 말입니다." 헨리가 말했다. "똑똑하신 분 같으니 제가 특별히 사정을 봐 드리려고 하는 겁니다." 살라가 고개를 끄덕였다. "그쪽 상사가 큰 문제가 될 수 있는 일에 휘말렸어요." 헨리가 설명을 이어갔다. "그러니깐 진짜 큰 문제 말입니다. 금융사기 사건에 몸담은 것 같은데, 여기에 휘말려서 덩달아 떠내려가게 생겼단 말입니다. 그래서 제가 묻고 싶은 건, 그쪽도 같이 떠내려가고 싶은 겁니까?"

살라는 손을 가슴에 댔다. "저는 진짜 지금 하신 말씀에 대해 아는 게 전혀 없습니다. 진짜로요, 믿어주세요. 저는 그저 여기서 미술품을 판매한다는 거, 그것 말고는 아무것도 몰라요."

"믿습니다, 크리스." 헨리가 말했다. "하지만 그렇다고 해서 그쪽이 연루되지 않으리라는 건 아니에요. 분명 재무 기록에 접근할 수 있는 사람이니까요. 좀 전에도 에번 살츠먼와의 현금 거래 기록에 대해 말했고요. 진술 거부권을 행사하지 못할 수도 있습니다."

"제가 왜 진술 거부권이 필요한 거죠?" 그의 목소리가 조금 높아졌다. "제가 걱정해야 하는 상황인가요?"

"뭐, 그쪽 상사는 지금 걱정 좀 많이 해야 할 겁니다." 헨리가 말했다. "그리고 당신도 조금은 해야 되고요. 솔직하게 말할게요. 지금 제3자가 부정한 재정 거래로 그쪽 상사를 경찰에 넘기려 하고 있어요. 제가 로버트 차녹을 찾는 이유는—그를 찾아야만 하는 이유는—이 제3자라는 인물이 신고하기 전에 그에게 입장을 밝힐 수 있는 기회를 주고 싶어서입니다. 그게 다입니다. 제가 그를 하루 빨리 찾는 것이 아주, 아주 중요합니다."

"제가 전화를 해볼게요." 살라는 이렇게 말하며 바지 주머니에서 휴대폰을 꺼냈다.

"그것보다," 헨리가 말했다. "제가 직접 가서 그 사람과 대화를 나누는 편이 훨씬 좋을 것 같아요. 지금 전화하시면 곧장 어딘가로 자취를 감출지도 모르는데, 그렇게 되면 그에게는 상황이 정말 불리해질 겁니다. 그가 정말 메인 해안가에서 미술품을 찾고 있는 게 맞습니까? 다른 곳에 있을 가능성도 있나요?"

"그것도 가능해요." 살라가 말했다. "하지만 제가 아는 게 없어요. 제가 이 갤러리에 깊이 관여하고 있다고 생각하시는 것 같은데, 그렇지가 않아요. 정말로요. 저는 그저 여기 일하는 직원입니다."

"알겠습니다. 알겠어요." 헨리가 말했다. "그 말, 믿습니다. 다만 그쪽 컴퓨터에 보관되어 있는 에번 샬츠먼의 주소를 준다면 정말 도움이 될 것 같습니다. 제가 이런 부탁을 하는 이유는, 그쪽 상사가 예전에 이선 샬츠라는 이름을 썼을 가능성이 있기 때문에, 그 주소가 그를 찾아내는 데 도움이 될 것 같아서 그래요."

"덧붙이자면," 헨리가 말을 이었다. "이 정보를 그쪽에게서 받았다고 절대로 밝히지 않겠습니다. 지금 저는 그저 그쪽 상사를 찾아 그가 정말 심각한 문제에 휘말리기 전에 협조할 기회를 주고 싶을 뿐입니다. 그쪽이 상사를 도와주는 거라고요."

헨리는 살사의 눈을 봤고, 그가 어떻게 해야 할지 갈피를 잡지 못하는 게 느껴졌다. "아니면 5분 정도 화장실에 다녀오셔도 좋고요." 헨리가 말했다. "그런 방법도 있습니다."

"그럴게요." 얼마 후 살라가 말했다. "정말 화장실에 다녀와야 할 것 같아요. 성함이 뭐라고 하셨죠? 명함을 주셨던가요?"

"아, 죄송합니다." 헨리는 말하며 테드 록우드라는 이름이 적힌 가짜 명함을 내밀었다. 살라가 사무실을 나섰다.

헨리는 얼른 살라의 컴퓨터 앞에 앉았다. 그는 여러 항목이—고객 이름, 이메일 주소, 배송 주소, 사무실 주소, 결제 방식, 거래 내역—나열된 고객 데이터베이스를 살폈다. 살라가 에번 샬츠먼의 페이지를 띄워놓았다. 헨리는 휴대폰으로 사진을 찍었다. 주소가 있긴 했지만 펜실베이니아주 토히콘이란 지역의 우편 사서함이었다. 그는 최근 거래 내역을—환불 내역을—재빨리 확인했다. 12만 달러가 기록되어 있었다.

헨리가 자리에서 일어나자 살라가 사무실로 돌아왔다. 살라의 얼굴은 창백했고, 차가운 물로 세수를 한 것인지 헤어라인을 따라 얼굴에 물기가 어려 있었다.

사무실을 나서기 전 헨리가 말했다. "크리스, 제가 하는 말을 전부 다 믿을 이유는 없겠지만, 좀 전에는 옳은 일을 한 겁니다. 그쪽 상사는 나쁜 사람이니, 그에게서 벗어나는 게 좋습니다. 알겠죠?"

"저 무슨 일 나는 건가요?" 살라가 물었다.

"아니요. 다만 이력서는 업데이트를 하는 게 좋겠네요."

차로 돌아온 헨리는 펜실베이니아주 토히콘으로 GPS를 설정했다.

27

이선이 나간 후, 실내용 변기를 사용하고는 다시 간이침대에 누워 눈을
감고 생각했다.

나를 묶어 놓은 쇠사슬을 유심히 들여다봤다. 발목에 채워진 수갑에
는 잠금장치가 있었는데, 이선이 열쇠를 몸에 지니고 있을지 궁금했다.
그렇다면 여기서 탈출할 가능성이 조금이나마 있었다. 그는 나를 두려
워하지 않았다. 물리적으로는 말이다. 대화를 나누었을 때 그가 내게 다
가온 거리만 봐도 짐작할 수 있었다. 그러니 어떻게든 무기를 손에 넣는
다면 사슬에 묶인 채로도 그를 무력화시킬 수 있었다. 그런 뒤 열쇠를
찾아 수갑을 풀면 되었다. 하지만 무기가 없었다. 또한 열쇠가 이 집 안
어딘가, 내 손이 닿지 않은 곳에 걸려 있을 가능성이 높았다.

몸을 일으켜 앉은 후 다시 한번 수갑을 자세히 보며 발을 빼낼 여유
공간이 있을지 살폈다. 발을 잘라낼 수도 있겠지만 톱이 없었다.

다시 침대에 누워 물이 샌 천장을 바라봤다. 이 상황을 벗어날 방법
이, 물리적인 방법이 전혀 없을 것 같았다. 지금 내가 할 수 있는 일은 헨

리 킴볼이 내가 갇힌 장소를 찾아낼지도 모른다는 기대를 품고 가능한 오래 살아남는 것뿐이었다. 그리고 살아남을 방법은 이선의 흥미를 끌고, 그가 계속 이야기를 하게 만들고, 그를 즐겁게 해주는 것밖에 없었다. 일단 죽음을 미뤄야 가능한 일이라고, 이렇게 생각을 정리하고 난 뒤 긴장을 조금 풀고 다른 것들을 생각하기 시작했다. 부모님 걱정이 되었다. 전날 밤 경찰에 실종 신고를 했을 터였다. 엄마는 공황에 빠졌을 거고, 아빠는 아마 벌써부터 극도의 슬픔에 빠져 있을 게 분명했다. 언젠가 아빠는 내가 집을 나설 때마다 다시 돌아올까, 하는 생각이 든다고 했었다. 아마도 어린 시절 자신과 자신의 엄마를 떠난 아버지 때문일 터였다. 할아버지인 시그프리드 킨트너는 영업사원이었고, 영국 북부로 출장을 가서는 소식이 끊겼다. "그 이야기를 들으니 아빠가 어떤 사람인지 전부 다 설명이 되네." 매더 칼리지 신입생이던 시절, 언젠가 아빠에게 이렇게 말했었다. "무엇도 한 인간을 전부 다 설명할 수 없어, 릴리." 아빠가 말했다.

이선을 기다리며 아빠 엄마 생각을 더 했다. 지금 이 순간이 이 세상에서 남은 마지막 몇 시간이라면 실제로 그렇기도 할 테니까. 그 시간을 두려움이나 후회로 보낼 생각은 없었다. 그리고 최악의 상황도 아니었다. 나는 살아 있고 이선 살츠도 찾았으니까. 잠깐일지라도 위로로 삼을 수 있었다.

정오경에 돌아온 이선은 뱅글스의 "Manic Monday"로 생각되는 노래를 코로 흥얼거리며 지하 계단으로 내려왔다. 종이봉투를 들고 온 그는 흘깃 내 쪽을 확인하고는 봉투를 바 위에 올려두었다. 아직까지도 침대에 누워 있던 터라 아마도 내가 잠이 들었다고 생각한 모양이었다. 그가 봉투를 여는 소리가 들렸다. 곧이어 음식 냄새를 맡은 나는 자리에 앉았다.

"깼네." 그가 말했다.

"점심 가져왔어?"

"그래. 미트볼 샌드위치랑 가지 파마산 샌드위치랑, 햄 앤드 치즈도 있고."

"다 맛있겠는데." 내가 말했다. "그래도 고르라면, 미트볼로 할게."

그는 옛날에 텔레비전을 올려두던 테이블과 비슷하게 생긴 작은 테이블을 펼쳐 내가 앉은 곳 앞에 놓아주었다. 아까처럼 내가 원한다면 그에게 충분히 닿을 수 있는 거리 안으로 가까이 다가왔다. 내가 그를 해칠 수 있는 시나리오가 떠오르지 않았다. 그는 나보다 약 45킬로그램은 더 나갔고, 내게는 무기로 쓸 만한 것이 없었다.

테이블을 놓은 뒤 그는 다시 바로 가서 미트볼 샌드위치를 가져와 테이블에 올려놓고 그 옆에 페트병으로 된 콜라도 두었다. 튀어나올 것 같은 감사 인사를 꾹 참으며 샌드위치를 먹기 시작했다.

내가 음식을 먹는 동안 이선은 가만히 앉아 나를 지켜봤다. 민망했지만 그의 시선을 무시하려 했다. 마지막으로 봤을 때와 다른 옷을 입고 있는 그는 연한 황갈색 코듀로이 팬츠에 체크 셔츠, 파란색 겉옷 차림이었다.

"우리가 있는 곳이 어디야?" 마지막 한 입을 끝내기 전 그에게 물었다.

"어제 말해줬잖아. 다른 사람 이름으로 된 내 집이라고."

"아니, 어느 동네야?"

"펜실베이니아주에 있는 토히콘이라는 아름다운 도시지. 이런 곳에서 죽게 될 거라고 생각해본 적 있어?"

나는 어깨를 으쓱해 보였다. "코네티컷 셰포그에서 죽을 거라고 생각했는데, 토히콘도 괜찮은 것 같아. 넌 어디서 죽을 건데?"

"어디든, 여기만 빼고." 아직 죽음이라는 것이 무엇인지를 전혀 이해하지 못한 아이처럼, 어리둥절한 얼굴로 그는 웃음을 터뜨렸다.

"사랑하는 가족들이 지켜보는 가운데?" 내가 말했다.

"알다시피 나는 사랑이란 것을 그리 중시하지 않아서 말이야."

"누구를 사랑해 본 적은 있어? 엄마를 사랑했어?"

"나를 자꾸 긁으려나 본데, 뭐, 이해는 가. 엄마를 딱히 사랑하진 않았지만 싫어하지도 않았어. 엄마는 그저 나를 낳아준 사람일 뿐이었어. 사람들은 그 관계를 — 엄마와의 관계 말이야 — 되게 중요하게 생각하는데, 사실 굉장히 임의적인 관계거든. 부모가 자식을 선택할 수 없는 것처럼 우리도 부모를 고를 수 없잖아. 피를 나눈 사람들에게 높은 기대를 품지 않는 편이 세상을 살아가기가 훨씬 수월할 거야. 안 그래?"

나는 진심으로 그 말에 대해 생각해본 뒤 말했다. "상대가 누구든 높은 기대를 갖는 건 잘못된 거지만, 난 그래도 가족은 중요하다고 생각해. 나한테는 그런 것 같아. 결국 인생에 뭐가 더 있겠어? 일과 가족밖에는."

"유산이 가장 중요하지. 이 세상에 흔적을 남기는 것. 무언가를 남기고 떠나는 거."

"어차피 나는 죽었을 텐데. 무슨 상관이겠어?" 내가 말했다.

"내가 죽은 뒤 사람들이 나에 대해 어떻게 쓸지 생각하면 기분이 좋

아. 100명을 죽이고도 완벽히 빠져나갔을 거고, 다들 내가 왜 그랬는지 이유를 파헤치려 들겠지. 부모 때문일까? 어린 시절에 무슨 문제라도 있었나? 성적인 문제인가? 그런데 전혀 그런 문제가 없거든."

"할 수 있으니까 죽인 거겠지." 내가 말했다.

그가 미소 지었다. "봐, 넌 이해하잖아."

"나도 죽여봤거든." 내가 말했다.

그는 여전히 입가에 웃음이 걸린 채로 고개를 기울였다. "죽여봤다고? 내가 듣고 싶어 하는 이야기인 줄 알고 그냥 하는 소리가 아니고?"

"아니야. 사실이니까 하는 말이야. 어차피 네가 나를 죽이든, 아니면 내가 너를 죽일 방법을 찾든 둘 중 하나니까 내가 누구를 죽였다는 걸 네가 알아도 상관없을 것 같아."

"누구를 죽였는데?" 그가 물었다.

"할아버지 죽였을 때 몇 살이었어? 말해줬던 것 같은데 잊었어."

"열한 살."

"난 열네 살 때 처음으로 사람을 죽였어. 이름은 쳇이었고, 여름을 맞아 부모님이 초대한 손님 중 하나였는데, 아티스트였어."

"변태였고." 질문이 아니었다. 그는 몸을 앞으로 기울였다.

"변태 맞았고." 내가 말했다. "아직 나한테 무슨 짓을 한 건 아니었는데, 무슨 짓을 할 생각은 하고 있었어. 나를 지키려고 죽인 거였어."

"어떻게 들키지 않은 거지?"

그에게 모든 이야기를 다 들려주었다. 쳇을 우물로 유인해 밀어버리고, 그가 우리 게스트하우스를 떠난 것처럼 그의 짐을 모두 챙겼던 것까지. 내가 할 수 있는 한 솔직하게 털어놨다.

"대단한 이야기인데." 내가 말을 마치자 이선은 이렇게 말했다. "자, 그럼 이제 그를 죽일 때 얼마나 즐거웠는지 이야기해줄 거지?"

"안 즐거웠어." 내가 말했다. "해야 할 일이 너무 많았고, 솔직히 말하자면 그 시간에 차라리 책을 읽고 싶었지. 너랑 나는 많이 달라. 내가 사람을 죽였던 이유는 살인을 대수롭게 생각하지 않았기 때문이었어. 역사상 나 같은 사람들이야 늘 있었을 거야. 마을에 고양이 개체 수가 너무 많아지면 새끼 고양이들을 담은 가방을 물에 빠뜨리는 일을 맡은 사람이 나였을 거고. 누군가는 해야 할 일이니 좀 덤덤한 사람한테 맡기면 좋잖아. 예시를 잘못 들었네. 사실 난 고양이들을 물에 빠뜨려 죽이지는 못할 것 같거든. 하지만 쳇을 죽이는 건 내게 문제될 게 전혀 없었어. 그래도 즐겁지는 않았다고. 누구를 죽이며 즐겼던 적은 없어."

"또 누구를 죽였는데?"

"말하는 데 지쳤어." 그가 나와 이야기를 나누는 데 아직 흥미를 느낄 때 대화를 중단하고 싶었다. "정말 피곤해서 그래. 아니면 나는 좀 늙고, 네가 지금껏 죽인 사람들에 대해 이야기하면 어때?"

"너무 많은데."

"몇 명만 이야기 해줘. 앨런 페랄타에게 뒤집어씌우려던 살인 사건에 대해 들려줘."

그가 자신의 이야기를 해주었고, 나는 그의 말을 들었다. 그의 목소리에서 기쁨이 느껴졌지만 사람들을 죽이며 느꼈던 기쁨이 아니라 내게 자세히 설명하며 느끼는 기쁨, 자신이 얼마나 영리하게 굴었는지를 들려주며 느끼는 기쁨이었다. 그가 플로리다주 포트마이어스에서 노라 존슨을 죽였던 이야기, 앨런 페랄타를 옆에 두고 여자를 죽인 이야기는 유독 흥미 있게 들었다.

한동안 J의 이야기를 들은 후 내가 말했다. "할아버지를 죽이고 나서 네가 살인을 좋아한다는 걸 깨닫게 됐다는 건 분명히 알겠어."

"왜 그렇게 생각하지?"

"계속 살인을 저질렀으니까. 그리고 넌 낯선 사람들을, 네게 아무 짓도 하지 않은 사람들을, 아니면 짐작건대 세상에 별 도움이 안 되는 사람들을 죽이잖아. 딱 그런 사람을 죽이는 걸 좋아하는 거야."

그가 탐탁지 않다는 듯 인상을 조금 구겼다. 나는 그가 내가 한 말을 곱씹는 중이라 여겼다. 그런 생각을 한 번도 해본 적이 없었을 테니. "나는 사람을 죽이는 게 즐거워." 마침내 그가 입을 떼었다. "그렇다고 사이코패스는 아니고. 사람들 몸에서 피가 튀는 것도, 비명 소리를 듣는 것도 다 별로거든. 그저 게임으로서 좋은 거야. 사냥 같은 거지."

"사냥꾼들은 살아 있는 걸 죽이며 흥분하는 사람들이잖아?"

"사냥꾼들은 제정신이 아니야. 너무 쉬운 게임을 한다고. 내가 사람을 죽일 때는 절대로 걸리지 않을 방법으로만 하거든. 그게 얼마나 어려운 일인지 알아?"

"알아." 침대에 몸을 누이며 말했다. 실제로 정말 피곤하기도 했지만, 이를 핑계로 이선의 흥미를 유지하는 동시에 대화에서 서서히 발을 빼기를 잘 했다고, 생각했다.

"살인은 어려운 일이야. 너도 알겠지만."

"그렇다고 업적 같은 게 될 수는 없어." 내가 말했다.

"열네 살 때 네가 그 변태한테 한 행동이 자랑스럽지가 않아?"

나는 생각해봤다. "기뻤지만 아니, 자랑스럽지는 않았어."

"네가 특별한 일을 했던 거잖아."

"글쎄. 내가 한 일은 살인이고, 그건 딱히 특별하지도, 딱히 드물지도 않은 거야. 인간이라는 종의 역사에서는 말이야. 아니 어떤 종의 역사든."

"훌륭하게 해냈을 때는 특별해지는 거지."

"살인을 저지르고 걸리지 않았다고 특별해지는 게 아니야." 내가 말했다. "게다가, 한편으로는 너도 결국 잡히고 싶은 마음이 있는 게 분명하잖아. 그래서 그 리스트도 만든 거고."

"그렇게 되면 흥미로울 것 같다고 생각은 하지."

"어디에다 둔 거야?"

그는 바로 말하지 않았다. 나는 그가 있는 쪽으로 고개를 조금 돌렸다. "내가 여기서 나갈 가능성이 있다고 생각하는 거야?"

"무슨 뜻이지?"

"리스트를 숨긴 장소를 말하지 않고 머뭇거렸잖아."

"너무 안전한 장소에는 숨기고 싶지 않았어. 필라델피아에 있는 집 서재에 속을 파낸 책이 있거든. 그 안에 있어. 모든 이름과 날짜, 장소가. 사람들이 발견할 거야."

"무슨 책을 골랐는데?"

"《존 치버 단편선집》."

"알고 보니 정말 사냥꾼이었네. 희생자의 머리로 벽을 장식한 거니까. 사람들이 네가 한 일을 알아주길 바라는 거야."

그는 당장은 아무 말도 하지 않았기에 내가 다시 입을 열었다. "뭐 딱히 문제될 건 없지."

"일종의 예술 같지 않아?"

나는 팔꿈치로 몸을 일으켰다. "살인?"

"그럼." 그가 말했다. "안 될 게 뭐야?"

"좀 잘못 생각하는 거 같은데." 내가 말했다. "예술은 세상에 무언가를 더한다고."

"그렇다면 죽음을 주제로 한 그 모든 홀륭한 미술품은? 너는 분명 아르테미시아 젠틸레스키를 좋아할 거야, 맞지? 〈홀포페르네스의 목을 베는 유디트〉."

"하지만 그건 진짜 예술 작품이잖아." 내가 말했다. "네가 하는 일은 그리고 내가 쳇에게 한 짓은 그냥 학살인 거고. 걸리지 않았다고 해서 예술이 되는 것은 아니야. 네가 빠져나갈 방법을 계획하느라 네가 똑똑해지거나 영리해졌을지는 몰라도, 그게 다라고."

이선은 아무 말이 없었다. 내가 좀 지나쳤던 것인지, 그가 자리에서 일어나 내게 다가와 내 목을 그어버릴 생각인지 궁금했다. 나는 눈을 감고 그 가능성을 받아들이려고 했다.

"우리는 다른 사람의 의견을 통제할 수 없어." 마침내 그가 입을 열었다. "사람들이 내가 한 일을 알게 될 때 다양한 의견이 있을 거라는 건 짐작하고 있어." 그는 거의 체념한 듯한 목소리였다.

"의견이 네가 생각하는 것만큼 다양할지는 모르지만, 신경 쓰지 마. 네 일에 재능이 있고 또 즐기고 있잖아. 인간으로서 행복하려면 그래야 하고."

"네 이야기를 더 듣고 싶어, 릴리." 그가 말했다. "네가 죽인 사람들에 대해서 더 듣고 싶어."

"피곤해." 내가 말했다. "나중에 말해줄게."

"너 지금 시간을 끌고 있는데. 누가 와서 널 구해줄까 봐? 내 이야기를 누구한테 한 적 있어?"

"아무한테도 말 안 했어." 내가 말했다. "그런데, 맞아. 시간 끌고 있는 거야. 지금쯤이면 분명 실종 사건이 접수되었을 테니까. 셰포그에서 네가 나를 스토킹하는 걸 본 사람이 있을 지도 모르지. 아니면 이 지역 사람 누군가가 네가 날 트렁크에서 꺼내 이 집으로 데려가는 것을 봤을 수도 있고. 나도 몰라. 네가 저지른 다른 짓 때문에 어차피 조금 있으면 누가 널 잡으러 올지도 모르고. 지금 내가 할 수 있는 건 시간을 끄는 것밖에 없다고."

"그리고 너는 가능한 오래 살고 싶은 거고."

"그런 것 같아. 최소한 다음 식사가 올 때까지는 살고 싶어."

"미트볼 샌드위치보다는 나은 걸 가져다줄지도." 이선이 말했다. 주변 시야로 그가 자리에서 일어나 멀어지는 것이 보였다.

28

헨리가 보기엔 토히콘은 우체국 하나, 학교 하나, 도서관 하나, 편의점이 딸린 주유소 하나, 지붕이 올라간 다리 하나, 그리고 그 다리 근처에 커버드 브리지 바라는 이름의 술집 하나가 전부인 동네였다. 그는 복층 주택들과 가끔씩 등장하는 빅토리안 양식의 주택들을 지나쳐 거리와 도로를 천천히 운전해 나갔다. 집 앞에 주차된 차들은 대부분이 몇 년 안 된 국산차였다. 집 앞마당 콘크리트 블록 위에 세워둔 고물 자동차를 포함해 차 여러 대가 서 있는 집들도 몇몇 보였다.

필라델피아에서 오는 길에 헨리는 물어봤어야 했는데 잊었던 질문이 떠올라 갤러리에 있는 크리스 살라에게 전화를 걸었다.

"크리스, 테드 록우드입니다. 하나 잊은 게 있어서요. 차녹이 모는 차가 어떤 겁니까?

"아, 아주 멋진 차죠." 크리스가 말했다. "재규어요. 문이 두 개인 빈티지일 겁니다. 그가 아내보다 더 사랑하는 차예요."

"무슨 색이죠?"

"초록색이요. 초록빛이 도는 회색이라고 할까요. 아니면 회색빛이 도는 초록이라고 할까요. 굉장히 화려한 느낌이에요."

바퀴 자국이 팬 토히콘의 도로를 천천히 달리며 집과 진입로를 살피던 그는 회색빛이 도는 초록색 재규어를 찾고 있었지만, 그의 눈에는 차 한 대만 들어가는 차고들밖에 보이지 않았다. 이선/로버트가 이 동네에 집을 샀다면 재규어는 어디 보이지 않는 곳에 보관할 거라 생각했다.

정오가 되기 직전, 헨리는 점심 식사를 할 수 있기를 바라며 중심가에 있는 커버드 브리지 바 건너편에 차를 세웠다. 휴대폰에 띄운 토히콘의 지도를 보며 이곳에 있는 거리는 거의 다 확인을 마친 것 같다고 생각했다. 차로 빙빙 도는 그를 아무도 신경 쓰지 않았고, 경찰도 부르지 않았다는 데 내심 조금 놀라긴 했지만, 서늘한 잿빛 토요일이었고 토히콘은 유령 도시처럼 사람이 보이지 않았다.

오전 내내 릴리의 부모님에게 전화하는 일을 계속 미뤘던 그는 지금 연락을 하기로 결심했다. 전날 밤 샤론이 남긴 번호로 전화를 걸자, 발신음이 두 번 울리고 샤론이 전화를 받았다.

"샤론, 안녕하세요. 헨리 킴볼입니다." 그가 말했다. "무슨 소식 없었나요?"

"릴리가 사라졌어, 헨리. 경찰이 숲이랑 다 뒤졌는데 릴리의 흔적을 하나도 못 찾았어. 데이비드는 제정신이 아니고. 릴리가 우리한테 먼저 알리지도 않고 도대체 어디로 간 건지 짐작조차 안 돼."

"경찰이 적극적으로 도움을 주고 있고요?"

"뭐, 경찰이 찾아내지는 못했는데, 그래도 지금도 수색하고 있어. 릴리에게서 연락 없었던 거지?"

"없었어요." 헨리가 말했다.

"알겠네." 그녀가 말하고는 한숨을 내쉬었다. "경찰에게도 전할게. 릴리에게 남자친구가 있는지 경찰이 묻기에 자네 이야기를 했거든."

"아," 그는 릴리의 남자친구가 아니라고 바로 덧붙이려고 했지만, 이내 그게 별로 중요한 문제는 아니라는 생각이 들었다. "혹시라도 릴리에게서 소식 들으면 전화드리겠습니다." 그가 말했다. "혹시 소식 오면 저한테도 연락주실 거죠?"

"그럼." 그녀가 답했다.

통화를 마친 후 헨리는 차에 그대로 앉아 있었다. 릴리가 이미 죽었다는 것을 직감한 듯 뼛속까지 텅 비어버린 기분이었다. 그는 딱히 배가 고프지는 않았지만, 그래도 건너편 술집에 시선을 둔 채 앉아 있었다. 선택의 여지가 없는 그는 이제는 이곳 주민들에게 직접 물어봐야 할 때라고 생각했다. 정오가 되자 누군가 술집의 유리로 된 문으로 다가가 걸려 있던 표지판을 뒤집어 영업 시작을 알렸다.

내부는 생각보다 밝은 분위기였다. 목재 패널을 두른 벽에, 말발굽 모양으로 난 바, 높은 등받이에 쿠션이 깔린 좌석이 마련된 부스도 여럿 보였다. 그는 바에 자리를 잡았다. 술병들이 보관된 곳 위로 토히콘의 지붕 덮인 다리를 그린 빛바랜 그림이 보였다. 술집을 둘러보니 그림과 복제품을 포함해 지붕이 올라간 다리가 이곳의 인테리어 주제라는 것을 알 수 있었다. 짧은 반백의 머리를 한 나이 든 여성이 그에게 음료 주문을 받으러 다가왔다.

"갓 내린 커피 있을까요?" 그가 물었다.

"확인해봐야 하지만 10분 기다려줄 수 있다면 제가 만들 수 있어요."

그는 기다리겠다고 답했고 그녀는 카우보이 문 너머로 모습을 감췄다. 그녀가 자리를 비운 사이 문이 열리며 남성 한 명이 들어왔다. 커다란 덩치에 발그레한 얼굴을 한 그는 헨리 옆으로 스툴 세 개를 비우고 끙 하는 소리를 내며 앉았다. 밖으로 나온 바텐더는 그를 알아보고는 바 아래 자리한 냉장고에서 쿠어스 라이트를 한 병 꺼냈다.

"별일 없죠, 노먼?" 그녀가 맥주 뚜껑을 따고 그의 앞으로 내밀며 물었다.

"아직도 밖은 겨울 같네요. 봄이 어쩌고 하는 소리를 들은 거 같은데요."

그가 맥주를 홀짝였다. 바텐더가 말했다. "후안이 오늘 아침에 칠리 만들었는데 생각 있으면 말해요. 몸이 좀 따뜻해질 거예요." 그녀는 쿠어스 라이트 옆에 온더록 글래스를 두고 그 안으로 제임슨 위스키를 따랐다.

"아, 고마워요, 모." 노먼이 말했다.

모는 다시 카우보이 문 뒤로 사라졌다 헨리의 커피를 들고 나와 그의 앞에 잔을 내려놨다. "구세주십니다." 그는 이렇게 말하고는 자신도 제임슨 한 잔을 추가할 수 있는지 물었다.

"메뉴판 드릴까요?" 그에게 위스키를 따른 후 모가 물었다.

"네, 좀 볼게요."

헨리는 메뉴를 보고는 칠리를 주문했다. 5분 후 모가 음식을 가져왔을 때 그는 이선 살츠의 사진이 띄워진 전화기를 손에 쥔 채 준비를 하고 있었다.

"사실 제가 여기 누구를 좀 찾으러 왔는데요." 그녀에게 말했다. "혹시

도와주실 수 있을까요?"

"물론이죠." 답하는 그녀에게 그는 전화기를 내밀었다. 그녀는 몸을 가까이 기울인 채 눈을 가늘게 떴다.

"아, 이 사람 알아요. 여기 가끔씩 오거든요. 하지만 그에 대해서는 아는 게 전혀 없어요."

"이 사람을 마지막으로 보신 게 언제죠?" 목소리가 너무도 침착해서 헨리 본인도 놀랄 정도였다.

모가 턱에 주름을 잡으며 얼굴을 찌푸렸다. "정확히는 모르겠는데, 최근은 아니에요. 말했듯이 제가 아는 사람은 아니라서. 그래도 얼굴은 눈에 익어요. 여기 오는 사람은 맞거든요. 노먼한테도 한번 물어보세요." 스툴 세 개를 띄우고 앉아 있는 남자를 쳐다보며 그녀가 말했다.

이미 대화를 듣고 있던 노먼은 헨리가 자신 쪽으로 몸을 돌리자 휴대폰을 향해 손을 내밀었다. 헨리는 그에게 전화기를 건넸다.

"흐음." 노먼이 말했다. "저한테 이름이 브래들리 뭐라고 했던 것 같은데요. 괜찮은 사람이었어요. 모가 말했듯이 최근에는 동네에서 못 본 것 같지만요." 그는 몸을 움직이는 데 통증을 느끼는 듯 팔을 천천히 내밀며 전화기를 건넸다.

"몇 가지 여쭤봐도 될까요?" 헨리는 칠리와 커피를 옆으로 밀며 남자 가까이로 자리를 옮겼다.

"그럼요." 노먼이 말했다. "그런데 이 남자에 대해 왜 묻는 건지 그 이유를 물어도 됩니까?"

"복잡하기도 하고, 좀 지루하기도 한 이야기인데요." 헨리가 말했다. "저는 사설탐정인데 이 사진 속 남자가, 그 브래들리란 남자가 금융사기에 연루되었을 수 있어서요. 연루라는 게, 가해자가 아니라 피해자로 말입니다. 제 의뢰인이 이 사람을 찾아달라고 요청을 했는데 생각보다 찾기가 너무 어렵네요."

"그래도 여기까지 잘 찾아왔네요. 이 남자 토히콘에 주소지가 등록되어 있을 겁니다."

"제 의뢰인이 아는 건 이 남자가 이 동네에 산다는 것뿐이에요. 저도 주소가 없어서 부동산 기록에서 이 사람의 거주지를 찾아낼 수가 없었어요. 이 남자 성은 모르시는 거죠?"

"본인을 브래들리라고 소개했어요. 보아하니 갖고 계신 이름이랑 다른 것 같네요. 저한테 이렇게 묻는 걸 보니."

헨리는 이제 아이리시 위스키가 더해진 커피를 한 모금 넘겼다. "제가 갖고 있는 정보가 제한적인 건 맞습니다. 그쪽에게서 얻은 게 첫 단서예요."

"안타깝지만 별 도움은 못 드릴 것 같네요. 지금 그쪽처럼, 이 사람도 전에 점심 때 왔었어요. 그가 바에 앉았던 터라 저랑 대화를 좀 나눴고요. 지금 그쪽과 나처럼요. 제가 그 사람 이름이 브래들리인 걸 기억하는 이유는 저한테 직접 브래들리라고 소개했을 때 브래드 피트를 좀 닮았다고 생각했었거든요. 각진 턱이랑 파란색 눈이요. 그래서 그 이름이 기억에 남았어요."

"무슨 일을 하는지 아니면 어디쯤 사는지, 그런 건 말하지 않았나요?"

생각에 잠긴 남자는 피아노 건반을 두드리듯 바 표면 위로 손가락을 움직였다. "미술품 수집가라고 했고 또 이 동네에 집이 있다고 했는데, 말하는 게 이곳에 실제로 사는 사람 같지는 않았어요."

"알겠습니다." 헨리가 말했다. "도움이 되었어요."

"성함이 뭐라고 했죠?"

"테드 록우드요. 명함 하나 드리죠." 그가 가짜 사설탐정 명함 한 장을 엄지로 밀어 올려 꺼냈다. 마지막 한 장이었다.

"노먼 하트입니다."

"제가 한 잔 살게요, 노먼." 헨리가 말하며 모에게 눈짓을 했다.

모는 맥주 한 병을 열고 위스키를 한 잔 더 따랐다.

"만약 제 입장이라면요, 노먼." 헨리가 말했다. "여기 토히콘에서요, 이 남자의 집을 찾으러 어느 쪽으로 갈 것 같아요?"

"집을 전부 들러볼 수도 있겠죠. 여기 전체 다 해서 300가구 정도밖에 안 되거든요. 하지만 그걸 원치 않는다면 고급 차가 서 있는 집을 찾아봐도 될 것 같습니다."

"브래들리가 고급 차를 모나요?"

"아, 미안합니다. 그 이야기를 안 했군요. 이 바 앞에 차를 세우는 걸 한 번 본 적 있어요. 재규어 XJ였는데, 내 기억이 맞는다면 1976년 형이었던 것 같아요. 근사했죠. 특별할 때만 모는 차라고 저한테 그랬어요."

"그럼 집 밖에 세워 두지는 않겠네요." 헨리가 말했다. "차고에 넣었겠죠."

"그렇겠죠." 노먼이 말했다. "아니면 차에 방수포를 덮어놓던가요."

"그렇겠네요." 헨리가 말했다. 노먼은 위스키를 한 모금 홀짝이고 맥주를 한 모금 홀짝이더니 잠시 자리를 비웠다. 오랜 연습 끝에 나온 몸짓처럼 그는 스툴에서 우아하게 미끄러져 내려갔다. 헨리의 마음이 바빠졌다. 살츠가 이 동네에 적어도 얼마간은 지내고 있다는 게 확인되었다. 좀 전에 차에 방수포를 씌워 보호할 거라던 노먼의 이야기를 떠올렸다. 오늘 아침 차를 몰고 오며 집 밖에 세워진 수없이 많은 차들을 봤지만 덮개를 씌운 차는 몇 안 되는 것 같았다. 그는 눈을 감고 당시 스피커에서 울리던 시끄러운 스틸리 댄의 노랫소리를 지우려 노력하며 오전의 상황을 머릿속으로 재생했다. 그 순간, 고요한 도로 끝 지붕널을 올린 평범한 단층집 앞에 덮개가 씌워진 차 한 대를 봤던 것이 떠올랐다. 그 집 앞에 차가 두 대 있었고, 그중 하나가 검은색 플라스틱 방수포로 덮여 있었다. 어떤 이유에서였는지 당시 그는 수리를 받아야 하는 차일 거라고, 아마도 고장 난 채 겨울 동안 방치된 차일 거라고 생각했지만, 만약 그 차가 재규어였다면?

29

재규어를 타고 필라델피아로 온 이선은 아직은 레베카를 보러 갈 생각이 없었다. 갤러리와 크리스부터 확인하고 싶었다. 책상 위에는 그가 처리해야 하는 몇 가지 일이 있었지만—더는 거래를 하지 않겠다고 아티스트에게 뒤늦은 연락을 해야 했고, 답장을 하지 않은 메일도 제법 있었다—무엇보다 그는 고요한 순간이 필요했다. 릴리 킨트너를 납치하고 그녀를 토히콘 집에 가둬둔 일은 대단한 업적처럼 느껴졌다. 하지만 굉장히 위험한 일이기도 했다. 이제 다음 행보를 고민해야 했다.

그가 갤러리에 갔을 때 크리스는 사무실에 있었고, 이선이 인사를 건네는 소리에 의자에서 펄쩍 뛰어오르는 크리스를 보며 그가 컴퓨터로 포르노 같은 걸 보고 있었다고 생각했다.

"별일 없어, 크리스?" 그가 물었다.

"네, 네. 오실 줄 몰라서 너무 놀랐어요."

"오래는 안 있을 건데, 드디어 데니스 맥스웰이랑 정리하려고."

"와, 좋은 소식이네요. 오늘 아침에만 해도 벌써 두 번이나 통화했다고요."

"내가 전화해서 더는 같이 안 하겠다고 말할 거야. 그리고 뭐 다른 일은 없었고?"

크리스는 무슨 일이 있었는지 생각 중이라는 듯, 티가 나게 눈을 굴려 천장을 올려다보고는, 결국 갤러리가 무척 조용했다는 말을 했다. 당연히 거짓말이었고, 이선은 그를 불편하게 할 심산으로 평소보다 좀 더 오래 그를 바라보며 무엇을 숨기고 있을지 짐작해봤다. 별로 큰일은 아닐 수도 있었다. 가령, 이선은 크리스가 액자 세공사 중 한 명과 섹스를 하는 사이라는 것을 알고 있었다. 몇 주에 한 번씩 델라웨어에서 오는 유부남으로 두 사람이 갤러리에서 그 짓을 하는 걸 그는 알고 있었다. 하지만 다른 일일 수도 있다.

"누가 와서 나 찾았어?" 이선이 물었다.

그러자 다시 한번 크리스가 생각하는 척을 하더니 그런 일은 없었던 것 같다고 말했다. 정말 거짓말을 못하는 사람이었다.

"그래, 알겠어." 이선이 말했다. "맥스웰한테 전화 거는 동안 잠깐 자리 좀 비워줄 수 있을까?"

크리스가 사무실 문을 닫고 나가자 이선은 자신의 책상에 앉아 잠깐 생각에 잠겼다. 릴리가 죽음을 늦춰보려 애를 쓰고 있다는 것은 알고 있다. 그저 자연스러운 본능이라고 여겼다. 가능한 오래 살아 있고 싶은 욕구도, 시간이 어느 정도 흐르면 누군가 자신이 어디에 있는지를 알아낼 수 있을 거라는 희망도 자연스러운 본능이라고 생각했다. 하지만 다른 가능성도 있다. 그녀에게 파트너가 있던 걸까? 그녀가 앨런 페랄타의 살인 사건을 저지른 사람이 자신이라는 것을 밝혀내는 데 누군가의 도움이 있었던 걸까? 물론 그녀에게 누군가가 있을 가능성도 있었다. 하지만 그래서 뭐가 어떻다는 말인가? 그 누군가가 이선 살츠란 이름을 안다 해도, 이선 살츠를 로버트 차녹 또는 브래들리 앤더슨과 연결 지어 생각할 수는 없었다. 그럼에도 그는 의심을 거둘 수가 없었다. 자신이 조심했다는 것은 알지만, 제 아무리 조심성이 많은 사람이라도 실수를 저지른다. 또한 그가 자신의 외모를 바꾸거나 하는 것도 아니었다. 로버트 차녹이 공개 석상에서 사진을 남길 일이 전혀 없도록—또는 거의 없도록—신경 썼지만 이선 살츠의 사진은 아직 인터넷에 몇 개 돌아다니고 있었다.

그는 허먼 밀러 의자에서 일어나 사무실을 나섰다. 복도 끝에 난 작은 부엌에서 그는 차이티를 만드는 크리스를 발견했다.

"크리스." 이선이 말했다. "다시 한번 물을게. 나 찾으러 온 사람 없었어?"

크리스의 입이 살짝 열렸고 이내 그는 심호흡을 하고는 입을 떼었다.

"세상에, 로버트. 정말 미안해요. 그 사람이 말하지 말라고 그래서."

"누가?"

"어떤 남자였는데요, 사설탐정이었어요. 갤러리에 와서 로버트가 금융사기에 연관이 있다고 했어요. 그 사람한테는 아무 말도 안 했어요. 제 말은, 제가 그 사람한테 이야기할 게 없잖아요? 그리고 애초부터 그 사람이 엉뚱한 사람을 찾아서 잘못 온 것도 같기도 했어요. 자꾸 다른 이름을 이야기했거든요."

"다른 이름 뭐?"

"어, 에번 살츠였어요. 아니다, 그 이름이 아니에요. 이선 살츠였어요."

"우리 고객 중에 에번 살츠먼이라고 있잖아." 이선은 분노를 다스리려 노력했다. "그 고객을 찾는 건 아니었고?"

"아니에요, 아니었어요. 이름이 달랐어요."

"그래서 그 사람한테 아무 이야기도 안 했다는 거지?"

"그럼요, 당연하죠, 로버트. 어쨌거나 중요한 이야기는 하나도 안 했어요. 뭐 이선 살츠란 이름이 낯익다고, 우리 고객 중에 비슷한 이름이 있어서 그런 것 같다고는 했지만, 그래도 어떤 정보도 주지 않았어요. 제가 바보도 아니고요, 로버트."

"그 사람이 또 뭘 물어봤지?"

"그게 다예요. 별일 아니었어요, 정말요. 그런데 그 사람이 로버트가 지금 곤란한 상황이라고는 했어요. 돈 문제요."

이선이 심호흡을 했다. "그 사람이 이름은 알려줬고?"

"네, 네." 크리스는 바지 앞주머니에 손을 넣어 명함을 꺼낸 뒤 그에게 내밀었다. 이선이 명함을 살폈다. *테드 록우드, 사설탐정.* 전화번호와 이메일 주소도 있었다. 우편 주소는 보이지 않았다.

"인상착의는 어땠어?"

"글쎄요. 그냥 평범한 백인이었어요. 마르고. 머리가 지저분하고요. 며칠 잠을 못 잔 사람처럼 보였어요."

"차림새는?"

"그냥 무난한 리바이스 청바지를 입었던 것 같은데. 연한 파란색 옥스퍼드 셔츠랑 해리스 트위드 소재의 재킷이었던 것 같아요."

"좋아, 크리스. 만약 나한테 뭔가 숨겼다는 걸 내가 알게 되면—"

"그런 거 없어요, 로버트. 맹세해요. 그런데 진짜 저한테 얼마나 겁을 주던지. 그러니깐, 우리 지금 혹시 무슨 문제가 생긴 건가요?" 크리스가 속삭였다. "제가 지금 혹시 걱정해야 하는 상황인가요?"

"아니야, 걱정 마. 누군지 알 것 같은데, 진짜 성가신 사람이야. 아무것도 걱정할 것 없어."

이선은 리놀륨 바닥을 가로질러 두 발짝 앞으로 나아가 크리스의 얼굴이 등을 향하도록 머리를 비틀어버리는 상상을 했지만, 나중에 처리할 시간이 있을 거라고 스스로를 다독였다. 지금은 토히콘으로 돌아가는 게 중요했다. 갤러리를 떠나기 전 그는 크리스에게 그만 퇴근하라고, 그리고 갤러리 비즈니스에 관해 더는 아무와도 대화를 나누지 말라고 당부했다.

필라델피아를 빠져나가는 길에 교통 정체에 갇힌 그는 분노를 억누르려 애를 썼다. 지금껏 릴리를 살려뒀다니 어리석은 짓이었다. 이제 그가 걱정해야 하는 사람이 한 명 더 늘어있었다. 초록 신호가 꺼지기 전에 꼬리를 물어보려 했지만 앞차가 멈춰 섰다. 이선은 차 안에서 소리를 질러댔다. 마사 래틀리프의 얼굴이 머리에 어렴풋하게 떠올랐다. 지금 그의 눈앞에 펼쳐지는 이 쓰레기 같은 사태의 책임은 여러 가지로 마사 래틀리프에게 있었다. 릴리 킨트너도 마찬가지였지만, 그녀는 자신이 곧 처리를 할 테니. 이 망할 놈의 신호만 지나갈 수 있다면 말이다.

한 시간 후 그는 토히콘 집 밖에 차를 주차했다. 아직 땅거미가 내려앉지는 않은 시각이었지만, 어둑한 구름이 오후의 태양을 가리고 있어 꼭 해질녘 같은 느낌이었다. 어떤 이유에서인지 그는 릴리 킨트너를 어떻게 처리할 것인지 마음을 정하지 못하고 있었다. 가장 쉬운 방법은 또

한 번 마취총을 쏜 후 베개로 질식시키는 것일 터였다. 시체는 어떻게 처리할지 계획을 마쳤다. 지하실을 실내처럼 꾸며놓긴 했지만 뒤쪽에 난 문을 지나면, 벽을 세워 팬트리로 만들어 놓은 공간에는 흙바닥이 그대로 드러나 있었다. 팬트리는 가로세로 최대 3미터 정도였다. 삼면의 벽에는 한 번도 사용한 적 없는 선반들이 설치되어 있었다. 언젠가 쓸 일이 생길 것 같아 땅은 이미 파 둔 상태였다.

차에 좀 더 머물던 이선은 자신이 릴리를 죽이는 일을 두고 왜 이렇게 오래 뜸을 들였을까 생각해봤다. 그가 해야만 하는 그 일이 거북스럽지는 않았지만 사실은, 그는 릴리와 시간을 조금 더 보내고 싶었고, 살인에 대해, 죽음에 대해 조금 더 대화를 나누고 싶었다. 릴리 같은 사람은 지금껏 처음이었다. 설사 그녀가 자신의 과거에 대해 거짓말을 하고 있던 거라 해도, 그런 거짓말을 선뜻 하는 사람 또한 그녀가 처음이었다. 잠깐, 이선은 누군가와 사랑에 빠진다는 것이 어떤 기분일지 알 것도 같았다. 그렇다고 그가 릴리와 사랑에 빠졌다는 건 아니었다. 다만 그 느낌을, 상대를 다시 보고 그 목소리를 듣기 전 그 기대감을 알 것 같았다. 함께 있는 순간을 늘리고 싶은 그 욕망도.

평범한 삶을 갑작스럽고도 불쾌하게 잠깐 들여다본 것 같은 기분이었다. 사람들은 이렇게 사는 걸까? 상대가 자신에게 감정을 표현해주기를 기다리며? 차 안에서 웃음이 터진 그는 그 소리에 본인이 놀랄 정도였다. 잠깐 정신이 나간 걸까?

제기랄, 알 게 뭐냐고 그는 생각했고, 릴리 킨트너를 그의 두 손으로 죽이겠다고 결심했다. 그녀보다 몸집은 두 배나 컸고, 그녀는 바닥에 발이 묶여 있었다. 그녀의 가늘고 긴 목을 꽉 조이며 목숨을 거두어들인다

311

면 기분이 좋을 것 같았다.

그는 집 뒤편으로 가 가짜 돌 하나 밑에 숨겨둔 열쇠를 꺼냈다. 집 안으로 들어간 그는 곧장 뭔가 이상하다는 느낌을 받았다. 공기가 너무도 고요했다. 별 의미는 없다. 이런 기분은 전에도 느낀 적이 있었다. 하지만 지하실로 향하는 문을 열어 카펫이 깔린 계단을 마주한 순간에도 그 느낌은 계속되었다. 그 어떤 생명의 흔적도 없는 것처럼 집이 적막했다. 그는 계단을 내려가며 천장의 형광등 켜는 스위치를 눌렀다. 지하실에 도착하자마자 그는 무언가 이상하다는 자신의 느낌이 맞았음을 확인했다. 릴리는 이불을 덮은 채 꼼짝도 하지 않고 여전히 침대에 누워 있었다. 머리가 부자연스러운 각도로 틀어져 있었고 입은 열려 있었다. 그녀에게 절반쯤 다가갔을 때 목에서 길게 흘러나온 피가 그녀의 머리 아래에 고여 있는 모습이 눈에 들어왔다.

30

점심거리를 가져온 이선 샬츠가 꽤 긴 시간 본인의 업적에 대해 이야기했고, 다 끝나고 나자 나는 그저 자고 싶은 마음뿐이었다. 하지만 그가 나를 또 혼자 남겨뒀고, 이런 순간 내가 해야 할 일은 제 아무리 희박해도, 탈출할 수 있는 모든 가능성을 탐색하는 것이었다. 내가 누운 간이침대부터 시작했다. 침대 틀은 금속이었고, 퀴퀴한 냄새가 나는 매트리스는 스프링이나 다른 소재가 아니라 충전재가 가득 차 있었다. 나는 침대 발치로 내려가 몸을 일으켰다. 까마득한 언젠가 셰포그 시내에 산책을 갔을 때 입었던 그 옷차림 그대로였다. 신발도 그대로 신고 있었다.

나는 모든 방향으로 걸어보며 어디까지 닿을 수 있는지 확인했다. 벽에 그림 액자가 하나 걸려 있었지만 아슬아슬할 정도로 닿지 않았다. 짧은 검은 머리에 상반신을 탈의한 여성과 그 뒤로 어슬렁거리는 검은색 퓨마가 담긴 팝아트 그림이었다. 하얀색 액자 끝에 간신히 손톱이 닿을 것 같았다. 차라리 액자가 잡히지 않는 편이 나았다. 샬츠가 돌아오면 액자를 던질 수는 있겠지만 용케 그를 기절시키거나 다치게 한다고 해도, 그게 내게 무슨 도움이 될까?

도움이 될 수 있는 것은 저 액자를 고정시킨 못이다. 내 손이 닿는 만큼의 벽을 가만히 바라봤다. 짙은 고동색이 칠해진 벽에는 구멍을 막으려 여기저기 회반죽이 덧발라져 있었다. 이 석고보드 벽에 주먹으로 구멍을 뚫을 수 있을 만큼 약한 부분이 있을지 손으로 벽을 쓸어내렸다. 이번에도 역시 이게 내게 무슨 도움이 될까 싶었다.

다만 벽이 살짝 튀어나온 부분이 손에서 느껴졌다. 손가락을 대보고는 벽에 박힌 못머리라는 것을, 그 위로 페인트가 칠해졌다는 것을 깨달았다. 주변의 페인트를 손으로 긁어내자 못머리 한쪽 끝이 모습을 드러냈다. 그 아래로 손톱을 밀어 넣었다. 못머리를 당기자 손톱이 찢어졌다. 손을 털어냈다. 작은 핏방울들이 손에 맺혔고 벽에는 핏자국이 남았다. 손을 입에 넣고 다른 손으로 주머니를 뒤졌다. 입고 있는 청바지에는 앞에 난 큰 주머니 속에 작은 주머니가 있었다. 그 안에서 10센트 동전을 발견했다.

1분 정도는 걸렸지만 동전으로 마침내 긴 못을 벽에서 뽑아낼 수 있었다. 약 4센티미터 길이에 그 끝이 대단히 날카롭지는 않았지만 그렇다고 뭉뚝한 것도 아니었다. 침대에 다시 누운 나는 어느새 잠이 깨어 머릿속으로 계획을 세우고 있었다. 숨을 깊고도 길게 내쉬며 못을 어떻게 쥐어야 할지 몇 가지 방법을 실험해봤다. 검지와 중지 사이에 못을 끼고 주먹을 쥐었다. 못 머리를 엄지로 꽉 잡은 뒤 못이 단단히 고정되었는지 확인하기 위해 내 허벅지로 주먹을 날렸다. 어느 정도는 고정이 되긴 했지만 못이 흔들리는 것을 보고, 나는 못으로 침대 시트를 찢어내어 손가락 사이사이로 천을 둘러 꽉 조인 후 브래스 너클(손가락 관절에

314

끼우는 무기―옮긴이)처럼 천으로 내 손을 단단하게 감쌌다. 그런 뒤 못 머리를 손가락 사이에 끼우고 주먹을 쥐어 못이 제 자리를 잡게 했다. 이렇게 하면 팽팽하게 당겨진 천으로 못이 고정될 것이었다. 다시 한번 허벅지를 내려쳤고, 손을 조인 천이 제 역할을 톡톡히 한 덕분에 못이 청바지를 뚫고 들어가 피부까지 찔렀다. 바지에 걸린 못을 빼내자 피가 천천히 배어나와 청바지에 번지는 것이 느껴졌다.

무기가 생겼다. 이제 이 무기를 사용해볼 수 있을 정도로 살츠가 다가 오게 만들 방법을 찾아야 한다.

아직도 피가 배어나오는 손가락을 바라보다 목에 대고 슥 그었지만 붉은색 얇은 선 정도만 남은 것 같았다. 내가 아직 살아 있는지 확인해 보려 살츠가 가까이 다가오게 만들려면 피를 훨씬 많이 흘려야 했다.

경동맥 근처에 그냥 작은 상처를 내볼까 생각했다. 잘만 한다면 내 스스로 목을 긋고 침대에 죽어 있는 것처럼 보일 정도로 피를 쏟을 수 있었다. 잘못된다면 정말로 침대에 죽어 있게 될 것이었다. 팔뚝에 있는 동맥을 노려 그어볼까도 고민했지만, 그렇게 해서 피가 충분히 난다 해도 내가 원하는 것은 목에서 피를 쏟는 것이었다. 살츠가 내 얼굴 쪽으로 가까이 다가오길, 내 두 눈을 들여다보길 바랐다. 그의 경동맥을 단번에 찌르고 싶었다.

그러다 귀가 떠올랐다. 매더 칼리지 1학년 때 있었던 어느 파티 하나가 흐릿하게 기억에 남아 있었다. 세 명의 룸메이트 중 한 명이―고스 족계의 위노나 라이더였던 것 같다―술에 취해서는 스위스 아미 나이프에 달린 칼 하나를 꺼내 귀를 뚫었다. 피가 나기 시작하자 도통 멈추지 않았고, 사립학교를 나온 위노나 라이더 같던 다른 룸메이트 한 명은(내 룸메이트 세 명 다 희한하게도 위노나 라이더를 닮았었다) 피로 키친타월 몇 장이 푹 젖을 정도가 되자 구급차를 부르려고까지 했다. 결국 우리는 룸메이트의 귀에 테이프로 탐폰을 붙였고, 마침내 출혈이 멈췄다. 그 끔찍한 파티에서 배운 점은 귀는 피가 많이 나는 부위라는 것이었다. 이것이 누구에게나 해당하는 진리인지 아니면 그저 고스족계의 위노나 라이더에게만 해당하는 이야기였을지 알아볼 차례였다.

왼손으로 왼쪽 귓불을 잡아당겼다. 장신구를 좋아하지 않는 편이라 귀를 뚫어본 적이 없었다. 못 끝을 귓불에 대고 힘껏 찔렀고, 못이 피부를 뚫고 나가 귓불 뒤에 닿아 있던 손까지 뚫렸다. 피가 얼마 흘러나왔고, 나는 피가 목을 타고 흘러내리도록 오른쪽으로 돌아누웠다. 눈에 확 띌 정도의 출혈이 있어야 했고, 내가 용케 목을 그은 것처럼 보이길 바랐다. 피가 피부를 타고 흘러내려가는 것이 느껴졌지만 출혈량이 많지 않았고, 목 아래쪽 움푹 팬 곳에 닿기도 전에 피가 멈췄다. 다시 한번 왼쪽 귀를 잡고는 귀를 뚫었던 좀 전과 달리 이번에는 귓불을 찢었다. 고통스러웠고 눈물이 찔끔 나왔지만, 피가 막힘없이 쏟아져 나오는 것이 느껴졌고, 고개를 돌리자 피가 목을 타고 내려가 머리 아래 시트를 적시기 시작했다. 1분쯤 지나 속도가 느려지자, 상처가 붙지 않도록 손으로 귓불을 잡아당겼다. 귀가 욱신거렸지만 따뜻한 피가 턱을 타고 목까지 흘러내리는 느낌이 이상할 정도로 만족스러웠다. 내가 무언가를 해낸 것이었다.

상처가 군자 손가락에 침을 발라 귀에 묻은 피를 닦아냈다. 일부러 귀에 구멍을 낸 게 아니라 치명상을 입은 사람처럼 보이고 싶었다. 침대에 바로 누워 고개를 계단 쪽으로 살짝 돌린 뒤 못을 쥐고 있는 오른손을 반쯤 이불 안에 숨겼다. 그리고 기다렸다.

두 시간쯤 지났을까, 마침내 내 머리 위에서 삐걱이는 발자국 소리가 들렸다. 몇 차례 심호흡을 하자 얼마 후 지하실 문이 열리고, 좀 전의 발소리가 이제 계단을 내려오는 소리가 들렸고, 지하실을 밝히는 하얀 빛이 느껴졌다. 눈을 몇 번 깜빡이고는 입을 살짝 열고 멍한 눈빛으로 천장을 바라봤다. 죽은 사람처럼 보이고 싶었다. 효과가 있었다. 살츠가 헉, 하며 숨을 들이마시고는 카펫이 깔린 바닥을 급히 달려 내게 다가오는 소리가 들렸으니까. 그는 한 치의 오차도 없이 내가 원하는 그대로, 내게 몸을 숙이고는 내가 살아 있는지 확인했다.

나는 주먹을 휘두르며 그의 관자놀이를 내려쳤다. 자리에서 일어난 그가 몸을 뒤로 물리고는 철썩 소리가 날 정도로 황급히 피가 흐르는 상처에 손을 갖다 댔다. 내가 저항해오는 게 기쁘다는 듯 그의 얼굴에 희미한 미소가 번졌다. 다시 한번 팔을 휘두른 나는 이번에는 완벽하게 그의 네모난 턱 바로 아래를 뚫었다. 손을 떼자 얇은 핏줄기가 뿜어져 나왔다. 이선 살츠의 얼굴에서 미소가 가셨다. 그가 곧장 출혈을 멈추려 들 줄 알았지만 대신 그는 양손을 내 목에 감싸고 조르기 시작했다. "미친년." 그는 말했고, 내 눈에는 그의 목에서 쏟아져 내리기 시작한 피가 셔츠 깃 아래를 적시는 게 보였다. 그는 경동맥을 찔렸다는 사실을 바로 알아차리지 못했던 것 같고, 내 목에서 손을 떼고 본인의 상처를 감싸 쥐었을 때는 이미 너무 늦어버렸다. 그의 얼굴이 창백하게 질렸고, 뒤로 주저앉은 그는 일어나 보려 한 손으로 내 어깨를 잡았다.

"곧 죽을 거야, 이선." 목에서 쇳소리가 나왔다.

목을 감싸 쥔 손가락 사이로 피가 흘러나왔고, 내 어깨를 놓고 스르륵 쓰러지며 그의 머리가 쿵, 바닥을 찧었다. 내가 침대에 앉자 우리는 서로를 마주보고 있었다. 이런 순간을, 그에게 무언가 말을 남기는 순간을 이미 생각해 봤었고, 이제 이렇게 말했다.

"내가 여기서 나가면 이선, 너희 집으로 가서 살인 사건을 정리해둔 리스트를 찾아내서 태워버릴 거야. 네가 한 짓은 아무도 모를 거야. 아무도."

그가 내 말을 들었을지, 내 말을 이해했을지 알 수 없었지만, 그랬다고 생각하고 싶다.

31

땅거미가 내려앉기 직전, 헨리는 한 번만 더 동네를 돌아보기로 했다. 릴리의 어머니에게서 아직 연락을 받지 못했다. 다시 말해 릴리가 아직 발견되지 않았다는 의미였다. 그녀가 아직까지 살아 있다 해도 이선 샬츠든, 로버트 차녹이든 무슨 이름으로 불리던, 그자가 하룻밤을 더 살려 놓지는 않을 것 같았다.

그럼에도 그는 차를 몰았다. 사실 달리 선택권이 없었다.

앞서 커버드 브리지 바를 나온 후 그는 방수포가 덮인 차가 있었던 것으로 기억하는 집을 다시 찾았지만, 기억이 잘못되었던 것인지 집 밖에는 기아 차밖에 보이지 않았다. 그가 틀렸거나 누군가 다른 차를 끌고 나간 것이었다. 이제 날이 어두워지고 있었기에 그는 다시 그 집으로 가서 한 번만 더 둘러보기로 결심하고, 속도를 줄이며 집 앞을 천천히 지나갔다. 가로등은 없었지만 아직은 하늘에 얼마간의 빛이 남아 있는 덕분에 그의 눈에 이제는 차 두 대가 집 앞에 있는 것이 보였다. 그는 차를 세운 뒤 시동을 끄고 사물함에서 스너비 38구경 리볼버를 꺼냈다. 차에서 나온 그는 재킷 주머니에 총을 넣었다. 진입로에 이르자 빈티지 재규어가 확실해 보이는 차량 한 대가 눈에 들어왔다. 그는 총을 꺼낸 뒤 스스로에게 심호흡을 하자고 이르고는 현관으로 향했다. 두려움을 느꼈지만, 이는 살츠의 존재가 아니라 릴리의 생존 여부에서 비롯된 것이었다. 문은 잠겨 있었다.

초인종을 누르거나 두드려볼까 생각했지만 집 뒤편을 먼저 확인해보기로 했다. 그는 포장용 돌이 깨져 울퉁불퉁한 길을 지나며 차고를 빙둘러 뒤편으로 향했다. 동작 감지 센서가 달린 등이 켜진 순간 헨리의 심장이 잠깐 멈춘 것 같았다. 그럼에도 걸음은 멈추지 않았던 그는 모퉁이를 돌아 지하실 창문 중 한 곳이 내부 조명으로 환하게 빛나는 것을 확인했다. 뒷문을 발견한 그는 손잡이를 돌렸다. 열려 있었다.

집 안으로 들어간 그의 귀에 아무 소리도 들리지 않았다. 그가 있는 곳은 뒷문 쪽 머드룸(외출에서 돌아와 더러워진 옷과 신발 등을 걸어두는 곳—옮긴이)이었고, 그의 앞에는 양쪽 벽으로 하나씩 나 있는 문이 모두 열려 있었다. 한쪽 문틈을 내다본 그는 그곳이 식사를 하는 공간임을 확인했다. 다른 문 너머에는 복도가 나 있었다. 휴대폰을 꺼내 손전등 기능을 켰다. 손전등 불빛으로 밝아진 복도를 향해 한 걸음을 내딛자 바닥에서 삐걱대는 소리가 울렸다. 그는 움직임을 멈추었고 이내 누군가 내지르는 소리가 들렸다. "누구 있어요?"

"경찰입니다." 그는 자신감에 찬 목소리처럼 들리길 바라며 답했다.

"아래층에 있어요." 다시 그 목소리가 들렸고 그는 릴리라는 것을 알았다.

속도를 내어 복도를 빠져나갔다. 열린 문 아래로 지하실로 이어지는 계단이 보였고 그곳에서 불빛이 흘러나오고 있었다. "릴리?" 그가 아래를 향해 소리쳤다.

"헨리, 나 여기 있어요. 여기 안전해요."

여전히 총을 앞에 빼든 채로 그는 계단을 내려가 실내로 꾸며진 지하실로, 쨍한 빛으로 가득 찬 그곳으로 향했다. 계단 마지막 칸에 이르자 릴리가 말했다. "이쪽이에요."

그가 몸을 돌렸다. 그녀는 안쪽 벽에 붙은 간이침대에 앉아 있었다. 그녀는 피로 흠뻑 젖어 있었고, 얼굴 반쪽은 피로 뒤덮여 있었다. 그녀 앞에 남자 한 명이 쓰러져 있었는데, 마찬가지로 피투성이가 된 그는 꼼짝도 하지 않았다.

"죽었어요?" 여전히 총을 든 채로 헨리가 물었다.

"죽었어요." 릴리가 미소 지었다. 저승사자 같던 그 미소를, 헨리는 평생 동안 잊지 못할 것 같았다.

그는 재킷 주머니에 총을 넣고는 그녀가 있는 쪽으로 다가가 베이지 카펫 위에 쓰러진 남자를 좀 더 가까이서 바라봤다. "이선 살츠예요?" 그가 말했다.

"네. 당신이 여기를 찾아냈다니 믿을 수가 없어요."

"이자, 로버트 차녹이라는 이름을 쓰고 있었어요." 헨리가 말했다. "내가 너무 늦게 찾은 것 같네요."

"아니에요." 릴리가 말했다. "제때 맞춰 왔어요." 그녀가 다리를 내보이자 헨리의 눈에 그녀의 발목이 쇠사슬이 걸려 있는 게 보였다. "저 사람한테 열쇠가 없네요. 확인했거든요. 저 사람이 바닥에서 썩어가는 동안 나는 굶어 죽을 줄 알았어요."

"세상에나." 헨리의 입에서 탄식에 가까운 말이 나갔다. 지하실 계단으로 내려온 이후로 처음으로 제대로 된 심호흡을 하자 그의 코로 피 냄새가 훅 끼쳤다.

창백해진 헨리를 본 릴리는 곧장 이렇게 말했다. "이제 다 괜찮아요. 이 족쇄를 푸는 열쇠를 찾아서 여기서 나가요."

32

헨리가 지하실 계단 근처 고리에 걸려 있는 열쇠를 발견했다. 내가 쇠사슬에서 벗어난 후, 우리는 앉아 계획을 세웠다. 그런 뒤 살츠의 시체를 둘 장소를 찾아 다녔다. 지하실에 조악하게 난 문 너머로 넓은 팬트리가 있었다. 퀴퀴한 냄새가 나는 팬트리 내부에는 오래된 선반들이 벽마다 설치되어 있었고, 원래 시멘트였던 바닥은 나무뿌리와 땅이 얼어 솟아오른 현상 때문에 흙이 드러나 있었다. 바닥에 플라스틱 방수포가 덮인 부분이 보였고, 방수포를 걷자 약 1미터 깊이로 땅이 파여 있었다. 선반 여러 곳에 산화칼슘 봉투들이 놓여 있었다.

"제 자리였나 보네요." 내가 말했다.

내 영원한 안식처가 되었을지도 모를 곳을 보고 있자니 속이 뒤틀렸다. 헨리에게 올라가서 화장실에 다녀오겠다고 알렸다. 화장실에 간 나는 속을 게워내려 했다. 욕실은 저렴하게 꾸며졌지만 그래도 깔끔했고, 약이 수납된 선반장에는 비누와 면봉, 이부프로펜까지 온갖 것들이 가득했다. 세면대에서 세수를 한 뒤 옷을 벗고 샤워실에 들어가 온몸을 문질러가며 깨끗이 씻었다. 몸에 물기를 닦아낸 수건으로 몸을 감쌌다. 발견한 반창고 상자와 튜브형 항생제 연고로 잠시 귀를 치료했다. 이부프로펜 네 알을 입에 넣은 뒤 수도꼭지에 입을 대고 물을 받아 삼켰다.

주방에서 커다란 쓰레기봉투를 찾았고 그 안에 옷을 넣은 뒤 2층으로 올라갔다. 이선 살츠가 한 번씩 지냈을 법한 방은 아래층 화장실과 비슷한 느낌이었다. 싸구려 가구를 채워 넣었지만 깔끔했다. 싱글 침대가 정돈되어 있었고, 협탁에는 소설 문고본이 몇 권 보였다. 옛날 책들이었다. V. C 앤드류스의 작품들. 스티븐 킹의《그것》. 책들 아래로 〈뉴욕〉 매거진이 한 부 보였다. 잡지를 넘기다 살츠의 이름이 적힌 기사를 발견했다. "텍사스 틸링구어의 10대 구루"라는 제목이었다. 이 집 안에 살츠의 과거 유물들이 더 있을 것 같았지만 딱히 찾고 싶은 마음은 없었다.

그의 옷장을 살피다 오래된 스키니진과 플란넬 셔츠를 발견했고, 그 옷으로 갈아입었다. 사이즈가 컸지만 이 정도면 괜찮았다.

지하실로 돌아가자 헨리가 벌써 살츠의 시체를 끌어 구덩이 안에 옮겨둔 상태였다. 내 옷을 담은 쓰레기봉투를 들고 새 옷으로 갈아입은 나를 보고 그가 물었다. "샤워하니까 좋죠?"

"상상도 못 할 거예요."

그 무덤 안에 내 옷과 간이침대 시트, 피가 튀었을 쇠사슬도 모두 넣고는 그 위로 산화칼슘을 부었다. 내가 표백제 한 통을 찾았고, 우리는 지하실을 할 수 있는 만큼 최선을 다해 깨끗이 치웠다. 작업대 위에 내가 셰포그 시내에 갈 때 매고 나왔던 가방이 놓여 있었다. 그 안에는 엄마가 좋아하는 그래놀라와 지갑, 집 키가 있었다.

"이 위로 시멘트 부어야 해요. 그래야 아무도 못 찾을 겁니다." 헨리가 말했다.

"그건 별로 신경 안 써요." 내가 말했다. "결국에는 발견될 거예요. 그러기까지 오래 걸리지도 않을 거고요. 발견돼도 사람들이 이선 살츠나 로버트 차녹이라고는 생각하지 못할 거예요. 뭐 그럴 수도 있겠지만 그때쯤 되면 그가 누군지 중요하지 않겠죠. 그리고 우리 둘 중 누구와도 연결고리가 나오지 않을 거예요."

"미스터리로 남겠군요." 헨리가 말했다.

우리는 바닥에 다시 방수포를 덮고는 잠시 서서 그 자리를 내려다봤다. "마지막으로 하고 싶은 말 없어요?" 헨리가 말했다.

"쓰레기 같은 놈이 사라지니 속이 다 시원하네."

헨리가 말했다. "그래도 자기 무덤은 우리 대신해서 직접 파고 갔어요."

"그러네요." 그러고도 우리 둘 중 누구도 움직이지 않았고, 내가 입을 열었다. "이런 상황에 어울리는 리머릭 있어요?"

헨리는 잠시 생각에 잠겼다가 입을 뗐다. "이선이라는 살인자가 살았네. 별 다른 이유 없이도 사람을 죽였던 살인자. 이제 그는 죽어 구덩이 안에. 그 몸과 그의 영혼 모두. 마지막 배설물을 쏟아낸 채로."

나는 바로 입이 떨어지지 않았고, 헨리가 말했다. "배설물은 피를 의미한 거예요."

"네, 이해했어요. 좋았어요. 진짜 재능이 있는 것 같아요."

미소를 짓던 헨리는 내가 손을 잡자 손을 덜덜 떨었다.

그곳을 떠나기 전 우리는 집 전체를 둘러보며 우리의 지문이 남았을지 모를 곳을 모두 닦아냈다. 문을 잠그는데 헨리가 말했다. "재규어를 몰고 필라델피아로 가서 그곳에 주차시켜 놓아야 해요. 차녹을 수색하기 시작하면 차도 찾으려 할 테니까요. 수동 운전할 줄 알아요?"

나는 할 수 있다고 답했고 필라델피아까지 그의 뒤를 따랐다. 헨리는 내내 제한 속도를 엄격하게 지켰다. 해가 지기 직전, 옅은 오렌지 빛줄기가 하늘을 채우기 시작할 때였고, 도로에는 차가 많지 않았다. 우리는 갤러리에서 약 400미터 떨어진 지점에 재규어를 세우고 차를 깨끗이 닦은 후 잠금장치를 풀어놓은 채로 두었다. 차 키는 대형 쓰레기통에 버렸다.

헨리의 차로 올라탄 내가 말했다. "마지막으로 내가 해야 하는 일이 한 가지 있어요."

"뭡니까?"

"이선 살츠가 자신이 죽인 사람들을 기록한 리스트를 만들어 두었어요. 서재에 있는 가짜 책에 숨겨놨고 저한테 어떤 책인지 말해줬어요. 그 리스트를 찾아야 해요."

"왜요?"

"그가 죽은 후 누군가 발견해주길 바라며 그곳에 숨겨놓은 거예요. 그는 유명해지고 싶었고, 역사상 가장 많은 사람을 죽인 연쇄 살인마 중 하나로 남길 원했어요. 그게 이선의 진짜 꿈이었고요."

"그런데 왜 그것을 남들보다 먼저 손에 넣으려는 거죠?"

"그 리스트를 태우겠다고, 세상에서 그의 이름을 아는 사람은 아무도 없게 할 거라고 그에게 약속했거든요."

"약속했다고요?"

"그 사람이 죽어갈 때요." 내가 말했다.

잠시 말이 없던 헨리가 입을 열었다. "그게 중요한가요?"

"뭐가요?"

"당신이 그 약속을 지키는 거요. 그는 이미 죽었잖아요. 세상에 자신이 기억되지 않을 거라는 것을 알면서 죽어가는 것만으로도 충분하지 않나 싶어서."

"중요해요." 내가 말했다. "위험하고 한심한 일인 줄 알지만, 그 리스트를 찾고 싶어요. 약속도 했고요."

"알겠어요." 헨리가 말했다.

24시간 영업을 하는 음식점을 찾은 우리는 거하게 아침 식사를 했고, 헨리가 잠시 자리를 비운 동안 나는 식당 카운터에 있던 신문을 챙겨 부스로 돌아와 신문을 읽었다. 한 시간 좀 넘게 나갔다 돌아온 그는 이선의 아내 레베카가 브라운스톤 집을 나섰고, 계단 측면으로 지면에서 살짝 꺼진, 야트막한 출입문이 나 있는데 자신이 갖고 있는 도구 중 하나로 문의 잠금장치를 풀었다고 전했다.

"경보 장치를 작동시킨 건 아니죠?"

"20분 기다렸는데 경찰이 안 왔으니, 아닐 거예요. 그래도 그 집에 들어가면 시간 끌지 않는 게 좋아요."

배달원으로 보여서 나쁠 게 없을 거란 생각에 음식점의 테이크아웃 봉투에 담긴 샌드위치를 챙겨 곧장 살츠의 집으로 향했고, 오래전 하인들이 썼을 법한 문으로 들어갔다. 도착한 곳은 석조 바닥과 버처대(상판을 도마로 쓸 수 있는 조리대─옮긴이)가 있는 주방이었고, 집에 사람이 없는지 확인하고자 인사를 외쳤다. 아무도 답하지 않았다.

재빨리 움직여 계단 세 층을 오른 나는 이선의 서재를 발견했고, 다행히도 문이 잠겨 있지 않았다. 벽 하나가 빌트인 책장으로 꾸며진 곳으로 다가가 책등을 살피던 중 책들이 저자명 알파벳순으로 정리되어 있다는 것을 깨달았다. 새빨간 책등이 한눈에 들어오는 치버 책을 찾았고, 책을 펼쳐 살츠가 속을 파낸 곳을 발견했다. 그 안에는 접힌 종이 한 장과 오래된 금속 장난감 병사 같은 것이 있었다. 병사는 두고 종이만 꺼냈다.

헨리가 세포그까지 데려다주었다. 가는 길에 쇼핑몰에 들러 마샬스 매장에서 속옷과 청바지, 코튼 스웨터를 구입했다. 살츠의 옷은 대형 쓰레기통에 버렸다.

차로 돌아온 우리는 이제 도시 두 개만 지나면 부모님이 있는 집에 도착한다는 것을 의식하고 있었고, 헨리는 곧장 시동을 걸지 않았다. 그는 나를 보며 물었다. "부모님께는 뭐라고 말할 건가요?"

"아직 구체적으로는 정하지 못했는데, 가장 쉬운 건 갑자기 누구 만나러 갔는데, 잘못된 판단이었고, 당신이 와서 구해줬다고 하는 거겠죠. 남자 때문에 갑자기 사라진 것처럼 보이면 질문을 덜 받을 것 같아요."

"부모님이 경찰에 신고도 했어요."

"알아요. 그냥 다 오해였다고 할 거예요. 한바탕 시끄러워지겠지만, 뭐 지나가겠죠."

"그 리스트는 어쩔 생각이고요? 태울 거예요?"

"안 태우려고요. 하지만 누구의 눈에도 띄지 않게 할 거예요."

"경찰 손에 넘기는 게 낫지 않을까요? 사건 몇 건을 종결할 수도 있고, 유가족들에게 위로가 될 수도 있을 겁니다."

"생각해 봤는데요." 내가 말했다. "난 이선 살츠가 이기는 것은 보고 싶지 않아요. 정말 악마 같은 인간이었고, 자연의 실수 같은 존재였어요. 그의 손에 죽은 사람들은 어쩌면 벼락을 맞는 사고로 죽었을지도 모를 운명이었고요. 무슨 말인지 이해하겠어요?"

"이해할 것 같아요."

"그리고 경찰 일을 해결해주는 건 제 일이 아니거든요."

"어찌되었건," 그가 말했다. "지금 나는 그저 그가 당신을 죽이기 전에 당신이 그를 죽여 다행이라는 생각뿐이에요."

"그 생각도 해봤는데, 솔직히 말하자면 난 죽을 준비가 되어 있었어요. 가치 있는 죽음이었을 거예요."

"무슨 말이죠?"

"아까 말했듯이, 그 사람은 악마니까요. 그를 막으려다가 죽었다 해도 옳은 일을 한 거잖아요."

"그렇게 생각해요?" 헨리가 물었다.

"네."

쇼핑몰을 떠나기 전 헨리는 리스트를 보고 싶다고 했다. 내가 이미 읽은 리스트를 그에게 건네줬다.

"번호를 매겼군요." 그가 말했다.

"네, 그랬어요."

리스트를 보는 동안 조용하던 그가 다시 돌려주며 말했다. "뭔가 빠진 것 같은데."

"조지 닉슨의 이름이요. 셰포그에서 죽은 여자."

"그러네요. 그 여자는 자살이었나 봐요."

"어쩌면요." 내가 말했다.

앨런

가을은 앨런이 1년 중 가장 한가한 시기였다. 학교와 대학이 막 새 학기를 시작하고 교사 연수는 잠시 미뤄지는 때였다. 다만 미시건주 앤아버에서 10월 셋째 주에 연례 과학기술 콘퍼런스가 있었다. 전에 참가한 적 있는 이 콘퍼런스에서 전시업체로 초청장을 받았을 때 그는 참석하기로 결정했다. 아내 마사가 죽은 후 처음으로 가는 콘퍼런스가 될 터였다.

그는 물품들은 아버테크가 열리는 콘퍼런스 센터와 호텔로 부치고, 부스 준비를 위해 하루 전에 비행기를 탔다. 다시 일을 하자니, 아무것도 변하지 않았다는 듯 다시 본업으로 돌아가자니 기분이 아주 이상했다. 아내가 사망한 후 남은 뒤처리를 하느라 여름을 다 보냈다. 경찰과의 면담을 수없이 견뎌야 했다. 사건이 있었던 날 자신은 새러토가스프링스에 있었음에도 살인 사건의 용의자가 된 듯한 기분을 느꼈던 적도 면담 중에 몇 번이나 있었다. 언론의 인터뷰 요청도 수차례 거절했지만, 그도 자연스럽게 사건에 대한 기사를 찾아보게 되었다. 포츠머스에서

331

1년 사이에 벌어진 두 번째 주거침입 사건이었다. 첫 번째 사건은 앨런과 마사의 경우와 달리, 도시 반대편에서 혼자 사는 나이 든 여성 집에 도둑이 침입한 사건이었다. 마음 속 깊은 곳에서 앨런은 그의 삶에 벌어진 일은 콜로니얼 파인스 지역의 진리오너드에서 벌어진 일과는 아무런 연관이 없다는 사실을 잘 알고 있었다.

사람들은 앨런에게 아내가 죽은 지 1년이 지나기 전에는 되도록 큰 결정들은 하지 않는 게 좋겠다고 말했지만, 마사가 그토록 잔인하게 죽은 집에서 도저히 살 수가 없었다. 그는 상당히 저렴한 가격으로 집을 내놓았고, 며칠 내로 집이 팔리자 햄프턴에 있는 포틀랜드 남쪽, 가구가 모두 구비된 한 타운하우스로 거처를 옮겼다. 길버트를 고양이를 좋아하는 이웃에게 맡기며 죄책감이 들었지만, 길버트는 그가 아니라 마사의 고양이었다.

그렇게 그는 자신의 삶을 다시 살아가기 시작했다.

전시장에 부스를 설치한 후 앨런은 콘퍼런스 센터이자 호텔을 나와 산책을 시작했다. 자신이 왜 이 콘퍼런스를 좋아했는지 이제야 기억이 났다. 개최 장소가 시내였지만 커다란 도시 공원이 인접해 있기 때문이었다. 추운 날이었고, 뉴잉글랜드와 달리 미시건은 나뭇잎들이 벌써 다 떨어져버린 것 같았다. 공원은 버석하게 마른 갈색 낙엽들로 가득했고, 하늘은 불길한 잿빛이었다. 30분이 좀 안 되게 산책을 한 앨런은 몸을 돌려 따뜻한 호텔로 되돌아갔다.

마사와의 짧았던 결혼 생활이 벌써 아득한 기억처럼 느껴졌다. 오랫동안 혼자 지냈다가, 혼자가 아니었다가, 이제 다시 혼자가 되었다. 그에게 결혼은 다른 삶을 실험해 보는 하나의 테스트였다. 첫 번째 결혼은 끔찍했다. 당시 어머니는 결혼식 한 달 전 그를 불러내 앤젤리나에게는 창녀의 표식이 있다고 그에게 경고했었다. 그때 그 말을 듣지 않았지만, 당연하게도 어머니가 옳았다. 그녀가 침대에서 어떻게 굴어야 하는지 강압적으로 말하자 앤젤리나는 그를 떠났다. 앤젤리나는 그에게 많은 것들을 시도하게 만들었다. 그런 여성들이 많았지만, 그는 아내에게서는 그런 모습을 기대하지 않았다.

사실 그는 언제나 나쁜 생각을 하고 있었다. 하지만 좋은 생각도 많이 했다. 그는 좋은 생각으로 나쁜 생각을 상쇄할 수 있다고 믿는 사람이었다. 그래서 재혼을 결심한 거였다. 마사는 그에게 좋은 생각만 주니까. 그는 아내를 사랑했고, 지켜주고 싶었으며, 심지어 아내와 사랑을 나누고 싶었고 아내의 몸을 만지고 싶은 마음도 들었다. 가끔 아내의 귀에 더러운 이야기를 속삭여야 하는 때도 있었지만, 대체로는 괜찮았다. 좋은 것이 나쁜 것을 상쇄하니까.

출장 중일 때 그는 다른 사람이 되었다. 그도 알고 있었지만, 출장 중인 남자는 마사 래틀리프와 결혼해 뉴햄프셔의 멋진 집에 사는 남자와 아무런 관련이 없는 사람이라고 스스로에게 말했다. 라스베이거스의 홍보 문구와 — 베이거스에서 있었던 일은 베이거스에 묻어둔다 — 비슷했지만, 그의 베이거스는 집을 제외한 모든 곳이었다. 베이거스 모토가 한동안은 잘 지켜졌다. 출장 중 그는 허기를 마음껏 느끼려 했고, 허기를 차곡차곡 쌓아가다 여자를 찾아다녔다. 당장이든 나중이든 그는 항상 여자를 얻었다. 이 세상은 더러운 창녀들로 가득했으니까. 그저 찾고자만 하면 된다. 때로는 찾을 필요도 없었다. 그들이 제 발로 찾아왔다.

조지 닉슨과도 그랬다. 그녀에 대한 생각을 많이 하고 싶지는 않았지만 그럴 수밖에 없는 때가 있었다. 그녀와의 사이에서 있었던 일이 그의 삶을 영원히 뒤바꿔 놓았으니까. 조지 닉슨을 만나기 전과 후로 나뉘었고, 그 전의 삶으로 돌아갈 방법은 없었다.

그는 셰포그 대학에서 열린 콘퍼런스 당시, 접수 중인 교사들 사이에서 한눈에 그녀를 알아봤다. 그녀는 가슴골이 보이는 핏빛 드레스를 입고 있었다. 그녀를 설명하는 단어로 고스족을 떠올렸지만, 그녀의 외모는 어딘가 문학적인 느낌도 풍겼다. 에드거 앨런 포가 꾸는 섹스 꿈에서 걸어 나온 것 같았다. 굉장히 창백한 피부에 어두운 메이크업을 했다. 드러난 종아리에 타투가 보였다.

다음 날 밤, 그는 혼자 소파에 앉아 있는 그녀를 발견했고, 그렇게 두 사람이 만났다. 사실 그전에 그녀가 바에서 레드 와인 한 잔을 받아 술집 안을 이리저리 헤치며 걷는 모습을 봤었다. 걸음걸이를 보니 취한 것 같았다. 그러다 그녀를 놓친 그는, 그녀가 요기를 하러 이 코네티컷의 작은 도시 어딘가로 나간 것인지, 아니면 이미 다른 남자에게 다리를 벌리고 있는 것인지 궁금했었다. 막 술집에서 일어서려는데 콘퍼런스가 열렸던 전시장 벽을 따라 마련된 소파 중 하나에서 그녀를 발견했다. 그가 그녀의 옆에 앉자 싸구려 인조 가죽 소파가 신음소리 같은 소음을 냈다. 그는 출장 때마다 써먹는 사연을 꺼내들며 결혼은 했지만 부부 사이에 아무런 열정이 없다고 말했고, 그녀는 남편과 행복하지만 다른 사람들과 잠자리를 갖는다고 말했다. 지극히 평범한 일이라는 듯 이야기했다.

그때를 다시 생각해보면, 그가 조지의 방으로 찾아갔던 날 밤 그가 그

방에 가지 않았을 수도 있었다는 점을 떠올려 보면 이상한 기분이 들었다. 그녀는 그를 방으로 초대하며 자신이 먼저 해야 할 일이 좀 있으니 자정에 오라고 이야기했었다. 문에 노크를 세 번 하라고. 콘퍼런스가 도시에서 열렸다면 앨런은 밖으로 나가 다른 여자를—술집을 나서는 여자들, 약을 살 돈을 구하려 몸을 파는 여자들—찾아다녔겠지만, 콘퍼런스가 열린 곳은 시골 캠퍼스였다. 앨런이 어디로 가야 했을까? 그래서 그는 부탁받은 대로 자정에 조지 닉슨의 문을 두드렸다. 그녀가 문을 열었고, 그의 앞에 완전히 벌거벗은 여자의 나체가 등장했다. 그녀의 전신이 타투로 뒤덮여 있었고(*창녀의 표식*, 모친의 목소리가 머리에 울렸다) 한쪽 유두에는 피어싱을 했다. 어찌나 크게 웃는지 그녀의 치아가 조금 무섭게 보일 정도였다. 그는 그때 몸을 돌려 나왔어야 했지만 그러지 않았다.

후에 그녀는 그가 아주 제대로 하지는 못했지만 그래도 재밌었다고 말했다. 손으로 해주는 건 좋았다고 그에게 말했다. 잠시 망설이던 그녀는 이내 입을 떼었다. "내 생각에는 성적으로 자신감 넘치는 여성들을 두려워하는 거, 그게 당신 문제 같아. 대부분의 남자들이 그렇잖아, 사실."

여자가 재밌는 이야기를 했다는 듯 그는 웃음을 터뜨리고는 답했다. "그런 것 같아."

"너무 신경 쓰지 마." 그녀가 말했다.

"당신은 뭘 두려워하지?" 그저 대화 주제를 바꾸고 싶었던 그가 물었다.

"난 무서운 거 별로 없어." 그녀는 말하고는 곧 웃음을 터뜨렸다가 덧붙였다. "거짓말이야. 나는 높은 곳을 무서워해. 이 기숙사 방 정도의 높이도 싫어."

"이 방에 발코니 있는 거 알아?"

"당연히 이 방에 들어오자마자 알았지."

"거기 나가보자." 그가 말했다.

"미쳤어?"

"오늘 밤 정말 아름답다고. 아까 내 방에서 발코니 나갔더니 별이 훤히 보이더라고. 30초만 나갔다 들어오자. 당신은 당신의 두려움을 이겨내고, 그리고 나면 어쩌면 나도 내 두려움을 이겨내 볼지도 모르지, 성적으로 자신감 넘치는 여성 말이야." 마지막 말에 냉소와 분노가 너무 많이 담겼나 싶어 걱정했지만 여자는 감지하지 못한 듯 보였다. 이후 있었던 일들은 토막토막 끊긴 흐릿한 형체로 남았다. 결국 여자는 발코니에 나가보기로 했다. 발코니에서 그는 팔로 그녀의 허리를 감쌌고, 그녀는 눈을 감은 채 양팔을 벌려 축축한 밤공기를 느꼈다. 아래로 밀어버리려고 여자를 발코니로 나오게 한 것인지, 갑자기 밀어버리자는 생각이 든 건지는 앨런도 정확히는 알 수 없었다. 다만 그가 기억하는 것은 여자를 들어 올리자 여자가 발코니 난간 너머로 굴러떨어졌고, 그녀의 목에서 조여드는 듯한 이상한 비명소리가 들렸다는 것뿐이었다.

그날 밤 이후로 세상이 완전히 달라졌다. 자신이 한 일을 잊으려 노력했지만, 잠 못 드는 밤이면 계속해서 그날 일이 떠올랐다. 그 생각을 하다 보면 구역감이 치밀 때도 있었다. 또 어떤 날은 그 생각을 하다 10대 때처럼 뻣뻣하게 설 때도 있었다. 이렇게 상쇄되었다.

플로리다의 한 호텔 술집에서 술에 취한 그는 어느새 주차장에 있는 어느 차 안에 앉아 있었고, 옆 좌석에 앉은 여자는 그의 지퍼를 내리며 그를 나쁜 남자라고(사실이었다, 나쁜 남자가 맞았다) 불렀다. 어느샌가 여자가 양팔을 마구 움직이며 고통스러워했고, 뒷좌석의 누군가가 그녀의 목에 무언가를 감은 상태였다. 그는 전말을 모두 지켜봤다. 사실이 어쨌건, 그는 그렇게 생각했다. 또 하나의 혼란스러운 순간이었고, 핏속에 알코올이 가득했던 그는 지금이 몇 시인지, 머릿속에 울리는 목소리는 누구 것인지. 모든 게 혼란스럽기만 했다. 어쩌면 진짜 있었던 일이 아닌지도 몰랐다. 아니다. 그건 아니었다. 정말 있었던 일이다. 여자가 죽고 나자 뒷좌석에 있던 남자가 말했다. "진정하고, 친구. 빨리 도망치는 게 좋을 거야." 그 목소리를 똑똑히 기억하고 있었다. 대체로 그는 그 일이 실제였다고 믿었다. 다만 가끔씩은 어쩌면 여자의 목을 조른 사람이 자신이었을지도 모른다는 생각은 했다.

다만 그가 확신하는 것은 자신이 그녀의 죽음을 불러왔다는 것이었다. 목을 조른 것은 그가 아닐지도 모르지만, 그 일이 벌어지게 만든 것은 자신이었다.

그는 자신의 세계에 죽음을 불러들였고, 이제 죽음은 모든 것을 좀먹고 있었다.

이런 생각이 정상이 아니라는 건 알고 있었다. 그도 잘 알고 있었다. 하지만 이 외에 다른 어떤 설명이 있을 수 있을까? 삶은 조지 닉슨 전과 후로 나뉘었고, 예전으로 돌아갈 방법은 없었다. 마사가 침실에서 살해당했다는 사실을 알고도 그는 놀라지조차 않았었다. 그가 이미 알고 있는 사실을 확인받은 것이었다. 그가 조지 닉슨을 발코니 너머로 던졌을 때 괴물 하나가 깨어났다. 이제 그 괴물의 뜻대로 흘러갈 터였다.

앤아버의 호텔 방으로 돌아온 그는 이불 위에 누워 그 일을, 죽음이 그의 삶으로 들어와 모든 것을 바꿔 놓았다는 생각을 곱씹었다. 어쩌면 이번 출장에 와서는 안 되는 거였을지도 모르겠다. 너무 일렀던 건지도 모른다. 햄튼의 타운하우스에서 그는 이런 생각을 그리 하지 않았었다.

하지만 다음 날 앨런은 정장 바지와 정장 재킷을 입고 아래로 내려가 부스를 운영했다. 오전은 한가하게 흘러갔고, 교사와 관리자 몇 명이 그의 매대를 한 번씩 쳐다만 볼 뿐, 적극적으로 다가와 상품을 들여다보지는 않았다. 점심때가 되자 사람들이 몰리며 그는 약 500달러의 상품을 판매했다. 그렇게 낮 시간이 지나갔고 앨런이 간밤에 떠올리던 이상한 생각들은 자취를 감추었다.

그날 밤, 그는 기분이 좀 나아지기까지 했다. 걸어서 한 펍에 간 그는 꽤 괜찮은 저녁 식사를 했다. 옆 좌석에 있던 남자 둘, 여자 둘은 우연하게도 같은 콘퍼런스에 참여하는 참석자들이었다. 여자 중 한 명은 허벅지가 반이나 드러나는 치마를 입고 있었고, 화장실에 다녀와 부스로 다시 돌아오는 그녀의 치마가 더 올라가 있던 탓에 앨런의 눈에 셀룰라이트로 울퉁불퉁한 새하얀 허벅지가 들어왔다. 여자는 둔한 턱 선에 윤기 없는 머리카락까지 그리 예쁘지는 않았다. 아마도 평생을 너드로 지내다 어디 직업학교에서 컴퓨터 공학을 가르치는 사람이 되었겠지만 다리를 꼬았다, 풀었다 하는 그 분위기에서 앨런은 필시 저 여자도 준비가 되어 있다고 느꼈고, 그래서 그는⋯⋯.

그 순간, 그녀가 치맛단을 당기며 비난하듯 그를 바라봤고, 두 사람의 시선이 마주치자 앨런은 목이 새빨갛게 달아오르는 것을 느끼며 시선을 피했다. 값을 치르고 펍을 나온 그는 잠시 거리를 헤매며 다른 바를,

그리도 뻣뻣하게 굴지 않는 여자들이 있을 바를 찾아 다녔다. 마침내 대학생들이 다니는 술집에 들어간 그는 뒤쪽 부스에 자리를 잡고 앉아 흑맥주를 마시며 여대생들을 지켜봤다. 저 여자들은 기꺼이 하려 들 것이고, 거의 간청하다시피 매달리겠지만, 그가 있는 쪽을 바라보는 여자는 한 명도 없었다.

콘퍼런스 호텔로 돌아온 그는 바에서 마지막으로 맥주를 한 병 더 할까 생각했지만, 카펫이 깔린 로비를 가로지르다가 살짝 비틀대고는 마음을 접기로 했다. "괜찮아요?" 한 여성이 물으며 그의 팔을 잡아주었다. "네, 네." 그가 말했다.

그는 7층으로 올라가 자신의 방 앞에 섰지만 도무지 방 키를 찾을 수가 없었다. 때문에 그는 새 키를 받으러 다시 로비로 내려갔다. 다시 방으로 돌아온 그는 정신은 희미해지고 방이 천천히 도는 듯한 기분을 느꼈다. 그는 신발은 벗었지만, 그 외에는 손도 대지 않고 그대로 침대에 누워 깊은 잠에 빠졌다.

그 목소리들이―어쩌면 목소리가 하나였는지도 모른다―그를 깨운 것이 아니라, 그의 얼굴에 닿은 손길이 그의 잠을 깨웠다. 처음에는 톡톡 두드리던 손길에 그는 늦잠을 잤다고 알리는 마사나 밥을 달라고 깨우는 길버트라고 생각했지만, 이내 자신이 뺨을 맞은 것 같은 기분이 들었다. 세지는 않았지만 분명 뺨을 내리치는 손길이었다. 그가 눈을 떴다.

창백한 피부에 어두운 색 겨울용 비니를 쓴 여자가 앨런의 몸에 올라타 있었다. "안녕, 앨런." 여자가 말했다.

"누구세요?" 그의 귀에도 자신의 목소리가 웅얼대는 것처럼 들렸다.

"넌 날 모르지. 네 아내의 옛 친구거든."

그가 다시 눈을 감자 여자는 양손으로 그의 뺨을 잡고 머리를 흔들다 앨런의 말소리에 손길을 멈췄다. "어떻게······?"

"난 그저 너한테 몇 가지 좀 물어보고 싶거든, 앨런?"

"응." 갑자기 그는 질문에 순순히 답하고 싶은 마음이 일었다. 당연히 이 상황은, 지금 벌어지고 있는 이 일은 꿈이었고, 그는 꿈을 두려워하지 않았으니까. 그는 부유하듯 온몸에 긴장을 풀었다.

"조지 닉슨 기억해?" 여자가 말했다. 그녀는 창백했고, 예쁘장했으며, 그에게 아주 가깝게 끼쳐오는 그녀의 입김에서는, 아무런 냄새도 나지 않았다. 어딘가 익숙한 느낌이 있었지만 아주 희미했다. 어쩌면 언젠가 그의 꿈에 나왔던 여자였을까.

"당신 유령이야?" 앨런이 말했다.

"생각하고 싶은 대로." 그녀가 말했고, 앨런은 그녀가 그렇게 말해줘서 기뻤다. 다정한 꿈이었다. "나는 조지 닉슨에 대해 알고 싶은 유령이야."

"다치게 할 생각은 없었어." 앨런이 말했다.

"하지만 그랬잖아. 네가 그 여자를 다치게 했잖아."

"내가 발코니에서 밀었지."

"왜 그랬지? 왜 그랬는지 기억 나?"

기억하고 있었지만, 머릿속에 떠오르는 말이 입으로 전달이 잘 되지 않았다. 결국 그는 이렇게 말했다. "몰라."

"괜찮아." 유령이 말했다. "다들 나름의 이유가 있으니까."

"여기 왜 온 거야?" 앨런이 물었다.

"널 죽이러 왔지."

두려움을 느껴야 할 말이라는 것은 알지만, 어쩐지 그녀의 말을 듣고도 무섭지가 않았다. 꿈이라서 그런 것일지도. 어쩌면 그가 죽음을 두려워하지 않는 건지도. 그가 죽음을 두려워하지 않은지 벌써 좀 됐는지도.

"어떻게 할 건데?" 그가 물었다.

"그건 너한테 달렸어. 여기 호텔 방에 발코니 있는 건 알고 있지?"

"방에 들어오자마자 알았어." 앨런이 말했다. 이제는 말이 먼저 생각을 거칠 필요도 없이 입에서 그냥 나왔다. 입에서 흘러나오고 있었다.

유령은 그가 침대에서 내려오도록 도와주었고―침대에서 내려오는 일은 그의 생각보다 쉬웠다―그녀는 그를 발코니로 데려갔다. 앨런의 귀에 바람소리는 들렸지만, 바람이 느껴지지는 않았다. "별이 참 많다." 그가 말했다.

발코니 난간을 넘을 때는―이건 쉽지 않았다―유령의 도움을 받았지만, 난간을 넘고는 스스로 콘크리트 바닥의 작은 틈을 딛고 섰다. 이제야 바람이 느껴졌다. 차가웠지만 부드러운 바람이었다. 그녀가 그의 어깨에 손을 댔지만 그는 고개를 돌리고 이렇게 말했다. "괜찮아. 도움은 필요 없어."

"정말이야?"

"다 큰 성인이야. 혼자서 할 수 있어."

그녀가 미소를 보인 것은 처음이었다. 여러 개의 작은 달 같은 치아가 드러났다. 그렇게, 그녀의 도움 없이, 앨런은 고요하고도 포근한 허공을 향해 발을 내딛었다.

옮긴이 신솔잎

프랑스에서 공부한 후 프랑스, 중국, 한국에서 일했다. 이후 번역 에이전시에서 근무했고 숙명여자대학교에서 테솔 수료 후, 현재 프리랜서 영어 강사로 활동하며 외서 기획 및 번역을 병행하고 있다. 다양한 외국어를 접하며 느꼈던 언어의 섬세함을 글로 옮기기 위해 노력한다.

《밤은 눈을 감지 않는다》《레퓨테이션》《아쿠아리움이 문을 닫으면》《사라진 여자들》 등 마흔 권 이상의 책을 우리말로 옮겼다.

살인 재능

첫판 1쇄 펴낸날 2024년 8월 30일
2쇄 펴낸날 2024년 10월 4일

지은이 피터 스완슨
옮긴이 신솔잎
발행인 조한나
책임편집 유승연
편집기획 김교석 문해림 김유진 곽세라 전하연 박혜인 조정현
디자인 한승연 성윤정
마케팅 문창운 백윤진 박희원
회계 양여진 김주연

펴낸곳 (주)도서출판 푸른숲
출판등록 2003년 12월 17일 제2003-000032호
주소 서울특별시 마포구 토정로 35-1 2층, 우편번호 04083
전화 02)6392-7871, 2(마케팅부), 02)6392-7873(편집부)
팩스 02)6392-7875
홈페이지 www.prunsoop.co.kr
페이스북 www.facebook.com/prunsoop   **인스타그램** @prunsoop

ⓒ푸른숲, 2024
ISBN 979-11-7254-017-3 (03840)